FRANZISKA ERHARD

Verliebte Bücher

UND ANDERE SCHLAMASSEL

Verliebte Bücher

und andere Schlamassel

1. Auflage Dezember 2019

Korrektorat: Doris Eichhorn-Zeller | www.perfekte-texte-coburg.de
Cover / Umschlaggestaltung: Buchgewand | www.buch-gewand.de

Ich freue mich über jede Rückmeldung. Schreibt an franziska.erhard@gmx.de

Oder besucht mich auf Facebook: Franziska.Erhard.Autorin

Kapitel 1

Seine Finger strichen sanft über ihre Wangen, seine dunklen, ausdrucksstarken Augen saugten sich auf den ihren fest, die blau und strahlend waren und riesengroß, jetzt, wo er sie endlich berührte.

»Wie lange habe ich davon geträumt«, seufzte er und zog sie ein wenig fester an sich. »Davon und von all den anderen Dingen, die ich jetzt mit dir anstellen werde.«

Ich seufzte ebenfalls. Dann stellte ich das Kopfkino ab, schlug energisch die Bettdecke zurück und schaltete den beharrlich auf sich aufmerksam machenden Wecker aus. Zeit, um in die echte Welt zurückzukehren.

Die echte Welt empfing mich heute mit einer netten Überraschung. Bedrohliche graue Wolken zeigten sich am Himmel, ein scharfer Wind jagte raschelnde Blätter die Straße hinab. Über Nacht war der Herbst in London angekommen. Perfekt. Im Gegensatz zu den meisten Menschen liebe ich ihn nämlich. Den richtigen Herbst, mit Wind und Nebel und Regen und so. Fast alle favorisieren den Sommer, die Leichtigkeit, wie sie immer betonen, das Unbeschwerte. Die ideale Zeit zum Flirten, sagen sie. Da mag etwas dran sein, aber insgeheim denke ich, dass es nicht wirklich romantisch ist, wenn man an einem heißen Sommertag in die Arme eines noch unvertrauten Mannes gezogen wird und sich als Erstes Gedanken macht, ob das Deo noch wirkt. Natürlich würde ich meinen Traummann, wenn wir uns im Sommer begegnen sollten, nicht mit dem Hinweis wegschicken, in ein paar Wochen wiederzukommen. Und ich weiß auch, dass so etwas bei dem richtigen Mann egal ist. Falls ich es mir aber aussuchen darf, dann will ich, dass meine Liebesgeschichte in der frostigen Jahreszeit beginnt. Wenn es kalt ist und man dann in eine Umarmung gezogen wird, das ist doch vollkommen. Wenn man nach einem Drink frierend nach Hause geht und dann galant einen Mantel um die Schulter gelegt bekommt oder in den Armen des anderen ein wenig Wärme suchen darf ... Davon träume ich.

Auf alle Fälle hatte mich der Blick aus dem Fenster in beste Stimmung versetzt. Endlich war wieder die Zeit von Kerzen, Tee und weichen Kuscheldecken da. Heimelig leuchtende Schaufenster, die verlockend riefen, Inseln der Behaglichkeit. Und all die wunderbaren Bücher und Geschichten, die darauf warteten, verschlungen zu werden.

Bücher und Geschichten, das ist mein Leben. Ich bin übrigens Eliza. Himmel, ich rede und rede, ohne dass ich mich vorgestellt habe. Also, ich bin Eliza, achtundzwanzig, Single und wahrscheinlich der größte Büchernarr in London. Meinen altmodisch anmutenden Namen verdanke ich meiner ebenso lesefanatischen Mutter, die ihn aus einer Erzählung von Jane Austen geklaut hat. Einem Frühwerk, recht unbekannt, aber es war für mich immer so etwas wie ein Zeichen, dass Geschichten und ich einfach füreinander bestimmt sind und dass es meine natürliche Aufgabe ist, mich in so vielen von ihnen zu verlieren, wie es die Zeit zulässt.

Schon seit ich fünf bin, mache ich das. Also mich in Geschichten flüchten. Lesen zu können war für mich das Tor zu einer neuen Welt. Plötzlich hatte ich Macht, konnte ich mich aus der Realität beamen, andere, bessere Welten durchstreifen. Und wenn ich ganz ehrlich bin, mache ich sogar noch mehr. In meiner Fantasie erschaffe ich mir meinen eigenen Kosmos, inspiriert von den Erzählungen, die ich geradezu inhaliere. Meine ganz persönliche perfekte Welt, verpackt in Storys, die ich nur mir selbst erzähle und an die ich unverrückbar glaube, bis sie irgendwann real sein werden.

Eine Stunde später öffnete ich die Tür zu meinem Laden, um ein wenig frische Luft hereinzulassen. Das größte Glück, das mir widerfahren ist, sind diese wunderschönen Räumlichkeiten. Jeden Tag klopft mein Herz einen Moment lang schneller, wenn ich die geschwungenen Messinglettern betrachte, die an der rosafarbenen Fassade angebracht sind: *BOOKS OF LOVE.* Ja, ich bin die stolze Besitzerin einer Buchhandlung. Einer ganz besonderen, denn ich habe mich spezialisiert auf Liebesromane, auch wenn ich natürlich jedes Buch besorgen kann, das ein Kunde wünscht.

Mein Bruder hat mich für verrückt erklärt, als ich mein Ladenkonzept damals vorstellte. Er hat nicht mit seiner Meinung hinter dem Berg gehalten, dass ich mein Geld genauso in die Themse schmeißen könnte. Bisher haben sich seine Befürchtungen als unbegründet erwiesen, denn es läuft recht gut. Daran sind zwei Umstände mit schuld: Erstens hatte ich völlig unerwartet etwas Geld geerbt. Von einem, unglaublich, aber wahr, unbekannten Onkel Donald aus Amerika. Er war eigentlich der Onkel meiner Mutter, zu Geld gekommen und kinderlos gestorben, womit wir dann die Erben waren. Der Hauptanteil ging an sie und ein Teil an mich und meinen Bruder Edward. Edward legte das Geld *vernünftig* an. Meine Mutter kündigte ihren Job, packte ihre Sachen und verlegte zu meiner Bestürzung ihren Lebensmittelpunkt nach Mallorca. Dazu muss ich sagen, dass sie erstens schon lange davon träumte und zweitens als Lektorin bei einem kleinen Verlag gearbeitet hatte. Sie erklärte mir, dass sie dies in Zukunft selbstständig machen wolle und deshalb dort arbeiten könne, wo sie eben war, und es sowieso höchste Zeit wäre, endlich einmal unvernünftig zu sein. Ich gönnte es ihr, auch wenn ich sie sehr vermisste. Früher, alleine mit uns zwei Kindern, hatte sie keine Gelegenheit gehabt, an sich selbst zu denken, geschweige denn das nötige Kleingeld, um auch nur über eigene Wünsche nachzudenken.

Ich erfüllte mir mit meinem Anteil den einzigen Herzenswunsch, den ich hatte. Genauer gesagt den einzigen, den man mit Geld erfüllen konnte. Ich meine, dieses Geld war nicht eingeplant, es kam wie ein Wunder und deshalb dachte ich, dass ich es auch so benutzen sollte. Klar hätte ich mir davon einen Wagen, ein paar anständige Möbel oder Fernreisen gönnen können, aber all das brauche ich nicht wirklich. Ich brauche Bücher und hatte nun, wie mir mein Bankberater mitteilte, den benötigten Eigenanteil, um meinen Lebenstraum zu realisieren. Und der zweite Umstand war, dass ich völlig unerwartet auf diese Ladenfläche stieß. Sie war perfekt, schon als ich zum ersten Mal durch die Tür trat, wusste ich, dass dies mein Laden war. Auch die Vormieter hatten hier eine Buchhandlung geführt, die ihnen einen bescheidenen Lebensunterhalt ermöglichte. Für Edward ein weiterer Fingerzeig, dass ich es auf gar keinen Fall tun sollte.

»Weißt du das nicht? Es gibt Lokale, die immer wieder die Besitzer wechseln. Und egal was der neue anstellt, es wird ein Reinfall. Als läge ein Fluch darauf. Lass es sein.«

Als ob ich das könnte! Ich meine, es war perfekt. An den Wänden entlang zogen sich traumhaft schöne, schwere Eichenregale hoch bis zur Decke. Alt und mit Schnitzereien bedeckt und heute gar nicht mehr zu bezahlen. Sie versprühten so viel Atmosphäre und eine Wärme, die mich durchdrang und glücklich machte. Ein Buchladen muss ein Ort sein, den du betrittst und wo du sofort merkst, wie deine Sorgen leichter werden. Er muss dir alle Realität nehmen, dich einfangen und verzaubern. Er muss dich dazu bringen, dass du zwischen den Regalreihen herumschlenderst und alles vergisst, während du ein Buch nach dem anderen in die Hände nimmst, über das Cover streichelst und den Klappentext liest. Er muss dich glücklich machen, einfach nur, weil du dort bist. Er muss Geborgenheit und Ruhe ausstrahlen, Hoffnung auf andere Welten wecken und eine Unzahl an neuen Freunden, Liebhabern und Geschichten für dich bereithalten. Er muss ein Quell neuer Schätze sein und wenn du mit einem erschrockenen Blick auf die Uhr feststellst, dass du deine Mittagspause überzogen hast, verlässt er dich mit dem Gefühl, dass es sich gelohnt hat, und mit dem brennenden Wunsch, bald wiederzukehren. So sehe ich das, und dieser Laden erfüllte all dies und noch vieles mehr. Die Miete war geradezu unverschämt niedrig und ich nahm es als Fingerzeig des Schicksals: *Trau dich. Du hast nichts zu verlieren*. Nun ja, nur Onkel Donalds Geld.

Und dieses Geld, das mir anfangs fast unmoralisch vorkam, weil ich den seligen Onkel eigentlich nur aus Erzählungen kannte, steckte ich dann in die Realisierung meiner Träume. Die alten Bücherregale wurden mir zu einem Schnäppchenpreis angeboten, was ich begeistert annahm. Ich ließ die Wände in einem warmen Pastellviolett streichen und das Holz ölen, bis es wieder glänzte und einen heimeligen Duft verströmte. Dazu meine geliebten Bücher. In meinem Genre besitzen sie wunderschöne farbenfrohe Cover, wie eine Blumenwiese. Am Abend vor der Eröffnung stand ich da und heulte vor Glück, weil es mir gelungen war, einen Ort zu schaffen, der eine ganz eigene Magie versprühte. Niemand kann das *BOOKS OF LOVE* betreten, ohne dass sich ein Lächeln auf sein Gesicht schleicht. Zumindest niemand, der Bücher liebt. Selbst wenn er oder sie eigentlich lieber Fantasy, Krimis oder Reiseberichte mag, fängt ihn der Charme dieses Ortes ein. Das ist etwas, das ich ganz sicher weiß, denn ich war die Erste, bei der sein Zauber wirkte und es bis heute tut. Nichts, was dann passierte, wäre geschehen ohne ihn. Alles, was ich erlebte, was aus mir wurde, was mich zum Lachen, zum Weinen, zum Verzweifeln und Hoffen brachte, verdanke ich ihm. Ich war die Erste, der er eine Geschichte schenkte, so schön und verzweifelt und gut, wie sie es sonst nur in Büchern sind.

Kapitel 2

Ich wusste nicht, dass an diesem Tag meine Geschichte ihren Anfang nehmen sollte. Also die Geschichte, die mein ganzes Leben in andere Bahnen lenkte. Alles begann wie immer, mit dem Öffnen, dem ersten Kaffee und dem Durchsehen der Tagesaufgaben. Bücher mussten bestellt, bestellte Bücher für ihre Kunden bereitgelegt werden. Eine neue Lesung war zu organisieren und heute Abend sollte der Buchclub ein Treffen haben.

Seit ich das *BOOKS OF LOVE* vor knapp zwei Jahren eröffnet habe, gibt es hier einen Leseclub. Anfangs waren wir nur zu dritt gewesen, mittlerweile jedoch sind es um die zwanzig Mitglieder. Nicht alle sind immer hier, wenn wir uns treffen, doch heute Abend würden bestimmt viele kommen. Das aktuelle Buch war großartig, Jenna hatte es vorgeschlagen. In unserem Club läuft es so: Jeder, der will, darf mitmachen. Es besteht keine Verpflichtung, zu allen Treffen zu kommen. Jeder darf Bücher vorschlagen, die wir dann lesen und besprechen. Und jedes Buch darf vorgeschlagen werden. In letzter Zeit hatten wir fast nur Bücher auf der Liste, die abseits der großen Verlage erschienen sind. Auf dem Buchmarkt hat sich in den letzten Jahren unheimlich viel getan. Die guten Geschichten erscheinen schon lange nicht mehr nur bei den Verlagen. Immer mehr Autoren bringen ihre Bücher in Eigenregie auf den Markt, kümmern sich selbst um alles, angefangen bei Lektorat und Korrektorat über Cover und Marketing. Echte Schätze sind dort zu finden und ich und mein Club sind mehr als bereit, uns auf die Suche nach ihnen zu machen. Mittlerweile führe ich auch diese Bücher hier im Laden, wenn sie mich überzeugt haben. Angefangen hat das alles mit Anna Wilson. Anna habe ich als Kundin kennengelernt und vom ersten Augenblick fanden wir uns sympathisch. Sie ist eine Frau Mitte vierzig, etwas mollig, mit einem schönen Gesicht, einem ansteckenden Lächeln und funkelnden Augen. Ihr Humor hat mich sofort begeistert und nach ein paar Wochen gestand sie mir, dass sie Autorin ist. Sie veröffentlichte seit einigen Jahren in Eigenregie und hatte beachtliche Verkäufe, wie sie ohne übertriebenes Eigenlob berichtete. Eine interessante Stunde lang befragte ich sie schamlos über ihre Bücher, den Weg, den sie gegangen war, und die Entwicklungen, die sich daraus ergaben. Dann bat ich sie, mir beim nächsten Mal ihr neustes Buch mitzubringen. Ihre Art, die Art, wie sie erzählte, mit den Worten umging, ich spürte, dass es sich lohnen könnte. Und es hatte sich gelohnt. Himmel, was hat sie mir für großartige Lesestunden bereitet. Und da begann ein neuer Plan in mir zu reifen. Ihre Bücher waren leider nicht über den stationären Buchhandel zu beziehen, hatte sie mir mitgeteilt. Sie hatte ihre Gründe, die ich verstand, aber das war ein Problem, welches wir aus dem Weg räumen konnten. Wir einigten uns darauf, dass ich ein paar Exemplare in Kommission nahm und wir einfach mal sehen würden, wie es sich entwickelte. Schon bald musste sie nachliefern und ich nahm auch ihre früheren Veröffentlichungen dazu. Wie ich vermutet hatte, war es meinen Kunden egal, ob das Buch bei einem renommierten Verlag erschienen war oder nicht, solange die Qualität stimmte. Ich machte mich auf die Suche nach weiteren Autoren. Anna schlug mir ein paar vor, und die empfahlen andere. Mittlerweile habe ich eine gut gefüllte Liste und für uns alle hat sich das zu einem einträglichen Geschäft entwickelt. Und durch den Buchclub lerne ich immer wieder neue, unbekannte Autoren und deren Bücher kennen. Wie das aktuelle. Eine Liebesgeschichte, so zart und klug und witzig, dass man sie nicht zur Seite legen kann.

Doch ich schweife schon wieder ab. Auch wenn Anna, der Buchclub und unsere Auswahl der Bücher, wenn man es genau nimmt, der Grund waren, weshalb sich heute alles ändern sollte.

Das *BOOKS OF LOVE* ist für einen Buchladen ziemlich klein. Aber es hat eine Besonderheit, die ich sehr liebe: eine Galerie. Im hinteren Teil führt eine knarrende Holztreppe auf eine Art Balkon, eine Fläche, die den halben Laden überspannt und ein altes Geländer mit gedrechselten Pfosten hat. Wenn ich dort stehe, die Hand auf dem Holz, und nach unten in meinen Laden blicke, dann fühle ich mich wirklich wie eine Königin und ich weiß, ich könnte nicht reicher sein. Reicher im nicht materialistischen Sinne. Dort oben sind ebenfalls Regale und eine Handvoll zierlicher Ledersessel. Kleine Tische mit Leselampen, die heimelige Lichtinseln schaffen, laden ein, sich mit einem Buch niederzulassen und die Zeit zu vergessen. Die Sessel reichen mittlerweile nicht mehr, wenn wir uns treffen, und werden durch schnöde Holzklappstühle ergänzt. Ich war gerade damit beschäftigt, eben diese aufzustellen, als unten die Ladentür aufging und das sanfte Geläut des Glockenspiels ertönte. Ich trat an die Brüstung, um einen Gruß nach unten zu rufen und mitzuteilen, dass ich gleich kommen würde, und erstarrte. Ein Mann stand da, sah sich um und ich schwöre, ich konnte den Blitz förmlich spüren, der mich dabei traf. Er sah aus wie ... ein Büchermann. Einer, der Bücher nicht nur las, sondern liebte.

In jeder zweiten Geschichte gibt es Männer, die dunkel und hart und undurchsichtig sind, und die weiblichen Heldinnen verfallen ihnen augenblicklich. Ich konnte das nur bedingt nachvollziehen. Mein Herz suchte nach etwas anderem. Ich meine, ja, so ein schlecht gelaunter, wortkarger Mr Darcy, der sich recht schnell doch dazu durchringt, nett und wortreicher zu werden, das könnte ich vielleicht noch verstehen, aber wenn ich ehrlich sein darf, dann ziehe ich doch einen Mann vor, der von Anfang an nett ist und spricht.

Der Mann unten trat an ein Regal, auf dem ich die Geschichten von Anna ausgelegt hatte, und nahm eines der Bücher in die Hand. Seine Miene entspannte sich und ein leichtes Lächeln huschte über sein Gesicht, als er es umdrehte und den Klappentext las. Nichts Spöttisches, sondern ein echtes Lächeln. Meine Knie wurden weich und spontan dankte ich dem Schicksal, dass es ausgerechnet heute Herbst geworden war und ich endlich das weinrote Samtkleid anziehen konnte, dass ich an einem heißen Sommertag an einem der vielen Stände auf dem Portobello-Market gefunden hatte. Ich kaufe nahezu alle meine Kleidung an diesen Second-Hand-Ständen. Erstens ist es günstig und zweitens, viel wichtiger, gibt es dort die wunderschönsten, ausgefallensten Klamotten, die man sich nur erträumen kann. Ich liebe Kleider und ich trage nahezu nie Hosen. Und ganz besonders liebe ich Kleidung, die ein wenig nostalgisch ist und vor allem eine Geschichte zu erzählen hat. Ich bin auf keinen bestimmten Stil festgelegt, sondern entscheide spontan, wenn ich das Gefühl habe, das Kleid passt zu mir. So wie dieses. Der tiefrote, schimmernde Samt, tadellos erhalten übrigens, der sich unglaublich weich anfühlte und sich perfekt an meine Haut anschmiegte. Der knielange Rock mit den akkuraten Plisseefalten, das schmal geschnittene Oberteil, die Ballonärmel, die sich in einer weißen Manschette bündelten. Und der kleine Stehkragen, der mit einer ebenfalls weißen Samtschleife geschmückt war. Es war ein Kleid aus einer anderen Zeit und ich hatte mir viele romantische Begebenheiten ausgedacht, die dieses Kleid schon erlebt haben musste und hoffentlich in meinem Besitz weiterhin erleben würde.

Jetzt legte er das Buch zurück, sah sich um und hob dann den Blick zu mir. Ich musste nicht lächeln, weil mein Gesicht schon strahlte, seit er den Laden betreten hatte.

»Hallo. Ich suche Eliza«, sagte er.

»Sie haben sie gefunden.« Ich schluckte, dann zwang ich mein Gehirn zur Arbeit. »Was kann ich für Sie tun?«

Kapitel 3

»Du kannst einfach nur so bezaubernd bleiben, wie du bist. Mein ganzes Leben habe ich nach dir gesucht.« Seine Augen durchbohrten mich. »Und nun, da ich dich endlich gefunden habe, werde ich dich nie wieder gehen lassen. Ich muss dich also warnen, Eliza: Ich werde nicht mehr ruhen, bis du die Meine bist.«

Ich blieb auf der letzten Treppenstufe stehen und holte tief Luft. *Hör auf damit,* befahl ich mir selbst. *Komm zu dir und konzentriere dich.*

»Ähm«, ich räusperte mich und sah kurz zu dem Buch, das er eben in der Hand gehabt hatte, nur um etwas zu tun. »Also, wie kann ich Ihnen helfen?«

»Meine Tante bat mich, bei Ihnen ein Buch abzuholen.«

»Und wie ist ihr Name?«

»Charlie. Charlie Mildrige.« Er runzelte leicht die Stirn.

»Nein.« Ich lachte nervös und strich über meinen Rock. *Charlie,* dachte ich, *das passt nicht zu dir.* Charles wäre richtiger. Charles klang sanft und ernst und klug, nicht so leichtsinnig wie Charlie. Charles war der Name eines Prinzen und er war ein Prinz. »Der Name Ihrer Tante.«

»Molly. Molly Mildrige.«

»Oh.« Augenblicklich gelang es mir besser, mich zu konzentrieren. »Aber sie wollte doch heute Abend kommen. Ich hoffe, es ist ihr nichts passiert?«

»Eine Grippe.« Er zuckte kurz mit den Achseln, dann lächelte er und seine braunen Augen bekamen einen warmen Glanz, als er mein besorgtes Gesicht betrachtete. »Sie ist zäh, die alte Lady. Das wird schon wieder.«

»Das hoffe ich. Richten Sie ihr bitte meine herzlichsten Grüße aus? Wir werden sie heute vermissen.«

Molly war mit ihren siebenundsiebzig das älteste Mitglied in unserem Leseclub. Ich mochte sie, ihre Ansichten waren immer zutreffend und oft spöttisch, aber mit einem gesunden Humor.

»Das ist sehr nett.« Er sah sich um. »Das ist also das berühmte *BOOKS OF LOVE*. Sie spricht viel von Ihnen und Ihrem Laden.«

»Ja.«

»Ich muss sagen, sie hat nicht übertrieben, als sie vom besonderen Charme dieses Ortes schwärmte.« Sein Blick glitt an den alten Eichenholzregalen entlang, streichelte sie. »Man fühlt sich hier wie in einer anderen Welt. Es ist, als wäre die Zeit stehen geblieben, und es ist der perfekte Rahmen für die Bücher.« Er drehte sich einmal um seine Achse, völlig ungeniert, und sah sich um.

»Danke.« Ich strahlte ihn an. »Sie mögen Bücher, oder?«

»Ich kann mir ein Leben ohne sie nicht vorstellen«, gab er zu und mein Herz stolperte erneut. »Sie sind ein fester Bestandteil und der beste und treuste Freund, den ich habe.«

»Mir geht es genauso.« Ich musste an mich halten, dass ich nicht anfing zu hüpfen vor Glück. Ich hatte es gewusst! Ein Büchermann. Ich gestattete mir, ihn ein weiteres Mal verstohlen zu mustern. Er war einen knappen Kopf größer als ich, ich schätze mal um die eins achtzig. Schlank, in einen dunkelgrauen Mantel aus Wolle gekleidet, unter dem eine Jeans und ein hellblaues Hemd zu sehen waren. Sein Gesicht war schmal und sah nett aus. Er hatte braunes Haar, ein warmes Braun. Keine Zartbitterschokolade, eher Milchschokolade mit ein wenig gesalzenem Karamell darin, das sich in warmen Glanzlichtern zeigte. Es war an den Seiten kurz gehalten, auf dem Oberkopf aber länger und leicht gewellt. Die Brille mit dem dezenten goldfarbenen Metallrahmen passte gut dazu und unterstrich meinen Eindruck, dass er eigentlich ein *Charles* war. Und das Wichtigste: kein Ring am Finger.

»Das sieht man.« Er lachte. »Niemand, der nicht von ganzem Herzen Bücher liebt, wäre heute noch bereit, solch einen Laden zu eröffnen. Verstehen Sie mich nicht falsch. Ich bin froh, dass es Menschen wie Sie gibt. Aber eine Buchhandlung ist nichts, das man nur des Geldes wegen eröffnet.«

»Nein.« Ich sah mich um. »Reichtum wird hier anders definiert. Was man erhält, ist viel mehr wert als Geld, was gut ist, denn davon ist die Menge zwar ausreichend für mich, aber ehrlicherweise recht überschaubar. Doch das Glück kann man nicht kaufen und auch nicht die wunderbaren Begegnungen, die Freude und die, ja, Zufriedenheit. Ich wollte nie etwas anderes und ich bin sehr dankbar, dass ich all dies habe.«

»Ja.« Er sah mich nachdenklich an. »Tante Molly hat auch in dieser Hinsicht nicht übertrieben. Sie sind eine bemerkenswerte Frau, klug und herzlich und mit interessanten Ansichten.«

Ich zuckte verlegen mit der Schulter. »Und naiv, wie mein Bruder gerne sagt, doch das ist mir egal. Die Welt braucht Orte wie diesen, das ist meine Meinung. Wir brauchen doch alle ein wenig Hoffnung und Ablenkung und Liebe.« Ich hatte kurz gezögert, ehe das letzte Wort meine Lippen verließ, und konnte nicht verhindern, dass ich dabei den Blick schweifen ließ, seinem auswich.

»Ich würde das nicht unbedingt naiv nennen. Und ich denke, dass das auch nicht zutrifft. Naiv heißt, dass man unkritisch und kindlich an etwas herangeht, ohne Sachkenntnis oder Erfahrung. Ich glaube, dass Sie genau wissen, was Sie tun und wollen, und darauf aufbauend Ihre Entscheidung getroffen haben. Das mag manchen romantisch und unklug vorkommen, aber naiv ist es nicht. Eher ungewohnt in einer Welt, in der alles am materiellen Erfolg gemessen wird.«

»Genau das habe ich auch gesagt.« Ich wurde immer aufgeregter und hatte Schwierigkeiten, das zu verheimlichen. Er verstand es! Er fühlte wie ich. Ich hatte mich nicht getäuscht, er war eine verwandte Seele und wir beide füreinander bestimmt.

»Nun«, er sah auf seine Armbanduhr, eine schwere, goldfarbene Monstrosität, die ich nur deshalb hässlich fand, weil sie seine Aufmerksamkeit auf sich zog, und das nicht zu meinem Vorteil. »Nun, so sehr ich diese Bekanntschaft genieße, ich bin ein wenig in Eile, wenn ich noch bei meiner Tante vorbeigehen will ...«

»Natürlich.« Ich trat hinter die Theke und zog das Buch hervor, das ich für Molly bestellt hatte. »Und noch einmal, bitte richten Sie ihr viele Grüße aus. Wir hoffen, dass sie beim nächsten Treffen wieder dabei sein kann. Sie darf mich gerne anrufen, welches Buch wir in diesem Monat lesen.« Und dich dann vorbeischicken, um es abzuholen, setzte ich in Gedanken nach.

»Danke.« Er nahm die Papiertüte und zog sein Portemonnaie heraus. »Was bin ich dafür schuldig?«

Ich sah ihm nach, wie er mit dem Buch unter dem Arm den Laden verließ. In meinem Kopf wurde ein Feuerwerk entzündet und die Gedanken überschlugen sich. Bisher hatte ich stets einen vagen Schatten gesehen, wenn ich mich meinen Träumen mit meinem perfekten Mann hingab. Einen Schatten, der mal mit diesem Schauspieler, dann mit jenem zufällig auf der Straße gesehenen Mann Ähnlichkeit hatte oder aber in den meisten Fällen mit meiner Vorstellung eines Romanhelden aus einem meiner Lieblingsbücher. Nun jedoch wusste ich, dass er in Zukunft immer Charlie Mildriges Gesicht haben würde.

Kapitel 4

Normalerweise genoss ich die Abende, an denen mein kleiner Buchclub tagte. Besonders, wenn die Geschichte, über die wir sprachen, so klug und witzig war wie diese hier. Viele Menschen verziehen ja mitleidig das Gesicht, wenn man sagt, dass man gerne Liebesromane liest. Einfache Kost, sagen sie dann, und etwas für Dummchen, die *hohe Literatur* nicht verstehen. Nun, das sehe ich anders. Liebesroman bedeutet keineswegs immer seicht. Es gibt viele, die tiefgründig sind, die Botschaften haben, welche wichtig und wertvoll sind. Sie können Gedanken anstoßen, Sichtweisen verändern, Rat bereithalten. Und ja, sie versüßen das Leben und schenken ein paar gute Stunden. Ich kann nicht erkennen, wo das schlecht sein soll. Ist es seicht, wenn man eine gute Zeit verschenkt? Ist es weniger wert, wenn man abgelenkt wird von den täglichen Sorgen und Nöten, wenn Leser dadurch eine Auszeit vom Leben geschenkt bekommen? Ist es zu belächeln, wenn man davon träumt, einfach nur glücklich zu sein? Wenn ja, dann lasse ich mich auch weiterhin gerne auslachen, denn ich stehe dazu, dass ich ebenfalls auf der Suche danach bin. Und heute Abend, als wir *Finger weg von Liebesdingen* diskutierten, kamen all diese Sachen zur Sprache. Ich fand es unglaublich spannend, zu hören, wie andere dieses Buch sahen, wie sie an denselben Stellen wie ich eine Markierung gemacht hatten und welche Sätze sich ihnen nachhaltig eingeprägten. Und doch war ich die ganze Zeit über seltsam hibbelig. Ich wollte darüber sprechen, wollte Jennas Kommentare hören, Li-Minghs romantisches Seufzen und Rubys kluge Überlegungen. Aber ich wollte auch nach Hause, denn in meinem Kopf schwirrte immerzu eine andere Geschichte herum, die ich nicht abstellen konnte. Worte drängten danach, herausgelassen zu werden, Formulierungen überlagerten die Aussagen, die diskutiert wurden. Zum ersten Mal war ich froh, als ich mit den Mädels in die Nacht hinaustrat und das *BOOKS OF LOVE* abschloss.

Kennen wir uns schon gut genug, um Schwächen einzugestehen? Vielleicht. Nun, ich muss zugeben, das war eher eine rhetorische

Frage, denn eigentlich kümmere ich mich nicht um solche Dinge. Ich bin ein Mensch, der erst einmal drauflos lebt. Wenn ich mich ständig fragen würde, wie ich auf andere wirke, wäre ich vermutlich schon längst verzweifelt. Und unter uns, dazu ist mir mein Leben auch zu schade.

Also, ich bin, wie ich unschwer verbergen kann, ein sehr emotionaler Mensch. Ich lebe intensiv, ich genieße intensiv, ich agiere intensiv. Ich liebe es, Gefühle zu haben mit allem, was daran hängt. Ich verliebe mich gerne. Ich träume von der ganz großen Liebe und bin überzeugt, dass es für jeden von uns den einen Menschen gibt, der ihn komplettiert und der nur für ihn bestimmt ist. Ich bin hoffnungslos romantisch und will das auch sein. Ich trage mit Leidenschaft Kleider vom Flohmarkt, die meine weibliche Seite hervorheben. Ich weiß, dass ich keine Laufstegschönheit bin. Dazu ist mein Gesicht zu blass und schmal. Ich persönlich mag es, seine Form, die an ein Herz erinnert und perfekt zu mir passt, aber das spitz zulaufende Kinn und die recht breite Augenpartie lassen mich jünger aussehen, als ich bin. Das wird noch unterstrichen von der hellen Haut und den blonden Augenbrauen. *Ziemlich farblos*, so bezeichnete es Jake Morris einmal, der uncharmante beste Freund meines Bruders. Ich verstand, was er meinte, verzieh es ihm allerdings nie.

Meine Haare tragen ebenfalls zu dem Eindruck bei, dass bei mir ein wenig an Farbe gespart wurde. Vielleicht, dachte ich manchmal, hatte ich deshalb diese Vorliebe für bunte Kleider entwickelt, um zu zeigen, dass der erste Anschein trügt. Meine Haare sind sehr hell, eine Art Schwedenblond, und reichen mir bis knapp über die Schulter. Sie sind gerade geschnitten, ohne Stufen oder Schnickschnack, weil sie auf diese Art ein wenig fülliger wirken und ich sie sowieso am liebsten zusammenbinde oder in einer komplizierten Flechtfrisur trage. Und meine Augen sind himmelblau. *Ein wenig verwässert blau*, wieder O-Ton Jake. Nun, ich sage auch weiterhin himmelblau dazu, gehe Jake aus dem Weg, wo es nur möglich ist, und mag sie dennoch. Aber, und das ist nun mal die Wahrheit, als Gesamtpaket wirkt das Ganze eben ein wenig blass und vor allem deutlich jünger. Es wirkt auch ein bisschen kindlich-naiv, ich bediene voll das Kindchen-Schema, was oft dazu führt, dass die Menschen denken, mich nicht ganz ernst nehmen zu müssen. Das kann ich ertragen, denn diejenigen, die wichtig sind, merken schnell, dass es nicht so ist. Und soll ich mir, nur um fremde Menschen zu beeindrucken, die Haare dunkel färben, mir eine Menge Make-up ins Gesicht klatschen und strenge Hosenanzüge tragen? Ich sage Nein. Mir genügen eine Schicht Wimperntusche, eine leicht getönte Tagescreme und ein zarter Lipgloss. So fühle ich mich wohl und deshalb ist es richtig so.

Der Rest von mir ist auch nicht wirklich spektakulär. Ich bin normal, sage ich mal. Oben herum Standard, unten auch, abgesehen von einer Neigung zu einem Bauch und etwas breiteren Hüften, als es laut Tabelle sein sollte. Beides, Bauch und Hüfte, kann ich in meinen Kleidern gut verstecken und überhaupt, wenn es wirklich Liebe ist, dann sollten weder ein Bauch noch ***verwässerte Augen*** etwas daran ändern können. Deshalb habe ich bereits vor langer Zeit beschlossen, mich so zu mögen, wie ich bin, und darauf zu bauen, dass es am Ende schon seine Richtigkeit hat.

Doch ich schweife wieder ab. Also, die Schwächen: das Abschweifen ganz sicher. Und die Romantik. Und: Fantasie. Viel zu viel Fantasie. Ich kann es nicht verhindern, aber immerzu laufen in meinem Kopf irgendwelche Filme ab. Oft sind es Filme zu den Geschichten, die ich lese. Eine gute Geschichte, egal welches Genre, startet automatisch einen Film, oder? Das ist übrigens der Grund, weshalb ich darauf verzichte, Thriller zu lesen. Himmel, dann geht es los, in meinem Kopf beginnt ein regelrechtes Kettensägen-Massaker. Das ist schlimm, denn ich transportiere zu viel davon in mein Leben. Besonders schrecklich ist es, wenn Kinder darin vorkommen. Also gehe ich dem aus dem Weg. Wenn ich jedoch andere Geschichten lese, dann bestehe ich auf diesen Vorführungen. Bücher, die das nicht schaffen, schaffen mich und disqualifizieren sich leider für das *BOOKS OF LOVE*. Allerdings sind das nicht die einzigen Filme, die mein Gehirn erschafft. Andauernd erzeugt es eigene, sehr private Filme. Ich erlebe eine Situation und mein Hirn führt das Ganze fort, baut daraus eine vollständige Geschichte. Am liebsten tut es das, wenn ich darin vorkomme und natürlich Männer. Ständig spinnt es etwas aus, träumt etwas zu Ende. Das können völlig banale Begegnungen sein, zum Beispiel an der Kasse des Supermarkts oder kleine Gespräche hier im Laden. Oder aber ganz gewaltige Aufeinandertreffen wie das heute mit Charlie. Oh ja, Charlie war sozusagen Superfood für mein

Gehirn. Seit er den Laden betreten hatte, brannte es darauf, loszulegen. Den ganzen Abend über hatte ich es zu unterdrücken versucht, doch jetzt gab ich nach. Nicht nur, weil ich sowieso keine Chance hatte, sondern auch deshalb, weil ich es wollte. Ich liebe diese privaten Vorführungen, ich wollte mich hingeben, denn ich wusste, es würde wunderbar sein.

Heute Abend allerdings war das nicht alles. Normalerweise genügte es, sich einfach fallen zu lassen und zu genießen, aber dieser Charlie-Film schien mächtiger zu sein als alles andere. Er wollte nicht nur gesehen werden. Ich spürte es deutlich, dass ihm das nicht genügte. Er wollte richtig gelebt werden, mit den richtigen Worten, mit dem ganzen Herzen und jeder Faser. Er wollte geschrieben werden.

Geschichten zu schreiben ist ein Stück weit ebenfalls ein Teil von mir, von dem ich mich allerdings strikt weigere, es als Schwäche zu bezeichnen. Schon früher habe ich das ab und zu gemacht, in meinem Tagebuch. Ich habe Ereignisse, die ich erlebt hatte, als Geschichten niedergeschrieben. Doch das waren immer echte Erlebnisse gewesen. Meine geheimen Fantasien blieben hübsch verborgen in meinem Kopf. Bis heute, bis ich spürte, dass diese Sache anders war und auch so behandelt werden wollte. Zwar immer noch privat und nur für mich, aber in königsblauer Tinte verewigt.

In meinem Kopf begannen die Gedanken, zu Bildern zu werden. Ich sah es vor mir, die junge Frau, die meine Züge trug und mein Herz in sich pochen fühlte. Die ich war und doch nicht ich. Elizabeth, die, hm, als Bibliothekarin arbeitet, genau. Und ihn, den jungen Mann, der ihre Wege kreuzte und sich unsterblich in sie verliebte. Und der natürlich ein Charles sein musste.

Ich suchte mir eine neue Kladde heraus, die ich erst vor ein paar Tagen gekauft hatte. *DREAM BIG* war in goldenen, geschwungenen Lettern in das weiche, rehbraune Kunstleder geprägt. Genau, murmelte ich. *DREAM BIG*, wenn das nicht das passende Motto war.

Kapitel 5

Elizabeth Greyham war gerade dabei, die letzten Bücher auf dem kleinen Rollwagen zu stapeln, als die Tür aufging und einen späten Kunden in die Bibliothek wehte. Sie balancierte den Bücherstapel aus, ehe sie den Blick hob. Er stand am Regal mit den Neuerscheinungen, auf dem dunklen Mantel sah sie Wassertropfen glitzern. Den ganzen Tag über hatte es geregnet und wie es aussah, würde es auch noch eine Weile so weitergehen. In der Hand hielt er einen Schirm, unter dem sich eine Wasserlache bildete.

»Neben der Tür ist ein Schirmständer«, rief sie ihm nicht unfreundlich zu.

»Natürlich. Wie gedankenlos von mir.« Er eilte hinüber und stellte ihn ab. »Es tut mir leid.« Mit diesen Worten drehte er sich um, ein zerknirschtes Lächeln im Gesicht, und Elizabeth erstarrte. Ihr Gehirn suchte nach einer Antwort. »Kein Problem«, sagte sie in solchen Momenten normalerweise, doch die Worte saßen fest, während sie ihn weiterhin anstarrte.

»Soll ich es aufwischen?«

»Nein.« Endlich funktionierten ihre Stimmbänder wieder und sie schüttelte leicht den Kopf, um zu Verstand zu kommen. »Nein, das müssen Sie nicht.«

Sie lächelte und er kam näher. Elizabeths Herz begann, noch schneller zu klopfen. Dieser Mann war ihr Schicksal, sie spürte es. Warum, konnte sie nicht sagen. Er war auf den ersten Blick kein außergewöhnlich attraktiver Mann, keiner von der Sorte, die man nur ansehen musste, um Schnappatmung zu bekommen. Keine Muskeln, die sich unter einem eng anliegenden Shirt abzeichneten, sondern ein schlanker Körper in einer dunklen Jeans. Das Hemd saß schmal genug, um zu zeigen, dass er in Form war, aber eben nicht jeden Abend im Fitnessstudio ackerte. Seine Haare waren braun und entgegen der momentan vorherrschenden Mode trug er sie nicht lang und wild, sondern mit einem richtigen Haarschnitt. Langweilig, hätten viele gesagt, und solide. Eine Frisur für einen Banker, doch ihm stand sie gut. Die Brille war ebenfalls nicht dem Modediktat unterworfen und eines dieser großen, schweren Modelle, sondern zart und goldfarben und perfekt passend zu seinem schmalen Gesicht. Die

Wangen waren glatt rasiert und versteckten den sinnlichen Mund mit den erstaunlich vollen Lippen nicht. Für Elizabeth war er der schönste Mann, den sie je gesehen hatte, aber das alleine brachte ihr Herz nicht so wild zum Tanzen.

»Es tut mir leid. Wenn ich Bücher sehe, vergesse ich alles andere.«

»Das kann ich voll und ganz verstehen.«

Er lachte. »Ja.« Seine Hand fuhr durch sein Haar. »Eigentlich bin ich nur vor dem Regen hierher geflüchtet. Der Bus kommt erst in zwanzig Minuten und als ich bemerkte, dass hier eine öffentliche Bücherei ist ... Nun, ich konnte nicht widerstehen.«

»Sie sind nicht von hier?«

»Nein, ich bin eher selten in diesem Teil von London. Oder ich war eher selten hier. Ich muss sagen, es gibt hier einiges, das ein Wiederkommen lohnenswert macht.«

Elizabeth senkte kurz den Blick. »Nun, gemeinhin gilt Wandsworth nicht gerade als schönste Ecke der Stadt.«

»Dem würde ich energisch widersprechen. Oh ja«, sein Blick fesselte ihren und wurde, wenn das möglich war, noch weicher und machte ihren Knien Konkurrenz. »Ich würde mich sogar versteigen und sagen, dass ich noch nie etwas Schöneres gesehen habe.«

Meine Hand verharrte einen Moment und ich starrte auf den letzten Satz. In meinem Kopf sah ich uns beide, ihn in seinem nassen Mantel, mich in meinem roten Kleid, den Mund leicht geöffnet, die Augen groß und mit einem unergründlichen Ausdruck darin. Und ein wenig leuchtender blau als in Wirklichkeit. Nun ja, wenn man schon träumt, dann richtig. Auch dass meine Hüften ein wenig schmaler erschienen als in der Realität, ließ ich zu. Dazu sind Träume schließlich da. Bedächtig legte ich den Stift zur Seite, während mein inneres Auge dabei zusah, wie sein Daumen langsam über seine schönen Lippen strich. Das Schreiben würde bis morgen warten müssen. Was jetzt kam in meiner privaten Filmvorführung, wollte ich erst einmal ganz für mich genießen.

Am nächsten Morgen frisierte ich mir meine Haare mit äußerster Hingabe. Passend zu meinem dunkelgrünen Kleid schlang ich sie zu einem komplizierten Knoten, aus dem wie zufällig ein paar Strähnen entwischt waren und mein Gesicht umspielten. Trotz der recht kurzen Nacht war ich bestens gelaunt und begierig auf den neuen Tag. Etwas ganz Großes hatte gestern begonnen und ich wollte gewappnet sein für die Fortsetzung.

Der Tag im Laden war relativ ruhig. Molly meldete sich nicht, was mich ein wenig in Sorge versetzte und meine Hoffnungen, dass Charlie vorbeikommen würde, um das neue Buch des Buchclubs zu holen, leider ins Leere laufen ließ. Dafür kam Ada heute vorbei, worüber ich mich wie stets sehr freute.

Ada ist eine besondere Kundin. Sie ist eine reizende alte Dame und meine erste Stammkundin gewesen. Seit der Eröffnung kam sie regelmäßig. Sie ist eine begeisterte Leserin und sehr kundig in der Welt der Literatur. Mit ihr hatte ich schon so manche Stunde verplaudert und sie hatte mich auf einige Werke aufmerksam gemacht, die ich ihrer Meinung nach dringend lesen sollte. Ihre Vorliebe galt den *alten Büchern* und etwas schüchtern hatte sie gestanden, dass sie eine große Verehrerin von heute belächelten Schriftstellerinnen wie Hedwig Courths-Mahler und Victoria Holt war. Ihr Mann, Walt, hatte immer mit entschuldigendem Gesicht neben ihr gestanden und sie verliebt angesehen, wenn Ada davon sprach, dass sie diese Fluchten in vergangene Zeiten liebte.

Seit einiger Zeit kam Ada alleine. Seit Walt sie verlassen hatte, gegangen war in eine Welt, in die sie ihm nicht folgen konnte.

»Noch nicht. Aber bald werde ich wieder mit ihm zusammen sein«, hatte sie heute gesagt, was mich beunruhigte.

»Sagen Sie so etwas nicht. Sie werden hoffentlich noch lange nicht gehen«, antwortete ich und legte kurz meine Hand auf ihre. »Sie würden hier eine sehr große Lücke hinterlassen.«

»Ach, Eliza.« Ada lächelte. »Sie sind ein ganz außergewöhnliches Mädchen, wissen Sie das? Ich habe einige Fehler gemacht in meinem Leben. Manche konnte ich wieder ausbügeln, andere nicht. Ich war kein guter Mensch, dennoch ist das Schicksal so gütig mit mir und schenkt mir Mitmenschen wie Sie.«

»Ich glaube, Sie brauchen einfach nur eine gute Tasse Tee. Wenn es jemanden gibt, der gütig ist, dann Sie. Ehrlich, ich kenne niemanden, der es mehr verdient hat, dass das Leben gut zu ihm ist.«

Das war mein Ernst. Diese beiden Menschen hatten mich vom ersten Tag hier in Notting Hill mit so viel Zuneigung empfangen. Es war etwas um sie herum, das einfach nur Behaglichkeit und Wärme ausstrahlte. Unter uns, die beiden waren mein Vorbild. Solch eine große Liebe wollte ich ebenfalls erleben. Auch wenn es bedeutete, dass einer irgendwann zurückbleiben musste und für den Rest seines Lebens nur noch halb war.

Mit gemischten Gefühlen sah ich der kleinen Dame nach, als sie meinen Laden schließlich verließ. Sie ging anders als früher. Ihre trippelnden Schritte hatten Schwung eingebüßt und sie wirkte ein wenig unsicher auf den Beinen. Ich sollte sie in den nächsten Tagen etwas genauer im Auge behalten.

Kapitel 6

»Kennst du Ada?« Ich sah zu, wie Nathan sorgsam meine Äpfel in eine braune Papiertüte packte.

»Was denn für eine Ada?«

»Eine kleine, zierliche Dame, Ende siebzig würde ich fast schätzen. Weißes kurzes Haar mit einem leichten Blaustich. Sie ist gut gekleidet, auch wenn ihre Sachen ein wenig altmodisch sind. Lange getragen und etwas abgenutzt. Früher war sie immer mit ihrem Mann unterwegs, der leider mittlerweile gestorben ist. Aber am auffälligsten ist ihre Ausstrahlung. Sie hat so etwas, das dich an einen warmen Sommertag denken lässt und einfach nur Freude versprüht.«

»Und warum sollte ich sie kennen?«

»Weil sie in der Gegend wohnen muss. Und hier, auf dem Portobello-Market, kauft sie ganz sicher ein. Ada ist eine Person ... Nun ja, wenn man sie kennt, dann kennt man sie, verstehst du?«

»Es gibt unzählige Obst- und Gemüsestände. Und viele sind schon weitaus länger hier als ich und haben ihre Stammkunden, gerade unter den älteren Besuchern. Warum sollte sie ausgerechnet bei mir einkaufen?«

»Wäre doch möglich. Ich glaube, dass sie dich mögen würde und ein Gespräch mit dir ihr Freude bereiten könnte.« Ich zuckte die Achseln und verzog den Mund zu einem kleinen Lächeln. Nathan hatte seinen Marktstand erst seit dem Frühsommer. Eines Tages stand er plötzlich hinter der langen Holztheke und vom ersten Tag an fühlte ich eine ganz intensive Verbundenheit. Ja, okay, ich gebe es zu, es war Neugierde. Nathan war ein Mensch, der es einem schwer machte, ihn einzuordnen. Er wirkte nicht wie ein Mann, der einen Marktstand beschickte, und dennoch schien er völlig in dieser Arbeit aufzugehen. Er verströmte Ruhe und ein Geheimnis, das ich unbedingt ergründen wollte. Auf meine Fragen antwortete er stets höflich, aber sehr ausweichend. Er war nicht gewillt, seine Geschichte zu erzählen, was mich noch neugieriger machte, denn ich spürte, dass es eine gute Geschichte sein musste. Oder eine interessante. Eine

Geschichte, die einen Film starten könnte. Ich würde nicht aufgeben, sie ihm zu entlocken. Langsam, ganz langsam, schien er sich an mich zu gewöhnen und ich hoffte, dass er einfach noch ein wenig Zeit brauchte, um mich als Freundin zu akzeptieren. Nur als Freundin. Seltsamerweise gab es in unserem Fall nämlich keine anderen Filmchen. Was nicht an seiner Erscheinung lag. Nathan war das, was man gemeinhin als gut aussehenden Mann bezeichnete. Das Erste, was an ihm auffiel, waren seine Augen. Ernste Augen, die einen durchdrangen wie ein Röntgengerät. Sie waren blau wie meine, aber mit viel mehr Leuchtkraft und dennoch eigentümlich kühl. Sie schienen immer tiefer zu blicken, ständig zu fragen, wer man war, was man tat, und vor allem, warum. Das war faszinierend und erschreckend und seltsam anziehend. Seine blonden Haare waren lang, zu lang für meinen Geschmack, und meist zu einem nachlässigen Dutt gebunden. Wenn man ihn ganz genau betrachtete, konnte man sehen, dass sich bereits ein paar graue Haare dazwischen gemogelt hatten. Besonders in seinem Bart. Der war nämlich ein Prachtexemplar, dicht und lang und zum Glück auch gepflegt. Und auf der Oberlippe, wo er sich in einer Art Schnauzer austobte, eben schon leicht angegraut. Das machte ihn noch interessanter, denn sein Gesicht sah nicht alt aus und ich schätzte ihn auch nicht als alt ein. Weise sah er aus, wie ein nicht mehr ganz junger, weiser Mann.

»Weshalb fragst du nach ihr?« Er hielt mir meine Einkäufe hin und zeigte einmal mehr diesen Blick.

»Weil ich mir Sorgen um sie mache. Sie ist eine meiner Stammkundinnen und ich habe heute festgestellt, dass ich fast nichts über sie weiß. Wo sie wohnt oder ob sie Familie hat.«

»Weshalb solltest du das wissen?«

»Ich würde es gerne wissen, weil ich den Verdacht habe, dass sie gesundheitlich ein wenig angeschlagen ist. Ich wollte ihr meine Hilfe anbieten.«

»Einer Kundin? Einfach so?«

»Sie ist mehr als eine Kundin. Ich weiß auch nicht, aber Ada ist ein besonderer Mensch. Ich habe das Gefühl, dass sie mehr ist als bloß eine Frau, die zufällig in meiner Buchhandlung einkauft.«

»Du bist ein ziemlich emotionaler Mensch, Eliza Grey.« Er lächelte kaum merklich.

»Stimmt. Und ich möchte es gar nicht anders.« Ich zwinkerte ihm zu, was seine Mundwinkel zum Zucken brachte.

Seit jeher nannte er mich Eliza Grey, was ich ziemlich süß fand und eigentlich auch recht charmant. Ich hatte mich, möglicherweise ein wenig forsch, direkt vorgestellt, als ich zum ersten Mal etwas bei ihm einkaufte. *Hallo, ich bin Eliza, Eliza Grey*, hatte ich gesagt, noch ehe ich ihn um eine Schale der leuchtend roten Erdbeeren gebeten hatte. Das hatte ihn amüsiert, aber er hatte meinen Namen nicht mehr vergessen.

»Ist es klug, sich zu sehr in das Leben anderer einzumischen?« Jetzt klang es fast wie eine leise Drohung. »Du könntest Dinge finden, die du gar nicht wissen willst. Enttäuschungen. Die Fassade könnte eingerissen werden und Sachen offenbaren, die du nicht erwartet hast.«

So wie bei dir?, dachte ich. *Ist das der Grund, weshalb du so distanziert bleibst, obwohl ich seit über einem Vierteljahr all mein Obst und Gemüse bei dir kaufe und dennoch kaum etwas von dir weiß?*

»Oder ich entdecke, dass es weit weniger schlimm ist als erwartet.« Ich griff nach meiner Tüte.

»Warum tust du das? Dich einmischen, meine ich?« Jetzt waren seine Augen wieder unergründlich. »Weil du sonst nichts zu tun hast?«

»Nein. Weil ich hoffe, dass es bei mir auch mal jemand macht, wenn ich es brauche. Ich wünsche mir, dass es bemerkt werden würde, wenn es mir schlecht geht, und dass dann einer kommt und mir Hilfe anbietet. Echte Hilfe, ohne Hintergedanken. Nicht weil etwas zurückkommt, sondern weil ich es wert bin. Das sollte es doch sein, was uns Menschen ausmacht, oder? Und außerdem«, jetzt grinste ich ihn an, »außerdem glaube ich fest an Karma. Und ich bin gewillt, mit einem gut gefüllten Konto etwaigen Problemen gegenüberzutreten.«

»Na dann«, er steckte seine Hände in die Hosentaschen. »Wie es scheint, bist du bestens gerüstet für das Schicksal, Eliza Grey.«

Das war in der Mittagspause gewesen. Fröhlich spazierte ich mit meinen Einkäufen zurück zum Laden, ungeachtet der Menschen, die mir mit eher missmutigen Gesichtern entgegenkamen. Wie schade, dass sie sich von Dingen wie ein wenig Nieselregen beeinflussen ließen. Ich sah in ihre Gesichter und überlegte mir, welches Buch ich wem von ihnen empfehlen würde, um sie ein bisschen aufzuheitern. Das mache ich gerne, auch wenn es natürlich wenig Treffer gäbe, wenn man nichts von den Menschen weiß. Dennoch verordnete ich der jungen Mutter, die mit tiefen Augenringen einen Kinderwagen vor sich herschob, einen entspannenden Liebesroman. Und dem Mann, der mit grimmiger Miene ihren Weg kreuzte und sie anblaffte, dass sie gefälligst aufpassen solle und sie ihn angefahren habe, einen netten Krimi zum Abreagieren. Und grinste, als ich Nathans Worte Revue passieren ließ. Was ich nicht tat, war, darüber nachzudenken, wie bald schon mein Karmakonto in die Miesen geraten könnte, weil ich eventuell mehr abheben musste, als ich einbezahlt hatte.

Kapitel 7

Zwei Tage später meldete sich Molly endlich. Sie klang noch reichlich verschnupft und ihre normalerweise recht kräftige Stimme war kratzig.

»Molly! Ich habe mir Sorgen gemacht. Wie geht es Ihnen?«

»Danke der Nachfrage, es wird langsam. Welches Buch steht auf dem Leseplan?«

»*Veilchenküsse* von Joss Plane. Valerie hat es vorgeschlagen.«

»Eine neue Autorin?«

»Für uns ja. Valerie kennt mehrere Bücher und ist außerordentlich begeistert.«

»Haben Sie für mich ein Exemplar bestellt?«

»Natürlich.« Ich musste lächeln.

»Bestens. Ich würde Ihnen meinen Neffen vorbeischicken, um es abzuholen. Das wäre doch in Ordnung, oder?«

»Aber ja.« So was von in Ordnung sogar.

»Gut. Dann sehen wir uns hoffentlich beim nächsten Clubtreffen. Wenn mein Arzt mich dann wieder aus dem Bett lässt.«

»Ich drücke ganz fest die Daumen. Ist ja noch ein wenig Zeit bis dahin, das wird schon.« Auch wenn, ich wagte es nicht einmal zu denken, auch wenn es für mich sehr nett wäre, wenn sie liegen bleiben und weiterhin ihren Neffen vorbeischicken müsste.

»Unkraut vergeht nicht.« Sie lachte kratzig und legte auf.

»Ich bin ein schlechter Mensch, fürchte ich. Ich habe gehofft, dass meine Tante noch eine Weile krank ist und ich Sie wieder aufsuchen muss.«

»Oh.« Ich sah in Charlies Augen und errötete. »Nun, Sie wissen schon, dass das hier eine Buchhandlung ist. Jeder darf kommen, jederzeit.«

»Jeder?« Er trat einen Schritt auf mich zu und hob eine Augenbraue.

»Natürlich.« Ein tiefer Atemzug, dann sah ich ihm direkt ins Gesicht. »Wobei manche willkommener sind als andere.«

Er machte noch einen Schritt und griff nach dem Buch, das ich in den Händen hielt. Es war das Exemplar der »Veilchenküsse«, das ich für Molly bestellt hatte, und wie zufällig berührten seine Finger meine.

Er zog sie nicht weg, als er weitersprach. »Darauf habe ich gehofft. Ich würde sehr gerne öfter bei Ihnen vorbeischauen, Eliza. Und ich wäre sehr gerne willkommener als andere.«

Das Glockenspiel riss mich aus meinen Tagträumen und ich sah auf. Und errötete prompt. Kein anderer als Charlie selbst trat eben in den Laden.

»Hallo«, sagte er mit einem leichten Lächeln.

»Hallo«, antwortete ich ein wenig kurzatmig und spürte ein Kribbeln auf meinen Fingern.

»Meine Tante bat mich, ein Buch bei Ihnen abzuholen.«

»Ja. Ja, sie hat es gesagt. Ich ... ich habe es hier.« Fahrig begann ich, auf dem Regalbrett mit den Bestellungen danach zu suchen, obwohl ich eigentlich genau wusste, wo es stand. »Ah, hier ist es.«.

»Danke.« Er griff danach und ich hielt einmal mehr die Luft an. Seine Finger streiften kurz meine und waren auch schon wieder weg. Hm.

»Ich hoffe, Molly ist bereits auf dem Weg der Besserung«, versuchte ich ihm Starthilfe zu geben.

»Sie wird bestimmt bald wieder durch die Gegend marschieren können. Das alte Mädchen ist zäh.«

Ich nickte. Enttäuschung machte sich breit. Hallo? Das sollte doch ein wenig anders ablaufen.

»Ich«, er warf einen schnellen Blick auf seine blöde Uhr. »Ich habe heute Abend noch einen wichtigen Termin und darf den Bus nicht verpassen. Eigentlich hätte ich nicht mal diese fünf Minuten gehabt, doch meine Tante hat darauf bestanden, dass ich das hier«, er wedelte mit dem Buch, »unverzüglich abholen müsse. Was bekommen Sie?«

Er war schon an der Tür und ich fühlte mich bereits wie das größte, blödeste Huhn, das in London herumlief, als er sich noch einmal umdrehte. Sein Blick war auf das Plakat gefallen, das die nächste Büchernacht ankündigte.

»Sie veranstalten hier Lesenächte?«

»Ja. Am kommenden Samstag ist es wieder so weit.«

»Und was genau erwartet einen dann?«

»Oh. Nun, wir lesen hauptsächlich. Es gibt ein paar Häppchen und natürlich jede Menge Bücher.« Meine Hand deutete fahrig zu den Regalen. »Es ist nicht besonders aufregend, aber wunderschön, hier zu sitzen, während es draußen dunkel ist, und jeder hat ein Buch und vor allem genug Zeit, um sich in Ruhe auf die Suche nach neuen Geschichten zu machen.«

»Das hört sich in der Tat großartig an. Samstag, ja? Das sollte ich mir vormerken und mir dringend mehr Zeit frei halten als heute. Ich muss gestehen, ich stelle mir das wirklich wunderschön vor, einen ganzen Abend hier zu verbringen, in der Gesellschaft all dieser Bücher und in der ihrer Besitzerin.« Er sah fast ein wenig verlegen kurz zu Boden, ehe er sich wieder straffte. »Einen schönen Abend noch, Eliza.« Dann war er weg und in mir keimte neue Hoffnung auf. Und ein neuer Film startete in meinem Kopf.

Der Samstag brachte perfektes Wetter mit sich. Kalt und grau, aber ohne Regen, der die Menschen daran hinderte, noch einmal vor die Tür zu gehen. Im Sommer, hatte ich feststellen müssen, waren solche Veranstaltungen nicht wirklich reizvoll. Anders sah es aus, wenn eine Lesung stattfand, aber reine Buchabende hatten es dann schwer, wenn sie in direkte Konkurrenz mit lauschigen Abenden in Biergärten treten mussten. Nun jedoch spielte mir ein unfreundlicher Oktober in die Karten und während ich die Häppchen vorbereitete, plante ich bereits, was ich in der kommenden Adventszeit anbieten könnte. Anna hatte bald ein neues Buch und sie würde hier eine Lesung halten. Ein Themenabend zu Weihnachtsgeschichten war schon geplant und ein Late-Night-Shopping-Termin stand ebenfalls fest.

Mein Blick strich prüfend über die Platte. Das sollte reichen. Ich platzierte die Spendenkasse daneben und trat zufrieden zurück. Mein Bruder hatte nur resigniert den Kopf geschüttelt, als ich davon berichtete, dass ich diese Abende veranstaltete und quasi gratis auch noch Essen anbot, aber ich hatte recht gehabt. Die meisten gaben freiwillig etwas und die Unkosten wurden immer gedeckt. Und viele kauften bei diesen Gelegenheiten großzügig ein und überhaupt, hatte ich ihm beschieden, war das alles Werbung und Kundenbindung.

Dann holte ich die Karten aus der Schublade. Das war eine neue Aktion und ich war gespannt, was daraus werden würde. Ich hatte ein großes Memoboard gefunden, mit einem wunderschönen Samtbezug in fast demselben pudrigen Rosa wie meine Außenfassade. Der altmodische weiße Stuckrahmen wirkte besonders edel und die weißen, diagonal verspannten Gummibänder würden meine Karten, die ich extra hatte drucken lassen, halten und inszenieren. BOOKS stand in goldglänzenden, geschwungenen Lettern auf der linken Seite des dicken, cremefarbenen Papiers und LOVE auf der rechten. Meine Idee war, dass jeder, der mochte, dazwischen oder daneben schrieb, was ihm spontan einfiel. Das Ganze wollte ich hübsch präsentiert ins Schaufenster stellen und regelmäßig aktualisieren. Ich legte schwarze Stifte dazu und trat zufrieden einen Schritt zurück. Perfekt. Dann eilte ich in den kleinen Waschraum, überprüfte meine Haare, die ich heute nur an den Seiten verschlungen hatte, um sie aus dem Gesicht zu halten, und strich den Kragen meines veilchenblauen Kleides glatt.

»Veilchenküsse sollen die schönsten sein«, hörte ich Charlies Stimme raunen. Leider nur in meinem Kopf. In der Realität schlug das Glockenspiel an und ich trat hinaus in den Laden. Natürlich war es nicht er, aber der Abend war ja noch lang.

Kapitel 8

Der Laden füllte sich nach und nach und ich sah mit Freuden, dass ein paar unbekannte Gesichter dabei waren. Die Ersten hatten sich schon mit einem Buch zurückgezogen, doch die meisten schlenderten mit verträumten Blicken an den Regalen entlang, zogen Bücher heraus, lasen ein paar Seiten, spazierten weiter. Drei Frauen hatten sich umstandslos auf dem Boden niedergelassen, um in ihrem Fundstück weiterzulesen. Einige meiner Buchclub-Mädel waren da und ich plauderte leise mit ihnen. Dann öffnete sich die Tür und Charlie trat ein. Er sah sich um, bemerkte mich und lächelte. Ich warf eine Entschuldigung in die Runde und eilte zu ihm.

»Wie schön, dass Sie es geschafft haben.«

»Ja. Ein Abend in einer Buchhandlung, wer könnte dem widerstehen?«

Jackpot, dachte ich. ***Davon könntest du noch ganz viel mehr bekommen.*** »Wir beide offensichtlich nicht.« Ich lachte. »Obwohl ich nicht weiß, ob ich Ihren Lesegeschmack treffen werde.«

»Oh, ich sehe mich einfach mal bei den Klassikern um.«

»Die finden Sie dort hinten. Wenn Sie Fragen haben ...«

»Dann melde ich mich. Danke.« Er schlenderte davon.

Ich beobachtete ihn verstohlen, während ich mit Besuchern sprach und Tipps gab. Er besah sich die Bücher interessiert, nahm das eine oder andere aus dem Regal und wirkte zufrieden. Schließlich zog er ein Buch heraus, sah sich um und ging damit nach oben. Ich beschloss, ihm ein paar Minuten zu gönnen, ehe ich der Neugierde nachgab und herausfand, wofür er sich entschieden hatte.

Die Tür öffnete sich erneut und Ada trat ein.

»Ada, wie nett. Geht es Ihnen gut?« Ich sah sie genauer an. Sie war blass, fand ich.

»Natürlich, meine Liebe. Ein wenig wackeliger als sonst, der dumme Kreislauf spielt zurzeit verrückt. Ich fürchte, das Wetter tut mir nicht gut.«

»Wollen Sie sich setzen?«

»Nein.« Sie lachte. »Ich bin nicht zum Sitzen gekommen. Herumsitzen kann ich daheim.«

Ich geleitete sie dennoch zu zwei freien Stühlen in der Ecke. »Ich glaube, ich habe das perfekte Buch für Sie hier. Eine Neuerscheinung, die Autorin schreibt ganz hervorragend. Ein wenig in der Tradition unserer geschätzten Frau Holt«, ich zwinkerte ihr zu. »Ich werde es Ihnen gerne zeigen.«

Wir plauderten eine Weile, dann ließ ich sie mit dem Buch zurück und machte mich auf den Weg zur Treppe. Unterwegs wurde ich mehrmals aufgehalten und so dauerte es, bis ich Charlie endlich erreichte. Er saß mit überschlagenen Beinen in einem Sessel und war so vertieft, dass er kurz zusammenzuckte, als ich ihn ansprach.

»Ein gutes Buch?«

»Ein sehr gutes.« Er ließ es auf seinen Schoß sinken und ich spähte nach dem Titel.

»Jane Austens Juvenilia?«, fragte ich so überrascht, dass er auflachte.

»Schuldig. Ich habe es nie gelesen. Ich meine, ich kenne natürlich alle anderen Romane von ihr, aber ihre Frühwerke nicht. Wussten Sie, dass darin eine Eliza vorkommt?«

»Ja.« Ich errötete. »Tatsächlich behauptet meine Mutter, dass ich den Namen dieser Kurzgeschichte zu verdanken habe.«

»Wirklich? Und Ihre Mutter hat Sie nach dieser Eliza benannt? Das könnte mir zu denken geben.«

»Weshalb?«

»Nun, was ich bisher las, war die junge Dame nicht zimperlich. Bestiehlt ihre Pflegeeltern und brennt mit dem Liebhaber ihrer Dienstherrin durch. Ah, und requiriert eine Armee, um sich an ihren Widersachern zu rächen. Eine interessante Frau, die man nicht unterschätzen sollte. Und anscheinend mit ausreichend Charme versehen, um dennoch zu einem guten Ende zu finden, und natürlich bildhübsch. Ihre Mutter war nicht zufällig hellseherisch begabt?«

»Nicht dass ich wüsste.« Das lief ja wie in meinen Träumen. »Was halten Sie davon?«

»Ich schwanke noch, ob ich mich darüber amüsiere und es als kindliche Schreibversuche abtun oder anerkennend feststellen sollte, dass Miss Austen schon in jungen Jahren so satirisch und gesellschaftskritisch war.«

»Ich neige zu beidem. Ich amüsiere mich darüber, vor allem, weil es teilweise wirklich nach kindlicher Fantasie klingt, denke aber dennoch, dass sie nicht so naiv war, wie es scheint.« Himmel, es war nicht zu fassen. Ein Mann, mit dem ich mich über Bücher austauschen konnte. »Wissen Sie, dass Sie einer der wenigen Männer sind, mit denen ich solch ein Gespräch führe?«

»Ich ahne es. Finden Sie es unmännlich?«

»Ich?« Meine Wangen glühten, so begeistert war ich. »Ich finde es großartig.«

»Dann sind wir schon zwei. Was, denken Sie, ist ihr bestes Werk?«

»Ganz sicher Stolz und Vorurteil.«

»Dann sind Sie ein Fan von Mr Darcy.« Es klang eher wie eine Feststellung denn wie eine Frage.

»Um ehrlich zu sein, finde ich Mr Bingley sympathischer.«

Überrascht betrachtete er mein Gesicht. »Das ist ungewöhnlich. Und ziemlich interessant.« Er strich sich langsam mit dem Daumen über seine Unterlippe, was mich gehörig in Verzückung versetzte. »Eine Frau, die nicht den strahlenden Helden bevorzugt, sondern auf den unauffälligen Mann im Hintergrund achtet.«

»Das sind in der Realität oft die besseren«, antwortete ich und versuchte dezent, ihm einen Hinweis zu schicken. »Ich bin kein Mädchen für die sogenannten Bad Boys, fürchte ich. Ich mag die Normalen lieber.«

Wieder strich sein Daumen über seinen Mund und seine Augen bekamen einen warmen Glanz. »Eliza, ich würde Sie gerne etwas fragen. Würden Sie …«

Mein Herz begann, schneller zu klopfen. Und dann setzte es einen Schlag aus, keine gute Kombination. Noch weniger gut war allerdings der Grund für den Aussetzer. Ein lautes Geräusch ließ uns herumfahren, ein mächtiges, Unheil verkündendes Poltern. Ein Schlag, der sofort signalisierte, dass etwas passiert war. Der unmittelbar darauf einsetzende Schrei bestätigte meine Vorahnung.

»Ein Krankenwagen! Wir brauchen einen Krankenwagen!«

Kapitel 9

Übergangslos hatte sich mein Jane-Austen-Traumland in einen Thriller verwandelt. Ich stand einen Augenblick unfähig, irgendetwas zu tun, an der Brüstung und sah nur das Blut. Blut, das sich auf meinem schönen Parkett ausbreitete. Und Adas Körper, der reglos dort lag.

»Wir brauchen einen Krankenwagen.« Jenna schien die Einzige zu sein, die einen klaren Kopf behalten hatte, und war schon am Handy. Während sie die Adresse durchgab und schilderte, was passiert war, eilte ich die Treppe hinunter. Ada. Lass sie nicht tot sein, flehte ich. Nicht Ada.

»Was ist passiert?« Ich wandte mich an Jenna. Alle anderen standen mit bleichen Gesichtern da, ebenso unfähig wie ich, etwas zu tun. Sie kniete neben der alten Frau und blickte nun zu mir auf.

»Ich weiß nicht genau. Sie ist aufgestanden und wollte sich wohl ein anderes Buch holen. Ich habe es nicht gesehen. Ich habe nur den Krach gehört, und da lag sie schon auf dem Boden. Sie muss mit dem Kopf die Kante des Regals erwischt haben. Ich denke, es ist nur eine Platzwunde«, beeilte sie sich zu versichern. Ada stöhnte leise, rührte sich aber nicht. »Sie ist benommen, sie antwortet nicht. Die Ambulanz muss gleich da sein.«

Ich kniete mich auf den Boden. »Ada? Hören Sie mich?« Ich griff nach ihrer Hand und bekam ebenfalls nur ein Stöhnen als Antwort. »Alles wird gut. Gleich wird ein Arzt hier sein.« Hilflos sah ich zu Jenna. »Sollen wir sie anders hinlegen? Sie sieht so seltsam aus und der Kopf …«

»Beweg sie nicht.« Charlie war neben mir. »Sie könnte sich etwas gebrochen haben.«

Ich nickte und spürte, wie sich Tränen in meinen Augen ansammelten.

»Ich habe sie gesehen«, sagte eine junge Frau. »Wie sie aufstand. Ich dachte noch, sie schien mir ein wenig wackelig zu sein, und wollte gerade hingehen, um zu fragen, ob alles in Ordnung ist. Und dann ist sie einfach umgefallen und wie ein Brett nach hinten gekippt. Ihre

Schläfe hat dabei das Regal gestreift.« Sie biss sich auf die Knöchel ihres Handrückens. »Es ging so schnell, ich konnte nichts tun.«

»Nein.« Ich atmete tief ein und versuchte zu lächeln. »Das war unmöglich.« Meine Finger griffen fester zu, streichelten Adas papierdünne, faltige Haut. Ich spürte, wie sich eine Hand auf meine Schulter legte, und wusste, dass es Charlie war. Aber ich sah nicht auf, sah weiterhin in Adas Gesicht, das von Schmerzen gezeichnet war. Und wartete eine Ewigkeit, wie es schien, in dieser Stille, die so schrecklich war wie alles hier. Erst als ein Arzt hereinkam und sich neben mich kniete, hob ich den Blick von Adas Gesicht.

Jenna gab erneut eine kurze Zusammenfassung und der Arzt begann mit beruhigend geübten Griffen seine Arbeit. Er stellte Ada Fragen ohne den panischen Unterton, den meine Stimme gehabt hatte, tastete, sah wortlos zu seinem Kollegen, machte weiter. Ich stand auf und trat, ohne nachzudenken, neben Charlie, der seinen Arm um meine Schulter legte und ebenso stumm dem Ganzen zusah.

»Wo bringen Sie sie hin?«

»Ins Medical.«

Ich nickte und sah zu, wie sie meine Freundin auf einer dieser Stabilisationstragen aus dem Laden brachten. Immer noch war es totenstill. Nein, es war einfach still, nicht an dieses andere Wort denken. Jenna wandte sich ab und verschwand. Kurz darauf kehrte sie zurück, einen Lappen in der Hand, und begann, den Boden zu wischen. Ich sollte das tun, dachte ich. Aber ich war noch immer nicht in der Lage, mich zu bewegen.

»Ich glaube nicht, dass da ein Fleck bleibt«, sagte sie schließlich und als wäre das ein Zeichen, fiel von uns anderen die Starre ab. Ich kniete neben sie.

»Lass mich das machen.«

»Nein, schon in Ordnung. Ich wische jetzt mit etwas kaltem Wasser nach, dann sollte es gut sein. Es war ja noch nicht getrocknet …« Sie brach ab.

Ringsum begannen die anderen, nach ihren Jacken zu greifen. Allen war die Lust gründlich vergangen und wir nickten uns nur zu oder nahmen uns stumm in die Arme, ehe eine nach der anderen den Laden verließ. Als Letzte ging Jenna, die mich fest an sich drückte.

»Ich melde mich«, sagte sie und verschwand ebenfalls. Ich sah mich um. Charlie stand stumm ein paar Schritte entfernt.

»Ich fahre zu ihr. Ich muss wissen, was …«

»Natürlich. Wir nehmen ein Taxi.«

»Du kommst mit?« Erleichterung, so groß, dass ich sie nicht beschreiben kann, ergriff mich.

»Ja.« Er hatte bereits seinen Mantel in der Hand und lächelte mir zu. »Ich komme mit.«

Meine erste Nacht mit Charlie, und wir sprachen kein Wort. Wir berührten uns nicht. Wir machten gar nichts, als dazusitzen in diesem sterilen Warteraum und zu hoffen. Niemand hatte mir etwas gesagt. Ich hatte erklärt, dass Ada meine Freundin war und dass sie in meinem Laden den Unfall gehabt hatte, und man erlaubte uns zu warten, doch niemand gab Auskunft. Ich wusste natürlich, dass sie das nicht durften, doch ich würde hier sitzen bleiben, bis ich sie sehen konnte. Das mussten sie erlauben. Irgendwann wurde die Anspannung von Müdigkeit überlagert. Wir hatten uns schon zweimal einen grässlichen Kaffee aus dem Automaten geholt, nur um etwas zu tun zu haben. Ich kämpfte gegen die Müdigkeit und die Erschöpfung, die meinen Körper gepackt hatte, an, solange es ging. Schließlich legte Charlie seinen Arm um meine Schulter und ich ließ den Kopf sinken und gab nach. Nur kurz die Augen schließen und all dem entfliehen.

Erst als er sanft meinen Arm streichelte, schreckte ich hoch und bemerkte, dass ich tatsächlich eingeschlafen war. Eine Krankenschwester wartete in der Tür und lächelte angespannt. Ich rappelte mich hoch, mein Begleiter streckte sich verstohlen und stand steifbeinig auf.

»Sie können sie jetzt sehen«, sagte sie. »Kurz, aber ich denke, das wird reichen.« Sie drehte sich um und eilte voraus und auf steifen Beinen hasteten wir hinter ihr her. An einer Tür blieb sie stehen und zögerte kurz. »Das Blut kam von einer Platzwunde. Sie wurde genäht, es sah weit dramatischer aus, als es ist.«

Ich nickte dankbar. »Dann wird sie nicht lange bleiben müssen. Gut.«

Die Schwester kniff den Mund zusammen und öffnete die Tür. Ada lag in einem Bett, unfassbar klein und schmal und blass. Die Augen hatte sie geschlossen. Schläuche ragten aus ihrem Arm. Ich trat leise neben sie und griff nach ihrer Hand. Ihre Augen zuckten, öffneten sich langsam und der Kopf bewegte sich in meine Richtung. Ich sah den Schatten, der sich dabei über ihr Gesicht legte.

»Was machen Sie nur für Sachen?« Mein Lächeln war sicherlich ebenso angestrengt wie das der Schwester. »Sie haben mir einen Heidenschrecken eingejagt.«

»Es tut mir leid.« Die Worte kamen langsam und mühsam.

»Nicht doch. Ada, es tut mir leid. Dass das passiert ist … Aber die Wunde wird schnell heilen und dann springen Sie wieder …«

»Meine Rippen.« Es machte ihr Mühe, zu reden. »Ich habe mir zwei Rippen gebrochen.«

»Nein.«

»Osteoporose, sagen sie. Der Beckenknochen hat ebenfalls einen Riss bekommen und sie behaupten, dass sie auf den Röntgenbildern ein paar alte Frakturen sehen.« Ihre Hand drückte zu. »Danke, Eliza, dass Sie hier sind.«

Dann schwiegen wir, weil ich nicht wusste, was ich sagen sollte, und sie offensichtlich zu schwach oder müde dazu war. Schließlich kam die Schwester wieder.

»Sie müssen jetzt gehen.«

»Was passiert mit ihr? Wird sie operiert?«

»Das darf ich Ihnen nicht sagen.« Sie kniff kurz die Lippen zusammen, sah mich an und zögerte. »Rippenbrüche operiert man nicht. Das muss alleine wieder zusammenwachsen.«

»Kann ich später noch einmal kommen und nach ihr sehen?«

»Am Abend vielleicht kurz. Allerdings sollten Sie damit rechnen, dass sie es nicht bemerkt. Wir müssen ihr im Moment starke Mittel gegen die Schmerzen verabreichen. Und nun gehen Sie.« Sie setzte ihr professionelles Lächeln auf, das sie bestimmt in der Ausbildung für genau diese Situationen lernten. »Wir bekommen sie schon wieder hin.«

Kapitel 10

Ich legte mich ins Bett, doch es waren unruhige, keineswegs erholsame Stunden. Und nichts konnte mich auf andere Gedanken bringen. Nicht einmal meine Fantasie. Ich versuchte es, muss ich zu meiner Schande gestehen. Ich wollte flüchten vor diesen Bildern, aber zum ersten Mal funktionierte es nicht.

Charlie hatte darauf bestanden, mich nach Hause zu bringen. Genauso schweigsam, wie wir im Krankenhaus gewesen waren, saßen wir einmal mehr im Taxi nebeneinander. Er war verwirrt, weil ich die Adresse des Ladens nannte. Das war der einzige Moment, in dem er sprach.

»Eliza, lass gut sein. Darum können wir uns später kümmern. Leg dich erst eine Weile hin.«

»Meine Wohnung ist über dem Laden. Sie gehört dazu, also dem gleichen Vermieter«, hatte ich erklärt und versucht, mich an dem *wir* festzuklammern.

Am frühen Nachmittag stand ich schließlich auf, nicht wirklich erholt und irgendwie knitterig. Natürlich nicht im wörtlichen Sinne, aber ich fühlte mich so, wie ein Kleidungsstück, in dem man geschlafen hat und das nun zerdrückt und von der letzten Partynacht verschmutzt und nicht mehr besonders ansehnlich war. Ein paar Pailletten waren in der Nacht verloren gegangen und man wusste nicht, wie man die defekten Stellen behandeln sollte, ob man Ersatz fand oder sich daran gewöhnte. So in etwa.

Schließlich ging ich hinunter in den Laden. Wir waren gestern überstürzt aufgebrochen und vermutlich herrschte ziemliches Chaos. Und die restlichen Lachshäppchen und Gurkensandwiches standen noch herum und mussten dringend entsorgt werden. Ich schlüpfte in ein weiches Strickkleid und band mir die Haare zu einem hohen Dutt, dann eilte ich hinunter.

Ich muss zugeben, im ersten Moment hatte ich fast Angst, den Laden zu betreten. Mein Zufluchtsort, mein Reich, mein Refugium, an dem alles gut war. Und nun? Was sollte ich tun, wenn sich das geändert hatte? Wenn ich jetzt einen Fleck hier hatte, der auf ewig das Bild stören würde? Doch schon nach wenigen Augenblicken atmete ich auf. Ja, es war anders. Es war, als hätte ich die ersten Seiten eines Romans überblättert, die, in denen alles leicht ist und gut aussieht, und nun begann der Hauptteil. Die Schwierigkeiten und Herausforderungen traten hervor, denen die Heldin sich stellen musste, doch die Hoffnung auf ein glückliches Ende war noch nicht aufgegeben.

Meine Herausforderung stand neben der Kassentheke. Das Buffet war zum Glück schon ziemlich geplündert gewesen, aber die restlichen Sachen sahen verschrumpelt aus und begannen bereits, einen unangenehmen Geruch zu verströmen. Energisch machte ich mich daran, aufzuräumen. Ich stellte die Gläser und Teller in die Spülmaschine und trat dann erst zu der Stelle, an der Ada gestern gelegen hatte. Ich musste Jenna dringend danken und ihr ein paar Blumen kaufen, dachte ich. Ihr beherztes Eingreifen hatte verhindert, dass der Boden nun einen Fleck hatte, das war sicher. Ich saugte die Stelle dennoch ganz besonders intensiv, als ob ein Staubsauger auch Bilder entfernen könnte.

Dann trat ich zu dem kleinen Tisch, auf dem ich meine Karten und Stifte deponiert hatte. Ich war sehr gespannt, ob die Idee angenommen wurde oder nicht, und griff nach dem bescheidenen Stapel.

»BÜCHER sind LIEBE«, stand auf der ersten.

»BÜCHER waren meine erste LIEBE« auf der zweiten. Ich ließ mich auf einen Stuhl sinken und betrachtete die dritte.

»BÜCHER schenken LIEBE«.

»BÜCHER muss man einfach LIEBEn«.

»BÜCHER und LIEBE machen uns zu Menschen.«

»Danke für diese BÜCHER *und die* LIEBE *zu ihnen.«* Diese Karte starrte ich eine Weile an.

» BÜCHER *zum Ver*LIEBE*n«* war auf der nächsten zu lesen.

»Du hast nie genug BÜCHER *und* LIEBE *in deinem Leben.«* Diese Karte sah recht chaotisch aus, aber auch süß. Ich holte das Board und begann, die Karten zu arrangieren. Es sah ziemlich cool aus und ich beschloss, es gleich ins Schaufenster zu stellen. In das rechte. Mein Laden hat nämlich einen symmetrischen Aufbau. In der Mitte die

Tür, links und rechts je ein großes Fenster. Das bot einen großzügigen Blick in mein Reich und war nebenbei eine tolle Präsentationsfläche. Ich hatte mir für die Fenster eine filigrane Konstruktion ausgedacht und einiges Geld in die Sonderanfertigung investiert. Buchträger aus wasserhellem Acryl, wie große Winkel, waren an durchsichtigen Schnüren aufgehängt. In unterschiedlichen Höhen, kreuz und quer über das Schaufenster verteilt, schienen sie die Bücher schweben zu lassen. Die Halterungen waren oben und unten verspannt, damit sie sich nicht drehten, schwangen aber manchmal sanft hin und her und schienen die Bücher tanzen zu lassen. Und rückten sie in das perfekte Licht. Man brauchte nicht mehr, sie wirkten alleine. Das Board würde dazu richtig edel aussehen und witzig und individuell. Ich bildete mir ein, dass es perfekt zum *BOOKS OF LOVE* passte.

Leider war das Arrangieren nicht ganz einfach. Das war der einzige Nachteil, auch wenn ich die Titel austauschte, dass man sich gerne in den stabilen Nylonschnüren verfing, wenn man sich nicht in einer genau durchdachten Choreografie durch sie wand. Schließlich war es geschafft und ich trat hinaus auf die Straße, um es mir anzusehen. Perfekt. Ich hatte die Karten mitsamt ihrem schönen Rahmen mittig platziert, so kamen sie gut zur Geltung und verdeckten nur ein einziges Buch. Mit den vermeintlich schwebenden Büchern ringsum sah es märchenhaft schön aus. Versunken stand ich da und betrachtete das Ergebnis, als unvermittelt neben mir eine Stimme erklang.

»Ich wusste, dass du hier sein würdest.«

»Charlie.« Ich zuckte zusammen und fasste mir an die Brust. »Hast du mich erschreckt.«

»Das wollte ich nicht.«

»Was machst du hier?«

»Nach dir sehen.« Es klang wie eine Mischung aus Frage und Feststellung. »Das sieht toll aus.« Er deutete auf das Board.

»Danke.« Ich ließ meinen Blick zurück zum Schaufenster wandern. »Und danke für gestern«, fügte ich leiser hinzu. »Kommst du mit rein?«

»Du siehst müde aus.«

»Ich habe nicht gut geschlafen.« Ich griff mit beiden Händen nach der Teetasse, um meine Finger zu wärmen und zu beschäftigen.

»Das dachte ich mir. Du magst sie sehr?«

»Ja. Aber ich weiß gar nichts über sie. Ich weiß nicht, ob sie eine Familie hat, jemand, der sich jetzt um sie kümmert. Ihr Mann ist tot und sie hat nie Kinder erwähnt.«

»Bestimmt hat sie jemanden.«

»Auf alle Fälle hat sie mich.« Ich straffte meinen Rücken.

»Eliza, du bist nicht schuld an der Geschichte.«

»Natürlich nicht.« Die Worte kamen automatisch, auch wenn er zielsicher ins Schwarze getroffen hatte. Ich fühlte mich schuldig, weil sie hier in meinem Laden gestürzt war. Die ganze Zeit über fragte ich mich, ob sie gestolpert war, ob sie vielleicht nicht hätte ausgehen sollen und es nur mir zuliebe getan hatte.

»Sieh es mal so: Was passieren muss, passiert. Sie hatte Glück, dass es ihr hier geschah, wo Menschen waren, die sofort reagieren konnten. Wenn sie wirklich alleine lebt und sie zu Hause gestürzt wäre …«

»Ich weiß.« Glück durchflutete mich, völlig unpassendes Glück, weil er hier neben mir saß und mir meine Schuldgefühle nahm und seine Tasse Tee in den Händen hielt und nicht den Eindruck vermittelte, es eilig zu haben. »Du bist ein sehr netter Mensch, Charlie. Ich … ich bin froh, dass du hier bei mir bist.«

»Danke.« Sein Lächeln war echt und bezaubernd. »Manchmal spürt man einfach eine Verbindung. Und solche Vorfälle, nun, sie scheinen eine Abkürzung zu sein und manches zu vereinfachen. Nicht falsch verstehen, natürlich tut es mir leid um deine Freundin, aber ich habe eben das Gefühl, dass uns seit der letzten Nacht etwas verbindet.«

»Mir geht es genauso. Obwohl ich so gut wie nichts über dich weiß. Irgendwie scheint das Methode zu entwickeln, ich weiß viel zu wenig über die Menschen, die ich … wirklich mag.«

»So viel gibt es da nicht zu wissen. Ich fürchte, ich bin ein ziemlich langweiliger Mensch.«

»Dann langweile mich. Wer bist du und wie kommt es, dass du freiwillig Liebesromane liest?«

Kapitel 11

Wieder lachte er leise, dann stellte er seine Tasse ab, rieb sich nachdenklich die Hände und begann langsam zu reden.

»Tja, was soll ich sagen. Ich bin dreißig Jahre und Einzelkind. In unserer Familie sind Kinder von jeher rar gesät und als ich mich endlich ankündigte, war es wie ein kleines Wunder. Meine Tante, Molly, hat keine und sie ist die einzige Schwester meiner Mutter. Mein Vater war wie ich ein Einzelkind, also gibt es da ebenfalls niemanden. Ich war meist von Erwachsenen umgeben und da ich ein eher stilles und nachdenkliches Kind war, kann ich dir keine wilden Geschichten aus meinen ersten Lebensjahren bieten. Ich liebte es, mit den Großen zusammen in der Bibliothek zu sitzen und Bücher zu lesen. Jeder von uns hatte seinen Stammsessel und im Kamin knisterte ein Feuer …«

»Eine Bibliothek? Mit einem Kamin? Wo um Himmels willen bist du denn aufgewachsen?«

»Nicht in der Stadt. Meine Eltern besitzen ein altes Haus auf dem Land, in Kent, nicht allzu weit von hier. Es ist ein großer, recht zugiger Kasten und sie sind ständig damit beschäftigt, zu renovieren. Meine Tante und mein Onkel waren häufig am Wochenende zu Besuch und natürlich zu allen Feiertagen.«

Ich entspannte mich und zog die Beine unter, während ich mir wünschte, hier auch einen Kamin zu haben. Es klang toll, es klang nach Landadel, nach Romantik, nach Beständigkeit. Es passte perfekt zu ihm.

»Das hört sich großartig an. Eine Bibliothek, das wäre mein Wunschtraum.«

»Nun, du hast das hier.« Er ließ seinen Arm durch den Raum streifen. »Das ist besser, glaube mir. Wenn ich zugig sage, dann meine ich es auch. Die Fenster müssten dringend ausgetauscht werden und die Heizung …« Er seufzte. »Es ist ein schönes Haus und mit genug Geld wäre es ein großartiges Haus, aber du hast recht, es hat eine Bibliothek und das ewige Holzholen, um ein wenig Wärme zu schaffen, hält immerhin fit.«

Ich spürte, wie meine Gedanken begannen, auf die Reise zu gehen. Jetzt hörte es sich nicht mehr wie Landadel an, sondern wie verarmter Landadel. Das fand ich unglaublich romantisch.

»Nach der Schule bin ich nach London gegangen. Ich habe hier studiert und ich bin hier hängen geblieben.«

»Was hast du studiert?«

»Englisch und Geschichte. Und im Nebenfach englische Literatur.«

»Deshalb also. Und was machst du heute?«

»Ich unterrichte. Und nein, keine englische Literatur an einem College oder einer Universität mit motivierten Studenten. Ich bin Lehrer an einer Gesamtschule und die meiste Zeit verbringe ich damit, meinen Schülern die profanen Grundregeln unserer Sprache beizubringen und zu hoffen, dass ich sie für irgendein Buch begeistern kann.«

»Das ist doch toll. Du legst die Grundsteine.«

»Ich bemühe mich.«

»Und in deiner Freizeit liest du die alten Klassiker?«

»Manchmal. Ich gebe zu, ich lasse mich gerne von den vertrauten Worten umgarnen. Und du? Wolltest du schon immer einen eigenen Buchladen haben?«

»Ja.« Ich setzte mich ein wenig aufrechter hin. »Bereits als Kind habe ich davon geträumt. Ich habe nach der Schule eine Ausbildung zur Buchhändlerin gemacht und es geliebt.«

»Wie bist du zu diesem Laden gekommen?«

»Durch einen Zufall oder Schicksal. Ich habe ein wenig Geld geerbt, gerade genug, um etwas anzufangen. Und dann habe ich das Inserat gesehen, dass diese Räumlichkeiten frei sind. Alles war wie vorherbestimmt, die schönen alten Regale, die Lage, einfach alles. Ich wollte immer einen kleinen Laden und da war er nun. Ich habe es als Hinweis verstanden, dass ich es versuchen muss. Mein Bruder fand, ich wäre zu impulsiv und würde nicht wirtschaftlich denken, aber ich habe es nicht eine Sekunde bereut. Das *BOOKS OF LOVE* bietet mir alles, was ich brauche.«

Wir schwiegen eine Weile.

»Ich finde es toll, dass du deine Träume verwirklichst. Nicht alle haben den Mut dazu.«

Ich hätte ihn gerne gefragt, welche Träume er hatte, was er sich nicht zu verwirklichen traute, aber ich spürte, dass es dafür zu früh war. Deshalb schluckte ich die Worte hinab und genoss es einfach, dass wir hier beisammen waren.

Die nächste Stunde verbrachten wir damit, über Bücher zu reden. Ich war sehr leidenschaftlich dabei, so ist das immer, wenn mich jemand über dieses Thema sprechen lässt. Erst als es vor den Schaufenstern dunkel wurde, erhoben wir uns.

»Ich werde noch einmal im Krankenhaus vorbeifahren.«

Er nickte. »Ich würde dich begleiten, aber auf mich warten noch Korrekturen.«

»Natürlich.«

»Ich werde morgen kurz hereinschauen, wenn ich darf, und nachfragen, wie es Ada geht.«

»Sehr gerne.«

Ich löschte die Lichter und trat mit ihm hinaus in den Abend. Er winkte ein Taxi heran und hielt mir die Tür auf. »Viel Glück. Und versuch, später ein wenig Schlaf zu bekommen.«

Ich war recht zuversichtlich, als ich das Krankenhaus erreichte. Alles lief so gut und Ada würde wieder gesund werden. Sie musste einfach.

In ihrem Zimmer erwartete mich eine Überraschung. Eine Frau, Anfang vierzig vielleicht, saß neben ihrem Bett. Überrascht sah sie auf, als ich den Raum betrat.

»Guten Abend. Ich bin Eliza, eine Freundin von Ada.«

Sie stand auf und streckte mir eine Hand entgegen.

»Wie nett. Ich bin Cara, ihre Nichte.«

Schweigen. Ich betrachtete sie mit einiger Verwirrung. Ada hatte nie eine Nichte erwähnt und diese hier wirkte so komplett anders als meine Freundin. Sie war sehr gepflegt, trug einen modernen dunkelblauen Hosenanzug und eine elegante kinnlange Frisur. All das unterstrich noch diese Aura von Unnahbarkeit, die ich wahrnahm, seit ich den Raum betreten hatte.

»Wie geht es ihr?«

»Soweit ganz gut, bis auf die Schmerzen. Sie war vorher kurz wach.«

»Gut.« Etwas verlegen sah ich zum Bett.

»Sie hat Sie nie erwähnt.« Sie betrachtete mich nachdenklich.

»Nein?« Ich lachte verlegen. »Nun, wir kennen uns ... aus einem Buchladen. Wir reden häufig über Bücher.« Ich wusste nicht, weshalb ich nicht die ganze Wahrheit sagte. Dass es sich um meinen Buchladen handelte und dass sie dort verunglückt war. Ada würde es erzählen, aber ich konnte es nicht.

»Sie waren gestern schon hier, oder? Die Schwester hat mir erzählt, dass jemand nach ihr gefragt hat.«

»Ja.«

»Danke. Das war sehr nett von Ihnen.« Sie lächelte steif. »Mich haben sie erst heute ausfindig gemacht. Ich kam, so schnell es mir möglich war.«

Wieder stockte das Gespräch. Seltsam, mit Charlie, mit den meisten Menschen konnte ich ohne Schwierigkeiten reden, sie schnell kennenlernen. Aber diese Frau schien eine Art Mauer um sich gezogen zu haben, die verhinderte, dass man einfach Fragen stellte. Normalerweise macht mir das nichts aus, wie bei Nathan vom Obststand zum Beispiel, doch Cara war anders. Es kann natürlich auch daran gelegen haben, dass mein schlechtes Gewissen sich wieder meldete, auf alle Fälle begann ich, mich ziemlich unwohl zu fühlen.

»Würden Sie ihr einen Gruß ausrichten, wenn sie aufwacht? Von Eliza? Und ihr sagen, dass ich sie morgen besuchen komme?« Beinahe hätte ich *wenn es in Ordnung ist* hinzugefügt, aber ich konnte es hinunterschlucken. Natürlich war es in Ordnung.

»Gerne. Sie wird sich freuen. Danke, dass Sie sich die Mühe gemacht haben.« Jetzt lächelte sie mit etwas mehr Wärme.

»Es war keine Mühe. Ich mag Ada sehr und war wirklich in Sorge um sie. Sie hat in letzter Zeit ein paar Mal geklagt, dass sie ein wenig unsicher auf den Beinen ist, sich manchmal schwindelig fühlt.«

»Das ist gut zu wissen. Meine Tante sagt ja nichts und falls sie wirklich häufiger Schwindelanfälle hat, sollten die Ärzte das checken.« Sie seufzte. »Wir hatten wenig Kontakt, muss ich zugeben. Ada kann manchmal sehr eigen sein, das ist nicht immer leicht.«

Kapitel 12

»Und das hier ist unsere Bibliothek.« Charles drehte sich zu Elizabeth um.

»Wow«, sagte sie leise. »Was für ein schöner Ort.«

»Ja, das ist es. Ich wollte ihn dir zeigen, seit ich dich zum ersten Mal gesehen habe.«

Elizabeth streifte an den dunklen alten Holzregalen entlang, die sich an drei der vier Wände ausdehnten, unterbrochen nur von der Fensterseite, welche auf halber Höhe komplett verglast war und an der sich eine Fensterbank mit dicken Samtkissen erstreckte und zum Hinsetzen einlud. Und vom Kamin an der rechten Wand, einem großen Kamin mit weißer Stuckeinfassung, in dem ein heimeliges Feuer tanzte. Hier lebten Menschen, die Bücher liebten, das war zu sehen. Sie zog eines heraus, strich über seinen Einband, stellte es zurück. Diese Bücher standen hier nicht nur, sie wurden gelesen. Sie ging langsam weiter, ließ den Blick über die Buchrücken gleiten. Generationen, so schien es, hatten hier ihre Leidenschaft ausgelebt. Es gab alles, was das Herz begehrte. Taschenbücher mit den typischen Knicken im Rücken vom Lesen standen neben Hardcover-Ausgaben. Krimis, Liebesromane und weiter hinten ein Regal mit Kinderbüchern. »Watership down«, der Klassiker, fand sich neben Dickens' Weihnachtsgeschichte. Und dann sah sie die Schätze. Ledergebundene Erstausgaben. Überrascht drehte sie sich zu ihrem Begleiter um.

Charles stand neben der Tür, sein gekrümmter Zeigefinger strich nachdenklich über seinen Mund, während er sie betrachtete.

»Das sind Erbstücke. Es sind nur drei, die anderen sind weit weniger alt, auch wenn sie schöne Einbände haben.«

»Nur drei? Nur?« Elizabeth schnappte nach Luft. »Das ist unglaublich.«

»Es waren einmal ungleich mehr. Leider mussten wir uns von den meisten trennen, als das Dach zu undicht wurde.«

»Wie schade.«

»So ist das Leben. Es gibt Wichtigeres als Erstausgaben. Die Geschichten sind uns ja erhalten geblieben, meine Eltern haben die Bücher durch *neuere Versionen ersetzt. Es macht sie ja nicht schlechter, nur weil das Papier noch nicht vergilbt ist.«*

»Nein. Aber dennoch …«

»Dennoch ist es, wie es eben ist.« Er ließ seinen Finger sinken und kam zu ihr. »Ich gräme mich nicht deswegen. Es gibt so vieles, was mir weit mehr bedeutet als diese Bücher.«

»Ich dachte, du liebst Bücher.«

»Das tue ich. Sehr sogar.«

»Dann …«

»Dann ist es ganz sicher nicht einfach dahergesagt, wenn ich beteuere, dass es Dinge gibt, die mir wichtiger sind. Wenn es Menschen gibt, die mir wichtiger sind.«

»Deine Familie?« Elizabeth blickte in seine Augen, die normalerweise so sanft waren. Heute glühte ein Feuer in ihnen, das es jederzeit mit dem im Kamin aufnehmen konnte.

»Nein. Menschen, die hoffentlich einmal meine Familie sein werden.«

Ich ließ den Stift sinken und starrte auf die letzten Worte. Mein Besuch bei Ada hatte mich beruhigt und endlich hatte ich wieder Muße gehabt, mich meiner Fantasie zu überlassen. Und diese Steilvorlage mit dem Haus und der Bibliothek war zu verlockend gewesen. In meinen Fantasien war Charlie mittlerweile wirklich ein Mitglied des Landadels, höflich, gut erzogen, gebildet. Und mit einem leidenschaftlichen Zug, den nur ich sah und den ich ihm zu entlocken gedachte. Meine Haut prickelte, als ich mich meinen Gedanken hingab und sie vorauseilen ließ, dem großen Ende zu, welches ich schon kannte, das ich in der schriftlichen Version allerdings noch ein wenig hinauszuzögern gedachte. Oh ja, ich wusste, wie diese Geschichte enden würde, aber der Weg war es doch, der es ausmachte. Der Weg dorthin, die kleinen Blitze, die einschlugen, wenn man sich wieder ein Stück näherkam, wenn man hörte und doch nicht hörte, spürte, hoffte, zweifelte. Ich liebte es, diesen Weg mitzugehen, bei jeder neuen Geschichte. Mitzuerleben, wie es langsam echt wurde, die kleinen Gesten und Worte zu interpretieren. Natürlich war klar, wo es endete, denn sonst wäre es ja keine Liebesgeschichte, aber das war nicht der Punkt. Und deshalb ließ ich den Stift liegen, als ich vorspulte zu eben diesem Ende, das ich so ersehnte, und schaltete das Kopfkino ein.

»Hast du deine Ada gefunden?« Nathan reichte mir die Einkäufe.

»Ja, leider. Sie hatte einen Unfall und ist im Krankenhaus.«

»Das tut mir leid. Wie hast du das herausgefunden?«

Ich seufzte. »Sie ist in meinem Laden verunglückt.«

»Was ist passiert?«

»Sie stürzte, und zwar so unglücklich, dass sie sich eine Platzwunde, zwei gebrochene Rippen und einen Beckenanriss eingefangen hat.«

»Oh.«

»Ja. Die Trauben sind für sie, ich will sie nachher besuchen.«

Nathan antwortete nicht, sondern sah nur nachdenklich ins Leere.

»Alles gut bei dir?«

»Was? Ja. Ich denke nur nach.«

»Und worüber?«

»Du bist ziemlich neugierig, Eliza Grey.« Jetzt huschte doch ein Lächeln über sein Gesicht. »Über das Leben und die Geschehnisse, die uns manchmal erwarten.«

»Du bist ein Philosoph?«

»Nein. Aber jeder hat doch so seine Erlebnisse.«

»Ach ja?«

»Natürlich hat man die. Schöne und weniger schöne, nicht wahr?« Wieder ließ er einen Moment verstreichen, dann schien er sich zu straffen. »Warte, ich packe dir noch ein paar Äpfel ein. Ich habe heute nicht ganz so viele verkauft wie erhofft und ehe sie verderben …«

»Danke. Auch wenn ich den Verdacht habe, dass du damit nur ablenken willst.«

»Von meinem philosophischen Gedanken? Nein. Glaube mir, die sind nicht sonderlich interessant.«

»Vielleicht werde ich das eines Tages ja selbst beurteilen können. Ich gebe nicht auf.«

»Nein, du gibst nie auf, oder?«

»Ich habe es zumindest nicht vor. Einen schönen Tag noch, Nat.«

»Das wünsche ich dir ebenfalls, Eliza Grey.«

Ich schlenderte zurück und grinste vor mich hin. Nathan war viel zu spannend, um aufzugeben. Ich hatte, muss ich gestehen, schon ein paar Ideen gehabt und kleine Geschichten ersonnen, weshalb und vor allem wie ihn sein Weg letztendlich zu einem Marktstand hier in der Portobello Road geführt hatte. Sie waren allesamt ziemlich verwegen, manche sehr romantisch, und, wie ich fürchtete, alle zu fantasievoll. Am liebsten mochte ich die traurige Variante, in der er zu meinem Bedauern seine große Liebe verloren und danach mit seinem alten Leben gebrochen hatte. Er hatte ein altes Leben, jeder hatte das, und ich spürte, dass dort keine zerschlissenen Jeans und Wollmützen zu seinem Erscheinungsbild gehörten. Und nun stand er Tag für Tag hier, bis das Schicksal ihm endlich die eine Frau an seine Theke schickte, die seinem Leben wieder Sinn gab und alte Wunden heilte. Ich wünschte ihm, dass es bald passierte, und ich wünschte mir, dass ich es mitbekam. Schade, dass ich keine passende Freundin hatte, der ich sein Obst empfehlen konnte.

Kapitel 13

Drei Tage später ging ich wieder bei Ada vorbei. Sie sah etwas besser aus, wenn auch noch immer sehr klein und blass.

»Wie schön.« Sie griff nach meiner Hand, als ich mich auf den Bettrand setzte.

»Wie geht es Ihnen?«

»Wie soll es schon gehen? Es ist auszuhalten, solange die mir nicht die Leitung kappen.« Sie lächelte schwach und wies in Richtung Schlauch, der kontinuierlich eine Flüssigkeit in ihren Arm tröpfeln ließ. »Aufstehen ist schwer. Sie holen mich jeden Tag aus dem Bett und ich bemühe mich. Aber das braucht eben Zeit.«

»Genau«, sagte ich und legte alle Zuversicht, die ich hatte, in meine Stimme. »Rippenbrüche sind übel, das weiß jeder. Sie sind äußerst schmerzhaft und brauchen ihre Zeit. Aber Sie werden das schaffen. Sie sind doch stark.«

»Ja«, antwortete sie und sah in die Ferne.

»Ich habe Ihre Nichte kennengelernt.«

»Cara? Ebenfalls eine starke Frau.«

»Das liegt wohl in der Familie.«

»Möglich.«

»Und deshalb wird es Ihnen auch bald besser gehen. Was passiert jetzt? Was machen die hier mit Ihnen?«

»Oh, alles Mögliche. Sie versuchen herauszubekommen, wo der Schwindel herkommt. Und ich habe Training. Mit dem da.« Sie wies auf einen Gehwagen, der hohe Stützen hatte, die man sich unter die Arme klemmen konnte. »Und ich muss Atemübungen machen. Mit diesem Teil.« Nun deutete sie auf eine Apparatur, die auf ihrem Tisch stand. Ein kleines, durchsichtiges Kästchen mit einem Bällchen darin, ähnlich einem alten Hau-den-Lukas-Spiel. »Sie haben Angst, dass ich mir eine Lungenentzündung hole durch das Liegen und weil ich wegen der Rippen nicht richtig atme. Das soll mich dazu zwingen, tief Luft zu holen, egal ob ich es kann oder es mir Schmerzen bereitet.«

Ich nickte und tätschelte ihre Hand.

»Cara ist dabei, eine Haushaltshilfe zu organisieren. Sie denkt, ich sollte anfangs nicht alleine sein.«

»Nun, jetzt sind Sie erst einmal ein paar Tage hier. Bis Sie entlassen werden …«

»Allzu lange behalten sie mich nicht. Heutzutage wird man schneller hinausgeworfen als einem lieb ist.«

»Es ist wahrscheinlich eine gute Idee, wenn Sie anfangs jemanden haben, der sich um Sie kümmert. Ich kann mir vorstellen, dass es schwierig werden wird. Nur bis Sie wieder auf der Höhe sind natürlich. Das ist doch sehr nett von Ihrer Nichte.«

»Ja, das ist es.«

Das Gespräch kam ein wenig ins Stocken. Ich hatte den Verdacht, dass die beiden Frauen unter normalen Umständen nicht wirklich viel miteinander zu tun hatten.

»Haben Sie noch andere Nichten und Neffen? Oder Geschwister? Es tut mir leid, wenn ich zu neugierig bin, aber ich weiß gar nichts über Sie.«

»Ich hatte eine Schwester, Marga. Ich habe sie sehr geliebt und viel zu früh verloren. Der Krebs hat sie schon in jungen Jahren geholt, ehe sie eine Familie gründen konnte. Walt hatte zwei Geschwister. Esme, die Jüngste, und William, seinen vielbewunderten großen Bruder. Cara ist die Tochter von Esme. Sie hat noch eine Schwester, Elaine, die in Irland verheiratet ist. Sie ist gerade hochschwanger und es war keine leichte Schwangerschaft. Sie ist ja auch schon etwas älter und es hat all die Jahre einfach nicht geklappt. Aber jetzt steht der Termin kurz bevor. Und das war dann auch schon alles. William hat nie geheiratet. Hatte nie Zeit dazu, war immer damit beschäftigt, zu arbeiten und sich ein besseres Leben aufzubauen. Und dann, ehe er es richtig genießen konnte, bekam er einen Herzanfall. In seinem Büro. Es hat Walt schwer getroffen.«

Die Rede hatte sie deutlich angestrengt. Ich tätschelte also wieder ihre Hand, weil ich sonst nichts tun konnte.

»Dann haben Sie bald ein Baby in der Familie, das ist doch schön. Und ein Grund mehr, wieder auf die Beine zu kommen.«

»Ja.«

Ich sah sie an und vermutete, dass es nicht so einfach war, sie nur der Umstände wegen nicht mehr sagte.

»Ich lasse Sie jetzt ein wenig ruhen. Aber ich muss Sie warnen: Ich werde bald wiederkommen.«

Sie lächelte wie erhofft. »Das würde mich freuen.«

»Charlie! Ich dachte schon …« Ich verstummte und verwünschte einmal mehr meine vorschnelle Art. »Ich dachte schon, die lassen dir gar keine Freizeit mehr in deiner Schule«, beendete ich etwas weniger emotional den Satz.

»Es tut mir leid, es ist gerade ziemlich viel los. Wir haben viele kranke Kollegen und ich muss Vertretungen halten.«

»Das tut mir leid.« Tat es wirklich, denn das hieß, dass er keine Zeit hatte, bei mir vorbeizuschauen. Seinen angekündigten Besuch am Montag hatte er mit einem kurzen Anruf abgesagt und seither hatte ich nichts von ihm gesehen oder gehört. Eine Woche kann ganz schön lange sein, wenn man auf jemanden wartet. Und dann kam heute Morgen auch noch Molly in den Laden spaziert, wieder gesund und voller Lesehunger. Ich meine, klar hatte ich mich gefreut, dass es ihr besser ging, aber gleichzeitig war da auch der Gedanke, dass sie ihn nun nicht mehr schicken würde und ich jetzt darauf vertrauen musste, dass er freiwillig kam.

»Mir auch. Aber so ist es eben. Schlimmer ist, dass ich nächste Woche kurzfristig einspringen muss und die Klassenfahrt eines Kollegen übernehme, der aus gesundheitlichen Gründen nicht mit kann.«

»Wo fahrt ihr hin?«

»Eine Woche Edinburgh.«

»Das wird bestimmt toll.«

»Das wird es. Ich kenne seine Klasse, das sind nette Kinder. Und die andere Begleitung, Corinne, ist wirklich ein Pluspunkt. Sie unterrichtet meine Kids in Mathe.«

»Wie schön.« Ich stapelte nebenbei einige Bücher neu und hoffte, dass er weitersprechen und erzählen würde, dass diese Corinne auch noch kurz vor der Rente stand oder zumindest glücklich verheiratet und Mutter von mindestens fünf Kindern war.

»Ja, das ist Glück im Unglück. Wenn ich mir jemand hätte aussuchen dürfen, dann sie.« Er lachte. »Nun ja, tatsächlich habe ich das ja auch gemacht. Wir werden demnächst zusammen mit meiner Klasse die Aktivwoche am Loch Lomond durchführen.«

»Ihr habt in eurer Schule eine Vorliebe für Schottland, was?«

»Es bietet sich an und wir haben gute Erfahrungen damit gemacht.«

»Und was bedeutet Aktivwoche?«

»Das heißt, wir sind auf einer Hütte inmitten der Natur und verbringen fast den ganzen Tag draußen. Das schreckt die Kids im Vorfeld mächtig ab, zumal wir dort auch kein Internet haben.« Er lachte schon wieder. »Aber dann sind sie immer ziemlich begeistert. Es tut gut, einmal nicht erreichbar zu sein, sich nicht ständig online zu bewegen, und man verbringt automatisch mehr Zeit miteinander, lernt sich besser kennen. Da entstehen viele neue Freundschaften und letztes Mal hatten wir einiges zu tun, um nachts die allzu vertraulichen Treffen zwischen den Geschlechtern zu verhindern.« Er feixte.

»Kann ich mir denken.« Und noch ganz andere Sachen konnte ich mir denken. Wollte ich aber nicht. »Und du warst da schon einmal?«

»Ja, vor zwei Jahren. Allerdings mit einem anderen Kollegen. Corinne habe ich jetzt erst überreden können mitzufahren. Da sie ungebunden und kinderlos ist, kann sie solche Fahrten besser einplanen als die Kolleginnen mit kleinen Kindern. Und weil sie zudem sehr nett und unkompliziert ist, ist sie für alle immer die erste Anlaufstelle, wenn es um die Begleitung geht. Wir haben uns regelrecht um sie gestritten.«

»Und sie hat dir zugesagt.«

»Zum Glück. Ich hatte schon ein paar Ideen, wie ich sie bestechen könnte, falls ein anderes Angebot sie mehr reizt.«

»Da hattest du ja Glück.«

»Allerdings.«

»Aber jetzt fahrt ihr erst einmal nach Edinburgh. Mit Internet.«

»Ja, und mit einem Hotel. Einfach, aber immerhin.«

Ich überlegte, wie ich noch ein wenig mehr über diese Corinne herausbekommen könnte. Leider nicht aus Neugierde. Ich spürte, dass ich ganz andere Beweggründe hatte. Bedauerlicherweise neige ich zu Eifersucht, und das hier schien der richtige Zeitpunkt dafür zu sein. Ich meine, wenn sie wirklich so nett und toll war und Single und nicht völlig auf den Kopf gefallen, dann musste sie genauso wie ich erkennen, dass Charlie ein begehrenswerter Mann war.

Kapitel 14

Es ist nicht immer gut, wenn man zu viel Fantasie hat, denn was einem an den einen Tagen die schönsten Momente bescheren konnte, brachte zu anderen Zeiten pures Unheil. Nachdem Charlie sich freimütig noch eine Weile über diese Corinne gefreut hatte und ich erfahren musste, dass sie erst vor Kurzem ihre Ausbildung beendet hatte, aber schon so souverän agierte und bei den Schülern, besonders den männlichen, sehr beliebt war, nicht minder nebenbei beim Kollegium, war ich in keiner besonders guten Stimmung. In meinem Kopf hatte sich ein Bild festgesetzt, auf dem diese Dame erschreckende Ähnlichkeit mit Bella Hadid hatte. Jetzt hätte ich mein Kopfkino gerne abgestellt, das mir einen Film präsentierte, den ich gar nicht mochte.

Auch seine Beteuerung, wie leid es ihm täte, dann auch schon wieder loszumüssen und nicht länger bleiben zu können, hatte nichts dazu beigetragen, dieses unschöne Gefühl loszuwerden. Wir hatten, nachdem die unselige Kollegin endlich abgehandelt war, noch über Ada gesprochen, ehe er mit einem bedauernden Seufzen den Laden verließ. Sein Versprechen, sich bald zu melden, klang in meinen Ohren viel zu unverbindlich. Trotzig griff ich nach meinem Stift und begann darauf herumzukauen, während ich versuchte, meine Geschichte weiterzuschreiben.

»Du hast Besuch, Charles.« Seine Mutter hatte höflich angeklopft, ehe sie die Tür zur Bibliothek öffnete. Elizabeth und Charles hatten die meiste Zeit hier in diesem Raum verbracht, in der Gesellschaft der Bücher, die immer noch darauf warteten, gelesen zu werden. Zum ersten Mal in ihrem Leben war sie umgeben von Geschichten und dennoch nicht am Lesen. Sie hatten zwar jeder ein Buch neben sich liegen, aber es gab so vieles, über das sie sprechen wollten, dass die Lesezeichen abends kaum ein paar Seiten nach vorne gerückt waren.

Die Tür schwang weiter auf und die schönste Frau, die Elizabeth jemals gesehen hatte, betrat den Raum. Ein paar Jahre jünger als sie selbst, groß und mit einer grazilen Figur. Das lange braune Haar glänzte im Licht und erinnerte sie daran, dass ihre eigene Frisur heute ziemlich nachlässig war. Das Gesicht war das eines Engels und genauso schwebte sie in den Raum, mit ausgestreckten Armen und einem breiten Lachen.

»Charles! Wie kannst du nur? Du bist hier und gibst mir nicht Bescheid? Hat dir niemand gesagt, dass ich gerade Urlaub mache und zu Hause bin?«

»Bella! Was für eine Überraschung.« Er wandte sich seiner Begleitung zu. »Bella ist unsere Nachbarin.«

»Nachbarin? Wir sind zusammen aufgewachsen und haben früher immer zusammengesteckt, falls du dich erinnerst. Wir sind Freunde, mein liebster Charles.« Sie flog ihm um den Hals und küsste seine Wangen.

»Bella hatte mich immer im Griff, wie du siehst.« Er machte sich lachend los. »Sie war die Königin meines Lebens.«

»War?« Sie zog einen Schmollmund und bei keiner anderen Frau hätte es so reizend ausgesehen. »Königin ist ein Job auf Lebenszeit, wie wir alle wissen.«

Missmutig ließ ich den Stift wieder sinken. Nicht einmal meine Fantasie funktionierte, wie sie sollte. Ich bekam einfach den Dreh nicht hin, wie ich dieses Luder elegant aus der Bibliothek entfernen sollte. Sie war so ... stark. Himmel, ich dachte mir das aus und ich sollte doch die beherrschende Instanz sein. Aber diese Bella dachte gar nicht daran, sich dem zu beugen. Wie ein realer Mensch hatte sie einen eigenen Willen, sagte, was ihr passte, und ließ mich stumm in der Ecke stehen. Wie konnte das sein? Ich klappte das Notizbuch zu und griff nach dem neusten Roman von Anna Wilson. Sie hatte mich sehr geehrt, indem sie mir das unveröffentlichte Manuskript anvertraute und mich bat, es zu lesen und ihr mein ehrliches Feedback zu geben. Wenn ich irgendwo Trost und Ablenkung fand, dann in ihren Geschichten. Und Ablenkung konnte ich jetzt gebrauchen.

Die ganze Woche über quälten mich Bilder, wie Charlie mit Bella Hadid-Corinne durch Edinburgh streifte. Ich stürzte mich in die Arbeit und in die Geschichten. Annas neues Buch war großartig, witzig und fesselnd und viel zu schnell durchgelesen. Aber sie schaffte es, dass ich mich für eine Weile in eine andere Welt träumen konnte. Auch ihre Heldin, Joy, hatte mit einer Bella zu kämpfen und es gelang ihr, am Ende den Sieg zu erringen. Das gab mir Hoffnung und in Gedanken machte ich Liam, ihren Protagonisten, zu Charlie. Ich legte ihm seine Worte in den Mund und nährte die Hoffnung fast zwanghaft. Annas Bücher zeichneten sich mit dadurch aus, dass sie auf allzu unrealistische Protagonisten verzichteten und so geschrieben waren, als könnte es wirklich wahr sein. Und wenn Liam es schaffte, dem bildhübschen Luder zu trotzen, dann gab ich Charlie noch nicht auf. Mein Bruder hätte wieder den Kopf darüber geschüttelt, deshalb war ich schlau genug, ihm das nicht zu erzählen, als er mich im *BOOKS OF LOVE* besuchte.

»Und? Wie läuft es bei dir? Immer noch keine Insolvenz in Sicht?«, hatte er gewohnt charmant gefragt.

»Nein, ganz und gar nicht.«

»Das freut mich. Ehrlich, Eliza, ich wünsche dir, dass es klappt. Ich bin nur realistischer als du.«

»Das steht außer Frage. Du hast einfach zu wenig Fantasie und zu wenig Gefühle, wenn ich das sagen darf.«

»Ich bin Steuerberater, da sind Gefühle nicht unbedingt angebracht. Fantasie manchmal schon, wenn auch sehr kontrolliert.«

»Aber du bist auch ein Mensch!«

»Stellst du das infrage?« Er lachte.

»Fehlt dir nicht manchmal etwas? Wenn du so nüchtern durch das Leben gehst …«

»Ich gehe realistisch durch das Leben, das erspart mir einiges.«

»Aber willst du nicht mehr? Liebe zum Beispiel?«

»Ich kann nicht klagen, was das angeht.« Edward grinste zufrieden und streckte seine Beine aus.

»Ich will es gar nicht wissen.« Ich schnaubte. »Diese Eroberungsfeldzüge mit deinem Kumpel. Das ist keine Liebe, nicht einmal die Suche danach. Das ist Wollust.«

»Wollust.« Er lachte laut. »Du bist wirklich süß, kleine Schwester. Du redest wie die alten Schinken, die du hier verkaufst. Das ist normal, wenn man jung ist. Und ein netter Zeitvertreib. Und ganz nebenbei, mein Kumpel lässt dich grüßen.«

»Ha.« Ich schnaubte noch einmal.

»Jake mag dich. Er findet dich unterhaltsam.«

»Herzlichen Dank. Ich ihn nicht.«

»Weil du ihn nicht kennst. Nicht richtig. Ist es nicht das, was du immer predigst? Dass man hinter die Fassade schauen soll?«

»Ich kenne ihn, seit ich denken kann. Ich habe genug gesehen. Und gehört.«

»Na dann«, er stand auf. »Ich muss los, ich bin noch verabredet. Mit einer jungen Dame, die ich nicht warten lassen will. Mach dir mal Gedanken wegen Weihnachten. Mutter will uns mit einem Besuch beehren.«

»Ich weiß. Und ich freue mich drauf.«

»Ich ebenfalls, solange sie nicht bei mir wohnen möchte.«

»Du bist abscheulich. Von mir aus kann sie gerne bei mir unterkommen.«

»In deiner kleinen Wohnung?«

»Warum nicht? Ich kann ihr mein Schlafzimmer geben und ich übernachte im Wohnzimmer. Kein Problem.«

»Wir werden sehen. Es ist ja noch ein wenig Zeit bis dahin. Ich überlasse das euch und werde für den Feiertag einen Tisch im *Club Five* reservieren.« Er winkte noch einmal und verschwand in die Nacht.

Kapitel 15

Vielleicht wären jetzt ein paar erklärende Worte zu meiner Familie angebracht. Mein Bruder Edward, ich muss es leider sagen, hat ein paar Gene abbekommen, die mir völlig fehlen. Erstens einmal sieht er unverschämt gut aus, da kommt er nach Dad. Bei ihm wurde nicht an Farbe gespart. Mit seinem fast schwarzen Haar und den grünen Augen, gepaart mit der hochgewachsenen Statur und einem verhängnisvollen Grübchen im Kinn, sah er Dad auf den alten Fotos verblüffend ähnlich. Er ist ziemlich rational und sehr an weltlichem Erfolg interessiert. Seine Karriere ist ihm wichtig und er ist immer bemüht, sie voranzutreiben. Er liebt es, Geld zu haben und auch, es sich zu verdienen. Er ist gewiss kein schlechter Kerl, nur so entsetzlich nüchtern. Es gab ein paar Liebschaften und noch viel mehr Affären in seinem Leben, aber keine Frau, die er dauerhaft halten mochte. Er behauptete einmal, als er zu viel Whisky getrunken hatte und ungewohnt sentimental war, dass es daran lag, wie die Ehe unserer Eltern auseinanderging.

Mein Vater, tja, der war ganz anders als meine Mutter. Er war das, was man einen *Bad Boy* genannt hätte, wenn es diese Klassifizierung damals schon gegeben hätte. Sie war das romantische Mädchen, kaum zwanzig Jahre, das von der großen Liebe träumte, und er kam mit seinem dunklen Charme und eroberte sie mit einer Wucht, die sie selbst überraschte. Kurze Zeit ging es auch gut und sie waren wohl sehr glücklich, sogar als mein Bruder sich viel zu rasch ankündigte und eine Hochzeit erzwang, die es sonst vielleicht nie gegeben hätte. Und die dafür sorgte, dass mit mir noch ein zweites Kind kam, obwohl mein Vater eigentlich keines hatte haben wollen. Nicht dass er uns nicht liebte, aber er war kein Familienmensch. Edward und ich waren noch lange nicht aus dem Gröbsten heraus, als er bereits begann, sich zu langweilen. Das echte Leben konnte nicht mit seinen Vorstellungen mithalten. Seine Frau war erobert und abends oft genug müde, wenn er nach Hause kam. Er wollte Leidenschaft, kleine Kriege, die es zu gewinnen galt, sich mit ihr messen und als Sieger hervorgehen. Das war seine Vorstellung von Liebe und

Romantik, denke ich. Meine Mutter hingegen wollte einen verlässlichen Vater für die gemeinsamen Kinder, einen Mann, der sich abends ihre Sorgen anhörte und sie in den Arm nahm, wenn mal wieder etwas passiert war. Der ihr einfach sagte, dass sie es gut machte, und der mit dem Leben, das sie hatten, zufrieden war. Sie merkten immer mehr, dass sie nicht zueinander passten, und es gab sehr unschöne Szenen, wenn Dad wieder einmal eine Nacht nicht nach Hause kam. Meine Mutter war seltsamerweise nicht verbittert, aber sehr traurig, als sie sich schließlich trennten. Sie hatte es versucht, sagte sie. Für sie war er nach wie vor der Mann, dem sie ihre Kinder verdankte, und ihr Rhett Butler, den sie zwar liebte, mit dem es aber nicht klappen konnte. Doch anders als in der Romanvorlage war ihre Liebe zu ihm größer als seine zu ihr und sie erkannte schließlich, dass sie auf Dauer beide an dieser Sache zugrunde gehen würden, weshalb sie ihn freigab.

Mein Bruder behauptete nun, dass die große, romantische Liebe, als die diese Beziehung begann, ihm ein Mahnmal wäre und er lieber mit ein wenig mehr Verstand diesen Teil des Lebens angehen würde. Ich hingegen finde die Geschichte immer noch traurig, aber auch sehr romantisch. Und hat Scarlett nicht am Ende geschworen, Rhett doch noch zu bekommen? Auch mein Vater würde das irgendwann wollen, und dann erst wäre das Ende da. Er und meine Mutter haben immer noch Kontakt und beide sind nach wie vor nicht anderweitig liiert. Auch zu uns hatte Dad Kontakt gehalten, auf seine Art. Wir waren seine Kinder, die er zweifellos liebte, auch wenn wir nie geplant waren und es ihm reichte, nur gelegentlich Zeit mit uns zu verbringen. Wenn er da war, dann mit seinem ganzen Herzen, und wie meine Mutter verzieh ich ihm das. Es lag einfach an seiner Art, dass man ihn dennoch mochte. Er hatte eine Anziehungskraft, die bei keinem weiblichen Wesen versagte, nicht einmal bei mir. Und auch wenn ich mir oft wünschte, es nicht zu tun, nährte ich dennoch all die Jahre den Wunschtraum, dass die beiden wieder zusammenkommen würden und die Liebe am Ende siegte. Und deshalb lasse ich Edwards Aussage, dass wir doch miterlebt hatten, dass romantische Beziehungen nicht romantisch bleiben müssen, an mir abperlen wie Regen auf einer präparierten Scheibe. Und bete heimlich, dass ihn die Liebe einmal trifft wie eine Naturgewalt und ich miterleben darf, wie sich alles, was er bisher als Religion betrachtete, im Nichts auflöst.

Vorerst jedoch deutete nichts darauf hin, dass mein Bruder vom Blitz getroffen wurde. Und auch sonst blieb der Himmel leider dunkel. Ich hatte die heimliche Hoffnung gehegt, dass Charlie sich melden würde, doch es blieb bei einem frommen Wunsch. Stattdessen besuchte ich Ada wieder. Ich fand, dass sie immer noch schwach wirkte, und war beunruhigt, als sie mir mitteilte, dass sie in drei Tagen entlassen werden sollte.

»Die Ärzte sagen, sie können hier nichts anderes tun, als meine Schmerzen auszuschalten, und dazu muss ich keines der teuren Betten belegen. Ich soll in eine Kur gehen, sagen sie, sobald es möglich ist. Und bis dahin schickt man mich nach Hause.«

»Aber Sie können sich doch gar nicht versorgen.«

»So etwas kümmert hier keinen. Ich bekomme eine Pflegekraft, das hat meine Nichte schon alles arrangiert. Andere sind da in einer schlechteren Position.«

»Darf ich Sie zu Hause besuchen?« Diese Frage platzte einfach aus mir heraus. »Ich meine, nur wenn es Ihnen recht ist.«

»Sicher. Das würde mich freuen.«

»Und diese Kur …?«

»Auch darum kümmert sich Cara. Sie ist sehr zielstrebig und effizient. Ich bin froh, sie macht das alles, ohne sich zu beklagen.«

»Das ist gut.« Wieder trat eine dieser Stillen ein, die ich seltsam unangenehm fand. Irgendwie fühlte es sich falsch an, aber ich hatte kein Recht, sie zu hinterfragen. Vielleicht lag es daran, dass ich mir vorstellte, wie es sein musste, plötzlich abhängig zu sein von einem anderem. Ada war bisher selbstständig ihren Weg gegangen und hatte immer großen Wert auf diese Tatsache gelegt. Nach dem Tod ihres Mannes hatte sie betont, dass sie nicht vorhabe, ihr Leben zu ändern oder gar in eine dieser Seniorenresidenzen umzusiedeln. Und dann, von jetzt auf nachher, war alles anders.

An der Tür traf ich auf Cara, die eben mit ein paar Briefen in der Hand hereinkam. Sie sah mich, stutzte kurz und lächelte kühl.

»Guten Tag.«

»Hallo.«

»Sie sind Eliza Grey, nicht wahr?«

»Ja.« Ein wenig unsicher sah ich sie an. Ich hatte mich ihr doch vorgestellt, oder nicht?

»Wie geht es dir, Tante Ada?« Ihre Stimme wurde eine Spur zu laut und zu herzlich. »Ich bin gleich bei dir, ich möchte nur mit Eliza ein Wort wechseln.« Sie hielt immer noch die Tür auf und sah mich erwartungsvoll an. »Draußen, wenn es Ihnen recht ist.«

»Ihnen gehört der Laden, in dem sie gestürzt ist.«

»Ja.« Ich holte tief Luft. »Und es tut mir so leid. Ich mache mir schreckliche Vorwürfe, auch wenn es wirklich nur ein unglücklicher Zufall war. Ich meine, da war nichts, was sie zum Stolpern brachte oder so ...«

»Das habe ich auch nicht behauptet.«

»Gut. Danke.« Ich sah auf meine Stiefelspitzen. Ihr Blick war kühl und seltsam, er maß mich, als müsse sie mich studieren und klassifizieren.

»Seit wann betreiben Sie Ihren Laden?«

»Knapp zwei Jahre.«

»Und seit wann kennen Sie meine Tante?«

»Fast genauso lange. Sie war eine meiner ersten Kundinnen ...«

»Ihre Kundin? Ach so?«

»Äh, ja. Und wir sind ziemlich schnell Freunde geworden.«

»In der Tat?«

»Ja. Sie, also Ihre Tante, ist eine großartige Frau. Sehr herzlich, hilfsbereit und liebenswert.«

»Sie ist vor allem eine alte Romantikerin und viel zu naiv.«

»Nein.«

»Machen wir uns nichts vor. Sie war schon immer anders, ich will es mal so ausdrücken. Sie folgt eigenen Regeln und vertraut auf ihre Menschenkenntnis. Nun, das kann man machen, solange es einem nicht schadet.«

»Ich schade ihr bestimmt nicht.« Dieses Gespräch war völlig abstrus. Ich hatte keine Ahnung, worauf es hinauslaufen sollte, spürte nur deutlich, dass mir hier eine Menge unschöner Gefühle entgegenschlugen, die ich nicht verstehen konnte.

»Nein?« Sie kniff die Augen zusammen. »Nun, ich weiß es nicht. Aber ich werde ein Auge auf alles haben. Ich habe immer schon gesagt, dass sie prädestiniert ist, sich ausnutzen zu lassen, und ich werde mir das nicht ansehen.«

»Wieso sollte ich sie ausnutzen? Sie ist eine nette Dame, die bei mir Bücher kauft und oft auch welche leiht. Und ich mag sie.« *Im Gegensatz zu dir,* hätte ich gerne noch gesagt. Cara schien wenig echte Zuneigung zu ihrer Tante zu haben. Und weit weniger Menschenkenntnis zu besitzen. Ich meine, Ada ausnutzen? Wieso? Und vor allem wie? Ada war reich an Empathie, Liebe und Warmherzigkeit, aber was die weltlichen Güter anging, schien sie nicht allzu gesegnet, wenn ich das richtig einschätzte. Und dennoch stand ich nun hier und wurde mit einer Klage konfrontiert, die ich nicht verstand.

»Wenn das dann alles war …« Ich straffte mich. »Dann würde ich nun gerne gehen. Ich werde wiederkommen und sie besuchen. Einfach so, weil ich sie mag.«

»Niemand macht etwas einfach nur so. Aber natürlich kann ich Sie nicht daran hindern, sie zu besuchen. Einen schönen Tag noch.«

Kapitel 16

Was für eine seltsame Frau, dachte ich auf dem Heimweg. So kalt, so emotionslos und so misstrauisch. Was genau machte ihr wohl Angst? Ich meine, prinzipiell fand ich es gut, dass sie sich Sorgen um Ada machte, weil Ada es verdiente, dass man sich Sorgen um sie machte. Ich wusste nur nicht, was sie befürchtete. Was genau sollte mein berechnender Hintergrund sein? Ada war keine dieser alleinstehenden, wohlhabenden älteren Damen, die von irgendwem ausgenommen werden konnten. Man musste sie sich nur ansehen. Ada sah aus wie jemand, der vor langer Zeit Geld gehabt hatte und nun im Schatten dessen lebte. Sie hatte nie mehr als ein, zwei Zehnpfundnoten in der alten, brüchigen Börse. Und echt jetzt, das war mir auch egal. Sie kaufte nicht jedes Mal ein Buch, oft genug lieh ich ihr eines meiner eigenen. Tatsächlich kaufte ich sogar regelmäßig auf Bücherflohmärkten etwas für sie und erzählte ihr dann, dass es aus meinem Privatfundus stamme. Die Art Romane, die sie am liebsten las, waren im Moment nicht im Trend und wurden oft für einen erbärmlichen Preis verschleudert. Edward würde wieder sagen, dass das dumm war und nicht geschäftstüchtig, aber in ihrem Fall war es mir egal. Ada war eben anders als normale Kunden. Ich kannte mittlerweile viele besser und bei einigen hatte sich eine Art Freundschaft entwickelt, aber Ada nahm von jeher eine Sonderstellung ein. Es lag an ihrem Wesen, glaube ich. Sie war freundlich, gütig, klug und hilfsbereit. Sie hat, vermute ich, mehr Einfluss hier in der Gegend, als ich mir vorstellen konnte, und sie hat meinen Laden immer weiterempfohlen und mir neue Kunden gebracht. Aber unter all dem gab es noch etwas anderes. Eine Melancholie, die nicht erst seit dem Tod ihres Mannes zu spüren ist. Ich hatte einfach das Gefühl, dass sie es verdiente, dass man sich um sie sorgte. Und das sollte ihre Nichte auch machen. Nun ja, sie tat es, wenngleich auf eine etwas seltsame Art, aber vielleicht konnte sie es nicht anders ausdrücken. Schließlich war jeder Mensch unterschiedlich, was den Umgang mit seinen Gefühlen anging.

Meine eigenen Gefühle wurden übrigens in dieser Woche auch ziemlich strapaziert, selbst ohne Cara. Diese dumme Edinburgh-Geschichte nagte mehr an mir als gut war. Meine Fantasie lief nach wie vor Amok und ich suchte wie stets mein Heil in den Büchern. Das Weihnachtsgeschäft stand vor der Tür und Lesestoff gab es genug. Ich las und machte mir Notizen, welche Geschichten ich unbedingt präsentieren wollte. Meine Liste an verlagsunabhängigen Autoren wuchs ständig und zusammen mit den Büchern, die mir die Vertreter wärmstens empfohlen hatten, würde ich eine großartige Auswahl bereitstellen können. Ich begann, nach weihnachtlichen Dekosachen Ausschau zu halten und mich in eine neue Hoffnung zu stürzen: Es ging auf den Advent zu und in dieser Zeit passierten Wunder.

Am Mittwoch kam Anna mit angespanntem Gesicht vorbei, um sich nach meinem Eindruck bezüglich ihres neuen Romans zu erkundigen. Sie war schlau genug, erst kurz vor Ladenschluss aufzutauchen, damit wir in Ruhe reden konnten. Ich kochte uns einen Tee und wir setzten uns auf die Galerie, nachdem ich den Laden zugesperrt hatte.

»Also«, begann sie und sah auf den Boden. Dann holte sie Luft, hob den Blick und sagte noch einmal: »Also?«

»Super! Er ist wunderschön. Ich glaube, er ist das Beste, was du jemals geschrieben hast. Nun ja, das denke ich immer, aber es ist so. Ich liebe es.«

Als hätte man einen Lichtschalter betätigt, begann sie zu strahlen und sich sichtlich zu entspannen. »Im Ernst?«

»Natürlich im Ernst. Ich scherze nie, wenn es um Geschichten geht.«

»Danke! Ich meine, ich liebe diese Story, aber dann kommen wieder die Zweifel, ob auch die Leser sie mögen werden. Ob ich es richtig ausgedrückt habe.«

»Das hast du. Ich konnte es nicht mehr zur Seite legen.«

Ich liebte solche Gespräche. Mich über eine Geschichte auszutauschen, meine Empfindungen zu teilen, das war für mich eine nie endende Freude. Und ganz besonders, wenn ich das mit dem Verfasser der Geschichte tun konnte. Normalerweise hat man dazu ja eher nicht die Gelegenheit und deshalb schöpfte ich alles aus.

»Als Liam dann plötzlich so seltsam reagierte, da bekam ich wirklich Angst. Du hast mich total auf eine falsche Fährte gelockt.«

Anna lachte. »Das glaube ich. Aber zu meiner Entschuldigung, das war nicht geplant.«

»Nein?«

»Nein.« Wieder lachte sie. »Liam war kein einfacher Protagonist. Eigentlich sollte er selbst ein wenig melancholisch sein, weil es in seinem Leben ebenfalls nicht besonders lief, und dann fängt er plötzlich an, solche Sachen zu sagen und sich komplett anders zu benehmen, als ich das plante.«

»Du schreibst die Geschichten doch. Wie kann er dann anders reagieren, als du willst?«

»Das frage ich mich auch jedes Mal. Doch bisher war es immer so, dass ich an einen Punkt kam, an dem die Story sich verselbstständigt hat. Plötzlich ist es, als erfinde ich sie nicht, sondern erlebe sie mit. Als wüssten die Figuren besser als ich, was sie tun sollten, und sie führen mich durch die Handlung. Ich weiß, das hört sich total bescheuert an, aber so ist es.«

Ich dachte an meine eigenen Schreibversuche und daran, wie diese Bella in Charles' Bibliothek auftauchte und ich sie nicht mundtot machen konnte. Nachdenklich nickte ich mit dem Kopf.

»Es hört sich gar nicht sonderbar an, wenn man darüber nachdenkt. Aber was tust du, wenn es in eine völlig falsche Richtung geht? Wenn sie sich komplett anders verhalten, als du geplant hast?«

»Das ist zum Glück nie passiert. Manchmal habe ich sie falsch eingeschätzt, obwohl ich mir zu jedem im Vorfeld sehr viele Gedanken mache. Aber dass einer zum Axtmörder wird, das haben sie mir erspart.«

»Und dass sich einer dann doch nicht verliebt hat? Im Laufe der Geschichte merkt, dass er die Heldin doch nicht will?«

»Auch das ist noch nie passiert. Wenn es allerdings so wäre, wenn ich merken würde, dass die beiden wirklich nicht zusammenpassen, tja, dann …« Sie lehnte sich nach vorne und stützte das Kinn ab. »Ich glaube, ich würde es akzeptieren. Ich würde nachprüfen, ob einer der Nebenfiguren nicht eigentlich der Held sein müsste. Und wenn auch das nicht der Fall ist …«

»Ja?« Ich lehnte mich ebenfalls vor.

»Dann würde ich die Geschichte zur Seite legen und etwas anderes schreiben. Wenn es nicht sein soll, dann muss man das akzeptieren. Vielleicht hole ich sie in einem Jahr wieder heraus und habe plötzlich einen anderen Blickwinkel, erkenne, wo ich einen Fehler gemacht habe oder wie die Geschichte ausgehen muss. Aber ich würde sie nicht auf Teufel heraus zu Ende schreiben.«

»Obwohl du die Macht hättest.«

»Nun, die hätte ich. Aber wenn es nicht sein soll, würde es nicht richtig sein. Wenn ich nicht denke, dass die beiden füreinander geschaffen sind, dann kann ich das auch nicht dem Leser vermitteln.«

»Nein, das ginge wohl nicht«, sagte ich und dachte nach, was das für Charles und Elizabeth bedeutete. Und für Charlie und mich. »Hast du solche Geschichten? Unfertige?«

»Zwei. Bei beiden war ich an einem Punkt, an dem ich spürte, dass ich den weiteren Verlauf nicht richtig abschätzen konnte. Dass es irgendwie nicht passte. Aber das ist zum Glück die Ausnahme. Normalerweise findet man die richtige Lösung. Man muss nur eben loslassen und sich darauf einlassen, die Führung aus der Hand zu geben. Und Wendungen zulassen, die erst einmal eher kontraproduktiv scheinen.«

Kapitel 17

Genau das würde ich tun, beschloss ich. Corinne-Bella als kontraproduktive Wendung sehen, die rein aus dramaturgischen Zwecken auftauchte. So war es doch immer in guten Erzählungen, und das machte es erst spannend.

An diesem Abend setzte ich mich entschlossen wieder an meine Geschichte. Einen Teilsieg durfte sie bekommen, mehr aber nicht.

»Was bringt dich zurück in diese Gegend? Ich dachte, du hast in Schottland dein Glück gefunden?«

»Dachte ich ebenfalls.« Bella rümpfte ihr bezauberndes Näschen. »Aber es war nicht das Richtige. Er war nicht der Richtige.« Sie legte die Gabel weg, mit der sie bisher ihr Essen hin- und hergeschoben hatte. »Es war von Anfang an abzusehen, wenn wir ehrlich sind. Meine Wurzeln sind hier und mein Herz ist hier.« Sie sah Charles an, der bedächtig nickte. Elizabeth verbot es sich, die Augen zu verdrehen. Dieses kleine Miststück.

»Geht es dir nicht auch so? Je älter man wird, desto eher merkt man, was wirklich zu einem passt und was nur ein, nun ja, schöner Traum ist.«

»Ich weiß es nicht. Im Moment hoffe ich, dass es nicht nur Träume sind.« Charles warf einen Blick zu Elizabeth. »Manchmal passieren ganz unerwartet Dinge, die alles, was bisher war, auslöschen und völlig neue Wünsche wecken.«

Ha. Nimm das, du Schnepfe, dachte ich zufrieden. Und schau, wie du das hinbekommst. Dann griff ich zu einem Buch, das ich heute mit einer Bestellung bekommen hatte. Eine Neuerscheinung, die genau richtig für meine momentane Situation sein sollte.

Ich las vier Bücher, ehe Charlie sich endlich bequemte, mich wieder aufzusuchen. Er war schon ein paar Tage zurück von seiner Klassenfahrt und ich dementsprechend zappelig. Entspannt spazierte er in das *BOOKS OF LOVE*, gerade als ich dabei war, die Neuerscheinungen zu sortieren und ansprechend zu arrangieren.

»Wie lief es in Schottland?«

»Super. Alles nach Plan, keine größeren Zwischenfälle. Mehr kann man nicht erwarten, wenn man mit einer Horde Pubertierender eine Reise unternimmt.«

»Erzähl. Was habt ihr gemacht?«

Er lachte. »Wir haben die National Museums besucht und Edinburgh Castle. Einen Tag haben wir uns von den optischen Täuschungen im Camera obscura Museum beeindrucken lassen. Einen weiteren haben wir uns Greyfriars Kirkyard angesehen, das angebliche verspukteste Gemäuer der Stadt. Passenderweise hatten wir Regen und auch ohne Poltergeist war es ziemlich atmosphärisch dort. Interessiert es dich, dass auf dem angrenzenden Friedhof der Grabstein zu finden ist, der J. K. Rowling zu Lord Voldemort inspiriert haben soll? Ich habe ihn für dich fotografiert.«

»Ernsthaft?«

»Klar. Willst du sehen?«

Ich nickte begeistert und er zog sein Handy heraus. Er tippte ein bisschen darauf herum, dann grinste er. »Hier.«

Ich besah mir das Bild. »Irgendwie gruselig.«

»Findest du? Mich hat die Stadt sehr beeindruckt. Sie ist tatsächlich oft ein wenig gruselig, aber das macht ihren ganz eigenen Reiz aus. Die Altstadt ist toll und es gibt ein paar richtig verwinkelte Gassen. Der letzte Tag war zur freien Verfügung und alle durften sich selbst beschäftigen. Corinne und ich haben uns dort den Tag vertrieben.«

Aha, nun waren wir also beim Thema. »Es lief gut mit ihr?«, versuchte ich beiläufig zu fragen.

»Besser als das. Wir sind ein unschlagbares Team.«

»Schön.«

»Sie war nicht zum ersten Mal in Edinburgh und kannte ein paar tolle Ecken.«

»Was für ein Glück.«

»In der Tat. Aber jetzt erzähl du. Wie ist es dir ergangen?«

»Mir? Alles normal soweit. Ebenfalls keine besonderen Vorkommnisse.«

»Und wie geht es Ada?«

»Sie ist gestern entlassen worden.«

»Schon?«

»Ja. Ihre Nichte kümmert sich darum, dass sie zu Hause versorgt wird. Sie ist nämlich noch lange nicht so weit, um wieder alleine zurechtzukommen.«

»Rippenbrüche sind langwierig, aber sie heilen. Es ist gut, wenn sich jemand um sie kümmert. Dann hat sie Zeit, um wieder auf die Beine zu kommen.«

»Hm. Weißt du, was seltsam war?« Ich berichtete von meinem letzten Zusammentreffen mit der Nichte. »Ist das nicht verrückt? Ich meine, was sollte ich für Hintergedanken haben?«

»Keine Ahnung. Die Dame scheint recht wenig Menschenkenntnis zu besitzen, wenn sie dir so etwas unterstellt.«

»Ich will heute Abend mal bei ihr vorbeischauen. Also bei Ada. Und sehen, wie es ihr geht.«

»Dann richte ihr Grüße aus.« Er erhob sich. »War schön, dich wieder zu sehen.«

»Finde ich auch.« Leicht verzweifelt grinste ich. Schön und nicht schön, weil es viel zu unverbindlich war. Charlie hatte weder meine Ängste bezüglich seiner Kollegin entkräftet noch sonst etwas getan, was er in meiner Fantasie getan hätte. Aber er war gekommen, und das sollte mich freuen. Solange er den Kontakt zu mir suchte, war nicht alles vergebens.

Kapitel 18

Ich weiß nicht, wie ich mir Adas Heim genau vorgestellt hatte. So auf alle Fälle nicht. Irgendwie war da eine kleine Wohnung in meinem Kopf gewesen, mit kleinen Zimmern und einem engen Bad. Tatsächlich stand ich nun in einer durchaus geräumigen Wohnung in Notting Hill und wurde von einer ernsten Frau gemustert, als ich mich vorstellte.

»Ich bin Ewa«, hatte sie gesagt und mir den Weg in den Flur freigegeben, nachdem ich erklärt hatte, was ich hier wolle. Einen Moment hatte ich gefürchtet, dass sie mich wegschicken wollte, so durchdringend war ihr Blick gewesen. »Kommen Sie, Ada ist im Wohnzimmer.«

Ada saß in einem Sessel und döste. Der Rollator stand neben ihr und der Fernseher lief ohne Ton.

»Sie haben Besuch.« Ewa strich sanft über ihren Arm und Ada schreckte hoch.

»Hallo.« Ich trat neben den Sessel und ließ mich in die Hocke nieder. »Wie geht es Ihnen?«

»Ich bin müde.« Sie versuchte ein Lächeln. »Es ist anstrengend, aber ich habe eine großartige Hilfe.«

»Das sehe ich.«

Ewa nickte ernst und verließ den Raum.

»Haben Sie Schmerzen?«

»Es geht. Ich habe neue Tabletten bekommen, die sollen mir besser helfen. Ich muss Geduld haben, sagen sie.«

»Und leider haben sie recht. Ich habe Ihnen ein Buch mitgebracht.« Ich holte es heraus. »Ich glaube, das kennen Sie noch nicht.«

Sie warf einen matten Blick auf den Titel. »Danke. Nein, das kenne ich nicht. Ich werde es lesen, wenn ich nicht mehr so müde bin.«

Ich nickte und legte es neben sie auf den kleinen Tisch. Dann begann ich zu erzählen, was es im Laden Neues gab, was ich plante. Ich fürchte, ich plapperte, aber ich wollte die Stille vertreiben, die nicht zu meiner Freundin passte. Als ich eine halbe Stunde später ging, bat sie Ewa, ihr ins Bett zu helfen. Ich versprach, bald wieder vorbeizukommen, und machte mich auf den Weg nach Hause.

Ich gewöhnte mir an, montags und donnerstags bei Ada vorbeizugehen. Ihre Wohnung war nicht weit vom Laden entfernt und immer noch verwunderte es mich, dass sie im Prinzip so lebte, wie sie aussah. Die Wohnung war größer als erwartet und weit weniger einfach eingerichtet. Doch auch hier sah alles aus, als wäre es vor langer Zeit gekauft und seitdem benutzt worden. Als wären reiche Menschen hier ausgezogen, nachdem der erste Glanz ab war, und hätten das Mobiliar zur weiteren Benutzung dem Nachmieter überlassen. Es war nicht vernachlässigt oder so, man sah, dass jemand diese Dinge liebte und pflegte, aber eben alt und ein wenig abgewohnt. Ich fragte mich unwillkürlich, wie sie sich solch eine Wohnung leisten konnte, doch das ging mich nichts an, genauso wie die Frage, wer für die teure private Pflege aufkam.

Cara traf ich nie, obwohl Ewa berichtete, dass sie jeden Tag bei ihrer Tante vorbeischauen würde.

»Sie ist sehr besorgt. Sie kümmert sich um alles und sie hat gesagt, dass sie einen Blick auf alles hat.«

»Das ist gut. Ewa, ich mache mir Sorgen.« Ich sprach automatisch leiser und zog die Pflegerin zur Haustür. »Ich habe das Gefühl, dass Ada abbaut, seit sie zu Hause ist. Sie scheint immer schwächer zu werden.«

»Sie braucht Zeit.«

»War in letzter Zeit ein Arzt hier?«

»Ja. Er meint, dass so etwas in ihrem Alter ... eben Zeit braucht. Er hat sie untersucht und nichts gefunden.«

Ich biss mir auf die Lippe. Seit Tagen beobachtete ich, dass Ada bei jedem Besuch schwächer schien. Heute hatte sie im Bett gelegen und saß nicht wie sonst im Sessel. Sie hatte kaum die Augen geöffnet und mein Geplapper nicht kommentiert. Nur als ich nach ihrer Hand griff, drückte sie einmal zu, als wolle sie mir mitteilen, dass sie noch hier war.

»Machen Sie sich nicht zu viele Sorgen. Es wird alles für Sie getan.«

Ein paar Tage später räumte ich zusammen mit Jenna und Li-Ming die Klappstühle weg.

»Brauchst du Hilfe für die Lesung kommenden Samstag?«, fragte Jenna.

»Nein, ich habe fast alles erledigt.« Tatsächlich stand die Planung schon lange. Auf diesen Abend freute ich mich besonders, denn Anna wollte pünktlich zur Veröffentlichung aus ihrem neuen Roman lesen. »Und für den Buchabend zwei Wochen später steht ebenfalls schon alles. Ich liebe diese Zeit«, seufzte ich und dachte an die kommenden Tage, die ziemlich voll waren. Es war jetzt November, und da hatte ich immer die meisten Aktionen. Im Dezember, hatte ich letztes Jahr festgestellt, waren die Menschen schon zu sehr im Vorweihnachtsstress, um sich die Muße zu gönnen, an allzu vielen Veranstaltungen teilzunehmen. Deshalb hatte ich trotz des schon lange geplanten Abends, der ganz im Zeichen von Weihnachtsromanen stand, Annas Buch-Release noch dazwischengequetscht.

»Ich finde es toll, diese ganzen Veranstaltungen hier.« Auf Li-Minghs Gesicht lag ein Lächeln. »Deine Buchhandlung ist immer toll. Abends jedoch, wenn es draußen dunkel ist und hier drin die Lichter brennen und man sich in Ruhe den Büchern hingeben kann, das sind ganz besondere Stunden.«

»Ich stimme dir voll zu«, antwortete Jenna, »aber unter uns, Eliza, ich frage mich, wo du die ganze Zeit dafür hernimmst. Es sind ja nicht nur die Abende, du hast ja mit der Vorbereitung auch noch einiges zu tun.«

»Das geht schon. Ich liebe es und was man liebt, ist keine Arbeit.«

»Aber gibt es denn niemanden, der dich liebt und sich beschwert, dass du so wenig Freizeit hast?«, wurde Jenna nun direkter, wie es ihre Art war.

»Nicht wirklich.« Ich klappte energisch den letzten Stuhl zusammen. *Leider*, fügte ich in Gedanken hinzu. Charlie kam in unregelmäßigen Abständen hier vorbei und wenn er da war, wusste ich immer noch, dass er der Mann war, auf den ich mein ganzes Leben gewartet hatte. Auch wenn irgendwie nichts passierte. Er war nett und interessiert, aber so langsam sollten wir doch mal einen Schritt vorwärtskommen. Ich wusste immer noch nicht mehr über diese Kollegin beziehungsweise sein Verhältnis zu ihr. Dafür hatte ich mich mit neuer Entschlossenheit in meine Interpretation unserer Geschichte geworfen. Manchmal muss man das Schicksal ein wenig anstoßen, dachte ich. Ihm den Weg weisen.

»Ich gebe die Hoffnung nicht auf.« Ich grinste Jenna zu. »Da draußen ist genau der richtige Mann für mich. Und ich werde ihn bekommen.«

»Dann drücke ich dir alle Daumen.« Jenna richtete sich auf und streckte den Rücken durch. Sie war zwar ein großer Fan von Liebesromanen, aber weit davon entfernt, sich wie ich in bunten Farben zu erträumen, selbst einmal in einem zu landen. »Auch wenn ich manchmal fürchte, diese ganzen Geschichten haben uns völlig versaut für das echte Leben. Welcher Kerl kann schon mit denen aus den Büchern mithalten?«

Kapitel 19

»Es tut mir leid«, raunte Charles und sah angemessen zerknirscht aus. »So ist Bella nun einmal. Sie kommt und hat die ganze Aufmerksamkeit, schon als Kind. Ich konnte sie ja schlecht bitten zu gehen.«

»Nein«, antwortete Elizabeth, obwohl sie »oh doch« dachte.

»Wir sind fast wie Geschwister«, fuhr er fort.

Elizabeth sann darüber nach. Geschwister, diese Interpretation ihrer Beziehung hätte Bella wahrscheinlich nicht in Betracht gezogen. Es war klar, dass für sie keinerlei geschwisterlichen Gefühle im Spiel waren. Sie hatte den ganzen Abend eine Anspielung nach der anderen fallen lassen. Ob Charles das wirklich entgangen war, oder wollte er es nicht hören? Das erschien fast unmöglich. Und doch ... Und doch schien er ganz gut darin zu sein, Anspielungen nicht zu bemerken. Sie selbst, musste sie zu ihrer Schande gestehen, hatte ebenfalls die eine oder andere platziert in den letzten Tagen. Sie hatte versucht, ihm subtil zu verstehen zu geben, dass sie durchaus nicht protestieren würde, wenn er ein wenig, nun ja, vertraulicher werden sollte. Charles war nach wie vor charmant und er schaffte es, immer wieder das Richtige zu sagen, ihre Hoffnungen zu schüren, sie mit einem einzigen Satz an den Rand eines Herzinfarkts zu bringen ... Aber er tat nicht mehr. Er wurde nicht verbindlich. Und Elizabeth beschlich langsam die Angst, dass er das nie tun würde. Himmel, was tat man in solch einer Situation? Selbst die Initiative ergreifen? Heutzutage sollte das doch keine Frage sein, natürlich konnte man das. Das Problem war nur, wenn Charles auch ihre Avancen übersah, dann wären alle Hoffnungen dahin.

Ist es das, weshalb Menschen schreiben? Weil sie dabei, ohne es zu wollen, ihre Gedanken sortieren? Nein, vermutlich traf das nur auf mich zu. Anna hatte mir lachend erzählt, wie die Menschen auf ihre Tätigkeit als Autorin reagierten. Von »Kann man davon denn leben?« über »Echt? Wie spannend!« und »Sie schreiben richtige Bücher?« bis hin zu »Und das alles haben Sie selbst erlebt?« war jede vorstellbare Variante dabei.

»Ich meine, ich habe einen Freund. Und der wäre ganz sicher nicht begeistert davon, wenn ich all das erleben würde. Jedes Jahr zwei neue Lieben ...«

»Diesen Menschen fehlt es einfach an Fantasie«, hatte ich entgegnet und gelacht.

Nein, normale Autoren schrieben, weil sie Geschichten ersinnen wollten. Und deshalb war ich keine Autorin. Nur eine Närrin, die sich verliebt hatte und versuchte, durch Worte diese Liebe zum Leben zu erwecken. Und die dabei erkennen musste, dass sie unbewusst Dinge formulierte, die leider sehr bewusst waren. Charlie war zu einem festen Bestandteil geworden. Er war nett, verdammt nett, und er hielt mich hin. Er war nett genug, um ihn nicht aus meinem Herzen zu bekommen, und nicht nett genug, mich endlich in seines hineinzulassen.

Am Abend der Lesung war das *BOOKS OF LOVE* voll. Ich hatte eifrig Werbung gemacht und viele Stammkunden kannten Annas bisherige Bücher und waren große Fans. Zu meiner Freude war auch Charlie unter den Gästen. Er kam zuverlässig zu jeder Veranstaltung, heute jedoch sah er sich überrascht um.

»Ich hatte nicht damit gerechnet, dass noch andere Männer hier wären.« Er sah zu den zugegebenermaßen nur vier Geschlechtsgenossen, die im Raum saßen und so taten, als wären sie nur als Begleitung hier. Ich wusste es besser, denn ich kannte ihre Frauen, und die hatten mir flüsternd und kichernd von den heimlichen Vorlieben ihrer Partner erzählt.

»Nun, Männer lesen ebenfalls Liebesromane. Warum auch nicht? Darf man sich, nur weil man ein Mann ist, nicht etwas mehr Liebe wünschen? Die meisten geben es nur nicht zu.«

Er lachte. »Womit wir wieder bei der Frage aller Fragen wären: Was macht einen Mann männlich?«

»Nun, für mich ist die Antwort klar. Ich ziehe jederzeit den mit dem Buch vor. Einen romantischen Mann, der seine Gefühle nicht hinter einer harten Fassade verstecken muss, sondern dazu steht. Entschuldige mich«, ich konnte es mir nicht verkneifen, seinen Arm zu berühren. Ehrlich gesagt, nutzte ich jede Gelegenheit, das zu tun. »Wir sollten anfangen.«

Anna hatte im Vorfeld gestanden, wie aufgeregt sie stets war, wenn sie eine Lesung hielt. »Wenn niemand lacht. Oder wenn ich mich verhasple. Wenn die Menschen mich ansehen und denken, dass ich viel zu normal bin, nicht den Ansprüchen genüge …«

Ich hatte sie beruhigt, dass nichts davon eintreffen würde. Ich wusste, dass es nicht so sein würde, und nun erlebte ich es. Sie nahm uns mit auf eine Reise, die einfach nur großartig war. Schon nach wenigen Minuten fraßen wir ihr alle aus der Hand. Sie hatte eine angenehme Stimme und nachdem sich die erste, kaum zu bemerkende Aufregung gelegt hatte, waren wir gefesselt. Sie betonte, zog das Tempo an, wenn es spannend wurde, kam ins Stocken, wenn die Gedanken der betreffenden Person es ebenfalls taten. Sie las nicht vor, sie schien uns zu erzählen. Sie nahm uns mit und erzählte uns eine Geschichte, die sie selbst erlebt zu haben schien, und wir saßen da, begierig darauf, zu erfahren, wie es weitergehen sollte.

Im Anschluss gab es eine Fragerunde. Ich wusste, dass sich die meisten diese Gelegenheit nicht entgehen lassen wollten, und tatsächlich entwickelte sich eine rege Diskussion.

»Ich finde es toll, dass Liam so ein normaler Kerl ist. Echt jetzt, manchmal habe ich wirklich genug von all diesen Supertypen. Das ist doch total abgehoben. Ich meine, wie viele von uns haben denn die Chance, dass ein Milliardär uns sieht und sich unsterblich verliebt?« Die anderen lachten.

»Danke. Obwohl ich auch diese Geschichten verstehen kann. Im Endeffekt sind sie alle dazu da, uns zum Träumen zu bringen«, gab Anna charmant zurück.

»Aber es ist viel realistischer, von einem normalen Kerl zu träumen.« Jenna setzte sich aufrechter hin. »Welcher Typ kann denn da mithalten? Ich für meinen Teil würde Liam sofort nehmen und den reichen fiktiven Kerl mit dem Hubschrauber sausen lassen. Der vermutlich eh nie käme.«

»Ist es denn so wichtig, dass er einen Hubschrauber hat? Oder hätte, wir sprechen jetzt ja nicht von einem realen Mann. Ist es nicht viel wichtiger, dass er die Frau aufrichtig liebt?«

»Zu unserer Zeit«, jetzt war Molly dran. »Zu unserer Zeit träumte man davon, einen Mann zu finden, der anständig war. Nicht einer, der uns mit der Peitsche verdrosch. Jeder nach seiner Fasson, aber das erscheint mir in Büchern doch oft etwas albern.« Sie schnaubte und sah sich um. »Und seht mich nicht so an. Ich bin zwar alt, aber ich habe einiges gesehen.«

»Und offensichtlich einiges gelesen. Ich sollte mir einmal ihr Bücherregal genauer ansehen«, raunte Charlie in mein Ohr, was mich zum Beben brachte. Nicht wegen der Worte, sondern wegen seines Atems, der warm meine Wangen streifte.

»Er kann aber doch aus Liebe Hiebe verteilen«, kam es verlegen von Clara, einem weiteren Mitglied unseres Buchclubs.

»Hiebe aus Liebe.« Molly lachte und es klang erschreckend höhnisch. »Na ja, jedem Tierchen sein Pläsierchen. Ich für meinen Teil habe die andere Seite kennengelernt. Die ohne Liebe, weil das Hemd nicht sauber genug gebügelt war oder die Erbsen verkocht. Und glaube mir, auch wenn es oft genug in sogenannter Liebe endete, weil es ihm gefiel, hat es mir gar nicht gefallen. Und es macht mir Sorgen, wenn junge Frauen wie du«, sie deutete auf Clara, »das zu romantisch sehen.«

Stille trat ein und niemand wusste, was er sagen sollte. Charlies Gesicht war plötzlich blass.

»Es tut mir leid. Das gehört nicht hierher.« Molly schien zu bemerken, was sie angerichtet hatte. »Es geht hier um eine andere Geschichte und wenn ich das anmerken darf, eine wirklich großartige. Mich würde interessieren, wie Sie immer wieder auf diese verrückten Ideen kommen. Zum Beispiel, als Mia diesen Abend in der Royal Albert Hall erlebt ...«

Lachen wurde laut, als wir an die Szene dachten, die Anna uns gerade vorgelesen hatte. Sie griff nach dem Zweig, den Molly ihr reichte, und grinste verlegen.

»Tja, um ehrlich zu sein, war das so ...«

Kapitel 20

»Glückwunsch. Das war ein gelungener Abend.«

Zu meiner Freude hatte Charlie sich nach der Veranstaltung nützlich gemacht und geholfen, das Geschirr und die leeren Flaschen abzuräumen. Nicht weil ich das nicht alleine geschafft hätte, sondern weil er sich so lange in der kleinen Küche herumgetrieben hatte, bis der Laden leer war. Ich hatte eben die restlichen Exemplare von Annas Buch weggeräumt. Viele waren es nicht, zu meiner Freude hatten sie sich rege verkauft.

»Ja, nicht wahr? Anna war so aufgeregt, ich bin froh, dass es gut gelaufen ist.«

»Sie ist sehr charmant.«

»Das ist sie. Und begabt.«

»Auch das, zweifelsohne. Und mit sehr gesunden Ansichten.«

Ich legte die Bücher zur Seite und verschränkte meine Finger. Sein Tonfall hatte sich verändert.

»Hast du es gewusst? Mit Molly, meine ich?«

»Dass sie Peitschenromane liest? Nein.«

»Und das andere?«

»Auch das nicht. Ich weiß nur, dass sie früh Witwe wurde und danach keinerlei Ambitionen hatte, sich wieder zu verheiraten. Sie hatte einige Verehrer und ich glaube, auch einige Liebschaften. Aber sie wollte keinen davon zum Mann.«

»Weshalb ist sie nicht gegangen?«

»Auch das weiß ich nicht. Ich kann nur vermuten, dass man früher als Frau nicht einfach so ging. Vielleicht sollte ich mal mit ihr darüber reden. Und mir doch ihr Bücherregal ansehen.«

Wir lachten.

»Ich fand es sehr mutig von ihr, das heute zu sagen.«

»Selbst wenn sie fast deine Veranstaltung gesprengt hätte?«

Ich dachte an den kurzen Moment entsetzten Schweigens, der entstanden war. »Sie hat es wieder ausgemerzt. Es ging ihr nicht darum, Mitleid zu bekommen oder so. Ich glaube eher, dass sie schon länger ungeduldig ist, weil Clara sich in diesen romantischen Vorstellungen verliert.«

»Ist es wirklich das, wovon Frauen heute träumen? Eine Peitsche und scharfe Worte?«

»Ich weiß es nicht. Und mich darfst du auch nicht als Maßstab nehmen, das weißt du.«

»Zum Glück. Ich tue mich nämlich irgendwie sehr schwer mit dem Gedanken, einer Frau den Hintern zu versohlen.«

Oh. Mein. Gott. Ich auch, also, mich züchtigen zu lassen, und dennoch ... In diesem Moment hatte ich tatsächlich Schwierigkeiten, Luft zu bekommen. Der Gedanke, so abwegig er war, hatte dennoch Wirkung auf mich.

»Das würde auch nicht zu dir passen«, antwortete ich, weil die Stille sonst zu lange wurde.

»Nein. Ich weiß, ich bin keiner dieser Typen, die so etwas tun würden. Ich fürchte, ich bin einer von der langweiligen Sorte.«

Der langweilige Kerl hatte mich heute Abend ganz schön ins Schwitzen gebracht. Die Luft hatte vibriert, ich schwöre es. Wir hatten uns Blicke zugeworfen, in denen plötzlich mehr war als nur Freundschaft, und als er mir den Mantel hielt und seine Finger kurz meinen Nacken streiften, verharrte er einen winzigen Augenblick dort, ehe er sie wegzog. Meine Haut brannte immer noch, als ich bereits im Bett lag und mich Träumen hingab, in denen er sie nicht wegziehen würde.

»Für das erste Mal war das nicht schlecht.« Charles sprang von seinem Pferd, einem lebhaften schwarzen Tier, das unruhig tänzelte. »Schon gut, alter Junge. Nächstes Mal galoppieren wir wieder.« Er trat neben Nelly, Elizabeths Stute, ein weit weniger temperamentvolles Tier, griff in ihr Halfter und streckte seine andere Hand aus. »Du hast dich wacker geschlagen.«

»Danke.« Sie lachte ein wenig überdreht. Heute Morgen hatte er sie spontan mit dieser Idee überrascht und Elizabeth hatte ebenso spontan zugesagt. Wie versprochen bekam sie nicht nur ein gemächliches Tier, er hielt seinen Wallach auch zurück und trabte ruhig mit ihr durch die von einem leichten Raureif überzogene Landschaft. Ihr

Atem bildete kleine Wölkchen und die kalte Morgenluft ließ ihre Wangen rot erblühen. Sie schwang ein Bein über den Rücken und rutschte hinab, ein wenig zu unkontrolliert, was ihr beinahe eine unsanfte Landung bereitet hätte. Schnell griff er zu, bekam sie an den Hüften zu fassen und verhinderte, dass sie zu Boden ging. Sie hob den Blick und ihr Atem stockte, als sein Gesicht dem ihrem so nahe war. Trotz der kalten Luft, in der sie sich bewegt hatten, schien sein Körper ausreichend Wärme gespeichert zu haben, an der sie sich nur zu gerne bedient hätte.

»Wirklich nicht schlecht gemacht«, sagte er noch einmal, leiser und mit tieferer Stimme. Dann hob er wie abwesend seine rechte Hand, in der er immer noch die Reitgerte hielt, und strich ihr mit dem Handstück langsam, wie beiläufig, eine verirrte Haarsträhne aus dem Gesicht. »Du solltest das dringend weiterverfolgen. Ich stehe jederzeit für Lehrstunden bereit.«

Ich starrte auf das Blatt. Herrje, was war das denn? Ich hatte noch nie im Leben auf einem Pferd gesessen und auch nicht vor, das zu ändern. Und überhaupt, war es nicht besser, wenn warme Finger sanft über ein Gesicht strichen als eine, oh mein Gott, Reitgerte? Entschlossen klappte ich das Heft zu und stand auf. Morgen, dachte ich, morgen bist du wieder normal und dann sehen wir weiter.

»Kannst du reiten?«

»Was?« Charlie starrte mich überrascht an. »Nein. Wie kommst du denn jetzt auf diese Frage?«

»Nur so«, antwortete ich verlegen und griff nach der Lichterkette, die als heilloses Knäuel vor mir lag. Fast zwei Wochen waren vergangen seit jenem Abend und ich hatte diese blöde Szene immer noch im Kopf. Heute war er endlich hier aufgetaucht und zack, war dieses Bild wieder da. Ich begann, die Kette zu entwirren, und starrte sie dabei intensiver an als nötig.

»Aha«, sagte er und streckte seine Hand aus. »Gib her, ich mache das.«

Mit ruhigen Fingern begann er, das Gewirr zu lösen, während ich wie eine dumme Gans danebenstand. In Windeseile war er fertig. »Und nun?«

»Nun werde ich sie aufhängen.« Ich nahm ein freies Ende und trat zur Leiter. Habe ich schon erwähnt, dass meine Regale diese unglaublich tollen Leitern haben, die man hin und her schieben kann? Richtige alte Bücherregalleitern, die trotz ihres Alters immer noch leicht zu bewegen waren und Kinder geradezu zwangen, sich auf die untersten Sprossen zu stellen und mit Gejauchze auf die andere Seite zu fahren? Ich befestigte die Kette oben auf dem Regal und wollte eben herunterklettern, als Charlie rief: »Fertig? Dann halte dich fest.« Er schob die Leiter langsam an und ich lachte selbst wie ein Kind.

»Stopp«, befahl ich immer wieder, um in regelmäßigen Abständen die Lichter zu fixieren, bis wir am Ende angekommen waren. »Fertig.« Ich kletterte die Sprossen hinab und obwohl es nicht nötig war, weil ich täglich hier herumturnte, legte sich seine Hand auf meinen Rücken, um mich zu stützen. Ich hatte nichts dagegen, im Gegenteil, ich fand es nett, dass er bei den anderen Regalen ebenso verfuhr. Als wir das letzte geschmückt hatten, war ich so übermütig, die unteren drei Sprossen im Sprung zu nehmen. Ich landete etwas unsicher, was daran lag, dass er dastand, und schwankte kurz. Schon griffen seine Hände wieder zu und umfassten mich sicher um die Mitte.

»Pass auf. Nicht, dass du dich verletzt.«

»Ach was. Ich mache das ständig.«

»Eliza, du siehst zauberhaft aus. Wie ein Kind, das in Bäume geklettert ist. Du bist so lebendig, so voller Elan und guter Laune.« Seine Finger streiften meine Wangen, als er mir eine Haarsträhne hinter die Ohren strich, und ich schloss kurz die Augen. Finger. Oh ja, warme Finger waren definitiv besser als harte Gerten.

»Weil das Leben schön ist, oder? Trotz allem. Weil ich will, dass es schön ist. Ich möchte etwas erleben, es genießen. Ich will das Leben spüren, mit jeder Faser meines Körpers. Ich möchte meine eigene Geschichte erleben, die nicht hinter denen in diesen ganzen Büchern zurückstehen muss, weil sie sogar noch besser, noch großartiger ist.« Ich sah ihm in die Augen. Jetzt, dachte ich, wäre ein ziemlich guter Zeitpunkt für einen Kuss. Genau hier, vor den Lichterketten.

Charlie nickte langsam, aber seine Augen verloren ein wenig an Glanz. »Und das solltest du erleben. Du hast genau so eine

Geschichte verdient.« Anstatt mich zu küssen, trat er einen Schritt nach hinten, räusperte sich und sah sich dann betont heiter um. »Das sieht wirklich großartig aus. Na dann, wenn du wieder mal eine Lichterkette auseinanderdröseln musst, sag einfach Bescheid.«

Ich nickte verwirrt und zwang mich zu lächeln. »Klar«, sagte ich und überlegte, warum zum Teufel er nicht kapierte, dass meine Geschichte nur mit ihm starten konnte.

Kapitel 21

Zufrieden stand ich vor dem Schaufenster und nickte einmal mehr. Perfekt. Das *BOOKS OF LOVE* und ich waren bereit für die schönste Zeit des Jahres. Diese Zeit, die voller Gerüche und Kerzenschein und Vorfreude ist. Und für viele voller Stress und Hektik. Ich versuchte, dem entgegenzuwirken, so gut es ging. Die wenigen Geschenke, die ich brauchte, hatte ich bereits besorgt und auch meine Wohnung strahlte schon in festlichem Glanz, obwohl es erst Mitte November war. Und nun konnte ich mich entspannen und vor allem versuchen, meinen Kunden eine Auszeit von dem ganzen Trubel zu bieten. Hier bei mir sollten sie verschnaufen können, und dazu musste ich selbst gelöst sein. Auf den schwebenden Bücherstützen hatte ich heute als letzte Aufgabe die Weihnachtsromane dekoriert und ein paar einzelne, große, rot glänzende Weihnachtskugeln dazwischen aufgehängt. Ringsum hatte ich weitere Lichterketten angebracht, die das Schaufenster umrahmten. Im Laden leuchteten sie ebenfalls und zauberten eine wohlige Stimmung, in den Ecken standen große Laternen, die ich aus versicherungstechnischen Gründen leider mit LED-Kerzen hatte ausstatten müssen. Wenigstens sahen sie fast echt aus. Auf der Theke stand bereits ein wunderschönes Gesteck, das einen herrlichen Duft verströmte. Ich hatte es in einem zauberhaften kleinen Blumenladen, gerade um die Ecke, gekauft. Es passte perfekt, war nicht zu kitschig, aber auch keines dieser Standard-Dinger. Die Inhaberin hatte ein Händchen dafür, genau das richtige zu erschaffen. Wir hatten bei ihm ebenfalls auf elektronische Lichter zurückgreifen müssen. Allerdings waren die Minileuchten so großzügig im Kranz drapiert, dass es fast schöner aussah als ein traditioneller Kranz mit vier Kerzen und keineswegs nach einer schnöden Versicherungslösung. An der Brüstung der Galerie wanden sich künstliche Tannengirlanden, ebenfalls mit kleinen Lichtern geschmückt, und auf den Lesetischen standen grob ausgesägte Holzsterne und zylindrische Glasvasen, in denen ich in den letzten Tagen winterliche Szenen arrangiert hatte. Auf künstlichem Schnee leuchteten Mini-Tannenbäume mit Mini-Geschenken darunter und es gab eines mit Schlittschuhläufern und Skifahrern. Ein Glas mit einem röhrenden Hirsch war ebenfalls dabei. Es war Kitsch und dennoch kein Kitsch und vor allem war es mein Ding. Es passte zu mir und machte mein Herz froh.

Der Postbote kam, als ich in Betrachtung meines Schaufensters draußen auf der Straße stand.

»Schön haben Sie das wieder gemacht.« Er deutete auf das Fenster und lächelte. »Hier sieht es immer einladend aus.«

»Danke.« Ich nahm ihm das Paket aus der Hand und spähte auf den Absender. Die Druckerei, na endlich.

»Einen Moment«, er kramte in der Tasche und holte zwei Briefe heraus. »Die sind ebenfalls für Sie.«

Ich griff danach, ohne einen Blick darauf zu werfen. Ich bekomme sowieso nur Rechnungen, das hatte Zeit. Wichtiger waren jetzt die Drucksachen.

Die Karten mit den Einladungen zum weihnachtlichen Bücherabend und zur Shopping-Nacht waren noch schöner geworden, als ich mir erhofft hatte. Auch die Flyer mit den Terminen für das erste Quartal des neuen Jahres waren mit in dem Paket. Ich setzte mich und betrachtete alles. Es hatte sich als gute Entscheidung erwiesen, diese Flyer drucken zu lassen und mit den Einkäufen zu verteilen. Für die einzelnen Veranstaltungen ließ ich normalerweise nichts extra anfertigen, da begnügte ich mich mit einem Veranstaltungshinweis im Straßenstopper und eben den Flyern. Der Bücherabend allerdings und dazu die lange Verkaufsnacht waren wichtige Einnahmequellen, die ein wenig zusätzliche Ausgaben rechtfertigten.

Erst am Abend fielen mir die Briefe wieder ein. Es war ein guter Tag gewesen mit einem anständigen Umsatz und vielen bereichernden Begegnungen. Ich überlegte, ob ich sie auf den kommenden Tag verschieben sollte. Rechnungen lösen sich nicht in Luft auf, wenn man sie ignorierte, verursachen aber eine Menge Ärger, wenn man sie vergaß, was mich dazu brachte, sie mir direkt vorzunehmen. Der erste Brief war auch wie erwartet von einem Buchlieferdienst. Der zweite jedoch ... ich stutzte. Auf dem zweiten prangte in strengen Buchstaben das Logo einer Anwaltskanzlei. Sofort überkam mich ein ungutes Gefühl. Ich hatte nie mit Anwälten zu tun. Ich öffnete ihn und holte die Papiere heraus. Dann begann ich, das Anschreiben zu lesen, und erstarrte. Plötzlich war der ganze gute Tag im Eimer.

»Edward, ich habe ein Problem.«

»Was ist passiert? Hast du eine Geschichte gelesen, die nicht unterhaltsam war?«

»Ich meine es ernst. Ich habe ein echtes Problem. Ein richtig großes, und ich weiß nicht, was ich tun soll.«

»Erzähl.« Der Spott war aus seiner Stimme verschwunden, ich hörte, dass er besorgt klang.

»Ich habe heute Post bekommen, von einem Anwalt. Es geht um den Laden. Und um meine Wohnung.«

Meine Wohnung war ein Teil des Vertrages, den ich damals unterzeichnet hatte. Sie liegt über dem Laden und ich hatte sie zeitgleich sehr günstig angeboten bekommen. Sie war zwar klein und nicht übermäßig komfortabel, aber ich hatte dennoch sofort zugeschlagen. Es war einfach ideal, direkt über dem Laden zu wohnen, und ich liebte ihren Charme.

»Die haben meinen Vertrag gekündigt.«

»Was? Einfach so?«

»Nein, nicht einfach so. Es ist eine ... fristlose außerordentliche Kündigung.« Ich starrte auf die drohenden Worte. »Und ein neuer Vertrag ist gleich dabei. Und der ist fast doppelt so teuer wie der alte.«

»Eine fristlose außerordentliche Kündigung? Geht das denn so einfach?«

»Woher soll ich das wissen? Ich vermute ja, denn immerhin kommt das von einem Anwalt.«

»Die probieren viel aus. Dein Vertrag, wie sieht der aus?«

»Puh, ich weiß nicht. Er ist unbefristet und er ist ganz normal, denke ich. Ich erinnere mich nicht an Details. Ich habe ihn damals mit dieser Vermittleragentur abgeschlossen, die das Objekt verwaltet. Du weißt es doch. Die wollten eine Buchhandlung und die haben mir diesen Preis angeboten und zugesichert, dass es keine Mieterhöhungen gibt, die nicht rechtens sind, und dass ich dauerhaft hierbleiben kann, wenn ich einziehe.«

»Du musst das ebenfalls einem Anwalt vorlegen. Bleib jetzt erst einmal ruhig. Das muss geprüft werden. Außerordentliche Kündigungen sind bestimmt nicht einfach so durchzusetzen, da braucht es Gründe. Steht etwas dabei?«

»Nein. Nur dass die Miete für diese Lage nicht entsprechend wäre und deshalb an das übliche Niveau des Viertels angeglichen wird. Und meine Miete für die Wohnung gleich mit, im Übrigen.«

»Kannst du dir das leisten?«

»Was? Ich weiß es nicht. Ich denke schon, wenn ich ansonsten sparsam bin. Vielleicht. Oh Gott, ich weiß es nicht.«

»Geh damit zu einem Anwalt, so schnell wie möglich. Lass erst einmal Widerspruch einlegen und dich beraten, was zu tun ist.«

»Ja«, sagte ich und fühlte, wie der Kloß in meinem Hals wuchs. »Edward, kennst du nicht einen, der mir helfen könnte? Ich habe überhaupt keine Ahnung, an wen ich mich wenden soll und wer gut ist oder so.«

Eine kleine Pause trat ein, dann sprach mein Bruder wieder. »Ich kenne einen der Besten.«

»Gibst du mir seine Nummer? Herrje, ich hoffe, ich kann ihn mir leisten. Und dass er nicht ausgebucht ist. Und diesen Fall übernehmen will.«

»Keine Angst, du wirst ihn dir leisten können. Und ich werde ihn selbst anrufen. Ich melde mich wieder, wenn ich weiß, wann er Zeit für dich hat.«

Kapitel 22

Bereits eine halbe Stunde später hatte ich Edward wieder in der Leitung.

»Alles geritzt. Morgen Abend hast du eine Besprechung. Halte bitte das Schreiben und deinen ursprünglichen Vertrag bereit.«

»Gut.« Ich atmete durch. »Wann und wo?«

»Nach Ladenschluss, bei dir in den Räumlichkeiten.«

»Im *BOOKS OF LOVE*? Edward, ich kenne mich nicht aus mit Anwälten, aber geht man üblicherweise nicht zu ihnen hin?«

»Üblicherweise schon. In deinem Fall macht er eine Ausnahme.«

»Danke. Ich bin dir wirklich dankbar. Er hat die Adresse, nehme ich an.«

»Natürlich.«

»Gut. Edward, hast du zufällig Zeit, um ebenfalls zu kommen? Ich fürchte, ich bin bei diesen Dingen nicht besonders gut.«

»Ja, ich werde mitkommen.«

»Danke. Dann«, ich holte noch einmal tief Luft, »dann sehen wir uns morgen.«

Fünf Minuten später schickte ich meinem Bruder eine Nachricht.

Du hast mir gar nicht gesagt, wie der Anwalt heißt.

Seine Antwort kam postwendend.

Du hast nicht gefragt. Und ist das wichtig?

Der grinsende Smiley dahinter war so unpassend, dass ich schon wieder ein mulmiges Gefühl bekam. Wie von selbst wählte ich seine Nummer.

»Edward, sag, dass du nicht ihn gefragt hast.«

Mein Bruder lachte. »Eliza, bitte, du bist doch erwachsen. Unter diesen Umständen solltest du deine kindischen Vorbehalte ablegen.«

»Das sind keine kindischen Vorbehalte, das weißt du. Ich mag ihn einfach nicht. Und ich muss ihn doch mögen und ihm vertrauen, wenn ich meine Zukunft in seine Hände legen soll.«

»Wie melodramatisch. Du sollst ihn ja nicht heiraten, sondern dich von ihm vertreten lassen. Und er ist gut, wirklich, und er macht dir einen Sonderpreis, also bitte, beschwere dich nicht.«

»Macht er? Warum?«

»Weil er dich mag. Komm schon, Eliza, Jake ist der Beste, er wird dich da raushauen. Vertrau mir.«

Unruhig streifte ich durch den Laden, gab dann doch nach, trat in die kleine Toilette und überprüfte meine Frisur. Und den Rest meines Erscheinungsbildes. Es war alles schon schlimm genug, den ganzen Tag hatte diese Sache wie eine dunkle Wolke über mir gehangen, aber es dazu jetzt noch mit Jake Morris zu tun zu bekommen, war das Schlimmste von allem. Der beste Freund meines Bruders, dieser großspurige Kerl, der sich während meiner gesamten Teenagerzeit über mich lustig gemacht hatte und mich mit seinen lapidaren Bemerkungen mehr als einmal tief verletzte. Seitdem Edward und ich ausgezogen waren, hatte ich versucht, ihm aus dem Weg zu gehen, wenn es möglich war. Nur an Edwards Geburtstagen waren wir uns begegnet und nichts hatte meinen Eindruck mildern können, dass er nach wie vor großspurig und überheblich war. Und immer noch einen ganz besonderen Reiz darin sah, mich aufzuziehen. Und nun musste ich ihm auch noch dankbar sein, weil er mir half. Nein, musste ich nicht, entschied ich. Ich bezahlte ihn dafür und nahm keine Almosen an, also gab es Hoffnung, dass wir das Ganze einigermaßen zivilisiert hinter uns brachten. Ich nahm mir jedenfalls vor, es zu tun.

Schon als die Tür aufging und die beiden hereinkamen, wusste ich, dass es schwer werden würde. Ich hatte Jake einige Monate nicht mehr gesehen, beim letzten Abendessen zu Ehren Edwards hatte ich mit einer Grippe im Bett gelegen. Irgendwann in diesen letzten Monaten hatte er sich einen Bart wachsen lassen, das war das Erste, was mir auffiel. Sein dunkelbraunes Haar trug er jetzt länger und nach hinten gekämmt. Allerdings ohne es mit Gel einzuschmieren, bis es glänzte. Es sah aus, als hielte es einfach von selbst in der von ihm gewünschten Position, was ich ohne zu zögern glaubte. Bei Jake würde sogar das Haar mitspielen, ohne Sperenzchen zu machen. Er war ein wenig gealtert, womit ich meine, gereift. Er sah nicht mehr aus wie der Achtzehnjährige, der mich so total verunsichert hatte, sondern wie ein Mann, der mitten im Leben stand und tatsächlich wusste, was er tat. Er musste, ich rechnete schnell nach, zweiunddreißig sein, drei Jahre älter als mein Bruder. Vielleicht lag dieser distinguierte Eindruck auch an seinem Anzug. Der war gut geschnitten, aber alles andere als klassisch. Jake trug einen braunen Dreiteiler aus feiner Wolle, der zarte, fast schwarze Streifen aufwies, die ein großflächiges Karomuster bildeten. Dazu ein weißes Hemd und eine braune Krawatte. Alles in allem hätte ich sofort gewusst, dieser Mann konnte mich retten, wäre es eben nicht Jake gewesen.

»Eliza. Wie schön, dich wieder einmal zu sehen.« Er grinste breit und streckte mir eine große Hand entgegen.

»Nichts für ungut, Jake, aber mir wäre es lieber, wenn es nicht so wäre.« Ich hörte sein Lachen und sah Edwards Blick. »Für mich ist das nämlich alles andere als erfreulich.«

»Nein, das ist es gewiss nicht. Aber ein wenig Small Talk, ehe wir zum geschäftlichen übergehen, sollte erlaubt sein. Das ist also das berühmte *BOOKS OF LOVE*? Ich bin beeindruckt. Du hast dir ja wirklich etwas ganz Besonderes aufgebaut.«

»Danke.« Ich rieb mir nervös die Hände. »Fragt sich nur, wie lange ich es noch haben werde.«

»Nur langsam.« Jake ging in gemächlichem Schritt durch den Laden und ließ seinen Blick über die ausgestellten Bücher streifen. »Das Erste, was du lernen musst, ist, dass Anwälte gerne bellen. Bevor wir in Panik ausbrechen, müssen wir erst einmal alle Fakten sammeln. Und dann sehen, wo wir zuschlagen können. So läuft das.«

»Aber ich habe keine Zeit. Die Kündigungen waren fristlos und ab heute …«

»Morgen werde ich erst einmal Einspruch einlegen. Und dann sehen wir in Ruhe weiter.«

»Gut.« Ich wurde ein wenig entspannter. Jake klang so sicher, dass zaghafte Hoffnung in mir aufkeimte.

»Dann zeig mal her.« Er war wieder bei mir angekommen und sah sich um. »Wo können wir uns setzen?«

»Oben vielleicht?«, schlug ich vor. Plötzlich war das Vertraute aus seiner Stimme verschwunden und er klang ernst und solide.

»Gut. Nach dir.«

»Also, wir haben hier eine fristlose Kündigung. Die ist nicht ganz einfach durchzusetzen, wenn kein schuldhaftes Verhalten vorliegt. Das tut es doch nicht, oder?«

Ich schüttelte den Kopf. »Nein. Ich habe meine Miete bezahlt und auch sonst nichts getan.«

»Das hatte ich auch nicht erwartet. Dann muss Unzumutbarkeit vorliegen. Hm. Der neue, deutlich teurere Mietvertrag legt nahe, dass es im Endeffekt nur darum geht, mehr Einnahmen zu erzielen. Allerdings darf deshalb nicht einfach fristlos gekündigt werden, da müssen Regeln eingehalten werden. Es muss also einen anderen Grund geben, der uns unbekannt ist.«

»Und was tun wir in diesem Fall?«

»Ich werde mich mit der anderen Seite in Verbindung setzen. Solche Gründe müssen offengelegt werden, sonst könnte man damit eine Menge Schindluder treiben.«

»Okay.«

»Als du den Laden angemietet hast, hast du da mit den Eigentümern selbst verhandelt?«

»Nein, mit einem Mittelsmann oder wie man da sagt. Er meinte, dass er die Eigentümer vertritt.«

»Vielleicht wurde das Haus verkauft«, spekulierte Jake. »An eine Immobilienfirma, die jetzt versucht, die Gewinnspanne zu erhöhen. Der derzeitige Mietpreis ist durchaus sehr niedrig, das weißt du.«

»Ja. Aber so wurde es angeboten.«

»Und als unbefristeter Vertrag. Mit einer Zusage, was moderate Mietpreiserhöhungen angeht. Ein überaus sozialer Kontrakt, wenn ich das bemerken darf.«

»Und das ist schlecht?«

Jake lachte. »Nein. Es ist nur ungewöhnlich. Kannst du mir hiervon eine Kopie machen?« Er wedelte mit den Papieren.

»Natürlich.« Ich sprang auf und eilte die Treppen hinunter. Als ich wieder in den Verkaufsraum trat, standen die beiden Männer schon unten.

»Ich werde morgen Einspruch einlegen und dann sehen, was ich herausbekomme. Ich melde mich bei dir, sobald es etwas Neues gibt.«

»Danke.« Ich trat mit ihnen zur Tür und schloss auf, um sie hinauszulassen. »Danke für alles. Ich meine, dass du mir hilfst und so.«

»Natürlich.« Jake drehte sich noch einmal um und grinste. Jetzt war er wieder der Kerl, den ich kannte. »Ich kann mir doch nicht die Gelegenheit entgehen lassen, mir deine lebenslange Dankbarkeit und Zuneigung zu sichern.«

Kapitel 23

»Deine Karotten. Was ist los mit dir, Eliza Grey?«

»Was? Oh, danke.«

»Du hast doch etwas. Was ist passiert?«

»Wie kommst du darauf, dass etwas passiert ist?«

»Weil du schon seit fünf Minuten hier an meinem Stand bist und alles, was du gesagt hast, war *Hallo Nathan* und *Fünf Karotten, bitte.*« Er lächelte.

Ich seufzte. »Es passieren gerade lauter Dinge, die mir Angst machen.«

»Willst du darüber reden?«

Ich dachte nach. »Nathan, du warst nicht zufällig ein Staranwalt und hast deinen Job geschmissen, nachdem du einen Burnout hattest?«

»Nein, ganz sicher nicht.«

»Nein, natürlich nicht.« Das war wieder so eine blöde Buchidee. In Büchern wäre das eine durchaus erwägbare Wendung gewesen.

»Hier.« Er griff unter die Theke und zog eine Thermoskanne hervor. »Ich habe einen vorzüglichen Earl Grey und teile ihn gerne mit dir. Und wenn du magst, erzählst du mir, weshalb du einen Anwalt brauchst.«

Ich griff dankbar nach der Tasse, die er mir hinhielt, und nahm einen Schluck. Dann erzählte ich ihm, was mir widerfahren war.

»Das ist keine schöne Sache. Und du brauchst tatsächlich einen Anwalt.«

»Ich habe einen.«

»Aber er taugt nichts, oder was?«

»Doch, angeblich schon. Ich mag ihn nur nicht besonders.«

»Damit kann man leben, wenn er dir da heraus hilft.«

»Ja, vermutlich schon.« Ich starrte auf die Kürbisse, die vor mir lagen. Orange, weiß, gelb.

»Hab Vertrauen. Das wird sich klären. Es gibt Gesetze, an die man sich halten muss.«

»Ich weiß. Aber es belastet mich. Und außerdem ...«

»Außerdem was?« Er sah mich aufmerksam an.

»Ich habe dir doch von Ada erzählt? Ich war gestern dort. Seit sie zu Hause ist, wird sie immer schwächer. Und nicht nur schwächer, sie wird ganz seltsam. Anfangs war sie auf, saß im Sessel oder so. Die letzten beiden Male lag sie im Bett. Und gestern Abend«, ich löste den Blick von den Kürbissen. »Da hat sie geweint. Die ganze Zeit. Sie war gar nicht richtig da und sie hat gesagt, dass sie so vieles falsch gemacht hat und dass sie von schwarzen Schatten verfolgt wird. Nathan, das war richtig schlimm. Und dann habe ich sie gefragt, ob ich was für sie tun könne und ob ich ihr helfen kann, und sie sagte, dass sie nur noch sterben will.«

»War kein Arzt bei ihr?«

»Doch, angeblich schon. Aber sie finden nichts. Organisch ist alles gut, sagen sie. Man müsse sie aufheitern, ihr Mut machen, dass es wieder wird, doch man dringt gar nicht zu ihr durch.«

»Hm.« Er strich sich nachdenklich über seinen Bart. »Das hört sich nach einer ausgewachsenen Depression an.«

»Ja. Ich habe Ewa, das ist ihre Pflegerin, gefragt, ob man da nichts tun kann, aber so einfach ist das wohl nicht.«

»Und du machst dir Sorgen. Das verstehe ich.«

»Ich habe das Gefühl, dass sie Hilfe braucht. Nur weiß ich nicht, wie. Ich kann ja schlecht selbst einen Arzt holen.«

»Nein, das kannst du nicht. Auch hier musst du vertrauen. Ihre Nichte kümmert sich, hast du gesagt.«

»Ja. Sie ist wohl täglich dort und sie hat auch den Arzt geholt. Ach, Nathan, mein ganzes Leben ist plötzlich so düster geworden, anstatt im Lichterschein zu glänzen.«

»Es wird wieder glänzen.« Er nahm mir den leeren Becher ab. »Kein Leben ist immer nur voller Sonnenschein. Wir müssen auch diese Tage meistern, denn an ihnen wachsen wir. Sie machen uns aus und sie machen uns stark.«

»Wie klug das klingt.«

»Und wie banal, ich weiß. Aber mehr kann ich dir nicht sagen. Außer, dass du es schaffen wirst. Und wenn es zu viel wird, bekommst du hier immer einen Tee und ein paar aufmunternde Worte.«

»Danke.« Ich trat einen Schritt zur Seite, um einer neuen Kundin den Ausblick auf die Waren freizugeben. »Ich komme darauf zurück.«

»Mach das, Eliza.«

Ich war schon ein paar Schritte gegangen, als mir etwas auffiel und ich mich noch einmal umdrehte.

»Eliza? Wo bleibt das Grey?«

»Freunde nenne ich beim Vornamen«, rief er zurück und zwinkerte.

Ich nickte kurz und ging weiter. Und egal was war, es fühlte sich für diesen Moment tatsächlich schon ein wenig leichter an.

»Ich habe Neuigkeiten.« Jake war am Telefon und er klang sehr zufrieden.

»Gute?«

»Keine schlechten«, war die Antwort. »Ich habe einiges herausbekommen und denke, es wäre an der Zeit für ein weiteres Treffen«.

»Gut. Wann?«

»Am besten gleich heute Abend. Geht das?«

»Natürlich. Kommt ihr wieder vorbei?«

Er lachte herzhaft. »Nein. Erstens brauchen wir deinen Bruder nicht als Anstandsdame und werden uns also alleine treffen und zweitens pflege ich abends normalerweise zu speisen. Nach einem langen Tag denke ich, dass ich mir das verdient habe. Wir treffen uns um acht im *Steak House* in der Edbrook Road. Ich habe reserviert.«

Er legte auf, ehe ich Einwände erheben konnte. Ganz der geschäftige Herr, dachte ich missmutig. Und doch war ich froh, dass er sich gemeldet hatte und Bewegung in die Sache zu kommen schien. Auch wenn ich noch nicht ahnte, wie langsam sich Anwälte manchmal bewegen.

Kapitel 24

Das *Steak House* passte perfekt zu Jake. Es war ein Laden mit einem Interieur, das fast nur aus dunklem Holz und braunem Leder bestand. Grobe Holztische standen da, eine Wand wurde von einem mächtigen Kamin eingenommen, in dem ein Feuer prasselte und vor dem, kein Witz, ein riesiges Schaffell lag und ohne Zweifel Männerfantasien bediente. Auf der Karte stand neben jedem der unzähligen Steakvarianten die Grammangabe des Fleisches. Ein Männer-Cowboy-Traum, den sie hier alle träumen wollten, selbst wenn sie keine Jeans und karierten Baumwollhemden trugen, sondern schicke Anzüge und Schuhe mit Ledersohlen, die auf den groben Dielen klackerten.

»Vegetarisch ist hier wohl nicht viel los?«, fragte ich und starrte auf die Karte.

»Es ist ein Steakhouse. Und an dem Tag, an dem sie mir hier Sojabohnen oder Jackfrucht als Steak vorsetzen, werde ich diese Adresse aus meinem Gedächtnis streichen.«

»Das ist so typisch. Es schadet doch nicht, Alternativen zu haben.«

»Steakhouse«, wiederholte er und zog die Augenbrauen hoch. »Seit wann bist du unter den Vegetariern? Wenn ich mich recht erinnere, hattest du bei unserem letzten Treffen noch sehr viel Genuss an einem Stück Fleisch.«

»Menschen ändern sich. Nun ja, manche Menschen.« Ich tat ein wenig strenger, als ich war. Um ehrlich zu sein, aß ich gelegentlich wirklich ein gutes Stück Fleisch. Aber ich versuchte, es nicht mehr allzu oft zu tun. Und ich war tatsächlich interessiert an Alternativen. Jetzt allerdings hatte ich mich in eine Situation gebracht, in der ich keine Wahl hatte. Ich entschied mich also für die einzige Alternative, die es hier gab – Backkartoffel mit Dip, dazu einen Salat – und sah ihn an.

»Du hast Neuigkeiten, sagtest du.«

»Die habe ich in der Tat. Ich habe sogar recht viel herausbekommen in der kurzen Zeit.«

»Und? Habe ich eine Chance?«

Er lachte und lehnte sich zurück. »So schnell geht das nicht. Erst einmal gilt es jetzt, die Fakten zu sammeln. Prüfen werden wir sie später.«

»Und was sind die Fakten?«

»Das Objekt, in dem du eingemietet bist, ist in Privatbesitz. Es wurde nicht verkauft. Da hat sich also erst einmal nichts geändert.«

»Okay.«

»Allerdings gibt es seit Kurzem einen neuen Bevollmächtigten. Es wurde eine gesetzliche Betreuung für den eigentlichen Eigentümer bestellt, und der hat nun die Entscheidungsgewalt.«

»Oh ... Okay. Und das heißt?«

»Das heißt, dass nun eine andere Person zuständig ist. Und wie es aussieht, hat diese Person die Verträge geprüft und entschieden, dass die Miete zu günstig ist.«

»Aber«, ich runzelte die Stirn. »Hast du nicht gesagt, dass man nicht einfach aus finanziellen Gründen einen Vertrag fristlos kündigen darf? Dann bin ich doch raus aus der Sache.«

»Das habe ich gesagt. Allerdings ist der offizielle Grund ein anderer.«

»Und zwar?«

»In diesem Fall sind ein paar Dinge miteinander verwoben. Es geht erstens um eine gesetzliche Vormundschaft. Die durchzusetzen dauert eine Weile. Es gibt jedoch die Möglichkeit, eine vorläufige Vormundschaft zu beantragen, wenn es dringlich ist. Da es bei diesen Dingen in der Regel um gesundheitliche Probleme geht, die oft über Nacht kommen, ist diese Vorgehensweise nicht unüblich.«

»Eine Entmündigung?«

»Wir sprechen heute von gesetzlichem Vormund, aber ja, darauf läuft es hinaus.«

»Gut. Also wurde mein Vermieter entmündigt ...«

»Es läuft ein Antrag und bis dahin greift die Übergangsregelung. Der Vormund hat nun die Geschäfte seines Mündels geprüft und dabei festgestellt, dass deine Mietverträge viel zu niedrig sind für die Lage.«

»Aber die habe ich doch schon vor langer Zeit abgeschlossen, nicht erst vor Kurzem. Und da war noch nichts mit entmündigen oder so. Ich meine, wenn das jetzt neue wären …«

»Das stimmt, und deshalb könnten wir in diesem Punkt auch darauf verweisen, dass dein Vertragspartner dies freiwillig und in bestem Wissen gemacht hat.«

»Könnten? Weshalb tun wir es nicht?«

Jake beugte sich vor und lockerte seine Krawatte. »Eliza, du hast gesagt, dass du nie Kontakt mit dem Vermieter hattest. Nur mit einem Mittelsmann. Bleibst du dabei?«

Überrascht bemerkte ich seinen Blick. Himmel, das war ja fast wie im Zeugenstand, und ich nickte langsam. »Alles lief über diesen Mittelsmann. Ich habe mir nichts dabei gedacht, ich dachte, das wäre üblich. Er war wirklich nett und sah ganz solide aus und ehrlich und er hatte offizielle Papiere dabei und alles.«

»Ich mache dir doch gar keinen Vorwurf. Mit diesem Mittelsmann werde ich noch sprechen, er war nur heute nicht zu erreichen. Die Frage war, ob es einen Kontakt zum Vermieter gab.«

»Nein. Wie auch, ich habe weder eine Adresse noch die Telefonnummer. Ich weiß nicht einmal den Namen. Der Mann, ah, jetzt fällt es mir wieder ein, Mr Barnby, hat gesagt, seine Auftraggeber wären ein wenig exzentrisch und wollten nicht in Erscheinung treten. Sie hatten ihm aber feste Anweisungen gegeben, dass es eben wieder ein Buchladen sein sollte und wie die Verträge auszusehen hätten. Warum ist das so wichtig?«

»Ich habe dir doch gesagt, dass es einen Grund geben muss, um eine fristlose Kündigung zu erwirken. Und in diesem Fall wurden emotionale Abhängigkeit und Beeinflussung angeführt.«

Ich starrte ihn einen Moment sprachlos an. »Ich soll jemanden, den ich gar nicht kenne, emotional abhängig von mir gemacht haben?«

»Ja.« Er schien dies alles weit weniger aberwitzig zu finden als ich und begann, sich seinem Steak zu widmen, das gerade in seiner vollen Pracht von dreihundertachtzig Gramm vor ihm abgestellt wurde.

»Und wie habe ich das gemacht? Mittels … Telekinese?«

»Das wäre das Bewegen von Gegenständen durch Gedankenkraft. Was du meinst, ist Telepathie.«

»Ist doch egal. Ich beherrsche nichts von beidem.«

»Musst du auch nicht.« Er seufzte und legte die Gabel zur Seite. »Ich hätte das jetzt gerne erst gegessen, ehe wir weitermachen.«

»Ich kann aber doch jetzt nicht essen.«

»Verständlich, wenn man nur eine einsame Kartoffel auf dem Teller hat.«

»Du isst ja genug Fleisch für uns beide.« Ich holte tief Luft. »Tut mir leid. Aber bisher habe ich von dir keine Antworten bekommen, nur noch mehr Fragen.«

»Dann werde ich es kurz machen.« Er zog ein Blatt Papier aus der Innentasche seines Jacketts. »Man wirft dir vor, deine Vermieter durch emotionale Abhängigkeit dazu gebracht zu haben, dass du die Objekte so kostengünstig bekommen hast.«

»Das habe ich verstanden, aber das ist doch absurd. Wie kann denn solch eine Behauptung zugelassen werden, wenn ich nicht mal weiß, wer das ist.« Ich wurde laut und ein paar Herrschaften sahen interessiert zu uns herüber.

»Und da liegt das Problem. Du scheinst sie nämlich zu kennen, und zwar sehr gut. Und damit lässt sich deine Behauptung, es nicht zu tun, unterschiedlich auslegen.«

»Um Himmels willen Jake, wenn das ein Witz sein soll, dann ist es ein sehr schlechter.«

»Es ist kein Witz. Du weißt, dass man uns Anwälten gemeinhin nicht viel davon zugesteht. Sagen dir die Namen Walt und Ada Briggman etwas?«

»Natürlich. Sie sind meine Kunden oder waren es im Falle von Walt leider, denn er ist schon vor einiger Zeit gestorben. Aber was haben die beiden damit zu tun?«

»Und Ada ist immer noch eine Kundin?«

»Ja, und eine Freundin. Jake, was willst du mir sagen?«

Er beobachtete mich scharf. »Die Briggmans sind die Eigentümer deiner Objekte, Eliza.«

Kapitel 25

»Nein.« Ich hob die Hand und schüttelte den Kopf. »Nein, Jake, da musst du etwas falsch verstanden haben. Ada und Walt … du kennst sie nicht. Die beiden sind furchtbar reizend, aber arm wie sonst was. Sie sind ganz sicher nicht die Besitzer …«

»Das steht hier, schwarz auf weiß. Papiere lügen nicht.«

»Das solltest du doch besser wissen.«

Er lachte. »Ich weiß es besser. In diesem Fall jedoch habe ich einen Auszug aus dem Grundbuchamt.«

»Aber Ada und Walt … Vielleicht ist das ein Zufall? Vielleicht sind sie Namenszwillinge oder so was. Ich weiß ehrlich gesagt nicht einmal, ob meine Ada …« Ich verstummte. Natürlich wusste ich, wie sie mit Nachnamen hieß. Ich sah das Klingelschild vor mir. »Sie hat oft nicht einmal genug Geld, um sich ein Buch zu kaufen.« Es klang verzweifelt und genauso fühlte ich mich.

»Offensichtlich hat sie das doch. Oder sollte es haben. Denn die ganze Sache ist noch weitaus größer. Dieselbe Kündigung ging zeitgleich an zwei weitere Mieter. Genau das gleiche Muster. Ladenräume und Wohnung, zu einem Spottpreis vermietet.«

»Noch zwei Häuser?« Hatte ich vorher gedacht, das Ganze wäre verrückt? Was kam denn da noch alles?

»Ja. Die beiden oder jetzt nur Mrs Briggman besitzen wohl drei Häuser in Notting Hill. Allesamt kleinere Objekte, allesamt mit einer Ladenfläche unten und einer Wohnung darüber. Und allesamt sind sie an junge Damen vermietet, die sich laut Anklage irgendwie diesen Vorteil erschlichen haben.«

»Und das ist allesamt Blödsinn.« Ich regte mich jetzt über ihn auf, wie sich das gehörte. Der Bote der schlechten Nachricht wurde bestraft, weil er eben gerade greifbar war. Und weil mich sein sachlicher Juristentonfall in den Wahnsinn trieb. Wie konnte er nur so ruhig solche Behauptungen weitergeben?

»Eliza, ich verstehe, dass du dich aufregst, aber das bringt uns nicht weiter. Also, du kennst die betreffende Dame?«

»Ja.«

»Und du bist mit ihr befreundet?«

»Ja.«

»Und du hattest keine Ahnung, dass sie in Wahrheit …«

»Nein, das habe ich doch gesagt. Glaubst du mir etwa nicht?«

»Doch. Aber darum geht es nicht. Es geht darum, zu beweisen, dass du es nicht wusstest und dass deine Freundschaft keinerlei finanziellen Zweck hat.«

»Ich wusste doch nicht einmal, dass sie Geld hat.«

»Das glaube ich dir, aber vor Gericht müssen wir es beweisen.«

»Und wie? Wie soll ich beweisen, dass ich sie nicht kannte, als ich den Vertrag unterschrieb? Und nicht wusste, wer sie ist, als ich mich mit ihr anfreundete? Die Einzige, die das bestätigen kann, ist doch Ada selbst. Und Ada …« Und dann wurde mir richtig mulmig. Und Ada selbst war momentan krank. Sehr krank. Und ihre Nichte hatte mich im Krankenhaus angemacht, dass sie mich beobachten würde und dass sie mir nicht traute. »Wer ist es? Der Vormund, meine ich?«

»Eine Frau namens Cara Goodfellow. Sie ist …«

»Die Nichte.«

»Du kennst sie?«

»Allerdings.« Ich berichtete Jake von unserem Treffen und wie sie aus heiterem Himmel so abweisend wurde. Als ich, ja, als ich ihr beichtete, dass Ada in meinem Buchladen gestürzt war. Da hatte Cara behauptet, ich würde Ada ausnutzen. Nun ergab es einen Sinn.

»Das passt. Und mittlerweile ist die alte Dame gesundheitlich so schlecht aufgestellt, dass sie ihren Geschäften nicht mehr nachgehen kann, und die Nichte hat sich eingeschaltet.«

»Und prompt reagiert. Sie hat buchstäblich keine Minute vergeudet.«

»Sie scheint sehr zielstrebig zu sein.«

»Vielleicht zu zielstrebig? Jake, als Ada entlassen wurde, da ging es ihr nicht gut, aber sie war bei klarem Verstand. Und seit sie zu Hause ist, wurde es jeden Tag schlimmer. Was, wenn ihre tolle Nichte da ebenfalls zielstrebig eingegriffen hat?«

»Was willst du damit sagen?«

»Nun ja, wer weiß? Ada hat so rapide abgebaut und sie ist plötzlich ein ganz anderer Mensch. Sie weint immerzu und spricht davon, was für Fehler sie gemacht hat und dass sie nicht mehr leben will.«

»Du denkst, sie setzt die alte Dame irgendwie unter Drogen oder so? Das ist eine starke Behauptung und klingt ziemlich nach einem deiner Bücher, um ehrlich zu sein. Die Realität ist leider oft genau so, dass alte Menschen stürzen und damit der Verfall eingeläutet wird.«

»Ada verfällt nicht.« Ich biss mir auf die Lippen. »Es ist nicht normal, das spüre ich einfach.«

»Das wirst du nicht beweisen können.«

»Aber ich werde auch nicht einfach zusehen. Nicht wegen des Vertrages, sondern ihretwegen. Weil ich sie wirklich mag und wenn sie Hilfe braucht, dann werde ich dafür sorgen, dass sie welche bekommt.«

Jake musterte mich eine Weile schweigend. »Ich glaube dir, Eliza. Aber wir sollten jetzt nachdenken, wie wir diese Sache angehen. Ich schlage vor, dass du die beiden anderen Damen kontaktierst. Wir sollten ein Treffen vereinbaren und eine gemeinsame Vorgehensweise planen.«

»Wir?«

»Natürlich. Und ich werde nicht nur als dein Anwalt mitgehen. Ich werde als ein Freund dabei sein.«

Jake hatte nicht übertrieben, als er mir Neuigkeiten angekündigt hatte. Am Ende des Abends war ich so geplättet von all den Dingen, die er mir mitgeteilt hatte, dass ich keinerlei Energie mehr hatte. Weder, um zu fragen, weshalb er bitte schön *als Freund* mitkommen wollte, wo er sich doch all die Jahre immer nur über mich amüsiert hatte, noch, um dagegen Einwände zu erheben, dass er mich nach Hause begleitete. Ich ließ ihn einfach machen. Er wirkte so selbstsicher, so der Situation gewachsen, dass ich mich willig beugte. Es tat gut, dass er so war und nicht wie ich Angst und Zweifel hatte. Ich ließ mich von seiner Selbstsicherheit einwickeln und trösten und wollte vergessen, dass er hinter all dem immer noch Jake war, der meine Augen *zu verwässert* fand und sich auch sonst nur mit Spott zu allem äußerte, was ich tat und war.

Kapitel 26

Jake hatte natürlich auch herausbekommen, wen diese Sache außer mir noch betraf. Ich kannte die Läden, beide. Das eine war ein Blumenladen, das ***Roses and Thorns***, in dem ich meine Adventsdekoration gekauft hatte. Die Inhaberin, Kate Winterbottom, war eine recht resolute, etwas stämmige junge Frau, die ich spontan gemocht hatte. Ihr braunes Haar trug sie kurz und ehrlich gesagt sah es ein wenig so aus, als würde sie selbst daran herumschnippeln, was auf der anderen Seite aber auch ziemlich frech wirkte und perfekt zu ihr passte. Sie hatte einen Humor, der mir gefiel, und wenn sie von ihren Blumen sprach, wurde ihr Gesicht so weich und glühend, wie ich es bei den Mädels meines Buchclubs sah, wenn sie über einen fiktiven Helden diskutierten. Und dann sah sie richtig schön aus, fand ich, obwohl sie auf den ersten Blick eher ein wenig herb anmutete. Sie hatte etwas mit einem Auge, das Lid hing herunter, als würde sie beständig ein Auge ein wenig zukneifen oder so. Wahrscheinlich hatte sie sich deshalb, um das zu verstecken, für diese schwere, dunkle Brille entschieden, die sie immer trug. Sie sah ein bisschen aus wie ein kleiner Kobold, einer von der Sorte, der sich nicht leicht blenden und einwickeln ließ und im Zweifel erst einmal dagegen war. Ich mochte das, denn es war weitaus interessanter als ein klassisch-hübscher Look und wenn man genauer hinsah, entdeckte man fasziniert den Reiz ihrer feinen Züge und ihres schmalen Gesichts.

Beim anderen handelte es sich um ein zauberhaftes kleines Café, in dem es nicht nur die besten Torten gab, sondern auch jede Menge wunderschönes Geschirr und Haushaltszeug. Der Laden war ebenfalls nicht groß und hatte einen interessanten Grundriss. Das eigentliche Café war von der Kuchentheke abgetrennt und wenn man durch den breiten Durchgang ging, gelangte man in ein zauberhaftes Reich voller Pastellfarben. Man saß inmitten der Regale, auf denen die Sachen zum Verkauf angeboten wurden, wie in einem Wohnzimmer mit gut gefüllten Vitrinen. Nur dass man hier etwas Schönes darin entdeckte und direkt mitnehmen konnte. Dieser Laden hieß

CupCake und er wurde ebenfalls, wie Jake schon sagte, von einer jungen Frau geführt. Ihr Name war Allie Borowski und sie hatte eine Vorliebe für den Rockabilly-Look samt passender, verrückt-schöner Frisuren. Allerdings nicht auf jene laute Art, mit der sich viele zu diesem Style bekannten. Oft sah man Frauen, die sich ihre Haare knallrot oder quietschpink färbten und dann mit kräftigem Make-up, dickem Lidstrich und rotem Kussmund zu ebenso ausgefallener wie auffallender Kleidung die Mode der Fünfzigerjahre aufleben ließen. Allie machte das ein wenig subtiler. Sie frisierte sich die Haare zwar zu den klassischen Victory-Rolls, diesen zwei Schnecken seitlich auf dem Oberkopf, oder trug die typischen Tücher, zu breiten Haarbändern gefaltet, doch ihr Haar hatte seine Naturfarbe, ein warmes Dunkelblond, und reichte ihr in sanften Wellen bis zu den Schultern. Sie trug einen Lidstrich, aber sehr fein und so perfekt aufgemalt, wie ich es nie hinbekommen hätte. Und sie kleidete sich zwar zeittypisch im Fünfzigerlook, allerdings in weniger auffallenden Farben und oft in Form von Hosen mit passenden Blusen oder Shirts. Das alles, zusammen mit ihrer schmalen Statur, ließ sie beinahe ätherisch wirken, wunderschön und zart, wie ein Abbild aus früheren Zeiten.

Beide Frauen bestätigten mir am Telefon, dass sie ebenfalls eine Kündigung erhalten hatten und genauso geschockt gewesen waren wie ich. Im Gegensatz zu mir hatten sie jedoch noch nicht so viel herausbekommen und beide willigten ein, dass wir uns schnellstmöglich zusammensetzen sollten.

Als Treffpunkt hatten wir einen Pub hier um die Ecke ausgesucht und als ich mit Jake ankam, saß Kate bereits dort.

»Hallo.«

»Kate, das ist Jake. Er ist mein Anwalt und ein ... Freund der Familie.«

Sie nickte ihm zu.

»Er hat all diese Informationen zusammengetragen und will uns helfen.«

Wieder nickte sie bedächtig. »Ich habe ebenfalls einen Anwalt kontaktiert. Allerdings scheint meiner deutlich langsamer zu sein.«

Jake lächelte charmant. »Schön, Sie kennenzulernen.«

Die Tür ging auf und Allie kam herein.

»Tut mir leid, ich bin zu spät. Hallo, du bist Eliza, oder? Schön, dass wir uns kennenlernen. Und dich kenne ich doch auch. Du bist oft bei mir, oder?«

Kate lachte. »Allerdings. Ich hätte vermutlich Aktien bei dir kaufen sollen oder so. Du machst die verdammt beste Banoffee-Torte in ganz England.«

Allie lachte ebenfalls. »Danke.«

»Nur die Wahrheit.«

Eine kleine Pause trat ein. Dann räusperte sich Jake.

»Ich gehe davon aus, dass Eliza schon alle auf den aktuellen Stand gebracht hat?«

»Ja.« Ich unterstrich die Bemerkung mit einem Nicken.

»Gut. Sie, Kate, haben ebenfalls Schritte unternommen. Was ist mit Ihnen, Allie?«

Sie sah ein wenig beschämt zu Kate. »Ich nicht. Ich weiß, ich sollte, aber ich wusste nicht, was und wie.«

»Du hättest gar nichts getan? Es einfach hingenommen?« Kate schien fassungslos.

»Nun ja, eine Mieterhöhung ... Das schien mir irgendwie nichts zu sein, wogegen ich etwas tun kann.«

»Das ist keine Mieterhöhung, das ist Wucher. Und die Kündigung ist nicht rechtens, oder?« Sie sah zu Jake.

»Zumindest nichts, was wir einfach so hinnehmen. Es gibt Regeln, die hier vermutlich nicht eingehalten wurden.« Er hob die Hand. »Ich werde Ihnen gleich noch einmal alles auseinandersetzen. Und dann können wir überlegen, wie wir es angehen. Ob jede für sich einen Anwalt nehmen will oder ...«

»Oder ob Sie uns alle vertreten?« Kate starrte ihn einen Moment an, dann sah sie zu mir. »Ist er gut?«

»Ich denke schon.« Ich sah ihn nicht an.

»Vor allem ist er zackig, das ist schon mal ein Pluspunkt. Was verlangen Sie?«

Jake lachte. »Zackig, was? Nun, das Kompliment gebe ich zurück. Und was die Kosten angeht, da werden wir uns einig werden.«

»Ich weiß lieber, was auf mich zukommt.«

Jake seufzte. »Ich habe Eliza ein Freundschaftsangebot unterbreitet und natürlich bleibt das bestehen.« Er nannte eine Summe, die durchaus sehr freundschaftlich war, und Kate nickte.

»Das ist mehr als fair, zumal wir es durch drei teilen, wenn alle einverstanden sind. Also, dann schießen Sie los und bringen uns auf den Stand.«

Ich weiß nicht, wieso, aber ich hatte am Telefon nichts von Ada gesagt. Wir hatten nur über die Kündigung und die damit zusammenhängende Mieterhöhung gesprochen. Als das Thema jetzt zur Sprache kam, sah ich die Bestürzung in den Augen der anderen Frauen.

»Ada? Kleine Frau, weißes Haar, gute, recht abgenutzte Kleidung?« Kate sah alarmiert aus.

»Ja. Ihr Mann hieß ...«

»Walt«, warf Allie ein. »Sie trauert um ihm, seit er gestorben ist.« Wir sahen uns an.

»Ihr kennt sie also auch?«

»Natürlich. Sie war eine meiner ersten Kundinnen und mittlerweile ist sie so etwas wie ... nun ja, eine Freundin. Ich mache mir schreckliche Sorgen um sie, denn sie ist schon seit Längerem nicht mehr gekommen. Ich war sogar auf dem Friedhof, aber die Blumen auf Walts Grab waren verwelkt und nicht ersetzt. Ich habe versucht, etwas herauszubekommen, weiß aber nicht, wo sie wohnt.«

»Ich kenne Ada ebenfalls«, räumte Allie nachdenklich ein. »Sie war auch eine meiner ersten Kundinnen. Und sie kam gerne auf einen Kaffee und ein Stückchen Kuchen vorbei und einen kleinen Plausch. Ich habe sie ebenfalls vermisst.«

»Das liegt daran, dass sie krank ist. Sie ist gestürzt und hat sich zwei Rippen gebrochen.« Ich sah den Schrecken in den Augen der beiden anderen und hätte sie gerne beruhigt. Stattdessen sagte ich: »Es geht ihr gar nicht gut. Und das ist leider sogar die gute Nachricht. Denn die ganze Wahrheit ist, dass Ada der Grund für diesen ganzen Schlamassel ist.«

Kapitel 27

Danach brach die Hölle los am Tisch. Kate war so blass geworden, dass ich mir Sorgen machte, sie würde gleich umkippen. Dann legte sie los.

»Moment. Das kann nicht sein. Ada? Wir reden hier von derselben Frau?«

»Ich fürchte schon.«

»Warst du dort, seit sie den Unfall hatte?«

»Ja.« Wieder musste ich mich zusammennehmen, dann erzählte ich diesen Teil der Geschichte. »Es sieht leider gar nicht gut aus. Ich kann es verstehen, dass sie im Moment jemanden braucht, der sich um sie kümmert.«

»Kümmert? Der sie bevormundet! Die Ada, die ich kenne, hat nie eine Nichte erwähnt, und die braucht auch keinen Vormund.« Kate sah mich fast böse an.

»Die Ada, die ich kannte, auch nicht«, gab ich leise zurück und Kate schwieg einen Moment und starrte auf ihren Teller.

»Wir müssen ihr helfen. Ist dir schon mal der Gedanke gekommen, dass diese Nichte das alles ausnutzt? Oder sogar forciert? Zu ihren Gunsten?«

»Ja.« Ich seufzte.

»Wir müssen Ada helfen.« Ich sah förmlich, wie sie in Gedanken die Hemdsärmel aufkrempelte.

»Ich bin dabei.« Allies Stimme klang nicht ganz so entschlossen. »Entschuldigt, aber ich brauche ein wenig Zeit, das alles zu verstehen. Das klingt wie aus einem anderen Leben. Wie aus einem Buch.«

»Das dachte ich ebenfalls. Aber es ist falsch.« Ich hatte ohne nachzudenken gesprochen und die beiden sahen mich an. »Ich meine, wenn das ein Buch wäre, dann wäre Cara keine Nichte, sondern ein Neffe. Ein junger, aus Gründen hart gewordener Neffe. Und wir würden nach anfänglichen Schwierigkeiten diese Gründe entdecken und wir, nun ja, eine von uns würde sich in ihn verlieben und er sich in sie und er würde einsehen, was er falsch gemacht hat, und Ada würde sich erholen und schon wäre alles wieder gut.«

Die beiden Frauen sahen mich sprachlos an, doch Jake brach in ein völlig unpassendes Lachen aus.

»Eliza, ehrlich, du bist ja süß. So lösen sich in deinem Leben die Probleme?«

»Ich sagte, wenn es ein Buch wäre.«

»Dann schreib es doch um. Mach eine«, er hob eine Augenbraue und zwinkerte auf eine sehr vertrauliche Art, »mach eine homoerotische Geschichte daraus. Sieh es als Dienst an der Sache.«

»Du bist widerlich.«

»Weshalb? Gibt es doch alles. Und es könnte sehr anregend sein, das zu beobachten.«

Ich schnaubte. Oh ja, wahrscheinlich würde ihm das gefallen, dem blöden Kerl. »Wir könnten die Handlung ja ein wenig umschreiben. Der Anwalt nimmt Kontakt auf und sie verliebt sich in ihn und er ...«

»Opfert sich für seine Klientinnen?«

»Als ob das für dich ein Opfer wäre.«

»Natürlich. Wie du sagst, ist sie um die vierzig.«

»Widerlich«, wiederholte ich.

Er zuckte ungerührt mit seiner Achsel. »Wenn sie ein etwas jünger wäre und ein wenig charmanter ... Weiblicher, mit langen blonden Haaren und blauen Augen, dann ...«

»Dann?« Ich hielt seinem Blick stand, obwohl es nicht leicht war.

»Dann käme ich eventuell in Versuchung. Wer weiß?«

»Echt, das will ich gar nicht wissen.«

Wieder lachte er, dann lehnte er sich zurück. »Es ist auch unerheblich, denn dies ist keines deiner geliebten Bücher und deshalb sollten wir uns vielleicht eine tauglichere Strategie überlegen.«

»Was geht denn bei euch ab?« Kate war ziemlich direkt. »Bist du sicher, dass ihr miteinander arbeiten könnt?«

»Was? Klar, weshalb nicht?«

»Weil die Schwingungen bei euch nicht ganz Freund-der-Familie-mäßig sind, wenn ich das sagen darf.«

»Also gut. Er ist der beste Freund meines Bruders und er hat mich früher immer geärgert. Er macht es heute noch und ja, ich mag ihn nicht besonders, aber ich glaube trotzdem, dass er als Anwalt etwas auf dem Kasten hat. Er hat echt schnell reagiert und er hat euch gefunden. Das sollten wir ihm zugutehalten.«

»Ich weiß nicht, ob ich ihn mag. Aber ich glaube, dass er auf dich steht«, meinte Kate und zog die Nase hoch.

»Das ganz bestimmt nicht.« Ich hätte beinahe gelacht. »Wenn es zwei Menschen gibt, die nicht füreinander bestimmt sind, dann wir.«

Allie grinste. »Sieh es so, Kate. Die beiden haben echtes Potenzial, uns ein wenig zu erheitern. Und wer weiß, wie diese Sache weitergeht. Vielleicht sind wir ja bald dankbar dafür.«

»Mach dir bloß keine zu großen Hoffnungen. Ich habe nicht vor, mich auf irgendetwas einzulassen, das Jake betrifft. Achtung, er kommt zurück. Lasst uns also bitte endlich von etwas Wichtigem reden.«

Wir hatten festgestellt, wie ähnlich sich unsere Geschichten waren. Bei jeder von uns war der Laden für genau diesen Zweck ausgeschrieben, den wir wollten. Wir alle hatten uns damit einen lang ersehnten Herzenswunsch erfüllt und jede von uns machte nicht nur ihren Job, sondern war mit Herz und Seele an das Projekt gegangen. Immer war nur Mr Barnby als Vermittler aufgetreten. Und bei allen waren Ada und Walt aufgetaucht, am Tag der Eröffnung, und hatten sich mit ihrer liebevollen Art direkt einen Platz in den Herzen erobert. Allerdings waren wir uns auch einig, dass die beiden nichts taten, um diese Sonderposition einzunehmen, die sie hatten. Sie waren einfach nur Ada und Walt gewesen, die uns mit ihrer speziellen Art und Ausstrahlung um den Finger wickelten.

»Seltsam, jetzt, wo ich darüber nachdenke, merke ich erst, wie wenig ich über die beiden weiß«, sagte Kate. »Ich meine, ich dachte, viel zu wissen, aber tatsächlich habe ich nur Schlüsse gezogen, die offensichtlich falsch waren.«

»Die Kleidung, oder?« Allie sah uns an.

»Und diese brüchige alte Geldbörse«, ergänzte ich.

»Sie waren so … schlicht«, Kates Finger waren mit der Serviette beschäftigt, die sie faltete und faltete, bis es nur noch ein kleiner dicker Packen war. »Wenn das alles stimmt, dann sind sie überaus wohlhabend. Mein Gott, ich dachte immer, die beiden knabbern am Existenzminimum herum, und habe ihnen die Blumen zu Sonderpreisen verkauft.«

»Und jetzt? Fühlst du dich von ihnen verraten?« Ich sah sie nachdenklich an. Was sie sagte, stimmte. Auch ich hatte immer das Gefühl gehabt, Ada ein wenig entgegenkommen zu müssen. Und ich dachte darüber nach, wie sich das jetzt anfühlte. Nun, ich hatte mir meine Meinung gebildet, war aber gespannt auf ihre.

»Seltsamerweise nicht. Ist doch verrückt, oder? Eigentlich müsste ich mich total bescheuert fühlen, weil ich darauf hereingefallen bin. Und ich müsste mich ausgenutzt fühlen, weil sie wusste, dass die Blumen nicht so billig sein können. Und dennoch … Ich habe das Gefühl, dass es dennoch richtig war. Ich weiß, dass sie mich nicht ausgenutzt hat und dass es ihr etwas bedeutet.«

»Mir geht es ähnlich. Ada kam oft gegen Abend und dann«, Allie sah Kate an, »dann habe ich ihr ein Stück Kuchen mitgegeben und gesagt, ich wäre froh, wenn sie ihn nimmt, weil ich den nicht mehr verkaufen kann und ich die Sachen nicht wegwerfen möchte. Es war nicht immer gelogen, oft genug jedoch schon. Ich meine, es war nur ein Stück Kuchen, aber sie war jedes Mal so voller … Leuchten, ja. Du hast recht, es hat ihr etwas bedeutet, etwas anderes, als sich Sachen zu erschnorren oder so.«

Ich nickte. »Mir geht es genauso. Du hast das gut erkannt, Allie. Das war nicht die Jagd nach Schnäppchen oder der Triumph, etwas billiger oder geschenkt zu bekommen. Es war die Geste, das, was es ihr sagte, oder?«

Kate begann, die Serviette wieder aufzufalten. »Etwas in der Art. Und was machen wir jetzt?«

»Also, bestimmt nehmen wir es nicht kampflos hin.«

»Bestimmt nicht. Wenn du mir ihre Adresse gibst, würde ich sie gerne besuchen.«

»Klar. Ich muss gestehen, ich war nicht mehr dort seit diesem Brief. Ich weiß nicht, was ich tue, wenn ich Cara begegne.«

»Oh, ich wüsste das schon«, antwortete Kate grimmig. »Aber erst einmal geht es um Ada. Das ist unser Ding, ja? Wir müssen sehen, dass wir sie wieder auf die Beine bekommen. Und das andere«, sie grinste zu Jake hinüber, »legen wir in seine Hände. Was denkst du, Allie? Ich meine, wir sollten uns zusammentun und wir sollten es mit ihm versuchen. Zusammen sind wir stärker und er scheint nicht schlechter als andere.«

»Herzlichen Dank«, feixte Jake.

»Du hättest es beinahe verbockt«, gab sie unverblümt zu. »Mit diesen blöden Sprüchen vorher. Allerdings weiß ich leider, dass Kerle oft nicht mit dem Hirn denken können.«

Allie starrte sie an, dann lachte sie laut prustend los. Es tat gut, denn in diesem Augenblick fühlten wir uns wirklich wie ein Team. Wie Freunde, die gemeinsam etwas erreichen wollten, planten und sich dabei blind auf den anderen verlassen konnten.

»Also dann, Operation Ada startet jetzt.«

Kapitel 28

Das Treffen hatte mir gutgetan. Kates Energie, gepaart mit ihrer grimmigen Entschlossenheit, alles anzugehen, und Allies sanfte Art ließen in mir sofort die Überzeugung keimen, dass wir dem gemeinsam trotzen konnten. *Operation Ada*, das klang gut. Ich fühlte mich wie eine Superheldin, eine Geheimagentin, die es mit den bösen Mächten aufnahm und natürlich gewinnen würde. Zusammen mit den anderen würde ich diese steinige Passage überwinden und dahinter einen sanft begrünten Weg in den Sonnenschein finden. Wie in den Geschichten. *Drei Engel für Charly* oder so. Ach, Charlie. Nun ja, oder wie die drei Musketiere und im Anschluss dann *Ein Engel für Charlie*.

Betreffender Herr glänzte leider mal wieder mit Abwesenheit. Ich brannte darauf, ihn zu sehen und ihm die neusten Ereignisse mitzuteilen.

»Was ist los, Elizabeth? Immer noch die Sache mit Bella? Glaub mir, es tut mir sehr leid, dass sie unser Wochenende in Kent gesprengt hat.«

Elizabeth sah nachdenklich aus dem Fenster. Gesprengt? Bella hatte, nachdem sie ihnen den ganzen Samstagabend nicht von der Seite gewichen war, auch den kompletten Sonntagnachmittag für sich beansprucht. Kaum waren sie von ihrem Ausritt zurück, war sie aufgetaucht und bestand darauf, dass Charles und sie »wie früher« einen Spaziergang unternehmen mussten. Natürlich hatte man auch Elizabeth dazu gebeten, doch das war nur eine höfliche Floskel gewesen. Bella hatte mit ihren ausufernden Geschichten und dem ewigen »Ach hier, diese Höhle, weißt du noch …?« und dem sich anschließenden, vielsagenden Gekicher dafür gesorgt, dass Elizabeth sich nicht wohlfühlte und froh war, als sie abends in den Wagen stiegen und nach London zurückkehrten. Genauso gut oder schlecht befreundet, wie sie angekommen waren. Und keinen Schritt weiter, was, nun ja, intimere Dinge betraf.

Ja, die Sache mit Bella nagte noch immer an ihr, doch heute bedrückte sie zusätzlich ein anderes Problem.

»Ich habe Schwierigkeiten. In der Bibliothek«, sagte sie langsam.

»Was ist passiert?«

»Es ist ... Ach, ich will dich nicht damit belasten. Ich bekomme das schon hin.«

»Ich möchte aber damit belastet werden. Mit allem, was dir Kummer macht«, antwortete Charles ernst. »Und wenn ich kann, dann helfe ich dir. Weißt du denn nicht, dass deine Sorgen auch meine sind?«

Ich las die letzten Zeilen. Kitsch pur, aber so wunderschöner Kitsch, dass mir eine Gänsehaut den Rücken herunterlief. So sollte es sein. Und wenn die anderen über mich lachen wollten, dann bitte. Denn unter uns, wenn wir ehrlich sind, dann ist es doch genau das, was wir wollen. Jemanden, der deine Sorgen zu seinen macht und dir hilft.

Manchmal war es fast unheimlich. Es war, als könnte ich ihn herbeischreiben, wenn ich mich nur genug anstrengte. Nun ja, vielleicht lag es eher daran, dass er es sich angewöhnt hatte, einmal die Woche vorbeizukommen, aber es war romantischer, es anders zu sehen. Und ich wollte Romantik, unbedingt. Ich brauchte sie, jetzt mehr denn je. Kate hatte vorher angerufen und mit besorgter Stimme mitgeteilt, dass sie gestern Abend wie versprochen Ada besucht hatte.

»Ich hatte keine Vorstellung, wie es wirklich ist. Ich meine, du hast es erzählt, aber ich konnte es mir nicht vorstellen.«

»Was hat sie gemacht?«

»Geweint. Sie hat die Blumen gesehen und geweint. Sie hat gesagt, sie verdiene sie nicht und sie verdiene nichts und dass ...«

»Dass sie nicht mehr leben will?« Ich wusste, was kommen würde.

»Ja.« Ich konnte spüren, wie Kate das Kinn in die Luft reckte. »Seltsamerweise habe ich die ganze Zeit das Gefühl gehabt, dass es ihr gar nicht so schlecht geht. Also körperlich. Versteh das nicht falsch, ich weiß, es geht ihr schlecht, und doch passt es irgendwie nicht. Da ist etwas ganz gewaltig faul und ich würde nur zu gerne mal mit dieser Cara sprechen.«

»Ich weiß, was du meinst. Und nun?«

»Allie geht heute Abend hin. Wie sieht es aus, hast du morgen Zeit? Wir sollten uns treffen.«

»Ja.«

»Gut. Ich melde mich wieder.«

Kurz nach diesem Gespräch war Charlie aufgetaucht.

»Hallo.«

»Charlie.« Ich hörte selbst, dass es zu enthusiastisch klang, aber nichts anderes als er hätte meinen Tag retten können.

»Was ist los?«

»Ich habe Probleme«, platzte ich heraus.

»Erzähl.«

»Ich fürchte, das geht nicht so schnell.«

Er nickte und sah auf die Uhr. Noch eine gute halbe Stunde bis zum Ladenschluss. »Dann nehme ich mir ein Buch und setze mich nach oben, bis du Zeit hast. In Ordnung?«

»Ja. Sehr sogar. Danke.«

Plötzlich wünschte ich, dass er früher gekommen wäre. Draußen war es bereits dunkel, das *BOOKS OF LOVE* war in sanfte Lichtinseln getaucht. Ich versuchte, mich auf die noch ausstehenden Tagesaufgaben zu konzentrieren und eine letzte Kundin zu beraten, und spähte dabei immer wieder nach oben. Da saß er, vertieft in ein Buch und wartend. Es war ein wohliges Gefühl, das ich gerne so lange wie möglich auskostete.

Erst als ich die Tür abgeschlossen und die Abrechnung fertiggestellt hatte, ging ich zu ihm nach oben.

»Gutes Buch?«

»Ja.« Er lachte. »Sag das niemals meinen Schülern, dass ich solche Literatur lese. Sie würden mich leiden lassen.« Er legte das Buch, Annas Neuerscheinung, zur Seite. »Ich werde es kaufen müssen. Sie hat einen hervorragenden Stil.«

»Das hat sie.« Ich nahm im anderen Sessel Platz.

»Und nun erzähl. Was ist los?«

Kapitel 29

Er sagte nicht »*Deine Probleme sind auch meine*«. Aber er interessierte sich dafür und er hörte zu.

»Eine unglaubliche Geschichte. Könntest du es dir leisten? Die höhere Miete, meine ich? Oder ist das zu persönlich?«

»Ich hoffe es. Ich brauche nicht viel außer dem Laden.«

»Ja, das ist wohl so. Dir das hier zu nehmen«, er sah sich um, »wäre, als wolle man dir das Atmen nehmen.«

»Ja.« Ich sah mich ebenfalls um. »Deshalb werde ich dafür kämpfen. Und für Ada.«

»Dieser Teil der Geschichte ist natürlich besonders tragisch. Was habt ihr vor?«

»Wir wissen es noch nicht genau. Aber wir werden es bald wissen müssen, fürchte ich. Um ihretwillen.«

Er nickte nur und ich fuhr fort. »Es ist einfach falsch. Nichts daran stimmt. Diese Anschuldigung, wir würden uns etwas erschleichen. Dass Ada plötzlich so seltsam ist. Wäre das eine Geschichte, was würdest du denken? Dass da etwas dahintersteckt, oder? Dass Cara dahintersteckt. Ada ist vermögend und hat keine Kinder. Nur ihre Nichte. Das ist doch seltsam, nein? Sie ist so hart, das sieht man bereits daran, wie schnell sie den Anwalt eingeschaltet hat.«

»Nur dass das hier das Leben ist. Und im Leben ist es eben manchmal anders.«

»Nein. Geschichten sind auch das Leben, sie spiegeln es wider. Sie überspitzen es manchmal, machen es ein wenig schöner, aber sie sind das Leben.«

»Du bist eine sehr fantasievolle Frau.«

»Ist das schlimm?«

»Nein. Aber du darfst das nicht vermischen.«

»Das will ich aber. Ich will, dass mein Leben gut ist. Ich will daran glauben und hoffen. Und es erleben.« Ich verstummte, ein wenig eingeschüchtert, weil er so rational wirkte.

»Das sollst du auch.« Es klang, als stimme er nur halbherzig zu.

»Du findest es falsch.« Es war eher eine Frage.

»Ich finde es romantisch.«

»Und das ist falsch?«

Er seufzte. »Nein. Es ist nur … ungewohnt. Viele Menschen träumen sich in andere Welten. Du zelebrierst das. Du stehst dazu, und das ist der Unterschied. Ich bewundere das, denn es hilft bestimmt, zumindest manchmal.«

»Und wie das hilft. Du solltest es einmal ausprobieren.«

»Eher nicht. Ich versuche, mit beiden Beinen fest im Leben zu stehen. Früher war ich oft in anderen Welten, habe mich besser, talentierter und erfolgreicher geträumt. Als Junge sah ich mich an einem renommierten College unterrichten, in einem Cord-Sakko, mit lauter begeisterten Studenten. Ich saß auf der Fensterbank, ein Buch in der Hand, über das ich sprach, und sie hingen an meinen Lippen.«

»Und weshalb hast du es nicht versucht?«

»Weil meine Noten einfach nicht ausgereicht haben.« Er zuckte leicht die Schultern. »Ganz profan. Ich habe es versucht, aber es war zu hoch gegriffen.«

»Also hast du das Zweitbeste gewählt.«

»Dachte ich. Doch im Nachhinein bin ich mir unsicher, ob es wirklich das Zweitbeste war. Vielleicht ist es meine wahre Bestimmung, die ich unter all den romantischen Träumen von verstaubten Hallen nicht sah.«

»Meine Träume sind nicht so hoch gegriffen«, sagte ich nach einer Weile leise. »Im Endeffekt suche ich nur mein Glück. Einen Mann, der mich liebt, wie ich bin. Mit meiner ganzen ausufernden Fantasie und mit meinen romantischen Träumen. Der ein wenig dieser Romantik in mein Leben bringt, mir zeigt, dass ich die Eine bin, auf die er gewartet hat. Mit dem ich das Leben spüren kann. Ist das zu viel verlangt?«

Charlie hatte nicht auf mein Geständnis reagiert. Nicht, wie ich das hoffte. Er hatte den Kopf geschüttelt und mir versichert, dass ich es finden würde, mein Glück und den Mann. Aber er hatte nichts von alledem gesagt, das mein Gehirn ihm in den Mund legen wollte. Himmel, war das so schwierig? Da lieferte ich ihm die perfekte Vorlage und er ließ sie verpuffen. Wir hatten noch eine Weile dagesessen und er hatte von seinem Job erzählt. Warum er dachte, dass es keine zweite Wahl war. Welche Chancen er darin sah, nicht an einer elitären Privatschule zu unterrichten, sondern mit Kindern zu arbeiten, die bisher wenig Zugang zu Bildung und Literatur hatten. Welche Freude es ihm machte, wenn eines darunter war, das seine Liebe zu Geschichten entdeckte. Ich mag mich ja täuschen, aber das ist doch auch irgendwie romantisches Denken, oder? Ich wollte es vielleicht auch, also dass er es doch noch hatte und es nur wieder entdecken musste. Und dann, als er ging, blieb er neben der Tür zu meiner Wohnung stehen. Sie ist nur zwei große Schritte von der Ladentür entfernt, einmal am linken Schaufenster vorbei. Dort blieb ich also stehen und Charlie stand neben mir.

»Danke für den schönen Abend.«

»Ich danke dir. Vielleicht hatte ich unrecht. Vielleicht muss man es doch manchmal zulassen, dass die Träume ein wenig mächtiger werden.«

»Ja?«

»Ja. Vielleicht ist es nicht unrealistisch, sondern mutig.«

Ich lachte. »Mutig, dazu zu stehen, meinst du wohl?«

»Auch das. Nein, vielleicht müssten wir wirklich alle mehr träumen. Und uns zugestehen, was wir uns erhoffen.«

»Also wirst du es versuchen?«

»Möglich.«

Und dann hatte er sich vorgebeugt und mich geküsst. Auf die Wange, aber er verharrte einen Moment und ich schloss die Augen und wünschte mir, die Zeit anhalten zu können.

»Wovon wirst du träumen?« Ich hielt die Luft an, weil die Frage schon ziemlich direkt war.

»Mutig genug zu werden, um meine Wünsche nicht länger zu unterdrücken«, sagte er und verschwand in der Dunkelheit.

Ehrlich, ich wäre die Treppen hinaufgeschwebt, wenn ich gekonnt hätte. Charlies letzter Satz hatte mein Herz berührt. Ich wollte keinen Typen, der mir mit plumpen Anmachsprüchen daherkam. Ich wollte einen, der sanft war und mir Zeichen gab, die ich deuten konnte und die so waren, dass das Deuten Spaß machte und im Bauch kribbelte. Ich wollte es auskosten, diese Zeit, die kleinen Schritte, die Hoffnung, die immer weiter wuchs, bis Gewissheit daraus wurde, selbst wenn ich zwischendurch aufstöhnte und mir die Haare raufte, weil es so langsam ging. Der meine Fantasie beflügelte und meine Träume bunter als einen Regenbogen werden ließ. Und der es schaffte, dass ich für einen kurzen Moment die Sorgen der echten Welt vergaß.

Kapitel 30

Die echten Probleme erwiesen sich als mindestens so zuverlässig wie meine Fantasie. Nach einer glücklich durchträumten Nacht tauchten sie am nächsten Tag im *BOOKS OF LOVE* auf, sorgsam in grauen Tweed mit dunkelgrauen Nadelstreifen gekleidet und mit einem unverschämten Lächeln.

»Einen Penny für deine Gedanken.«

»Was?« Ich sah überrascht auf. Jake lehnte breit grinsend in der Tür.

»Ich stand eben draußen vor deinem Fenster und habe dich beobachtet. Ich würde zu gerne wissen, woran du gedacht hast.«

»Das geht dich nichts an.«

»Nein? Schade. Ich wette, es waren gute Gedanken. Und recht unzüchtige.«

»Wie kommst du drauf?« Ich versuchte, lässig zu bleiben. Oh ja, es waren gute Gedanken gewesen, aber die gingen ihn nichts an.

»Weil deine Augen gefunkelt haben und du gelächelt hast, so süß, als würdest du das schönste Geheimnis der Welt kennen.«

»So poetisch heute? Du bist doch nicht krank?«

»Nein. Höchstens ein klein wenig fiebrig.« Seine Augenbrauen hoben sich kurz, eine Geste, die bei ihm ausgesprochen anzüglich wirkte.

»Dann solltest du dich ins Bett legen, anstatt auf den Straßen herumzustreunen und Frauen durch Scheiben zu beobachten.«

»Ja, vielleicht sollte ich das in Erwägung ziehen.«

»Was willst du hier?«

»Mich erkundigen, ob es etwas Neues gibt.«

»Nicht wirklich«, seufzte ich.

»Und dich sehen.«

»Was?«

»Ich wollte dich sehen und zu einem gemeinsamen Abendessen überreden.«

»Tut mir leid, ich bin schon verabredet.«

»Wirklich? Wieso glaube ich dir das nicht?«

»Ja, wieso nicht? Wieso glaubst du, niemand würde sich mit mir verabreden?«

»Oh, ich denke nicht, dass sich niemand mit dir verabreden will. Ich will es zum Beispiel und ich will das nicht mit jeder. Du darfst dir also etwas darauf einbilden.«

»Jake, könnten wir uns vielleicht darauf einigen, wie Erwachsene miteinander umzugehen? Ich bin dir dankbar, dass du diese Sache für uns bearbeitest, aber ... Ich bin kein Kind mehr, weißt du, und ich habe keine Lust mehr auf deine spöttischen Bemerkungen.«

»Ich sehe sehr wohl, dass du kein Kind mehr bist.« Er starrte einen Moment zu lange auf den Ausschnitt des grünen Kleides, das ich heute trug. »Und ich weiß nicht, von welchem Spott du sprichst.«

»Komm schon. Du hast mich immer geärgert.«

Er lachte. »Weil ich ein hormongesteuerter, pubertierender Teenager war und du die kleine Schwester meines besten Freundes, die schon damals alle Anlagen hatte, um mich zu bezaubern. Eliza, vergiss die alten Geschichten. Ich war jung und dumm.«

Ich überlegte einen Moment. Es war keine Entschuldigung und kein Friedensangebot, aber es wäre der bessere Weg, die nächsten Wochen zusammen zu meistern.

»Heute bist du nur noch dumm, was?«, sagte ich endlich lahm.

»Du hast es erfasst. Also, was ist, gehen wir essen?«

»Nein. Weil ich schon etwas vorhabe.«

»Wir könnten den Fall besprechen.«

»Ich dachte, es gibt nichts Neues?«

»Nein. Aber es war einen Versuch wert.« Er lachte. »Dann morgen?«

»Weshalb?«

»Weil ich es will.« Er beugte sich vor und sein Gesicht war meinem ganz nahe. »Weil ich mit dir essen gehen will, Eliza, und dich so lange fragen werde, bis du es auch willst.«

»Das ist nicht gut.«

Später am Abend saß ich mit Kate und Allie zusammen und hörte den Berichten der beiden zu. Ada ging es nicht besser als bei meinem letzten Besuch und selbst Kate war bedrückt.

»Irgendetwas ist gewaltig faul an der Sache. Ich spüre es. Das ist nicht normal.«

»Dieselbe Befürchtung habe ich auch. Aber was tun wir?« Ich sah die beiden an.

»Wir könnten uns diese Nichte mal zur Brust nehmen«, schlug Kate vor.

»Ich weiß nicht. Ihr habt beide recht, es ist etwas faul an der Sache, aber ich bin mir noch nicht ganz sicher was. Ewa spricht sehr respektvoll von Cara.«

»Natürlich macht sie das. Sie bezahlt sie.«

»Nein. Es ist anders. Ich spüre das. Wir haben heute ein bisschen miteinander geredet, Ewa und ich. Und sie hat mir ein wenig erzählt.«

»Und was? Heraus damit, alles kann wichtig sein.«

»Nun, sie hat gesagt, dass Cara täglich vorbeikommt und jeden Morgen anruft, wie die Nacht war. Sie ist ebenfalls sehr besorgt um ihre Tante und will sich darum kümmern, dass Adas Hausarzt sie sich ansieht. Der Mann hat sich die schlechteste Zeit ausgesucht, um in Urlaub zu gehen, soll aber nächste Woche wieder da sein.«

»Und wenn er da war?« Kate schien einen neuen Gedanken zu verfolgen und blickte nachdenklich auf ihren Teller, auf dem sie die kläglichen Reste ihres Essens hin und her schob. »Also, machen wir uns doch nichts vor. Wenn er da war, dann wissen wir auch nicht mehr, wenn uns diese Ewa nichts erzählt. Er wird es nicht tun, selbst wenn wir wüssten, wer er ist, weil er das schlichtweg nicht darf. Cara wird uns ebenfalls nichts erzählen. Also bleibt nur Ewa.« Nun hob sie den Blick. »Wir sind Fremde, denen niemand etwas sagt. Wir können gar nichts tun, nur zusehen, und das frustriert mich gerade total. Und solange Ada in diesem Zustand ist, wird jeder medizinische Gutachter Caras Vormundschaft unterstützen.«

Betretenes Schweigen folgte diesen Worten.

»Also machen wir nichts?«, fragte ich schließlich.

»Natürlich nicht.« Entschlossenheit zeigte sich in Kates Gesicht. »Mir für meinen Teil ist Ada zu lieb, um nichts zu tun. Und es geht mir hier nicht um diese Sache mit der Miete oder so oder zumindest nicht nur. Sind wir ehrlich, die ist echt günstig und ich war sehr dankbar. Ohne diesen Vertrag hätte ich nie die Chance gehabt, einen

Laden zu eröffnen und zu beweisen, was ich kann. Mittlerweile könnte ich es mir leisten, etwas mehr zu zahlen. Ich lasse mich allerdings nur ungern über den Tisch ziehen, und das, was man uns angeboten hat, ist das obere Ende. Eine moderate Erhöhung wäre aber durchaus machbar. Oder?«

Ich nickte. Mir ging es ähnlich. Das *BOOKS OF LOVE* hatte einen guten Start gehabt und ich mir mittlerweile eine recht solide Basis geschaffen. Auch Allie nickte langsam.

»Was mich wirklich auf die Palme bringt, ist der Vorwurf, ich würde mir etwas erschleichen und eine reizende alte Dame ausnutzen. Das werde ich nicht auf mir sitzen lassen.«

»Ich auch nicht.« Ich sah Kate an. Sie wuchs mir mit jeder Minute mehr ans Herz. Ihre Energie steckte uns richtig an.

»Lasst uns einen Plan machen.« Sie rieb sich die Hände. »Wir werden weiterhin jeden Tag nach Ada sehen, im Wechsel.«

Wir nickten.

»Ich werde ihr die schönsten Blumen mitbringen, die ich habe. Du, Allie, ihre Lieblingstorten. Und du versorgst sie mit Geschichten. Wir treffen uns regelmäßig, um uns auszutauschen. Und dein Anwaltsfreund kümmert sich um die Vorwürfe und Verträge. Du hältst ihn auf dem Laufenden, ja? Die sollen uns erst einmal beweisen, was sie uns vorwerfen.«

Kapitel 31

»Ach Ewa, wird es nicht besser?« Ich sah bedrückt zum Bett, wo Ada lag und sich in einer völlig anderen Welt aufzuhalten schien.

»Sie hat heute ein wenig gegessen und sie war heute Mittag eine halbe Stunde aus dem Bett. Ich versuche, sie so oft wie möglich dazu zu bringen, ein wenig aufzustehen. Es ist nicht gut, mit ihren gebrochenen Rippen nur zu liegen. Cara fürchtet zu Recht, dass sie sich eine Lungenentzündung holen könnte, das wäre fatal. Sie hat gestern Abend mit Engelszungen auf sie eingeredet und es geschafft, dass sie mit ihr ein paar Schritte gegangen ist und sich für ein paar Minuten in den Sessel setzte.«

»Sie kannten sie nicht, Ewa. Diese Frau ist nicht mehr dieselbe.«

Sie nickte bedächtig. »Gehen Sie zu ihr. Sie freut sich über jeden Besuch. Ich kann es ihr ansehen, dass es ihr hilft.«

Ich ließ mich auf dem Stuhl neben dem Bett nieder und griff nach ihrer Hand.

»Ada. Wie geht es Ihnen heute?«

Ich glaube, das Schlimmste waren ihre Augen. Diese Augen, die plötzlich nichts mehr von ihrer Lebensfreude hatten, sondern düster und angstvoll ins Leere starrten. Sie versuchte ein Lächeln.

»Der Herr macht mir den Weg zu meinem Walt nicht leicht. Ich habe ihn gesehen, wissen Sie? Meinen Walt.«

Mein Herz wurde schwer.

»Aber er nimmt nicht meine Hand. Selbst er nimmt nicht mehr meine Hand. Weil ich schlecht war.«

»Sie waren nicht schlecht. Ich kenne keinen besseren Menschen als Sie.« Ich überlegte, ob ich ihr sagen sollte, dass ich die Wahrheit kannte, wusste, wer sie wirklich war. Aber das hätte sie aufregen können, schließlich hatte sie es gewiss nicht ohne Grund verschwiegen.

Ada schloss die Augen und ich sah auf mein Buch hinab, das ich immer noch in den Händen hielt.

»Als ich klein war und an Scharlach erkrankte, fühlte ich mich richtig elend. Meine Mutter musste arbeiten, aber am Abend kam sie und hat mir ein Buch mitgebracht. ***Nichts ist so schlimm, dass es mit einem guten Buch nicht ein wenig besser werden kann***, sagte sie zu mir. Und sie hatte recht. Ich fühlte mich immer noch krank, doch ich floh in eine andere Welt und wartete dort, bis sich mein Körper erholt hatte. Das dauert eben und natürlich muss man ab und zu zurückkommen. Aber dazwischen gab es schöne Stunden, in denen ich kaum spürte, wie sehr mein Hals wehtat. Ich erinnere mich bis heute an das Buch. Es war eine Internatsgeschichte, mit Zwillingsmädchen, die dort eine Menge Freundinnen fanden und aufregende Geschichten erlebten. Danach lag ich meiner Mutter jahrelang in den Ohren, dass sie mich doch bitte auf ein Internat geben solle.« Ich musste lächeln und selbst Adas Gesicht wurde ein wenig entspannter.

»Wissen Sie was? Ich werde Ihnen vorlesen. Wir beide, wir werden uns jetzt für eine halbe Stunde in eine schönere Welt flüchten.«

Ich griff wieder nach meinem Buch, dann hatte ich plötzlich eine Eingebung. Ich warf einen raschen Blick zur Tür. Ewa hatte sie geschlossen, als sie gegangen war. Ich musste Ada irgendwie erreichen in diesem seltsamen kalten, grauen Nebel, der sie umschloss. Ich wollte ihr zeigen, wie wichtig es mir war, dass sie wieder zu uns zurückkam. Und deshalb legte ich das Buch auf das Tischchen neben dem Bett und zog mein Notizbuch heraus.

»Ich werde Ihnen eine ganz besondere Geschichte vorlesen, meine Liebe. Sie ist nicht sonderlich gut geschrieben, fürchte ich, und sie ist noch nicht fertig, aber ich wünsche mir, dass Sie sie hören.«

Um ehrlich zu sein, wusste ich später nicht, ob sie überhaupt etwas mitbekommen hatte. Sie reagierte kaum, nur ein Drücken ihrer Hand war ab und zu spürbar. Ein überraschend festes Drücken, das in mir die Hoffnung weckte, dass Ada nicht sterben würde, wie sie es selbst wohl dachte. Ich versprach ihr, bald wiederzukommen, und küsste sie zum Abschied auf die Stirn. »Halten Sie durch, Ada. Unsere Geschichte ist noch lange nicht zu Ende.«

»Wie geht es dir, Eliza?« Nathan sah mir mit echter Freundlichkeit entgegen, als ich an seinen Stand trat.

Ich seufzte. »Gut. Und nicht gut. Es ist kompliziert.«

Er lachte. »Nein, das ist es nicht. Ich verstehe, was du meinst.«

»Mein Leben ist im Moment voller verrückter Gefühle, weißt du? Ich fühle mich, als wäre ich eine dieser Neonröhren, die fast defekt sind und dann immerzu blinken und an- und ausgehen. Ich liebe diese Zeit«, ich sah mich auf dem Markt um. Selbst hier wurde es langsam weihnachtlich. »Ich wollte sie aus ganzem Herzen genießen und alle Vorzeichen standen gut. Und jetzt ist so viel Chaos in meinem Leben.«

»Das ist normal. Es läuft nun mal nie nach Plan.«

»Bist du deshalb hier? Weil es nicht nach Plan lief?«

»Ist das ein Versuch, mich auszufragen? Schwach, Eliza Grey, ganz schwach.«

Spontan musste ich lachen.

»Siehst du, es geht doch«, sagte er. »Im Ernst, das Leben nimmt nun mal keine Rücksicht darauf, ob du gerade Zeit hast für Turbulenzen oder nicht. Aber es liegt an uns, was wir daraus machen. Und wer weiß, vielleicht wird das dennoch die beste Vorweihnachtszeit deines Lebens.«

Ich grinste. »Und am Heiligen Abend lösen sich schlagartig alle Probleme in Luft auf, während ich in die Arme eines Mannes sinke.«

Jetzt grinste er. »Man darf ja mal dran glauben. Obwohl ich gelernt habe, dass die Lösungen unserer Probleme manchmal völlig anders sind, als wir das erwarten.«

Nathan hatte seine geheimnisvollen Worte nicht weiter vertieft, egal was ich versuchte. Aber er hatte mich aufgeheitert. Ich konzentrierte mich einfach auf den Teil, den ich hören wollte, und versprach mir zum bestimmt hundertsten Mal, dass ich es irgendwann schaffen würde, sein Geheimnis zu lüften.

Kapitel 32

Zwei Tage später war ich wieder einmal ziemlich weit weg von der adventlichen Gelassenheit, die ich mir dieses Jahr auf die Agenda geschrieben hatte. Charlie war da, was gut war, aber er war gleichzeitig der Grund dafür, dass ich am liebsten wie ein Hamster auf Speed hier im Kreis gelaufen wäre. Herrje, was war nur mit diesem Mann los? Es war wie in einem dieser altmodischen Tänze, immerzu machten wir zwei Mini-Schritte vor und sofort einen großen zurück. Nun ja, vielleicht machten die dabei auch einen vor, einen zurück, selbst das schien zu passen. Wir hatten so einen guten Start gehabt und ich wusste, dass ich recht gehabt hatte mit meinen Gefühlen. Durch die Umstände, nein, weil wir zueinander gehörten, waren wir sofort in einer sehr intensiven Freundschaft gewesen. Im Moment jedoch tänzelte er wie ein Tennisspieler auf der Stelle. Da saß er, nett und höflich wie immer, aber gänzlich ohne etwas zu sagen, das mein Herz in einen aufgeregten Galopp versetzen konnte. Einen besseren Galopp als den, den es jedes Mal einschlug, wenn er kam, und der darauf wartete, durch einen Satz, ein Wort Nahrung zu finden und die Ziellinie näherrücken zu sehen. Und jetzt hatte er auch noch dafür gesorgt, dass es stolperte, weil er es für nötig hielt, von Corinne zu erzählen. Oder sie zu erwähnen, aber das reichte bereits. Ich wollte nichts von ihr hören, nicht einmal, dass eine fiese Erkältung sie ans Bett fesselte und er deshalb wieder Überstunden schob. Die Worte *Corinne* und *Bett* aus seinem Mund ließ mich sofort erstarren.

»Nun ja, es dauert ja nicht mehr lange, bis Ferien sind«, sagte ich unmotiviert. »Du hast doch sicher Pläne, auf die du dich freuen kannst.«

»Die habe ich in der Tat. Ich werde ein paar Tage nach Kent fahren.«

»Zu deinen Eltern?«

»Ja.«

Ich wartete. Jetzt wäre eine passende Gelegenheit zu fragen, ob ich nicht Lust hätte, seine Heimat kennenzulernen, aber er schien das nicht zu wissen.

»Und du? Was planst du?«

»Noch nichts Konkretes.« Sorry, Mum, ich musste mir diese Option frei halten.

»Du feierst ebenfalls mit deiner Familie.« Es war keine Frage. »Etwas anderes kann ich mir bei dir nicht vorstellen.«

»Ja.« Ich gab auf.

»So sollte es auch sein, diese Tage sollten der Familie gehören.«

»Und Freunden.«

»Auch denen.« Wieder schwieg er.

»Charlie, hast du etwas?«

»Weshalb?«

»Du bist heute so … hm … ruhig.«

»Nur heute?« Ein leises Lachen.

»Heute anders als sonst. Als ob deine Gedanken irgendwo anders sind.«

»Es tut mir leid.« Er stand auf. »Tatsächlich gehen mir heute zu viele Sachen im Kopf herum. Aber ich wollte sehen, wie es dir geht, weil auch du mir heute im Kopf herumgegangen bist. Ich werde dich jetzt nicht weiter langweilen.«

»Du langweilst mich nicht. Wir könnten darüber reden. Das hilft manchmal.«

»Ich bin nicht so. Ich muss das erst für mich durchdenken. Nichts gegen dich.« Wieder ein halbes Lächeln.

»Schade.«

Die Tür schwang auf, und zwei Frauen kamen herein, dick vermummt gegen die nasse Kälte, und Charlie ergriff die Gelegenheit.

»Du hast zu tun. Wir sehen uns.«

Ich war immer noch unruhig, als kurz vor Ladenschluss Jake hereinspazierte.

»Gibt es was Neues?«

»Charmant wie immer. Vielleicht.«

»Wirklich?« Ich ließ das Buch sinken, das ich eben zurück ins Regal stellen wollte, und sah ihn an. »Heraus damit.«

»Nein.« Er schob lässig seine Hände in die Taschen und grinste. »Ich verkaufe meine Informationen nicht unter Wert.«

»Bitte?«

»Ich erzähle es dir beim Essen.«

»Wir essen zusammen?«

»Ja.«

Seine Selbstsicherheit war einfach unglaublich.

»Und wenn ich keine Zeit habe?«

»Hast du keine Zeit?«

Ich überlegte. Ich hatte Zeit, aber die wollte ich nicht mit ihm verbringen. Allerdings wollte ich schon gerne wissen, was es Neues gab.

»Sind es gute Nachrichten?«

Er lachte. »Keine schlechten.«

Ich verdrehte die Augen. »Dann gehe ich halt mit dir essen.«

»Das sind deine ganzen Neuigkeiten? Dass du heute den Bescheid bekommen hast, dass der Einspruch akzeptiert wurde?«

»Ja.« Zufrieden lehnte er sich zurück.

»Ernsthaft? Du überarbeitest dich ja nicht gerade.«

»Nun, so läuft das eben.«

»Und deswegen bin ich mit dir essen gegangen?«

»Nein. Du bist mit mir essen gegangen, weil du es wolltest.«

»Klar.«

»Du hättest ablehnen können. Du wolltest, dass ich dir einen Grund liefere, und ich habe das getan.«

»Du hast mich getäuscht, das hast du getan.«

»Und dennoch genießt du den Abend, gib es zu, Lizzy.«

»Nenn mich nicht Lizzy. Niemand hat mich je so genannt.« ***Außer dir, wenn du dich über mich lustig machen wolltest***, dachte ich bitter.

Wieder lachte er. »Eliza klingt so förmlich.«

»Als ob unförmlich angebracht wäre.«

»Das hoffe ich doch sehr, dass es das ist. Oder irgendwann sein wird.«

Ich starrte ihn an und überlegte krampfhaft, was ich darauf sagen sollte.

»Eliza, wie lange willst du mir noch vorwerfen, was ich früher gesagt habe? Warum gibst du mir keine Chance, zu zeigen, dass ich nicht mehr der dumme Junge von damals bin?«

»Und warum sollte ich das tun? Meine Augen sind noch immer verwässert blau, ich bin immer noch weit davon entfernt, wie ein magersüchtiges Model auszusehen, und überhaupt bin ich noch wie früher.«

»Vielleicht, weil ich inzwischen begriffen habe, dass eine Frau mit Kurven viel schöner ist? Dass es viel mehr Spaß macht, wenn da etwas ist, das man anfassen kann? Weil es sinnlicher ist, eine Frau zu berühren, bei der man nicht jede Rippe spürt, während man langsam seine Hand an ihrem Rücken entlangwandern lässt?« Er hatte sich vorgebeugt und seine Augen sahen mich fest an.

Ich schluckte. »Nun, du scheinst es zu wissen. Hast anscheinend genug Vergleichsproben genommen.«

»Vielleicht. Das stört dich doch nicht?«

»Ganz und gar nicht. Du kannst so viel herumprobieren, wie du willst.«

»Du solltest es auch mal tun.«

»Herumprobieren? Vielen Dank, das ist nicht meine Art.«

»Eliza, weißt du überhaupt, was deine Art ist? Oder verrennst du dich so in diese ganzen romantischen Geschichten, dass du das wahre Leben verpasst?«

»Ich verpasse nichts, Jake, keine Angst.«

»Nein?« Wieder trat dieses Blitzen in seine Augen. »Weißt du, ich wäre gerne dabei, wenn du das nächste Mal nichts verpasst. Und dann würde ich dir gerne zeigen, was du noch alles nicht verpassen solltest. Ich glaube, da gibt es einiges, was du nicht auf dem Plan hast in deiner perfekten romantischen Welt und was du unbedingt erleben willst.«

Kapitel 33

Ich hatte schnaubend gezeigt, was ich von seinen Zweideutigkeiten hielt, und mich rasch auf den Weg gemacht. Was dachte er sich? Ich kannte Jake gut genug, um genau zu wissen, dass es nichts gab, was ich mit ihm erleben wollte. Aber dann, zu Hause, kam wieder die alte Unruhe hervor, die er zugegebenermaßen gut in Schach gehalten hatte. Oder war es Unmut, weil die Dinge einfach falsch liefen? Ich hatte kein Interesse daran, in Jakes zweifelhaften Fokus zu rutschen. Stattdessen hätte ich mir gewünscht, woanders echtes Interesse geweckt zu haben.

Elizabeth sah Charles nach, als er die Bücherei verließ. Wie sehr hatte sie sich gefreut, als er den Raum betreten hatte, und nun ... griff eine Verzagtheit nach ihrem Herzen, die sie frösteln ließ. Er war nett gewesen, keine Frage, aber auch so distanziert. Er hatte sie mit derselben Höflichkeit behandelt, die man guten Freunden schenkte, doch ihr Herz wollte mehr. Es wollte, dass er seine Höflichkeit vergaß und sie anders ansah.

Sie hörte ein leises Fluchen hinten in dem Bereich, in dem die Ratgeber standen, und seufzte, als Miss Fagg, eine ältere Stammkundin, die gerne lange Nachmittage hier verbrachte, missbilligend mit der Zunge schnalzte. Schnell eilte sie nach hinten, um zu sehen, wer Miss Faggs heilige Ruhe störte. Das Fluchen wurde lauter.

»Das ist eine Bücherei, Sir. Ich muss Sie bitten, sich ein wenig ruhiger zu verhalten.«

Der Mann sah auf. »Ich dachte, es wäre Ihr Job, zu helfen, wenn man nicht weiterkommt.«

»Auch das. Wenn es Sie dazu bringt, leiser zu sein.« Sie lächelte beschwichtigend.

»Ich suche nach einem Buch, das Sie laut Ihrem Katalog hier haben sollten.«

»Und was für ein Buch ist das genau?«

»Suggestion und Wahrnehmung von A. C. Bronson. Es ist vergriffen und angeblich hat Ihr Laden noch eine Ausgabe.«

Elizabeth verkniff sich eine Antwort. Ihr Laden. Nun ja. Sie ging zum Computer in der Ecke und gab den Titel ein. Das Buch sollte eigentlich dort stehen, wo er suchte. Rasch ließ sie ihren Blick über die entsprechende Regalreihe wandern, während er leicht mit dem Fuß auftippend neben ihr stand. Wie es aussah, war es falsch einsortiert und sie bückte sich, um die unteren Regalreihen abzusuchen. Ihr Auge war darin geübt. Es gab ein System aus Buchstabenkürzel und Zahlen, nach dem die Bücher einsortiert waren, und wenn eines falsch stand, fiel ihr das schnell auf. Ganz unten entdeckte sie das Werk endlich und zog es heraus. Als sie sich aufrichtete, bemerkte sie eben noch den genüsslichen Blick, mit dem er ihre Aktion oder besser ihren Hintern während dieser Aktion beobachtet hatte.

»Bitte.« Sie hielt ihm das Buch hin.

»Vielen Dank. Ich hätte mich gleich an Sie wenden sollen ... Elizabeth.« Jetzt starrte er auf den Button, der wie stets an ihrer Brust befestigt war.

»Wenn ich sonst noch etwas für Sie tun kann ...« Sie brach ab, als sie seinen Gesichtsausdruck sah. Mist. Das war eine dieser Floskeln, die sie hier so oft aussprach, dass sie gar nicht mehr darüber nachdachte. Er allerdings grinste auf eine Art und Weise, die sie erröten ließ.

»Da würde mir das eine oder andere einfallen ...«, gab er zurück.

»Nun, Sir, da werde ich Sie enttäuschen müssen. Dies hier ist eine Leihbücherei, auch wenn Sie vermutlich mehr Erfahrungen mit anderen Etablissements haben.« Sie wandte sich um, nur halb befriedigt von ihrer Antwort. Und sich sehr bewusst, dass sein Blick wieder auf ihrer Kehrseite ruhte.

Ich musste dringend noch einmal mit Anna sprechen. Schon wieder schrieb ich Sachen, die ich gar nicht schreiben wollte. Ich wollte über Charles schreiben, darüber, wie er sich Bella widersetzte und Elizabeth eroberte. Und dann drängte sich der Kerl dazwischen. Klar wusste ich, wer sein Vorbild war, und es beunruhigte mich doch ein wenig, wie sehr er mein Unterbewusstsein beherrschte.

»Sie sollten ihr wieder vorlesen, es hat ihr gutgetan.« Ewa lächelte mir zu. »Es ist rührend, wie Sie und Ihre Freundinnen sich um sie bemühen. Das tut ihr gut.«

»Ich würde mir nur wünschen, dass es ihr auch hilft.«

»Sie dürfen nicht verzagen.« Sie tätschelte meinen Arm. »Kommen Sie.«

Ada lag, wie ich es mittlerweile leider nur zu gut kannte, in ihrem Bett, der Blick seltsam leer und unbeteiligt.

»Hallo. Wie geht es Ihnen?«

Sie schüttelte den Kopf. »Wenn Sie wüssten ... Ich habe große Schuld auf mich geladen.«

Mein Herz zog sich zusammen. Das sagte sie immer wieder und mittlerweile war ich mir nicht mehr sicher, ob mit ihrem Kopf alles in Ordnung war. Was, wenn da etwas war? Wenn sie, was weiß ich, Alzheimer bekam oder einen Gehirntumor?

»Ada«, sagte ich hilflos, weil ich nicht wusste, was ich sonst tun sollte. »Sie sind eine so großzügige und liebenswerte Frau. Sie wissen, was Sie für mich getan haben, oder?«

Sie schüttelte den Kopf. »Es reicht nicht. Es wird nie reichen, um es wiedergutzumachen. Ich werde dafür noch mehr leiden. Ich will nicht mehr. Ich möchte endlich Ruhe haben.«

Da saß ich und spürte, wie mir Tränen in die Augen stiegen. Eine Weile lastete diese Stille schwer, bis ich endlich tief Luft holen und mich um eine heitere Stimme bemühen konnte.

»Ich fürchte, Ruhe kann ich Ihnen nicht bieten. Tatsächlich bin ich gekommen, um Ihnen weiter vorzulesen. Wissen Sie, dass außer Ihnen niemand davon weiß? Und es nie ein anderer wissen wird? Nur Ihnen vertraue ich diese Geschichte an, weil ich weiß, dass ich das kann. Dass Sie nicht über mich und meine kläglichen Versuche lachen. Weil Sie mit dem Herzen hinhören. Das tun Sie doch, oder? Wollen Sie mir mit Ihrem Herzen zuhören?«

Ich sah, wie sich ihr Gesicht ein wenig entspannte und sie langsam nickte.

»Danke. Dann geben Sie jetzt acht. Es wird, fürchte ich, ziemlich turbulent.«

Tatsächlich schien es zu gelingen, Ada für eine Weile aus ihren schwarzen Gedanken zu reißen. Als ich endlich aufstand, war sie so ruhig wie schon lange nicht mehr.

»Ich werde bald wiederkommen und dann lesen wir weiter. Wenn Sie es wollen.«

»Sie sollten Ihre Zeit mit anderen Dingen füllen als damit, hier bei mir zu sitzen und mit mir zu warten, bis ich sterbe.«

»Das werden Sie nicht tun.« Ich war überrascht, wie laut meine Stimme plötzlich klang. »Hören Sie mir zu, Ada. Sie werden nicht sterben. Nicht jetzt. Ich weiß, dass es Ihnen nicht gut geht, aber das wird wieder. Sie werden wieder gesund. Ich spüre es, dass Ihre Zeit noch nicht gekommen ist. Und ich will, dass ich recht habe. Sie dürfen nicht aufgeben. Denken Sie daran, dass es hier Menschen gibt, die Sie noch immer brauchen. Ich brauche Sie und das *BOOKS OF LOVE* auch. Es gibt noch so viele Geschichten, die wir zusammen erleben sollten und über die ich mit Ihnen sprechen will. Und Sie haben endlich wieder Kontakt zu Ihrer Familie.« Ich dachte kurz nach. »Sie haben doch gesagt, dass Sie sich eine Familie gewünscht haben. Und jetzt ist Ihre Nichte da und sie sorgt sich um Sie.« Egal was sie sonst noch tat, ich wusste es, dass sie sich sorgte. »Für uns, Ada. Kämpfen Sie und ich verspreche Ihnen, dass Sie nicht alleine sein werden. Aber geben Sie nicht auf.«

Als ich mich umwandte, musste ich zum zweiten Mal heute Abend die Tränen aus den Augen wischen. Dann erstarrte ich. In der offenen Tür stand Cara, mit verschränkten Armen und undefinierbarem Blick.

»Eliza«, sagte sie. »Auf ein Wort?« Sie deutete hinaus in den Flur und mit einem kaum merklichen Nicken folgte ich ihr.

Kapitel 34

Als sie die Tür geschlossen hatte, sah sie mich einen Augenblick nachdenklich an.

»Ich habe Ihnen zugehört«, gab sie schließlich das zu, was ich längst wusste. Allerdings verzichtete sie darauf, so zu tun, als wäre es ihr peinlich.

»Ich weiß.«

»Wussten Sie auch, dass ich hier stand?«

»Nein«, gab ich zu. »Sie verstehen es, leise eine Tür zu öffnen.«

»Ja.« Ihr Blick war fest. »Das ist manchmal sehr hilfreich.«

»Und?« Ich war nicht gewillt, mich einschüchtern zu lassen, obwohl sie darin recht gut war.

»Ich bin überrascht.« Sie lehnte sich an die Wand.

»Weshalb? Weil ich hier bin? Ich werde mich nicht von Ihnen abhalten lassen.« Oder von Ihren Machenschaften, fügte ich in Gedanken an.

»Es geht ihr schlecht.« Wenigstens bekam ihre Stimme nun einen etwas weicheren Klang. »Und sie ist schwach. Es tut nicht gut, sie aufzuregen.«

»Ich habe sie nicht aufgeregt. Ich habe ihr vorgelesen.«

»Sie haben ihr nichts davon erzählt …?«

»Dass Sie uns die Verträge kündigen lassen wollen und die Mieten anheben? Nein. Ich denke nicht, dass sie das jetzt wissen sollte.«

»Also hoffen Sie darauf, dass sie wieder gesund wird? Und Sie arbeiten vor, indem Sie hier auftauchen und ihr sagen, dass Sie sie brauchen.«

»Was ist los mit Ihnen? Was sind Sie denn für ein Mensch?« Ich musste ein paar Schritte weg von der Tür, hinter der Ada lag, weil ich lauter wurde. »Nur weil Sie so denken, tun das noch lange nicht alle. Sie unterstellen mir, dass ich hier bin, um Ada einzuwickeln? Um mich in eine, wie nennen Sie das, gute Position zu bringen? Ist Ihnen einmal der Gedanke gekommen, dass manche Menschen Dinge schlichtweg aus Liebe tun? Kennen Sie Ihre Tante? Wissen Sie, was für ein wunderbarer Mensch sie ist? Ich wüsste nicht einmal, dass ihr mein Laden gehört, wenn Sie es nicht offenbart hätten. Aber ich wäre dennoch hier. Ich würde dennoch versuchen, ihr zu helfen, weil ich sie mag. Und ich vermisse sie. Und vor allem tut es mir weh, sie so zu sehen. Ich kann es kaum ertragen, zu sehen, wie es ihr geht. Ich kann es nicht mit ansehen, mit welchen Dämonen sie kämpft. Und ich hoffe, dass sie wieder gesund wird, denn wenn sie einmal stirbt, sollte sie es in Frieden tun können und nicht so jämmerlich, wie es ihr gerade geht.« Wieder liefen Tränen, aus Zorn, Hoffnungslosigkeit und weil mich die Situation heute mehr als gefordert hatte.

Cara beobachtete meinen Ausbruch mit stoischer Miene. »Sie haben recht, ich kenne meine Tante kaum. Es gab bisher wenige Möglichkeiten, sie kennenzulernen. Aber was ich von ihr weiß, ist, dass sie eine sentimentale Frau ist, die sich in einer unerklärlichen Sache verrannt hat. Was würden Sie an meiner Stelle denken? Eine einsame alte Frau, vermögend, um die sich Menschen kümmern, die daraus einen gewaltigen Vorteil ziehen.«

»Ich würde nicht sofort das Schlimmste unterstellen.«

»Vielleicht würden Sie das wirklich nicht tun. Vielleicht sind Sie eine ebensolche Närrin wie meine Tante, was diese Dinge angeht.«

»Dann bin ich gerne eine Närrin. Lieber das, als in jedem Menschen nur Schlechtes zu sehen.«

Wieder sah sie mich nur an, dieses Mal jedoch war der Spott nicht zu übersehen.

»Wenn es so ist, dann muss ich mir um meine Tante ja keine Sorgen machen. Ihre Freundinnen«, sie betonte das Wort, um mir zu zeigen, was sie davon hielt. »Ihre Freundinnen werden sie auch weiterhin besuchen und sich um sie kümmern, selbst wenn der schöne Mietvorteil weg ist.«

»Das werden sie.« Ich hätte ihr zu gerne ins Gesicht geschlagen. Das erschreckte mich, denn das war gar nicht meine Art. Ich hasse Menschen nicht. Ich nehme sie, wie sie sind, und ich finde die allermeisten nett, lächle über manche, während ich andere nicht mag. Aber noch nie hatte ich jemanden so verabscheut wie sie eben. Und das war nicht gut. Ich durfte nicht auf ihr Niveau absinken. Ich durfte vor allem nicht aus den Augen verlieren, worum es wirklich ging. Denn nur Cara, das war leider sicher, konnte etwas ändern, konnte andere Ärzte konsultieren. Und nur von ihr konnte ich erfahren, wie es ihr wirklich ging. Ich holte tief Luft.

»Ewa sagte, dass Sie den Hausarzt hinzuziehen werden. War er schon da? Gibt es etwas Neues? Bitte, ich würde es wirklich gerne wissen.«

Zum ersten Mal zuckte echte Überraschung über ihr Gesicht. Solche, die sie wahrscheinlich selten spürte, die nämlich nicht ihre Vorahnungen bestätigten, sondern sie einen Moment aus der Spur brachten.

»Er kommt morgen.«

»Im Krankenhaus ging es ihr viel besser. Ich verstehe nicht, wieso sie jetzt plötzlich so daliegt. Was ist anders, seit sie zu Hause ist?«

Cara stieß sich von der Wand ab. »Sie denken, ich habe damit zu tun?«

»Nein.« Himmel, diese Frau war nicht misstrauisch, sie war paranoid. »Nein, auch wenn Sie es nicht glauben, ich denke, Sie mögen sie wirklich, auf Ihre Art. Und deshalb vertraue ich darauf, dass Sie nicht lockerlassen, bis die Ursache gefunden ist. Das ist doch Ihre Paradedisziplin, oder?«

Ich erlebte eine echte Premiere, denn so etwas wie ein amüsiertes Lächeln huschte kurz über ihr Gesicht. »Ja, das kann ich gut.« Dann war der Moment vorbei und sie wieder wie immer. »Und ich bin auch gut darin, dann die Entscheidungen zu fällen, die getroffen werden müssen, und mich den Folgen zu stellen. Nicht alle Menschen können gefallen. Manche müssen auch die unangenehmen Dinge tun.«

»Tun Sie das. Aber vergessen Sie dabei nicht, wer Sie sind. Das da drinnen sind Ihre Wurzeln. Ihr Blut. Es sind Fähigkeiten und Eigenschaften, die auch in Ihnen irgendwo schlummern.«

»Himmel, Eliza. Was war es noch einmal? Liebesromane? Sie sollten vielleicht öfter mal die Zeitungen lesen. Im echten Leben ist es nicht so einfach. Was wissen Sie schon von unseren Anlagen und Eigenschaften? Und unter uns, seien Sie froh. Hat man Ihnen nicht beigebracht, dass man manchmal schlimme Dinge findet, wenn man zu tief gräbt?«

Wir sollten uns treffen. Habt ihr morgen Zeit?

Mittlerweile hatten wir eine Nachrichtengruppe eingerichtet und ihr den schönen Namen *Drei Engel für Ada* gegeben. Okay, ich hatte ihr den Namen gegeben. Kates Vorschlag war *Befreiungsfront* gewesen.

Als die Antworten eingetrudelt waren, lehnte ich mich zurück. Das Gute an der ganzen Sache war, dass ich nicht alleine war. Ich dachte noch einmal an den Abend zurück, an Cara. Das Gespräch war unglaublich dreist gewesen, auch wenn ich sie im Geheimen bewunderte, weil sie mir einfach so ins Gesicht sagte, was sie dachte. Aber sie hatte es geschafft. Sie hatte erreicht, dass ich begann, darüber nachzudenken, was es in Adas Leben geben könnte, das schlimm genug war, um ihr nun solche Dämonen zu bescheren.

Kapitel 35

»Die hätte mir mal in die Arme laufen sollen.« Kate sah schon wieder recht grimmig aus. »Was die sich herausnimmt.«

»Ich glaube, ich wäre abgehauen«, gestand Allie. »Direktkonfrontationen sind gar nicht meins.«

»Warum nicht?« Jetzt wandte Kate sich ihr zu. »Du hättest es dir gefallen lassen?«

»Nein.« Allie begann, nervös mit ihren Händen zu spielen, ihre Finger zu verschränken und wieder loszulassen. »Ich bin einfach nicht gut darin. Ich mag es lieber harmonisch.«

»Harmonie hin oder her, man muss für sein Recht einstehen und ganz bestimmt darf man sich nicht alles nachsagen lassen.«

»Ich glaube, du wirst meine neue Heldin.« Allie seufzte. »Oder ich stelle dich ein. Als meinen persönlichen Engel.«

»Hast du daran etwa Bedarf?« Ich sah sie nachdenklich an.

»Was? Nein, um Himmels willen. Aber wenn ich einmal Bedarf hätte, dann würde ich mich freuen, wenn Kate in meiner Nähe ist. Hast du schon mal darüber nachgedacht, als persönlicher Beschützer oder so zu arbeiten?«

»Nein. Ich bin sehr glücklich mit meinem Laden.«

»Die Blumen stimmen unsere Kate sanft«, warf ich ein und Allie lachte.

»Und Kuchen«, sagte sie augenzwinkernd.

»Was?« In Kates Gesicht arbeitete es sichtlich. »Was ist falsch an Blumen und einem netten Stück Kuchen?«

»Gar nichts.«

»Weißt du, dass ich dich bewundere?« Kates Finger deutete auf Allie.

»Mich? Wofür kannst du mich denn bewundern?«

»Für deine Hüften. Wenn ich eine Bäckerei hätte ...« Sie seufzte.

Ich lehnte mich zufrieden zurück. Es war das erste Mal, dass wir uns bei diesen Treffen nicht nur über *das Problem* unterhielten. Diese beiden Mädels waren mir vom ersten Moment an sympathisch gewesen, aber dennoch hatten wir es nicht geschafft, ein wenig privater zu werden.

»Was macht ihr, wenn ihr nicht im Laden steht?«, fragte ich spontan. »Habt ihr eine Beziehung? Ich weiß gar nichts über euch.«

»Ich verbringe sehr viel Zeit in der Küche«, sagte Allie und errötete leicht. »Ich probiere gerne herum und entwickle neue Rezepte. Dafür habe ich tagsüber keine Zeit. Und ich bin begeisterte Kinogängerin. Und heimlich träume ich davon, zu tanzen, es gibt tolle Kurse, in denen man Rock`n` Roll und Jive und all das lernt. Aber es ist schwierig, wenn man keinen Partner hat, weil die wie die Tanzschulen meist einen Frauenüberschuss haben.«

»Das passt.« Ich musterte sie. »Du stehst auf die Fünfziger, oder?«

»Ja.«

»Und sonst?«

»Sonst ist nicht viel los. Kein Freund, falls du das meinst.«

»Ich auch nicht.« Ich seufzte. »Obwohl ich gerne einen hätte. Aber irgendwie passiert einfach nichts.«

»Nun, dein Anwalt würde den Posten vielleicht übernehmen.« Kate grinste.

»Erstens ist er unser Anwalt und zweitens würde der höchstens eine Art Pausenclown sein wollen. Herzlichen Dank, ich warte auf meine echte Liebe.«

»Oha. Eine durch und durch romantische Seele.«

»Ja, und stolz darauf.« Ich lachte. »Ich liebe Romantik. Ich liebe es, Geschichten darüber zu lesen. Und ich liebe es, von der Liebe zu träumen. Das mache ich, wenn ich nicht arbeite.«

»Wieso überrascht mich das nicht?« Kate sah zu Allie, die kicherte.

»Was ist mit dir, Kate?«

»Ich? Nun, ich bin in ein paar Gruppen aktiv. Ich arbeite in einer Bürgerbewegung mit, die sich für sozialen Wohnungsbau einsetzt, und ich unterstütze ein Projekt, das sich für traumatisierte Kinder engagiert.«

»Cool.«

»Es ist nicht immer leicht, gerade wenn es um Kinder geht«, gab sie zu. »Aber ich will etwas ändern. Ich habe erkannt, dass ich meinen Zorn, der mich so oft überfällt, wenn ich Ungerechtigkeiten erlebe, in die richtigen Bahnen lenken kann. Und ihn dadurch nützlich mache. Und mir geht es damit auch besser. Man sagt, ich wäre sehr viel ausgeglichener geworden.«

»Wer sagt das?« Allie stupste mich an.

»Nun, alle.«

»Raus damit. Hast du einen Freund oder nicht? Das ist es doch, was wir wissen wollen.«

»Ja.« Nun war es an der toughen Kate, zu erröten. »Ethan und ich sind seit diesem Frühjahr zusammen.«

»Und er ist deine große Liebe?«, fragte ich.

»Du bist ganz schön direkt, was?«

»Du doch auch.«

»Schon. Aber in solchen Dingen ... bin ich anders als du. Ich meine, du sprichst ständig darüber, wie du fühlst und was du willst. Du gibst einfach so zu, dass du dich nach der großen Liebe sehnst.«

»Das tun wir doch alle, uns danach sehnen. Oder nicht?« Ich sah zu Allie, die langsam nickte.

»Schon. Dennoch sprechen wir nicht darüber.«

»Du sprichst nicht darüber, liebe Kate.«

Eine kleine Pause trat ein.

»Warum sollte man nicht darüber reden? Ich meine, ich wünsche mir doch nur, dass ich den richtigen Mann finde. Den, der für immer bleibt und mit dem ich eine Familie gründen kann.«

»Für immer ist eine lange Zeit.«

»Wenn du an deinen Ethan denkst, findest du das dann auch? Dass für immer zu lange ist?«

Kate schüttelte langsam den Kopf.

»Na also. Und jetzt erzähl von ihm. Wie sieht er aus? Was macht er? Ich will alles wissen.«

Der Abend entwickelte sich zu einem echten Geschenk. Nachdem Kate sich erst mächtig geziert hatte, gelang es uns doch, ihr mehr über ihren Freund zu entlocken. Und ganz nebenbei die Tatsache, dass sich hinter ihrem anfangs etwas ruppig anmutenden Verhalten eine Seele versteckte, die gar nicht so anders war als meine. Das bestätigte mich. Menschen sind dazu geboren, zu lieben. Sie brauchen andere Menschen, die sich um sie sorgen, und sie brauchen Menschen, die sie selbst umsorgen können. Und egal wie Kate sonst war, als sie von Ethan sprach, leuchteten ihre Augen. Ihre Stimme hatte einen weichen Klang und jede Beteuerung, dass sie nicht in lebenslangen Dimensionen dachte, war belanglos. Sie sagte, dass er normal aussehe, während jede Regung zeigte, dass sie ihn für den schönsten Mann der Welt hielt. Sie versicherte uns, dass er ihr Lebensabschnittspartner wäre, und wir grinsten und nickten und lachten, weil sie nun schon seit fast einer Stunde von ihm schwärmte und immer noch nicht genug hatte, davon zu berichten, wie sehr sie seine Hartnäckigkeit und seine Ehrlichkeit bewunderte.

Ich wusste, dass wir heute den Grundstein zu einer echten Freundschaft gelegt hatten. Selbst wenn wir auf den ersten Blick so unterschiedlich waren, verband uns etwas. Und damit meine ich nicht Ada. Obwohl ich keine Schwierigkeiten hatte, auf Menschen zuzugehen, habe ich wenige echte Freunde. Es muss einfach passen, wie auch in der Liebe. Ich habe viele Bekannte und viele davon mag ich wirklich sehr gerne. Aber eine richtige Busenfreundin, wie man es immer so nett ausdrückte, hatte ich nicht. Doch heute Abend, das spürte ich, war ich dieser Sache einen gewaltigen Schritt näher gekommen. Und dieses Gefühl überlagerte alles andere. Cara, ihre erneuten Vorwürfe, sogar, dass Charlie beim letzten Besuch so verdammt unverbindlich gewesen war.

Kapitel 36

Voller Elan eilte ich am nächsten Tag in meinen Laden. Der Buchabend stand an, auf den ich mich schon lange freute. Ich hatte bei Allie Weihnachtsgebäck bestellt und alleine der Duft, als ich die Verpackung öffnete, reichte aus, um kurzfristig alle Sorgen zu vertreiben. Dazu kochte ich kannenweise Tee und dekorierte alle Lesetische mit Tannenzweigen. Die hatte ich bei Kate geholt und sie waren so frisch, dass meine Hände klebrig wurden vom Harz. Der vertraute, würzige Duft breitete sich im Laden aus und zusammen mit dem Zimtduft der Plätzchen und dem Teearoma schuf er eine weihnachtliche Atmosphäre. Ich nahm mir die Zeit, eine Weile mit geschlossenen Augen dazustehen und zu genießen. Tief einzuatmen und alles aus meinem Kopf zu vertreiben, was mich in diesen Tagen beschäftigte. Und dann einfach nur glücklich zu sein, jetzt in diesem Moment.

Dann war es so weit und die ersten Gäste kamen. Ich sah es, auf jedem Gesicht. Dieser Moment, in dem innegehalten wurde, und wie sich etwas verschob. Als würde man ihnen einen zu schweren Mantel abnehmen, wurde ihre Haltung plötzlich aufrechter und ein kleines Lächeln zuckte auf. Die Bücher lockten unter den Lichterketten und verhießen Glück und Freude. Das machen Bücher mit Menschen. Sie schenken Glückseligkeit und Behaglichkeit, Spannung und Herzklopfen. Ich liebe meinen Job, jeden Tag. Weil ich das immer wieder erleben darf, wie Menschen hier eine Oase finden, in der sie auftanken. Aber an diesen Abenden, im märchenhaften Licht der Nacht und im Wissen, dass man nicht noch drei andere Geschäfte aufsuchen muss und das Klopapier nicht vergessen darf, da war es noch besser.

Auf den Auslagen unter den Regalen hatte ich Geschichten ausgebreitet, die mir ganz besonders gut gefielen, und bald schon war ich in Gespräche vertieft. Ich empfahl Bücher, schwärmte von besonders gefühlvollen Schilderungen, von außergewöhnlichen Ideen oder von Protagonisten, die mich tief im Herzen berührt hatten. Ich ließ mir berichten, welche Bücher meine Kundinnen beeindruckt hatten und welche ich unbedingt kennenlernen sollte. Oben auf der Galerie waren alle Sessel und auch die Klappstühle belegt. Manche saßen da, völlig versunken, und lasen, andere plauderten oder steckten die Köpfe an den Regalen zusammen und diskutierten über die Titel, die sie in den Händen hielten.

Dann tauchte Charlie auf. Er kam herübergeschlendert und hörte eine Weile meinem Gespräch mit einer jungen Frau zu, ehe er mit Gesten zu verstehen gab, dass er sich nach oben zurückziehen würde. Ich nickte und ließ mich in ein weiteres Gespräch ziehen. Die Ersten kamen mit Büchern im Arm und wollten zahlen. Stolz sah ich mich um. Kein Abend war bisher so gut frequentiert gewesen wie dieser, stellte ich fest. Und alle schienen es zu genießen. Ich kassierte und trat zur nächsten Gruppe, die in einem angeregten Gespräch war. Nach oben zu entwischen war im Moment nicht möglich und außerdem nicht nötig. Charlie würde warten, das wusste ich einfach. Und ich durfte es auskosten, mit all diesen Buchverrückten zusammen zu sein.

Recht spät ging die Tür noch einmal auf und Jake spazierte herein.

»Hallo. Gibt es etwas Neues?«

»Nein.« Er lachte. »Du weißt doch, das dauert bei Leuten wie uns.«

»Was tust du dann hier?«

»Ich war gerade in der Gegend und dachte, ich sehe mir das einmal an. Ich meine, ein Buchabend, da kann man doch nicht Nein sagen.«

Ich hob eine Augenbraue. »Die zeitgenössischen Liebesromane findest du hier links in diesem breiten Regal, weil sie prozentual den größten Anteil haben. Gleich daneben sind die Mystery- und Suspence-Titel, die neben der Liebe Krimi- oder, nun ja«, ich zuckte leicht mit der Achsel, »Mystery-Elemente enthalten. Dann kommen die historischen Romane und die Klassiker. Oben gibt es die Gay-Romane, eine gut ausgewählte Sammlung Vampir-Romantik und natürlich auch alle Subgenres wie Liebe in unterschiedlichen Zeitebenen und so was. Und auch ein paar Romantic-Thriller, die mich überzeugt haben. Und zu guter Letzt die erotischen Liebesromane. Meine persönlichen Leseempfehlungen sind in allen Genres markiert.« Ich wusste nicht, weshalb ich so ausführlich wurde. Sein Blick wahrscheinlich, sein Grinsen und seine Art, ohne Worte mitzuteilen, was er von allem hielt. Ich wollte plötzlich zeigen, dass ich mehr draufhatte, als nur romantischen Träumen hinterherzujagen.

»Oh, dann muss ich nach oben, wie es scheint.«

»Die Gay-Abteilung? Gleich rechts neben der Treppe.« Ich lächelte nett und klimperte versuchsweise einmal mit den Augen. »Du entschuldigst mich?« Ich deutete zur Kasse, wo sich wieder drei Frauen angestellt hatten und geduldig warteten. »Ich habe zu tun.«

Im Gegensatz zu Charlies Anwesenheit, die wie eine verlockende Bettdecke war, von der man wusste, sie wartet auf dich, warm und behaglich und tröstend, war Jakes eher wie ein drohender Termin beim Zahnarzt. Es machte mich unruhig, weil ich nicht wusste, was er im Schilde führte. Wegen seiner Liebe zu Büchern war er gewiss nicht hier. Ich bezweifelte, dass er freiwillig etwas anderes als Fachliteratur zur Hand nahm. Er war eher der Film-Typ, das spürte ich, der dachte, wenn er die Kino-Adaptation eines Buches gesehen hatte, dann kannte er es. Nichts gegen Verfilmungen, manche sind richtig gut gemacht und prinzipiell bieten sie vielen Menschen den Zugang zur Literatur. Aber um eine Geschichte zu kennen, muss man sie lesen. Man muss die Sprache entdecken, die kleinen Worte, die weggestrichen werden. Man muss die Atmosphäre spüren und man muss erleben, wie sie langsam Gestalt annimmt im Kopf. Die Protagonisten müssen in deiner Vorstellung lebendig werden, den Beschreibungen gerecht, und nicht plötzlich braunhaarig sein, wo sie eigentlich blond sein sollten, und nicht dünn und wunderschön und sich dennoch mit den Problemen einer stärker gebauten Frau herumschlagen, nur weil sich dünn und schön vermeintlich besser verkauft. Man muss auch die Szenen lesen, die Regisseure herausstreichen. Nur dann kennt man ein Buch und nicht nur die Rahmenhandlung einer Geschichte.

Ein Blick auf die Uhr zeigte mir, dass es bereits nach zehn war. Aufbruchstimmung begann sich breitzumachen und eine Weile stand ich an der Kasse und war damit beschäftigt, Bücher in Papiertüten zu verpacken. Einige plauderten noch in kleinen Gruppen, die

Galerie schien sich jedoch merklich geleert zu haben. Ich beschloss, einen Blick nach oben zu riskieren.

Charlie saß, wie so oft, ganz hinten in einem Sessel, die Beine überschlagen und ein Buch in der Hand. Seine Brille funkelte kurz auf, als er den Kopf leicht neigte, und auf seinem Gesicht lag ein entspannter Ausdruck, soweit ich das von hier aus beurteilen konnte. Er hob nicht die Hand oder wandte den Kopf. Anscheinend war er völlig in seine Lektüre vertieft. Jake hingegen drückte sich tatsächlich vorne bei den Erotikromanen herum. Erstaunt sah ich, dass er eine der Karten in der Hand hielt, die ich wieder ausgelegt hatte. Die, auf denen man seine Ideen zu Büchern und Liebe festhalten konnte. Er sah auf, schob die Karte in den Stapel zu jenen, die bereits beschriftet waren, und griff rasch nach dem Buch, das auf einem Acrylständer mit dem Hinweis ELIZAS TIPP ausgestellt war.

»Das sollte ich also lesen, deiner Meinung nach?« Seine Spottbraue schnellte einmal mehr nach oben.

Ich sah auf den Titel. *Muschelrosa.*

»Man darf nicht immer vom Titel auf die Geschichte schließen. Der ist in der Tat nicht ganz glücklich gewählt, aber das Buch fand ich ... sehr gut.«

Jake betrachtete das Cover. Es war, nun ja, ähnlich wie der Titel, dazu gemacht, den Blick anzuziehen und zu bestätigen, welches Genre hier bedient wurde. Es zeigte eine dieser verschlungenen Muscheln, die an ein Horn erinnern, rosa und perlmuttfarben und so geschickt beschnitten und die Linien so raffiniert verändert und verfremdet, dass man hinsah und dachte, den Ausschnitt eines Frauenkörpers zu sehen. Einen ziemlich privaten Ausschnitt davon. Die geschwungenen Lettern des Titels passten sich nahtlos ein und im ersten Moment hatte ich den Kopf geschüttelt, als es der Vertreter aus seinem Koffer zog.

»Vertrauen Sie mir. Es wird Sie begeistern«, hatte er gesagt und ich hatte zögernd zugestimmt, es zu lesen, weil er mir schon einige grandiose Bücher empfohlen hatte. Und in der Tat, wenn man den Einband vergaß und sich auf die Geschichte einließ, dann wurde man mit einer Story belohnt, die ganz sicher höchst erotisch war und so fesselnd und mitreißend geschrieben, dass ich einen Tag später das Lesetipp-Schild anheftete.

»Lisa ist neu in der Stadt und fest entschlossen, endlich das Leben kennenzulernen. Das Leben in Großbuchstaben, wie es in den Geschichten immer passiert, die sie Nacht für Nacht verschlingt. Dann trifft sie Adam, der ihr ein unmoralisches Angebot macht: Er wird ihr zeigen, wie groß die Buchstaben tatsächlich sein können. Und dass Nächte noch viel mehr verschlingen können …« Er sah auf. »Klingt vielversprechend.«

»Es ist eine erstaunlich komplexe Geschichte, die sehr in die Tiefe geht.«

»In die Tiefe.« Er grinste sein bestes Jake-Grinsen.

Ich verzog den Mund. »Was du nicht verstehen würdest.«

»An wen erinnert mich das nur?« Er tippte an paar Mal mit dem Finger auf den Buchrücken. »Eine junge Frau, die nach dem Leben und der Liebe sucht und Nacht für Nacht davon träumt?«

»Vielleicht an eine deiner unzähligen Gespielinnen?«

»Gespielinnen? Was für ein nettes Wort. Und? Gehen sie zur Sache?«

»Erotik hat viele Gesichter«, gab ich ausweichend zurück. Ich würde ganz bestimmt nicht mit ihm diese Geschichte diskutieren.

»Also nicht? Was würdest du mir dann empfehlen? Wenn ich es ein wenig expliziter bevorzuge?«

»Es tut mir leid, ich denke, das kann ich nicht beantworten.« Denn dazu müsste er *expliziter* näher definieren. Ich frage meine Kundinnen, was genau sie wollen, wenn sie solche Bücher lesen. Wie schon gesagt, Erotik ist nicht gleich Erotik und die zahlreichen unterschiedlichen Spielarten gefallen nicht jedem, der dieses Genre gerne liest. Nirgends gibt es so viele unterschiedliche Varianten wie hier, auch wenn ich nur einen Teil der Auswahl anbot. Den Teil, den ich anbieten wollte.

»Nun ja, sie dürfen schon richtig loslegen. Kein rosaroter Kuschelsex, bei dem man nebenbei den nächsten Tag vorplant.«

»Nackenbeißer führe ich nicht.«

»Nackenbeißer?«

»Das ist eine Bezeichnung für erotische Bücher, in denen Gewalt romantisiert wird. Zumindest im ursprünglichen Sinn, auch wenn man den Begriff heute fälschlicherweise oft mit Trivialliteratur …«

»So schätzt du mich ein? Nun, ich gebe zu, hier und da ein kleiner Hieb auf den Allerwertesten kann ganz nett sein, aber …«

»Ich will das gar nicht wissen, Jake. Zu viele Information.«

»Ich dachte, du musst das wissen, um mich beraten zu können. Also, was empfiehlst du mir?«

Wie er es genoss! Ich warf einen schnellen Blick zu Charlie, der immer noch las oder zumindest so tat als ob. Dann griff ich nach einem anderen Buch. Er würde mich immer weiter triezen und ich mich endlos blamieren, wenn ich zugab, dass es mir peinlich war, mit ihm über Sex zu sprechen, der in Büchern stattfand. Das war mein Job und ich würde ihm zeigen, dass ich mich nicht von ihm vorführen ließ.

»Das hier könnte dir gefallen. Es geht zur Sache, wie du so schön sagst, und es werden ab und an Hiebe verteilt.« Allerdings auf seinen Hintern, aber vielleicht stand er ja auch darauf. »Die Sprache ist stellenweise etwas derb, aber es passt zur Situation. Die Story an sich trumpft dafür mit ein paar außergewöhnlichen Einfällen auf. Der Titel war auf der Auswahlliste der besten Bücher im Bereich Erotik im vergangenen Jahr.«

»Dann werde ich es mitnehmen. Und dir berichten, wie es mir gefallen hat.«

Kapitel 37

»Du solltest einmal eine richtige Lesenacht veranstalten. Das wäre cool.« Jenna hatte mit Li-Mingh und drei weiteren Mitgliedern des Buchclubs bereits begonnen, die benutzten Tassen einzusammeln und die Spülmaschine zu befüllen. Die leeren Teekannen standen auf der Spüle, die restlos geleerten Gebäckteller waren ebenfalls verschwunden. Die Mädels waren einfach großartig.

»Was ist eine richtige Lesenacht? War das heute keine richtige?«

»Die Betonung liegt auf Nacht. Das wäre mein Traum, einmal eine ganze Nacht in einer Buchhandlung und umgeben von all den Geschichten einzuschlafen.«

»Dann allerdings nur mit persönlicher Einladung.« Ich dachte an Jake, der eben erst das *BOOKS OF LOVE* verlassen hatte. »Schließlich weiß man nie, wer alles hier aufschlägt.«

»Wir könnten das mit dem Buchclub machen.« Jenna war ganz begeistert. »Wer Lust hat. Ich weiß ja nicht, ob Molly mit einer Luftmatratze hier campieren will, aber zutrauen würde ich es ihr durchaus. Denk mal darüber nach.«

»Mach ich. Aber nicht mehr heute. Danke, dass ihr hier unten schon klar Schiff gemacht habt. Oben ist nicht mehr viel zu tun, das schaffe ich alleine.«

»Oh, gerne. Ich finde es großartig, was du hier immer wieder auf die Beine stellst, und so kann ich mich wenigstens dafür bedanken. Weißt du, eine Zeitlang hatte ich eine echte Leseflaute. Das war furchtbar, denn es hat mir gefehlt und dennoch konnte mich kein Buch mehr packen. Du hast es geschafft, das zu durchbrechen.«

»Das freut mich. Kommt gut nach Hause.« Ich wartete, bis sie ihre Mäntel zugeknöpft hatten, ehe ich sie auf die Wange küsste. »Bis bald.«

Ich hatte hinter den Mädels die Tür verriegelt und atmete durch. Der Abend war großartig gewesen und würde großartig weitergehen, denn Charlie wartete oben. Außer Jake und mir waren schon alle Gäste im unteren Teil gewesen und dass er sitzen blieb, ließ mich darauf hoffen, dass der Abend noch nicht zu Ende war. Es hatte länger gedauert als gedacht, es war schon fast Mitternacht, aber ich fühlte mich wach und munter. Im Gegensatz zu Charlie, wie ich gleich feststellen sollte. Der saß unverändert in seinem Sessel, das Buch lag aufgeschlagen auf seinem Schoß. Er hatte die Augen geschlossen und schlummerte selig.

Ich blieb einen Moment stehen und betrachtete ihn. Wie sehr ich ihn mochte. Ich wollte diesen Anblick in mich aufsaugen, ihn konservieren, und musste mich zwingen, nicht zu ihm zu treten und über sein Haar zu streicheln, seine Wangen, seinen Hals. Ich sollte ihn wecken, aber dann würde er gehen. Nein, ich würde mich in den zweiten Sessel setzen und eine Weile seine Nähe genießen. Ob ich mir ebenfalls ein Buch holen sollte? Hier oben waren allerdings die erotischen Werke, und die wären in meiner Verfassung nicht förderlich. Ich wollte nicht, dass er gerade dann die Augen aufschlug, wenn ich davon las, wie andere das taten, was ich mit ihm tun wollte. Und nach unten gehen mochte ich ebenfalls nicht. Kurz entschlossen ging ich zu den Karten, die ich ausgelegt hatte. Jake hatte eine beschriftet. Na, mal sehen, was ihm eingefallen war.

Die Ersten waren nicht von ihm, so viel war klar. Es passte nicht zu ihm, über seine Liebe zu Büchern zu schreiben, und er würde gewiss nie sagen, dass echte Liebe nur in Geschichten vorkam. Dann nahm ich mir die nächste vor und erstarrte. Die Schrift war anders, nicht so rund und deutlich, wie Frauen oft schreiben. Es war schnell hingeschrieben, ohne sich Gedanken zu machen, ob das Schriftbild ansprechend war. Mit energischen, geraden Buchstaben, eine recht selbstsichere Schrift. Das Wort *BÜCHER* stand einsam und unbeachtet auf der linken Seite. Rechts jedoch waren Ergänzungen gemacht worden.

»Und wenn ich dich LIEBE, Eliza? Wenn der falsche Mann der richtige ist?«

Ich ließ die Karte beinahe fallen und wünschte, bis morgen gewartet zu haben. Die Stimmung war mit einem Mal dahin. Falsch ist falsch und bleibt falsch, das hatte meine Mutter immer gesagt, und sie hatte recht. Und von Liebe zu sprechen war in seinem Fall schon ziemlich dreist. Wenn es jemanden gab, der davon nichts verstand, dann er. Ich wusste es. So sehr veränderte man sich nicht. Edward hatte genug erzählt, um mich in ein recht klares Bild zu setzen. Und im Prinzip war es mir auch egal. Ich wollte nur nicht zu seinem Spielball werden. Ich hatte keine Lust, ihm die Zeit zu vertreiben und mir irgendwelche Lügen anzuhören. Und schon gar keine Lust hatte ich darauf, wo das Ganze enden sollte. *Ein kleiner Hieb auf den Hintern ab und an*, na, vielen Dank.

Neben mir ertönte ein entzückender kleiner Schnarcher, gefolgt von einem heftigen Zusammenzucken, und Charlie schreckte hoch.

»Eliza ... Himmel, ich bin eingeschlafen, wie es scheint. Tut mir leid.«

»Das ist doch nicht schlimm.«

»Es war eine lange Woche mit viel Arbeit. Und hier ... es war so friedlich. Ich wollte warten, bis du Zeit hast.« Er nahm die Brille ab und rieb sich die Augen. »Stattdessen bin ich weggetreten.«

»Alles gut. Es ist schon spät.«

»Du hast recht. Ich hoffe, ich habe dich nicht aufgehalten. Du hättest mich wecken sollen.«

»Ich bin eben erst fertig geworden. Und ich habe mich gefreut, dass du gewartet hast.«

»Ich sollte gehen.« Er streckte sich und gähnte. »Damit wir beide ins Bett kommen.« Er setzte die Brille wieder auf und stand auf. Verwirrt legte ich die Karten zur Seite und tat es ihm nach.

»Ja, wenn du so müde bist ...«, begann ich lahm.

»Diese Karten ...« Nachdenklich sah er sie an. »Das ist eine nette Idee. Es macht sicherlich Spaß, sie zu lesen.«

»Eigentlich schon.« Wenn das Richtige darauf stand.

»Nicht immer?«

»Manchmal ist ein Spaßvogel dabei, der sich einen Scherz erlaubt. Und vieles wiederholt sich natürlich.«

»Natürlich. Aber jede kommt von Herzen, denke ich.«

»Hm. Nun, die meisten bestimmt. Auf einer stand mal: *BÜCHER mag ich nicht, ich mache lieber LIEBE*. Kam vielleicht auch von Herzen, wer weiß. Ins Schaufenster hat sie es dennoch nicht geschafft.«

»Und? Ist heute Abend auch wieder so ein Poet dabei?«

»Keine Ahnung«, log ich. »Ich werde mir die auf Montag aufheben.«

»Ja.« Er wirkte ein wenig verwirrt und immer noch ziemlich schlaftrunken. Wahrscheinlich war es wirklich besser, wenn er ging und sich ausschlief, auch wenn ich mir den Ausklang des Abends anders gewünscht hatte.

»Soll ich dir ein Taxi rufen?«

»Was? Nein danke, ich werde ein paar Schritte gehen und mir dann eins anhalten.«

Er stieg vor mir die Treppe hinab und wartete, bis ich meinen Mantel geholt und alle Lichter gelöscht hatte. Vor der Tür zu meiner Wohnung blieb er stehen.

»Gute Nacht, Eliza. Es tut mir leid, dass ich kein besserer Unterhalter war. Du musst mich für einen entsetzlichen Langweiler halten.«

»Ich kenne dich doch, Charlie«, sagte ich und sah ihn an. »Und jeder hat mal eine harte Woche.«

»Ja.« Er zögerte kurz, dann beugte er sich vor und küsste meine Wange, ganz schnell. Bevor ich es richtig genießen konnte, war es schon vorbei und er schlug den Mantelkragen hoch, während er mit raschen Schritten davonging.

Kapitel 38

Diese Karte! Ich muss gestehen, ich bin noch in dieser Nacht zurückgegangen in den Laden und habe sie geholt. Und dann saß ich da, starrte sie an, hasste Jake und starrte weiter. Es war eines, wenn er mich plump anmachte. Damit konnte ich umgehen, denn so hatte ich ihn all die Jahre erlebt, nur dass er da eben die anderen angemacht hatte. Er war immer auf der Jagd, das war sein Hobby. Wenn er Fallen auslegen und Schlingen knüpfen konnte, war er in seinem Element. Und dann sah er zu, wie sich sein Netz langsam oder auch schneller um die Beute legte, wie sie zögerlicher wurde und irgendwann gar nicht mehr weglaufen wollte. Und kaum hatte er sein Ziel erreicht, begann er nach dem nächsten Opfer zu suchen. Soweit nichts Neues. Aber von Liebe zu sprechen, das war unfair. Das war gegen die Regeln, und das brachte mich richtig in Wut. Selbst Männer wie er sollten sich an gewisse Richtlinien halten.

»Wir tun keinem weh«, beteuerte Edward immer wieder. »Wie wissen und sie wissen, dass es nichts Festes sein soll. Wir versprechen schließlich niemandem die Ehe, nicht einmal die große Liebe. Also sei nicht so puritanisch. Du machst es, wie du willst, und wir, wie wir wollen.«

Nun, vielleicht kannte er seinen Freund doch nicht so gut. Sollte ich es ihm sagen? Und dann? Wahrscheinlich würde er lachen oder mir erklären, dass ich es als Kompliment sehen sollte, dass Jake mich überhaupt wahrnahm.

Was, wenn der falsche Mann der richtige ist? Nein, so war es nicht. Nie. Nicht in den Büchern, da wusste man immer schnell, dass der vermeintlich Falsche gar nicht so falsch war. Und nicht im Leben. Ich sah es doch in meiner eigenen Familie. Meine Mutter hatte geglaubt, dass der falsche Mann richtig wäre, und musste es erleben, dass es eben bloß eine Lüge war, die man sich selbst erzählte.

Und Charlie? Immer noch war ich mir sicher, dass er der Richtige war. Selbst wenn er einschlief beim Warten und flirttechnisch gerade ein wenig im Sparmodus war.

Den Sonntag verbrachte ich mit einem Buch. Ich wagte es nicht, mich heute ans Schreiben zu setzen, und wollte auch über nichts nachdenken. Ich griff nach der Geschichte, die wir uns für den Buchclub ausgewählt hatten. Eine Empfehlung von Clara, die Autorin war mir bisher nicht bekannt. Sie hatte immer wieder von ihr geschwärmt und weil Clara eine sehr ruhige Frau war, die selbst in unserem geschützten Rahmen nur selten aus sich herausging, hatte ich ihren Vorschlag unterstützt. Nun war ich leider mächtig im Verzug mit dem Lesen, weil ich ein paar Weihnachtsgeschichten eingeschoben hatte. Ich wollte nicht zum nächsten Treffen gehen und das Buch nicht kennen, also klappte ich es auf und machte mich darauf gefasst, nicht unbedingt das zu finden, was mich normalerweise begeisterte.

Drei Stunden später war ich total gefesselt, hatte Jake, die Karte und Charlie komplett vergessen und konnte nur noch lesen, lesen, lesen. Meine Güte, was war das für ein Buch! Ich muss zugeben, ich hätte es mir nicht ausgesucht. Der Klappentext klang zwar nicht schlecht, aber es war ein Werk nach Claras Geschmack und Clara hatte leider eine fatale Schwäche für diese ganzen Milliardärsgeschichten und Dominanzthemen. Ich weiß, dass auch in diesem Genre nicht alles gleich ist und dass es wie in jedem gute sowie schlechte Bücher gibt. Das hier allerdings ... Die Autorin hatte mich von der ersten Seite am Wickel. Und Maria, deren Geschichte ich las, war einfach toll. Aber vor allem konnte ich alles nachvollziehen, was sie erlebte, fühlte und wünschte. Ich glaubte ihr, dass sie sich selbst neu finden wollte und dafür auch einige, nun ja, explizitere Wege beschritt und dort die eine oder andere ziemlich prickelnde Erfahrung machte. Es war keine dieser total abgedrehten Welten, in denen nur so mit Geld herumgeschmissen wurde, ohne auch nur einmal ernsthaft dafür ins Büro zu gehen. Also, ins Büro zu gehen zum Arbeiten und nicht nur, um die Sekretärin mal eben auf dem Schreibtisch zu beglücken. Natürlich hatte der Kerl Geld, aber man dachte, ja, okay, das hat er verdient. Und diese Maria war keineswegs das naive, unscheinbare Mäuschen, das ein wenig zu seinem Glück gezwungen werden musste, sondern eine starke, selbstbewusste Frau, die Entscheidungen traf und dann durchzog. Und die es eben manchmal genoss, zu entscheiden, dass sie ein wenig beherrscht werden wollte. Das hier war ein Buch, bei dem einfach alles stimmte. Der Schreibstil war herausragend, die Atmosphäre, die geschaffen wurde, stimmig, die Story frech und spritzig und sehr anregend. Fünf Stunden später klappte ich es zu und saß eine Weile einfach nur da und starrte auf den Buchdeckel.

Ein gutes Buch regt nicht nur deine Fantasie an, sondern auch deine Gedanken. Dieses hier hatte beides geschafft, sehr zu meinem Bedauern. Gerade jetzt schien es mir der falsche Zeitpunkt zu sein, sich von einer Geschichte über sexuelle Experimente und dominante Kerle anfixen zu lassen. Ich musste jetzt dringend etwas tun und mich selbst wieder ein wenig zurechtrücken. Und da gab es in meiner Verfassung nur eines: eine andere Geschichte lesen. Und zwar eine, die ich zum ersten Mal als Schülerin gelesen hatte und die mich auf eine ganz andere Art und Weise gefesselt hatte und eine große Mitschuld daran trug, dass ich eben so geworden war, wie ich heute bin und heute auch sein will. Ich suchte es heraus und schlug entschlossen die mittlerweile arg ramponierten Seiten auf.

Am Montagmorgen arrangierte ich einige der neu beschrifteten Karten auf dem Board. Die ungefährlichen Karten. Viele hatten etwas in der Art von *All I want for christmas are BOOKS and LOVE* geschrieben, was natürlich gerade sehr gut passte. Ich fand es immer wieder überraschend, was da alles zustande kam. Auf einer waren wilde Kringel und Pfeile, die dann, wenn man ihnen folgte, die Worte *Wenn du mich LIEBEst, schenk mir BÜCHER!* bildeten. Ich fand sie zauberhaft, denn es waren entzückende kleine Bildchen dazu gemalt und ich gab ihr einen Ehrenplatz.

Abends machte ich mich gleich nach Ladenschluss auf den Weg zu Ada. Wir wollten uns später treffen, Allie und Kate und ich, und so durfte ich heute keine Zeit verlieren. Ewa öffnete mir die Tür und sah mich mit ihrem gewohnt ernsten Blick an.

»Hallo. Gibt es etwas Neues?«

Sie wiegte den Kopf. »Sie wissen doch, ich darf nichts sagen. Aber kommen Sie herein.«

Vor der Tür zum Schlafzimmer holte ich tief Luft, ehe ich leise anklopfte und eintrat. Es war mit jedem Besuch schwieriger, das Zimmer zu betreten. Heute jedoch wartete endlich einmal eine gute Überraschung. Ada sah besser aus, fand ich. Ihre Augen waren wacher als in den Tagen zuvor und sie lächelte mir zumindest schwach entgegen.

»Eliza.«

»Ada. Sie sehen heute viel besser aus.«

Sie schüttelte leicht den Kopf. »Nein. Aber mir ist heute nicht mehr ganz so übel.«

»Das freut mich.«

Ich nahm bei ihr Platz und erzählte von meinem Buchabend. »Es hätte Ihnen gefallen. Wir haben Sie vermisst und ich soll Ihnen viele Grüße bestellen.«

»Das ist nett. Auch wenn ich weiß, dass es einfach nur Höflichkeit ist. Wem sollte eine alte Frau schon fehlen?«

»Mir. Und Jenna auch. Erinnern Sie sich an Jenna? Sie war da, als Sie gestürzt sind.«

»Ja. Dieser Tag ... ich werde ihn nie vergessen. Ich habe schon seit Jahren auf ihn gewartet.«

»Wieso das denn? Es ging Ihnen doch gut? Das war einfach nur ein Unglück.«

»Nein. Das war mein Schicksal, dem ich viel zu lange davongelaufen bin.«

Ich starrte in ihr Gesicht. Dieser unbestimmbare Schmerz lag wieder darin, den ich mir nicht erklären konnte.

»Wie sieht es aus? Wollen wir wieder ein wenig lesen? Viel ist es nicht mehr und wenn es Ihnen nicht gefällt, hätte ich auch einen Roman von Philippa Carr dabei ...«

»Nein, lesen Sie weiter. Ihre Stimme ist angenehm und es tut gut, kurzzeitig etwas anderes zu denken. Auch wenn ich so müde bin ...«

Ich las, bis sie eingeschlafen war. Es war ein seltsames Gefühl, hier meine eigenen Worte laut vorzutragen, und ich stockte mehr als einmal, wenn mir auffiel, dass der Text durchaus noch ein wenig Feinarbeit vertragen könnte. Und doch war ich mir sicher, dass ich dadurch besser zu meiner Freundin durchdrang. Sie wusste es und ich wusste es, dass das hier eine ganz persönliche Sache war, und das half mit, sie nicht völlig zu verlieren in diesen Nebeln, die sich nicht mehr vertreiben lassen wollten. Ich stockte, als ich zu der Begegnung kam, in der Elizabeth diesen unfreundlichen Kerl kennenlernte, und noch einmal, als ich darüber geschrieben hatte, wie er erneut auftauchte und sie überrumpelte und zu einem Dinner überredet hatte. Dann sah ich auf die Uhr und schlug das Notizbuch zu.

»Bis bald, meine Liebe. Schlafen Sie gut und geben Sie nicht auf.«

Kapitel 39

Am nächsten Morgen steckte eine Karte im Briefkasten des *BOOKS OF LOVE*. Eine meiner Karten.

»Keine Pein ist süßer und qualvoller als die LIEBE«

Ich sah die Buchstaben und die energische Handschrift und wusste, wer sich da an den Karten bedient hatte. Ich überlegte, ob ich sie gleich in den Papierkorb schmeißen sollte, steckte sie dann aber in meine Tasche. Natürlich würde ich sie nicht wegwerfen. Ich würde sie mit der anderen sicher verwahren und vergessen und irgendwann, wenn ich alt war, wieder herausholen und lächeln und mich daran erinnern, dass ich einmal für kurze Zeit auf der Jagdliste einer der größten Herzensbrecher von London gestanden hatte – und vermutlich als eine der wenigen gelten durfte, die er nicht erwischt hatte.

Am Abend stand der Herzensbrecher dann auch noch persönlich vor mir, strotzend vor Selbstsicherheit und äußerst gut gelaunt.

»Dieses Mal habe ich wirkliche Neuigkeiten«, sagte er zufrieden.

»Das soll ich glauben?« Ich sah ihn an. Wenn er Spiele spielen wollte, bitte, das konnte ich auch.

»Ich verspreche, es sind echte Neuigkeiten. Und die werde ich dir beim Dinner erzählen.«

»Du weißt, dass du deine Position ausnutzt, wenn du mich zu einem Essen nötigst? Als mein Anwalt muss du …«

»Als mein Anwalt … Wie bestimmt du plötzlich klingst. Du hast keine Ahnung, wie mich das anmacht.«

»Und als mein Anwalt darfst du schon gar nicht solche Sachen sagen. Ich könnte … hm, ich könnte bei eurer Kammer Beschwerde einlegen oder so.«

Er lachte. »Aber das würdest du nicht tun.«

»Sei dir bloß nicht so sicher. Also, was hast du für Informationen?«

»Neuer Vorschlag: Wir gehen essen und ich verspreche, dass ich bis zum Dessert nur dein Anwalt bin. Der, der sich keine Klage bei seiner Kammer«, wieder grinste er, »einhandeln will. Ich habe im *Salt and Pepper* reserviert.«

»Wehe, deine Informationen sind wieder nichts wert«, warnte ich ihn.

»Du klingst wie eine Gangsterbraut, Eliza. Ich bin sehr gespannt, was noch alles in dir steckt.«

»Also, es ist mir endlich gelungen, Kontakt zu diesem Mr Barnby herzustellen.« Jake wirkte äußerst zufrieden, während er sich zurücklehnte und mich beobachtete.

»Endlich. Und?«

»Der gute Mann war in Kanada, man stelle sich das nur vor. Um diese Jahreszeit geht er einfach mal ein wenig in die Wildnis und lässt sein Telefon daheim.«

»Und weiter?«

»Er bestätigt eure Geschichten in jedem Punkt. Seine Firma wurde von Ada und Walt Briggman damit beauftragt, sich um drei Objekte zu kümmern, die jeweils eine Gewerbefläche und eine kleine Wohnung beinhalten. Und nach und nach, als die vorherigen Mieter sich auf das Altenteil zurückzogen, bekam er genaue Anweisungen, was die Folgevermietung betraf. Er bestätigt, dass keine von euch wusste, wer der Vermieter war, und dass keine von euch einen Versuch machte, diese Klausel im Vertrag irgendwie zu umgehen. Weiterhin hat er zu Protokoll gegeben, dass die Briggmans schon zuvor sehr engen Kontakt zu den Mietern pflegten, ohne sich zu erkennen zu geben, und auch damals die Miete schon so niedrig hielten. Und er bestätigt, dass diese Miete nicht durch Verhandlungen, sondern durch klare Anweisungen seiner Klienten zustande kam, lange bevor klar war, wer sich um das Objekt bewerben würde.«

»Jake! Damit sind wir aus der Sache raus, oder?«

»Nicht wirklich. Wir haben nur seine Bestätigung, dass der Mietpreis nicht eure Idee war.«

»Aber darum geht es doch.«

»Teilweise. Ich habe mit Mr Barnby auch über den zweiten Teil gesprochen. Ich habe ihn zu dem Wechsel befragt, der bezüglich der

Verantwortung für die Objekte stattgefunden hat. Und er hat mir in dieser Sache ebenfalls bestätigt, dass alles seine Richtigkeit habe.«

»Will heißen?«

»Nun, er hat, nachdem er in Kenntnis gesetzt wurde, dass Ada einen Vormund bekam, mit ihr Kontakt aufgenommen. Er konnte durchsetzen, kurz mit ihr zu sprechen. Ihr Zustand hat ihn nach eigenen Worten erschreckt. Und sie hat ihm bestätigt, dass sie die Leitung freiwillig an ihre Nichte übergeben hat und sich nicht mehr in der Lage sieht, dies selbst zu machen.«

»Das heißt ...«

»Das heißt, dass es Adas Wunsch war. Und das bedeutet, dass es nicht mehr in ihrer Entscheidungsgewalt ist.«

»Also ist die Kündigung des alten Vertrags rechtens.«

»Ja. Allerdings können wir unter diesen Umständen die fristlose Kündigung anfechten. Und wir sollten versuchen, die Miethöhe neu zu verhandeln.«

»Okay.«

»Kannst du den Laden weiterhin halten?«

»Das wird schon irgendwie gehen. Ich muss mir eben ein paar weitere Aktionen ausdenken und nicht nachlassen.«

»Aktionen wie deinen Buchabend? Der kam gut an, oder?«

»Ja. Aber natürlich nur, weil es etwas Besonderes ist. Ich kann das nicht einfach jeden Monat machen oder wenn, dann muss ich jedes Mal einen neuen Aufhänger finden.«

»Wie wäre es beim nächsten Mal mit einem erotischen Leseabend? Schummriges Licht, schlüpfrige Geschichten ... Und alle setzen sich eine Maske auf und raunen sich ins Ohr, was sie sich wünschen?«

»Träum weiter. Diese Art Veranstaltungen werden in anderen Etablissements gegeben.«

»Nur weil noch keiner den Mut hatte, es auszuprobieren. Ich wäre dabei.«

»Warum überrascht mich das nicht?«

»Ich habe das Buch gelesen.«

»Ernsthaft? Das ganze? Eine Premiere, möchte ich wetten.«

»Das ganze. Ist es das, was dir gefällt? Selbst ein paar Hiebe auszuteilen? Ich könnte mich darauf einlassen.«

»Nein.« Ich sah ihn empört an. »Das ist Literatur, Jake. Ich verkaufe diese Bücher, um meine Miete zu bezahlen.«

»Und weil du sie liebst.«

»Ja, und? Vertrittst du nur Menschen, die du magst? Wirst du zu einem Kinderschänder, wenn du einen verteidigst? Oder zu einem Mörder?«

»Auch wenn ich dich enttäuschen muss, ich habe selten mit diesen Menschen zu tun. In der Regel beschäftige ich mich mit weitaus unspektakuläreren Fällen.«

»Du weißt, was ich sagen will. Nicht alles, was in meinen Büchern steht, deckt sich mit dem, was ich möchte. Dennoch können es gute Geschichten sein, die dem richtigen Leser Spaß machen und neue Welten eröffnen.«

»Ganz genau. Neue Welten. Nun, ich wäre durchaus bereit, sie zu erforschen.«

»Dann viel Spaß.«

»Den könnten wir haben.« Er grinste.

»Jake, ich sag es dir jetzt, wie es ist. Ich stehe nicht auf diese Spiele. Ich stehe auch nicht auf Typen, die sich für Bad Boys halten oder es sogar sind. Ich will keinen davon. Ich will einen netten Mann, keinen, der mir mit einer Peitsche in der Hand ins Ohr flüstert, wovon er träumt.«

»Nein, das glaube ich nicht. Du brauchst einen Mann, der dich das Leben spüren lässt. Der mit deinem Temperament mithalten kann. Keinen Langweiler, der nur Blümchen pflückt.«

»Es gibt einen ganz gewaltigen Bereich zwischen Peitschen und Blümchen pflücken. Nicht jeder gute Mann ist ein Langweiler.«

Er lachte und wandte sich dem Kellner zu, der eben mit der Rechnung an den Tisch getreten war. Kurz darauf stürmte ich vor ihm auf die Straße, froh, dass der Abend seinem Ende zuging. Jake schritt lässig neben mir her.

»Ich finde schon alleine nach Hause, vielen Dank.«

»Du glaubst doch nicht, dass ich dich hier stehen lasse? Dazu genieße ich den Abend zu sehr.«

»Wie schön für dich«, grummelte ich und schritt weiter zügig aus.

»Du läufst weg, Eliza.« Er konnte natürlich ganz entspannt mithalten. »Weil du weißt, dass ich recht habe.«

Ich schwieg.

»Und weil du Angst hast, was passiert, wenn du stehen bleibst.«

Ich stürmte weiter.

»Und weil du eigentlich selbst weißt, dass du in Wahrheit keinen Langweiler willst. Wenn du mich nur beweisen lassen würdest ...«

Ich stoppte. »Ich habe keine Angst, schon gar nicht vor dir. Dazu kenne ich dich viel zu gut. Wenn es einen Mann gibt, der mir nicht gefährlich werden wird, dann bist du das, Jake.«

»Sicher?« Auch er hatte angehalten und stand nun viel zu groß vor mir. Er hob seine Hand und ließ mich dabei nicht aus den Augen. Sein Zeigefinger strich mir quälend langsam über die rechte Wange, zog einen kleinen Schlenker und streifte meinen Mund. Die Unterlippe wurde hinabgezogen und dann legte sich seine Hand unter mein Kinn und hob es an. Das weiche Leder seines Handschuhs war kühl und seltsam aufregend. Ich brauchte einen Moment, ehe ich zurücktreten konnte und dann weiterstürmen, dieses Mal wirklich auf der Flucht.

Kapitel 40

»Hast du heute Abend Zeit?«

»Charlie! Wie schön, dass du dich meldest.«

»Ja.« Er klang erfreut. »Ich bin bis über beide Ohren ausgelastet im Moment, aber ich könnte mir heute ein paar Stunden freinehmen.«

»Ausgerechnet heute. Es ist Buchclub-Abend.«

»Wie schade.« Er klang enttäuscht. »Irgendwie ist der Wurm drin, oder? Ich war neulich bei dir, doch leider ein paar Minuten zu spät und der Laden lag schon einsam und verlassen da.«

»Ich habe auch gerade einiges um die Ohren.« Ich seufzte. Ich hatte jeden Tag gewartet, dass er auftauchte, und war schon ziemlich deprimiert gewesen, weil es nicht tat. »Diese Sache mit Ada, du weißt. Ich gehe sie regelmäßig besuchen und dann treffe ich mich mit Allie und Kate, um Neuigkeiten auszutauschen.« Jake verschwieg ich ihm lieber. Der war auch nicht relevant und seit dem letzten Abend nicht mehr in Erscheinung getreten. Was mich nicht wunderte. Jagen gut und schön, aber allzu viel Energie sollte es dann doch nicht kosten.

»Das wollte ich fragen. Gibt es etwas Neues in der Sache?«

»Einiges, auch wenn wir nicht weiterkommen. Hast du nicht morgen Zeit? Oder übermorgen?«

»Ich fahre übers Wochenende nach Kent. Mein Vater hat Geburtstag.«

»Schade.«

»Ich könnte am Sonntag zusehen, dass ich früher zurück bin. Und den heutigen Abend nutzen, um schon einiges für kommende Woche vorzubereiten.«

»Das wäre toll.« Ich grinste das Telefon an.

»Dann halten wir den Sonntag fest?«

»Unbedingt.«

»Ich freue mich. Viel Spaß heute Abend. Ist es ein gutes Buch?«

»Ein ziemlich gutes.«

»Dann sollte ich es vielleicht lesen?«

Ich dachte nach. Würde diese Geschichte Charlie gefallen? Würde ich wollen, dass sie ihm gefiel? »Eher nicht. Es ist kein Austen.«

»Es wird Zeit, dass wir uns wieder sehen. Ich fürchte, ich muss einiges klarstellen. Ich bin zwar ein großer Fan der alten Klassiker, aber ich lese auch andere Dinge und bin immer bereit, etwas Neues zu entdecken.«

Das ganze Wochenende über hielt mich die Aussicht, Charlie zu treffen, bei bester Laune. Nicht einmal Jakes erneute Einladung, am Freitag mit ihm essen zu gehen, konnte dem etwas anhaben. Oder die Tatsache, wie häufig er plötzlich in meinem Laden auftauchte. In meiner momentanen Verfassung konnte ich das elegant übersehen und in eine professionelle Ecke schieben. Gegen die Aussicht, den Sonntagabend mit Charlie zu verbringen, kam sein blöder, in schwarzem, feinem Leder steckender Zeigefinger nicht an. Und es bereitete mir unbändige Freude, seine Einladung abzulehnen und mich nicht umstimmen zu lassen.

»Komm wieder, wenn du Neuigkeiten hast«, lehnte ich seine Einladung bestimmt ab.

»Du nutzt mich schamlos aus.«

»Und? Wie fühlt sich das an?«, fragte ich unschuldig.

»Aufregend. Weil nette Mädchen das nicht tun.«

»Nette Jungs auch nicht.«

»Und deshalb fühlst du dich so lebendig, wenn ich bei dir bin.«

Als das Telefon am späten Sonntagnachmittag klingelte, ahnte ich schon, dass es mir nicht gefallen würde.

»Eliza, ich fürchte, es wird heute nichts. Ich habe den Fehler gemacht und bin auf die M2 gefahren. Und nun stehe ich hier schon ewig und nichts geht mehr.«

»Oh nein. Ich hatte mich so gefreut.«

»Ich ebenfalls.«

Schweigen, nur unterbrochen von gelegentlichem Hupen.

»Ich hätte größte Lust auszusteigen und dem Kerl hinter mir eine reinzuhauen«, platzte es plötzlich aus Charlie heraus. »Der hupt ohne Unterlass und ohne Grund. Das macht es nicht besser und es geht auch nicht schneller.« Den letzten Teil hatte er fast geschrien und ich vermutete, mehr in Richtung Hintermann als zu mir.

»Du Armer.«

»Danke. Ja, wir haben es jetzt verstanden, aber es bringt nichts.« Wieder schien er nicht mit mir zu sprechen. Ich seufzte.

»Es ist wohl wirklich besser, wenn wir uns ein anderes Mal treffen. Du bist wahrscheinlich mit den Nerven runter, bis du in London bist.«

»Es tut mir leid, ich neige normalerweise nicht zu Aggressionen, aber ich bin einfach frustriert.«

»Verstehe ich doch. Sehen wir uns nächste Woche?«

»Das verspreche ich dir. Allerdings kann ich dir noch nicht sagen, wann. Ich melde mich wieder.«

»Fahr vorsichtig. Und leg dich nicht mit dem Kerl hinter dir an.«

»Keine Sorge. Mach's gut, Eliza.«

»Wie kann das Leben einerseits so turbulent sein, während man andererseits denkt, es verharrt in Agonie?«

Allie lachte am anderen Ende der Leitung. »Da es im Moment geschäftlich ziemlich turbulent ist, vermute ich, dein Privatleben ist aktuell nicht gerade prickelnd.«

»Nicht gerade prickelnd ist maßlos untertrieben. Es gibt keines.«

»So schlimm?«

»Ja.« Ich seufzte. »Ich hatte mich so darauf gefreut, Charlie zu sehen, und er steht im Stau und schafft es nicht mehr.«

»Das tut mir leid. Wer ist Charlie?«

Ich seufzte noch einmal und berichtete dann. »Dabei fing es so gut an. Da war etwas, vom ersten Moment, und es lief perfekt. Und plötzlich ist es, als hätte jemand die Handbremse gezogen. Wir sehen uns kaum noch, und wenn, dann hat einer nur kurz Zeit oder der andere schläft ein oder es ist plötzlich so seltsam.«

»Inwiefern seltsam?«

»Kühl, distanziert, so verdammt nur-gute-Freunde-mäßig.«

»Hm.«

»Was soll ich denn tun?«

»Du kannst gar nichts tun, fürchte ich. Nicht jetzt.«

»Und später?«

»Du könntest ihm sagen, was du fühlst.«

»Aber sollte er nicht den ersten Schritt machen?«

Allie lachte. »In welchem Jahrhundert halten sie dich denn gefangen?«

»Es ist aber viel romantischer, wenn er es macht.«

»Dann musst du ihm Zeit lassen. Vielleicht ist Romantik einfach nicht sein Ding. Oder er ist schüchtern. Oder er braucht schlichtweg eine Weile, um zu kapieren, was er will.«

»Wie viel Zeit braucht man denn, wenn der Blitz eingeschlagen hat?«

»Hat er das?«

Ich biss mir auf die Lippen. »Ja. Zumindest bei mir. Und ich dachte, bei ihm auch.«

»Gib ihm Zeit, Eliza. Menschen sind unterschiedlich. Lass ihm sein Tempo und genieße es einfach. Man sagt doch, dass man die besten Wege in kleinen Schritten geht.«

»Wer sagt das?«

»Ich weiß es nicht.« Wieder lachte sie. »Vielleicht sagt man es auch nicht, aber es klingt tröstlich.«

»Herzlichen Dank.«

»Ach, Süße. Du bist hoffnungslos romantisch und viel zu ungeduldig. Warte ab und gib euch Zeit, dann wird schon alles, wie es sein muss.«

»Ja, ich weiß. Am Ende wird alles gut, sonst ist es noch nicht das Ende oder so.«

»Sagt wer?«

»Oscar Wilde. Danke fürs Zuhören, Allie. Ich schnappe mir jetzt ein Buch und lenke mich ab.«

»Mach das. Obwohl ich fürchte, deine Bücher befeuern die Ungeduld nur.«

»Keine Sorge. Ich lese zur Abwechslung eines, das nicht gerade mit einem romantischen Helden aufwartet.«

Kapitel 41

Früher war ich stets gerne zur Schule gegangen. Jetzt, viele Jahre zu spät, begann ich, sie aus tiefstem Herzen zu hassen. Elternsprechtage, Klassenkonferenzen und Weihnachtsfeiern, ha. Und dann noch ein Lehrerausflug. Anscheinend war Charlies Kalender randvoll mit solchen Veranstaltungen. Was nicht das eigentliche Problem war, sondern dass er immer noch unzählige Vertretungen gab und nicht gewillt war, wie jeder andere Lehrer, den ich kannte, die Kids dann einfach ein wenig malen zu lassen oder ein paar Filme zu sehen, sondern gedachte, den Unterricht weiterzuführen.

»Ich bin für die nächsten Wochen in einer achten Klasse und ich habe keine alten Unterlagen, die ich einfach herausholen kann. Ich sitze also abends am Schreibtisch und bereite den Unterricht vor.«

»Kann das denn niemand außer dir machen?«

»Es ist doch nur vorübergehend. Und ich tue es für die Kinder.«

»Die würden sich sicher mehr freuen, wenn du sie in Ruhe malen lässt. Ich habe die Vertretungslehrer gehasst, die kamen und Unterricht abhielten.«

Er lachte. »Da hast du sicher recht. Aber irgendwann werden sie es verstehen.«

»Glaubst du.«

»Ich weiß es. Und du? Verstehst du mich wenigstens?«

»Nein. Weil ich keinen Vertretungslehrer habe, der dich ersetzt.«

»Darüber bin ich sehr froh.« Er schwieg kurz. »Weißt du was? Ich nehme mir heute Abend frei. Ich lasse die Kinder morgen malen und komme vorbei. Was sagst du?«

»Das wäre super.«

Charlie kam kurz vor Ladenschluss. Ich war gerade dabei, einer älteren Dame ein paar Bücher zu empfehlen, die ihre Nichten zu Weihnachten bekommen sollten. Sie klagte darüber, dass die Mädchen, beides Teenager, kaum lesen würden und Bücher als »langweilig« abtaten. Lieber verbrachten sie ihre Zeit an den Handys, war ihre bittere Erkenntnis, oder sie streiften stundenlang durch die Einkaufszentren der City.

»Haben sie irgendwelche Hobbys? Sport, Basteln, so etwas?«

»Chrissy lernt gerade Querflöte. Und Tamie ist in der Mädchen-Fußballmannschaft.«

»Na, da können wir doch anknüpfen.« Ich warf einen entschuldigenden Blick zu Charlie, der bisher an der Theke herumgetrödelt hatte und jetzt leicht nickte und nach oben zeigte. Er verschwand auf die Galerie, wie so oft, und ich konzentrierte mich wieder auf meine Kundin.

»Also, dieses Buch hier ... Es geht um ein junges Mädchen. Sie spielt ebenfalls Fußball und ihre Mannschaft wird zu einem Charity-Spiel eingeladen. Dort trifft sie auf die Jungenmannschaft ihres Vereins und auf deren Torhüter, in den sie schon lange verliebt ist. Es ist eine süße Geschichte, modern erzählt und wirklich fesselnd.« Meine Kundin nickte interessiert.

»Dieses Buch hier wäre ebenfalls eine Option. Es ist schon etwas älter und die Geschichte ist bereits verfilmt worden. Es geht ebenfalls um Mädchenfußball, daneben aber auch um Fragen wie Homosexualität, Ausländerfeindlichkeit, Rivalität und kulturelle Unterschiede. Und für Ihre andere Nichte ...« Ich ließ meinen Blick an den Regalreihen entlangwandern. »Das hier ist erst vor Kurzem erschienen. Thea, die junge Protagonistin, kommt auf eine neue Schule. Sie tut sich schwer, Anschluss zu finden. Erst als sie auf Anraten ihres Lehrers in die Schulband eintritt, wird es leichter für sie. Bis sie sich dort in den Leadsänger verliebt und damit einer Mitschülerin in die Quere kommt. Dieses Buch wurde für den diesjährigen Jugendpreis nominiert und meiner Meinung nach völlig zu Recht, denn es behandelt Themen, die heute für unsere Jugendlichen Alltag sind, ohne sie zu dramatisieren oder mit völlig abwegigen Lösungsvorschlägen zu kommen. Und was ich Ihnen auch noch zeigen wollte ... Ah, da ist es. Das ist eines meiner persönlichen Highlights. Ein großartiges Buch, das in einer lockeren Sprache vom Alltag einer Sechzehnjährigen erzählt. Es macht auf jeder Seite Mut und die Autorin hat einen sehr witzigen Blick auf die kleinen Dramen des Alltags. Und sie bietet andere Blickwinkel an und so manchen Spruch, den man sich sicherlich merkt, weil man irgendwann in derselben Situation steckt und ihn dann benutzen will.«

Die Dame nickte langsam und griff zum letzten Buch.

»Ich lasse Sie mal in Ruhe reinlesen und wenn Sie denken, es passt nicht ganz, dann suchen wir weiter. Diese Geschichte hier«, ich zog ein weiteres Buch aus dem Regal, »die hat neulich eine Kundin gekauft, deren Tochter auch partout nicht lesen wollte. Und drei Tage später stand sie mit eben dem Mädchen hier im Laden. Sie hatte das Buch geradezu verschlungen und nun sollte ein anderes her. Ich muss Sie also warnen, es könnte teuer enden.« Ich lachte und sie stimmte ein.

»Genug! Ich werde mir die hier erst einmal ansehen. Sie ahnen gar nicht, wie gerne ich den beiden öfter ein Buch kaufen würde, wenn sie dadurch diese wunderbare Welt entdeckten, die hinter diesen ganzen Buchdeckeln auf sie wartet. Die Freude, die es bereitet, wenn man vollständig darin eintauchen kann.«

»Doch, ich kann es erahnen. Drüben ist ein Sessel, machen Sie es sich doch bequem, solange Sie überlegen. Ich bin gleich wieder da.«

Ich sauste die Treppe hinauf. Charlie saß in seinem angestammten Sessel, wie immer ein Buch in der Hand.

»Bist du wach?«

Er lachte. »Sehr sogar.«

»Wie schön.« Ein wenig verlegen trat ich näher. Ich hatte mich so auf ihn gefreut, doch plötzlich war ich unsicher, wie ich mich verhalten sollte. Charlie stand auf und kam mir mit schnellen Schritten entgegen. »Es tut gut, dich wieder zu sehen.« Seine Arme öffneten sich und umschlossen mich dann einen Moment.

»Stimmt.«

Er löste die Umarmung und ich räusperte mich.

»Hör zu, ich muss noch eben ...«

»Kein Problem, ich warte auf dich. Ich gebe zu, ich bin absichtlich etwas früher gekommen. Ich wollte mir ein paar Minuten hier oben gönnen. Es tut gut, hier zu sitzen und zu spüren, wie der Alltag langsam von einem abfällt. Und außerdem wollte ich dieses Mal sicher sein, dass ich dich nicht verpasse.«

»Ich hätte auf dich gewartet.« Ich zwinkerte ihm zu und eilte wieder nach unten. Glück pur durchströmte mich. So sollte es sein. Dass man glücklich war, nur weil dieser eine Mensch da ist.

»Soll ich Ihnen noch etwas anderes zeigen?« Ich trat zu der Frau, die vertieft in eines der Bücher im Sessel saß.

»Bloß nicht!« Sie lachte. »Ich kann mich jetzt schon nicht entscheiden. Wissen Sie was? Ich nehme diese vier. Und wenn Sie recht behalten mit ihrer Voraussage, dass diese Bücher endlich meine Nichten zu Leserinnen machen, dann haben Sie eine sehr treue Kundin gewonnen, die in Zukunft öfter Ihren Rat suchen wird. Vielleicht hätten Sie für mich auch einen Tipp? Das letzte Buch, das ich gelesen habe, war eine kleine Enttäuschung und ich würde jetzt gerne einmal etwas anderes ausprobieren.«

»Was war denn das letzte Buch und was genau hat Ihnen gefehlt?«

Sie berichtete und ich nickte zustimmend. Ich kannte die Geschichte und wusste, was sie meinte. Ein paar Fragen, und ich hatte ein recht genaues Bild, welche Art Bücher sie mochte und was für sie zu einer guten Geschichte gehörte. Ich empfahl ihr das neue Buch von Anna.

»Versuchen Sie es und sagen Sie mir unbedingt, was Sie davon halten. Ich hatte es in einer Nacht durchgelesen.«

Plaudernd gingen wir hinüber zur Kasse und ich verpackte die Geschenke in meinen schönen, bunt gestreiften Papiertüten.

»Nicht vergessen: Die roten sind für die Fußballspielerin, die grünen für die Musikerin.«

Ich wusste, dass ich das Ganze ein wenig hätte beschleunigen können, ohne unhöflich zu sein, aber ich genoss die kleine Verzögerung. Charlie saß oben, munter und gut gelaunt, und ich wollte jede Sekunde der Vorfreude auskosten.

Kapitel 42

Hätte ich mich ein wenig mehr beeilt, dann wäre ich jetzt schon bei Charlie und nicht wieder zehn Minuten nach dem offiziellen Ladenschluss hier unten an der Tür. Und dann wäre schon abgesperrt und ich nicht direkt in Jake hineingelaufen, der eben hier auftauchte, als ich meine Kundin verabschiedete.

»Viel Erfolg mit den Büchern.«

»Danke.« Die Frau hob grüßend eine Hand und verschwand.

»Immer noch am Arbeiten?«

»Im Gegensatz zu dir, ja. Gibt es etwas Neues?«

»Nein.« Er lachte und trat fix neben mir in den Laden.

»Ich schließe gerade.«

»Darauf habe ich gehofft.« Er schlenderte an die Theke und lehnte sich lässig dagegen.

»Was willst du?«

»Ich habe einen Tisch bei *Alfredo* und keine Begleitung.«

»Und? Soll ich dich jetzt bedauern?«

»Nein, du sollst mich begleiten.«

»Tut mir leid, ich bin bereits verabredet.«

Er grinste und sah sich um. »Mit Mr Darcy vermutlich?«

»Haha. Ich habe durchaus ein Leben neben dem Laden.«

»Bestimmt. Komm schon, Lizzy, geh mit mir essen. Ich brauche deinen Rat.«

»Meinen Rat?«

»Ja. Ich habe dieses Buch gelesen und gebe zu, es hat mir gefallen. Vielleicht sollte ich öfter einmal einen Abend zu Hause verbringen und mich inspirieren lassen. Ich brauche deine Hilfe, was meine literarische Bildung angeht.«

»Ernsthaft? Du willst freiwillig ein Buch lesen?«

»Komm schon. Ich bin durchaus nicht der Banause, für den du mich hältst.«

»Dir ist klar, dass das, was dir vorschwebt, nicht unbedingt als große Literatur durchgeht?«

»Macht es das weniger wertvoll?«

»Nein.« Ich sah ihn nachdenklich an. »Nein, das denke ich nicht.«

»Also, worauf warten wir? Hier ist deine Chance, mich zu einem belesenen Mann zu machen.«

»Jake, das war mein Ernst. Ich habe bereits etwas vor.«

»Dann sag ab.«

»Ganz bestimmt nicht.«

»Guten Abend.« Charlie stand am Fuß der Treppe und sah aufmerksam herüber. »Bist du dann so weit?«

Jake wandte überrascht den Blick und betrachtete Charlie einen kurzen Moment. Dann nickte er knapp.

»Wir sind fast fertig, ich halte sie nicht mehr lange auf.«

»Was gibt es denn noch?« Ich gab meiner Stimme einen gelangweilten Klang.

»Das ist vertraulich. Wenn du mir noch eine Sekunde deiner kostbaren Zeit widmen könntest«, er nickte in Richtung Tür. Ich seufzte und warf Charlie einen Blick zu, der von vielsagend nach oben verdrehten Augen begleitet wurde, und trat hinter ihm auf den Gehweg.

»Also, was noch?«

»Ich war fast eifersüchtig, dass du heute bereits vergeben bist.«

»Ach ja?« Ich lehnte mich an den Türsturz und verschränkte die Arme. »Und was jetzt? Erwartest du darauf eine Antwort?«

»Nein. Ich überlasse dich ihm und warte einfach ab.«

»Und worauf wartest du?« Es gelang mir bestens, meine Stimme angeödet klingen zu lassen.

»Darauf, dass du erkennst, dass der nichts für dich ist. Himmel, ich kenne den Kerl. Der saß neulich da oben und hat wie ein alter Mann geschlafen.«

»Weil er sehr viel zu tun hat.«

»Weil er ein Langweiler ist. Das ist kein Mann für dich. Du brauchst einen mit Feuer und Leidenschaft. Keinen, der eingeschlafen ist, ehe die Zehn-Uhr-Nachrichten durch sind.«

»Das geht dich nichts an.«

»Vielleicht doch? Vielleicht will ich, dass es mich etwas angeht?«

»Geh jetzt, Jake, und such dir eine Dumme, die das glaubt.«

Er lachte wieder dieses Jake-Lachen, das nur so troff vor Selbstsicherheit. »Denk an meine Worte: Dieser Kerl kann dir nicht bieten, was du willst. Der wird dich in den Tod langweilen und dein Feuer und deine Leidenschaft jämmerlich ersticken. Und dann denke daran, dass ich auf dich warte und dir all das und noch viel mehr bieten kann. Romantik ist etwas für Anfänger. Leidenschaft aber ist für Profis.«

Ehe ich etwas sagen konnte, hatte er sich vorgebeugt und meine Wange geküsst, so dicht an meinem Mund, dass ich wusste, hätte ich nicht instinktiv den Kopf gedreht, hätte das anders ausgehen können. Dann strich sein Finger einmal mehr meine Wangenknochen entlang, wie beiläufig, während sein Blick auf den Laden gerichtet war. Ich wollte einen Schritt zurücktreten, doch er löste sich bereits und grinste zufrieden. So ein Blödmann. Er wusste genau, was er tat. Er brachte mich vor Charlie in eine echt doofe Situation, weil es nun so aussah, als billigte ich dieses Tun. Hätte er mir Zeit gelassen, von ihm wegzutreten, wäre das ein klares Zeichen gewesen. Jetzt sah es danach aus, als genieße ich dieses Theater.

»Es tut mir leid. Der Kerl ist leider zu sehr davon überzeugt, dass es stets eine Frau geben muss, die ihm einen langweiligen Abend verkürzt.«

»Das habe ich bemerkt.« Charlies Stimme klang vorsichtig. Er stand neben der Theke und wirkte ein wenig fahrig.

»Alles in Ordnung?«

»Ja. Du kennst ihn schon länger?«

»Viel zu lange. Er ist mein Anwalt.«

Charlies Augenbrauen hoben sich erstaunt. »Dein Anwalt? Der nimmt sich ja ganz schön was heraus.«

»Und nebenbei ist er der beste Freund meines Bruders. Ich kenne ihn eigentlich schon mein ganzes Leben lang und glaub mir, ich bin an seine dummen Sprüche gewöhnt und bestimmt nicht empfänglich dafür.«

»Na dann …«, antwortete er und rang sich offensichtlich ein Lächeln ab.

»Wir lassen uns doch jetzt nicht den Abend verderben, oder? Echt, das sollten wir ihm nicht gönnen.«

»Du hast recht. Hast du Hunger? Wir könnten eine Kleinigkeit essen gehen.«

»Das wäre toll. Ich muss nur noch erst hier fertig machen.«

»Ich dachte, dass du bereits startklar bist.«

»Nein, tut mir leid. Ich brauche höchstens fünf Minuten ...« Ich schob rasch ein paar Bücher zur Seite, die ich vorher hatte einsortieren wollen. Die konnten bis morgen warten. Die Abrechnung allerdings nicht, da war es wichtig, dass das heutige Datum auf dem Kassenstreifen war. Ein paar Geschenktüten rutschten zu Boden, weil ich zu fahrig war, und ich bückte mich rasch. Charlie ebenfalls, und unsere Köpfe knallten zusammen.

»Autsch.«

»Tut mir leid.« Charlie sah mich besorgt an. »Hast du dir wehgetan?«

»Kein bisschen.« Ich lachte überdreht. »Du?«

»Alles gut. Der ist hart.« Er klopfte an seinen Kopf. »Dann sollten wir jetzt wieder aufstehen.« Sein Gesicht war ganz nah und sein Mund öffnete sich leicht. Ich nickte und dachte: *Nein. Das sollten wir jetzt nicht tun.*

Kapitel 43

Langsam kam sein Mund näher. Meine Lippen öffneten sich ebenfalls und ich konnte meinen Blick nicht von seinen Augen lösen. Zentimeter für Zentimeter überwand er den Abstand, bis ich seinen Atem spüren konnte, und dann endlich, seinen Mund auf meinem. Meine Augen schlossen sich automatisch in dem Moment, in dem seine Zunge sanft meine Lippen bat, sich weiter zu öffnen. Eine Bitte, der ich nur zu gerne nachgab.

»Eliza?«

»Ja?«, hauchte ich atemlos.

»Alles gut? Ist dir schwindelig? Kannst du dich aufrichten?«

Ich öffnete meine Augen. Charlie war mir jetzt so nahe wie in meinem Tagtraum, aber sein Blick war besorgt, nicht voll dunkler Leidenschaft.

»Äh, ja. Wieso?«

»Ich hatte gerade den Eindruck, dass du etwas benommen wirkst. Du hast sogar gestöhnt. Warte, ich helfe dir auf.« Seine Hand griff unter meinen Arm. »Langsam. Ich stütze dich.«

»Das ist nicht nötig. Geht schon.« Ich lachte verlegen und rieb mir nun doch meinen Kopf. Wie peinlich war das denn? Und wie ungerecht, solch eine Situation zu verschwenden. Hatte er es nicht gespürt? Hatte er die Funken nicht gespürt, die da eben flogen? Herrje, die hätten gereicht, um das ganze Viertel kurzzeitig mit Strom zu versorgen, oder etwa nicht? Ich legte meine Hand auf die Theke und tat, als müsse ich mich doch ein wenig stützen.

»Die Tüten ... Nein, bleib! Ich hebe sie auf.« Charlie hob die Hand und sah mich an, dann beugte er sich vor. »Nicht, dass es noch einmal kracht.«

Er begann die Tüten rasch zusammenzuschieben, um einen ordentlichen Stapel zu bilden. Es schien nicht ganz einfach und ich sah, was das Problem war, ehe er es erkannte. Rasch ließ ich mich doch wieder neben ihm nieder. Er versuchte, die Tüten auszurichten, und ich griff dazwischen.

»Danke. Ich mache das, sie sind manchmal ein wenig widerspenstig.«

»Kein Problem, ich werde sie zähmen. Du solltest doch nicht wieder in die Hocke gehen.«

»Mir geht's gut und ich bin das gewohnt. Danke für deine Hilfe.« Mein Griff wurde ein wenig fester, ich riss jetzt fast an dem Papierstapel. Charlie hielt dagegen, dann ließ er los, gerade als ich einsah, wie dumm ich mich benahm, und ebenfalls nachgab. Das Papier rauschte einmal mehr zu Boden und da lag sie, deutlich sichtbar. Eine weitere Karte, cremeweiß mit großen, goldenen Lettern. Und energischen schwarzen Buchstaben.

»Ich träumte davon, dich zu LIEBEn. Eliza. In jedem Sinne, mit allen Sinnen.«

Ich starrte darauf, einen Moment zu lange. Ich wusste, dass auch Charlie Zeit gehabt hatte, den Text zu lesen. Ich sah es an seinem Gesicht, das blass geworden war, und an seinen Augen, die meinen auswichen. Rasch griff ich danach und richtete mich auf. Schwindel erfasste mich jetzt tatsächlich, aber ich ignorierte ihn und warf die Karte in den Papierkorb, der neben der Kasse stand.

»Lass uns gehen.«

»Eliza ...« Unsicher stand er ebenfalls auf, die Augen jetzt auf dem Papierkorb, wo die goldenen Buchstaben höhnisch funkelten.

»Vergiss das. Es ist Müll und obendrein recht peinlicher Müll. Ich habe es doch gesagt, manche verstehen es einfach nicht, was diese Karten bedeuten sollen. Und schmieren dann solch einen Mist darauf.«

Nun, Charlie hatte es verstanden, so viel war klar. Und er schien immer noch darüber nachzudenken. Hätte ich Jake jetzt erwischt, ich hätte ihm einen netten kleinen Tritt vor das Schienbein verpasst. Das hätte ich vorher tun sollen, als er sein blödes Theater abzog. Ihm eine kleben und deutlich zeigen, was ich davon hielt. Und vor allem Charlie deutlich zeigen, dass ich nicht darauf hereinfiel. Und bestimmt war es kein Zufall gewesen, dass ich die Karte heute Abend noch hatte finden sollen. Ich hatte gesehen, wie Jake sich an der Theke herumdrückte, aber wie konnte ich mit dem rechnen? Er hatte gewollt, dass Charlie es sah, und er hatte mir den Abend verderben wollen. Und wie es aussah, gelang ihm beides mühelos.

Charlie war deutlich reserviert, als wir uns auf den Weg machten. Ich plapperte bemüht neben ihm, erzählte von Kunden, die heute da gewesen waren, und gab mein Bestes, ihm ein Lächeln zu entlocken. Auch während des Essens war es an mir, die Unterhaltung in Gang zu halten.

»Charlie, was ist los? Diese Karte ... Das nehme ich nicht ernst. Ich meine, wer würde solch einen Satz ernst nehmen? Es sind doch nur abgedroschene Phrasen und eitles Geschwätz.«

»Abgedroschene Phrasen. Nun ja, du hast recht.«

»Keine Frau würde das ernst nehmen. Man lacht darüber und denkt sich seinen Teil.«

»Wahrscheinlich.« Er rührte in seinem Espresso, obwohl er keinen Zucker hineingetan hatte.

»Und jetzt reden wir von etwas anderem. Was macht die Schule?«

»Oh, viel zu tun, immer noch. Ich sollte vielleicht auch ...«

Na, ganz toll. Jetzt hatte ich ihm auch noch eine willkommene Gelegenheit geliefert, um möglichst schnell zu gehen. Und dann wurde ich plötzlich zornig. Wenn er das wollte, wenn er darauf hoffte, dann bitte schön. Dann sollte er gehen und ich sollte akzeptieren, dass er eben nicht auf mich stand und mich nur als eine Freundin sah, mit der man gelegentlich ein wenig Zeit verbrachte. Ich gab ihm ein Zeichen nach dem anderen, versuchte den ganzen Abend, ihm klarzumachen, was ich von Jake und seinen Lügen hielt, aber es schien ihn gar nicht zu interessieren. Anfangs hatte ich gehofft, dass es Eifersucht war, die ihn so seltsam werden ließ, und die Angst, dass ich auf Jake stand und er deshalb vorsichtig wurde. Aber nachdem ich das nun hinreichend vermittelt hatte und er immer noch nicht seine Chance ergriff, war ich mit meinem Latein am Ende. Und die einzige Möglichkeit war eben, dass es ihn nicht juckte, was mit meinem Herzen los war.

»Du hast recht. Es ist egoistisch von mir, dich aufzuhalten, wenn du noch so viel zu tun hast.«

Er nickte und winkte nach der Rechnung.

»Das geht auf mich.« Ich sah ihn an und legte meine Hand auf seine, die eben die Börse gezogen hatte. »Du hast letztes Mal gezahlt und unter Freunden teilt man sich das.«

»Unter Freunden. Nun, ich bin so erzogen, dass man seine Verabredung einlädt, aber natürlich in diesem Fall …«

»Ich …« Ach, verdammt. Heute Abend lief es gründlich schief. »Ich habe dich eingeladen zu kommen. Also bist du heute meine Verabredung.«

»Ja.« Er lächelte, ohne seine Augen mit einzubinden. »Ich fürchte, meine Ansichten sind hoffnungslos altmodisch. Der ganze Kerl ist es wohl.«

»Nein. Deine Ansichten sind schön. Es ist eine nette Geste.«

»Du bist nicht die Erste, die mir sagt, ich wäre ein wenig zu oldschool. Corinne hat das gestern auch gesagt. Ich müsste mich der Zeit anpassen und ein wenig direkter werden. Ich solle meine Gefühle nicht immer unter Verschluss halten und etwas wagen, mal ein bisschen weniger der gute Kerl sein.«

»Das finde ich nicht. Ich mag dich so, wie du bist.«

»Das ist nett.« Seine Hand legte sich kurz auf meine. »Ich komme schon klar damit. Vielleicht sollte ich über ihr Angebot nachdenken, mich ein wenig zu briefen und auf Trab zu bringen.«

Ich lachte, obwohl ich mir lieber die Finger in die Ohren gesteckt hätte. Und damit war der Abend dann endgültig im Eimer. Nicht nur Jake hatte ihn versaut mit seinen blöden zweideutigen Sprüchen, sondern jetzt auch noch unbekannterweise Corinne. Ich hatte so lange nichts mehr von ihr gehört, dass ich dachte, die Gefahr wäre gebannt. Und nun tauchte sie nicht nur wieder in meinen Ängsten auf, sondern schaffte es auch ganz lässig, mir nebenbei ins Gedächtnis zu rufen, dass sie ihn jeden Tag sehen konnte, jeden Tag mit ihm sprechen und lachen durfte. Und dass sie über vertrauliche Dinge sprachen, über seine Gefühle redeten und dass sie, Corinne, vorhatte, in seiner Gefühlswelt herumzupfuschen.

Kapitel 44

Elizabeth wischte sich zornig eine Träne aus dem Gesicht. Heute Abend hätte es passieren sollen, dachte sie. Es war perfekt gewesen. Endlich einmal hatten sie und Charles Zeit gefunden, sich zu sehen. Und dann passierte ... Was? Was zum Teufel war geschehen, dass sie nun in ihrem Badezimmer stand und weinte, wo sie doch in Charles' Armen liegen und vor Glück zerbersten sollte?

Er war schuld, so viel war klar. Justin Myers, dieser arrogante Kerl, der sie seit Tagen verfolgte. Er hatte sie heute vorgeführt und überrumpelt und Charles glauben lassen, dass da etwas wäre. Mehr wäre als Abneigung und berufliche Höflichkeit.

Und dennoch spürte sie, dass ein Teil ihres Zorns Charles galt. Wenn er sie wirklich liebte, wie sie gehofft hatte, dann sollte er nicht so schnell aufgeben. Er sollte sich nicht wie ein verletzter Hund zurückziehen, um seine Wunden zu lecken. Er sollte um sie kämpfen und alles wagen, um sie zu bekommen, denn so waren die Regeln in diesem großen Spiel, das Liebe heißt.

Justin hätte sich nicht ins Bockshorn jagen lassen im umgekehrten Fall. Justin hätte seinem Rivalen nicht sang- und klanglos das Feld überlassen. Er hätte die Herausforderung angenommen. Seine Augen sagten ihr das bei jedem Treffen. Und sein Mund bestätigte, was sie vermutete. Justin scheute sich nicht, ihr zu sagen, was er wollte. Er scheute sich nicht, ihr ins Ohr zu flüstern, was er alles mit ihr zu tun gedachte, wenn sie ihn endlich erhören würde. Und er ließ keinen Zweifel aufkommen, dass er warten würde und keine andere Antwort als ihr Ja gelten ließ. Und dass er ihre Gefühle nicht immer wieder aufheizen würde, nur um sie dann alleine den Flammen zu überlassen. Nein, Justin würde die Flamme schüren, bis ein Großbrand loderte, den nur er würde löschen können ...

Entsetzt warf ich den Stift zur Seite und stand auf. Nein. Auf gar keinen Fall. Wenn er nicht kämpfen würde, dann musste ich es eben tun. Und sei es nur gegen meine unkontrolliert wuchernde Fantasie.

Aber das war nichts, was ich in meinem Kopf haben wollte. Oder haben durfte.

Wie war dein Abend?

Ich hatte reflexartig zugegriffen, als mein Handy piepste, und gehofft, dass es, nun ja, *der andere* wäre. Ich legte es zur Seite, nachdem ich Jakes Nachricht gelesen hatte, und nahm die rastlose Suche nach Ablenkung wieder auf.

Er war ein Reinfall, sonst hättest du weder Zeit noch Lust gehabt, deine Nachrichten sofort zu checken.

Blödmann, dachte ich und beschloss, mich weiter meinem Buch zu widmen.

Ich habe dir doch gleich gesagt, dass er ein Langweiler ist und nichts für eine Frau wie dich. Du brauchst Feuer. Du brauchst einen, der es versteht, mit dem Feuer zu spielen, ohne sich seine zarten Finger zu verbrennen.

Ich hielt den Atem an, als ich die Nachricht ein zweites Mal las. War das Zufall? Dass Jake just heute von Feuer sprach, als ich selbst daran gedacht hatte? Und war es Zufall, dass er von zarten Händen sprach? Charlie hatte in der Tat sehr kleine Hände und schmale Finger für einen Mann. Aber ich mochte das. Sie versprachen zärtliche Berührungen. Achtete Jake auf solche Details? Und weshalb sollte er? Weil er ihn als Konkurrenten wahrnahm, den man genau beobachtete?

Ich weiß, dass du zu Hause bist. Ich könnte dich trösten. Ich würde dich sogar gerne trösten.

Ich warf das Handy auf den Tisch und stand auf. Das ging zu weit. Dann holte ich es wieder und schrieb, ohne nachzudenken, zurück.

Muss dich leider enttäuschen. Toller Abend, kein Bedarf. Wenn du nun die Klappe halten könntest, Charlie kommt eben zurück und ich habe Besseres zu tun. Viel Besseres …

Dann schaltete ich das Gerät aus – sicher war sicher – und griff wieder nach meinem Buch. Aber Jake hatte es einmal mehr geschafft, mich aus dem Stand auf einhundertachtzig zu bringen, und meine Gedanken wollten einfach nicht in die Geschichte eintauchen. Ich stand auf, das Buch in der Hand, und ging zum Fenster, zurück zum Sofa, hinüber ins Schlafzimmer. Das war kein Problem, ich konnte mich problemlos durch meine Wohnung bewegen mit der Nase in einem Buch. Das hatte ich schon oft gemacht, wenn eine Geschichte so fesselnd war, dass ich sie nicht einen Augenblick zur Seite legen konnte. Heute jedoch glich es eher einer Flucht und war ein jämmerlicher Versuch, vor meinen Gedanken davonzulaufen.

Die Türklingel bescherte mir einen kleinen Infarkt, als sie unvermittelt meldete, dass jemand unten stand. Charlie, dachte ich sofort. Dann schüttelte ich den Kopf. Nein. Die Glocke tönte zum zweiten, dann zum dritten Mal.

»Ja?« Ich hatte mich entschieden, die Gegensprechanlage zu benutzen. Wahrscheinlich waren es wieder Halbwüchsige auf einem dämlichen Klingelstreich-Feldzug, die erst dann grölend weiterzogen, wenn sie mich an der Strippe gehabt hatten.

»Lesen ist etwas Besseres als das, was ich dir anbieten kann?«

»Verschwinde.« Ich hatte es geahnt.

»Komm schon. Vergiss den Langweiler endlich.«

»Gute Nacht, Jake.«

»Hättest du meine Einladung angenommen, würdest du jetzt nicht frustriert durch die Wohnung rennen.«

»Ich will deine Einladung aber nicht annehmen.« Ich wurde lauter und ich hörte unten ein Johlen.

»Sie will dich nicht, Mann. Pech gehabt«, sagte eine völlig unbekannte Stimme.

»So schnell geb ich nicht auf.«

»Dann viel Glück, Kumpel.« Wieder Lachen, dann wurde es still.

»Komm schon, Lizzy. Lass mich rein.«

»Bestimmt nicht. Geh einfach und lass mich in Frieden.«

»Nun gut, wenn es dir lieber ist, dass die halbe Straße mithört ... mich kümmert es nicht. Und Frauen sollen ja darauf stehen, wenn sich Kerle so zum Affen machen.«

Wieder war zustimmendes Gejohle zu hören und Wortfetzen wie »jawohl« und »Lassen Sie ihn nicht so lange betteln, Lady«.

»Ich lege jetzt auf. Gute Nacht.«

»Ich werde dennoch weitersprechen, auch wenn du nicht zuhörst. Wenigstens bin ich nicht alleine dabei.«

Wieder grölte es. Ich legte auf und schlich zum Fenster. Jake war zwar nicht zu sehen, aber dafür eine nette kleine Menschenansammlung, die ihn zu beobachten schien und munter gestikulierte. Ich ging zurück zur Tür und griff wieder nach dem Hörer.

»... eine Schande, ein Mädchen wie dich so zu behandeln. Ich weiß, was du von mir hältst, aber ist es nicht das, was immerzu in deinen Büchern geschieht? Dass sich die Kerle ändern?«

»Wenn sie dich nicht will, ich nehm dich sofort«, hörte ich eine Frauenstimme und wieder setzte allgemeine Begeisterung ein.

»Danke für das Angebot, aber mein Herz ...« Jake seufzte übertrieben laut, »hat sich an diese Frau geklammert, die es nun mit einem Handschlag, ach was, mit einem Blick zerschmettern kann.«

»Dann komm zu mir, Baby. Ich werde dich verbinden und heilen. Ich meine es ernst. Vergiss sie und gib mir eine Chance«, rief die Fremde unter lautem Gelächter der anderen.

»Ich kann nicht. Sie hat es schon und gibt es nicht mehr her. Sie hat mich verhext und verzaubert ...«

»Halte endlich die Klappe und komm hoch, ehe ich das Gespött des ganzen Viertels bin.« Ich legte auf und drückte den Türöffner. Und hörte den Applaus und die zotigen Rufe der Umstehenden und wusste, dass ich in die Falle getappt war.

Kapitel 45

»Sag mir, dass du die Leute nicht bezahlt hast, um dich mit ihrem Gejohle zu unterstützen.«

»Ich habe sie nicht bezahlt. Ich habe sie völlig unentgeltlich darum gebeten.«

»Du bist widerlich.«

»Nein. Ich bin fantasievoll. Und es gefällt dir, gib es zu. Es ist romantisch.«

»Ist es nicht. Es ist ein mieser Trick.«

»Weshalb? Ich habe mich zum Deppen gemacht und ich habe dich zur unerreichbaren Traumfrau erhoben. Gib zu, dass es dir gefällt.«

Ich sagte nichts. Es war, nun ja, einfallsreich. Immerhin. Und man ***könnte*** es als Versuch sehen, romantisch zu sein.

»Also, was willst du?« Ich verschränkte meine Arme und sah ihn an.

»Das habe ich bereits gesagt. Ich bin hier, um dir Trost zu spenden und dich aufzuheitern.«

»Kein Bedarf. Aber danke und komm gut nach Hause.«

Er lachte. »Komm schon, Lizzy. Kotz dich aus. Er hat es vergeigt, oder?«

»Er ... musste dringend los. Beruflich.« Ich wusste nicht, weshalb, aber ich wollte Charlie nicht weiterhin seinem Spott aussetzen.

»Oh. Ist er Arzt?«

»Lehrer. Er ...«

Jakes Lachen ließ mich verstummen. »Der war gut! Klar, als Lehrer kann jederzeit ein Notruf eingehen. An einem Dienstagabend.«

»Er muss Unterricht vorbereiten.«

»Natürlich.«

»Was willst du wirklich hier, Jake? Dich an meinem Unheil weiden? Dich davon überzeugen, dass mich immer noch keiner will? Dass ich eben nur die kleine, unscheinbare Eliza bin? Bitte, tu dir keinen Zwang an.«

»Wie kommst du darauf, dass ich das tun würde?«

»Weil du es immer getan hast. Und ja, du hast recht. Es war kein schöner Abend und meine Hoffnungen wurden einmal mehr enttäuscht. Zufrieden jetzt?«

»Nein. Wie denkst du über mich? War ich so ein Mensch?«

»Du bist es heute noch. Du machst dich über alles lustig und spottest jedes Mal, wenn ich dich treffe. Du stehst so verdammt über allen Dingen, nicht wahr? Nichts kann deine Gefühle berühren. Und weißt du was? Vielleicht ist es sogar schlau, denn dann wirst du nicht verletzt. Aber es ist auch dumm, denn du wirst nie verstehen, dass es sich lohnt.«

»Es soll sich lohnen zu leiden?«

»Siehst du! Ich wusste es.«

»Gut, ich gebe zu, dass du vielleicht teilweise recht hast. Vielleicht lohnt es sich manchmal.«

»Um an ein Ziel zu kommen? So wie heute?«

»Noch bin ich nicht am Ziel«, antwortete er und wie auf Kommando war seine Stimme leiser und rau geworden. »Eliza ...«

»Nein. Nein, Jake, ich bin kein Ziel. Ich werde es auch nie sein. Nicht für dich. Dafür kenne ich dich viel zu gut.« Ich dachte an all die Jahre, in denen ich ihn beobachtet hatte, auf Partys, zu denen ich nur in Begleitung meines großen Bruders durfte, oder wenn sich Edward und er und ein paar kichernde Mädchen in der Stadt trafen und ich wie das fünfte Rad am Wagen daneben stand. Oder später auf Edwards Geburtstagspartys, auf denen immer genug willige Frauen waren, bereit für ein kleines Abenteuer. »Ich habe schon zu oft gehört, wie deine Stimme plötzlich genau diesen Klang hatte und deine Augen sich verdunkelten ...«

»Und immer hast du dir gewünscht, dass du einmal der Grund sein würdest.«

Wie viele Nuancen hatte diese Stimme? Rau, rauer, am rausten? Ich spürte, wie mir das Blut die Wangen hochkroch, und schnaubte verächtlich.

»Natürlich.«

»Wem machen wir etwas vor, Lizzy?«

Oh, tatsächlich. Am rausten.

»Wir sind doch beide erwachsen und ich muss gestehen, ich finde dich bezaubernd. Wir könnten Spaß haben …«

»Ich will aber keinen Spaß.« Ich trat einen Schritt zur Seite und ging dann sicherheitshalber durch den Raum zur anderen Seite, ans Fenster. »Ich will Liebe.«

»Das will ich auch.« Er verließ seinen Posten und näherte sich. Ein seltsamer Ausdruck lag in seinem Gesicht, der mich abstieß und gleichzeitig seltsam aufregend war. »Lass mich dich lieben.«

»Liebe, Jake, keinen Sex.«

»Sex ist ein guter Anfang.«

»Für dich vielleicht. Aber nicht für mich.«

»Weil du es noch nie probiert hast. Hattest du schon einmal Sex, ohne an die große Liebe zu denken? Nur weil du es in diesem Moment wolltest? Wilden, guten, hemmungslosen Sex, der besser war als alles andere?« Er starrte mir ins Gesicht und dann zuckte es plötzlich in seinen Zügen. Er kniff seine Augen leicht zusammen. »Du hattest doch schon Sex, oder?«

»Natürlich.« Jetzt bloß nicht wegsehen, auch wenn meine Wangen glühten.

»Ich wette, das ist gelogen.« Er streckte wieder seinen vermaledeiten Finger aus und strich mir eine Haarsträhne aus dem Gesicht. »Oder es war eine unbefriedigende Fummelei. Was dir mit mir nicht passieren wird.«

»Wann verstehst du es endlich?« Ich zuckte ein wenig zur Seite, um seinem Finger zu entgehen, der versuchte, an meinem Hals entlangzuwandern. Sein Grinsen hatte eine anzügliche Note bekommen, die wohl verführerisch wirken sollte, mich aber viel mehr herausforderte, ihn ganz bestimmt nicht ans Ziel kommen zu lassen. »Du bist nicht mein Typ. Ich stehe weder auf dieses verlogene Geschwätz noch auf deine Harter-Kerl-Tour.«

»Das würdest du gerne selbst glauben, oder? Mich hingegen macht diese Brave-Mädchen-Nummer ziemlich an. Und ich weiß aus Erfahrung, dass die sich am meisten einen echten Kerl wünschen, natürlich nur heimlich und nach genügend … Überzeugungsarbeit.«

»Ich aber nicht. Und schon gar nicht will ich von dir überzeugt werden.« Die kleine Pause vor diesem Wort hatte ziemlich deutlich gemacht, was er sich unter *Überzeugungsarbeit* vorstellte. Clara stünde jetzt vermutlich kurz vor einem Herzinfarkt.

»Nun, das ist am hilfreichsten, wenn es um spröde Damen geht.«

»Spröde? Weil ich dich nicht ranlassen will? Echt jetzt, Jake, dein Ego ist unglaublich.«

»Nein, ich bin mir nur meiner Fähigkeiten bewusst.«

»Du machst mich verrückt!«

»Ein guter Anfang.«

»Ahhh.« Ich wirbelte herum. Dann sah ich das Buch, das ich vorher achtlos auf den Tisch geworfen hatte. Ich eilte hinüber und nahm es auf.

»Siehst du das? Genau so bist du. Ein überheblicher, arroganter, selbstverliebter Kerl, der nur Unheil bringt.«

»Was ist das?«

»Das nennt man Buch, Jake.«

»Sehr witzig.« Er griff nach meiner Hand und packte sie fest. »Sturmhöhe«, las er laut und ich ruckte zurück, um meine Hand frei zu bekommen.

»Ein Klassiker. Die Hauptfiguren sind Cathy und Heathcliff. Heathcliff ist wie du und er bringt nur Unglück über alle, die seinen Weg kreuzen.«

»Aber am Ende bekommt er sie?«

»Nein. Am Ende zerstört er sie.«

»Weshalb sollte ich dich zerstören wollen?«

»Du würdest es tun.«

»Ich will dir nicht wehtun, Eliza. Ich will nur mit dir zusammen sein.«

»Du willst mit mir ins Bett.«

»Ja.«

»Siehst du, und das würde mich zerstören. Weil ich das nicht will. Ich will weiterhin an die große Liebe glauben. Ich will hoffen und an sie denken und daran, dass ich sie eines Tages erleben werde. Ich will meine Träume nicht begraben.«

»Du musst sie nicht aufgeben, um mit mir Spaß zu haben.«

»Doch, das würde ich tun. Und ich würde mir wünschen ...«

»Was?« Einen Moment sah er so aus wie in den Situationen, in denen wir ernsthaft das Vertragsproblem besprachen. Ich spürte, dass sein brillantes Juristen-Gehirn in vollem Gang war. »Du würdest dir wünschen, dass ich der Langweiler wäre?«

»Ja.« Ich sah zu Boden, weil ich seine Häme nicht ertragen konnte, die ganz sicher auf mich wartete. »Ich liebe ihn, auch wenn er mich nicht liebt. Und wenn ich ihn nicht bekomme, dann will ich keinen anderen.«

»Wie melodramatisch.« Ich sah den Spott nicht, konnte ihn jedoch umso deutlicher hören. »Und wie herausfordernd für einen Kerl wie mich. Wollen wir wetten, dass du es dir irgendwann anders überlegst? Und dann musst du mich nur anrufen und ich werde kommen und dir alle Wünsche erfüllen, die er dir nicht erfüllen kann.«

Kapitel 46

»Was bedrückt dich, Eliza Grey?«

»Nichts.«

»Ist es immer noch dein Laden? Geht es Ada schlechter?«

»Nein.«

»Nun, du musst nicht darüber reden.« Nathan sah mich mit seinen ernsten Augen an. »Aber ich kann sehr gut zuhören, wie du weißt. Und ich habe dir einmal angeboten, hier immer einen Tee und ein wenig Zuspruch zu bekommen.«

»Nun, beides könnte ich brauchen. Oder besser noch einen Rat.«

»Dann komm. Es ist heute sowieso nicht viel los und ich habe Zeit, zwei Tassen und sogar« er ging zum Wagen, machte die Heckklappe auf und drehte sich dann um wie ein Zauberer, der eben ein Kaninchen aus dem Hut zog, »einen zweiten Hocker.« Er klappte ihn auf, wischte mit der Mütze einmal über die Sitzfläche, um dann in einer eleganten, großspurigen Bewegung beide Arme auszubreiten. »Nimm Platz, Eliza Grey.«

»Danke.« Ich nahm den Tee und schloss beide Hände darum. Nathan setzte sich ebenfalls und goss sich nach, dann wartete er einfach ab.

»Nathan, hattest du in deinem Leben einen großen Traum? Etwas, an das du immer ganz fest glaubtest?«

»Ja.«

»Und? Hast du diesen Traum aufgegeben?«

»Nein.« Er klang überrascht. »Wieso?«

»Weil ich mich im Moment frage«, ich holte tief Luft, »ob ich vielleicht dem falschen Traum hinterherrenne. Ich weiß es plötzlich nicht mehr.«

»Weshalb weißt du es nicht mehr? Weil du jetzt andere Ziele hast?«

»Nein. Eigentlich nicht. Und doch ... Es kribbelt an den falschen Stellen.«

»Ich fürchte, ich kann dir nicht folgen.«

»Ich … Es gibt da diesen Mann. Er ist genau der, von dem ich immer träumte. Und als wir uns trafen, da dachte ich, es hat eingeschlagen, verstehst du? Der gute, alte, oft bemühte Blitz. Da war etwas, auch bei ihm, das habe ich gespürt. Wir sind uns sehr schnell nähergekommen. Also nicht körperlich, sondern geistig. Wir verstehen uns, wir lieben beide Bücher, wir haben die gleichen Ansichten. Er ist genau der Typ Mann, den ich schon immer anziehend fand: ruhig, nett, besorgt. Ein netter Kerl, keiner dieser Angeber oder Frauenhelden. Und er hat immer wieder Andeutungen gemacht, dass er mich gleichermaßen anziehend findet. Und plötzlich ist es anders. Meine Gefühle für ihn nicht und seltsamerweise glaube ich, dass seine Gefühle sich ebenfalls nicht verändert haben. Dennoch ist er so distanziert und es gibt da auch eine andere Frau, die ihm ziemlich viel bedeutet.«

»Und wo sind in dieser Geschichte die falschen Stellen? Vielleicht will er sich bloß Zeit lassen.«

»Die falschen Stellen …« Ich nahm einen Schluck Tee und starrte dann auf die Kiste vor mir. Rosenkohl, kleine zarte, grüne Köpfe. »Da gibt es diesen anderen. Ich kenne ihn schon lange und ich mag ihn nicht. Er ist das genaue Gegenteil, er kann die Bettwäsche gar nicht schnell genug wechseln, um all seine Eroberungen hineinzubekommen. Und aus irgendeinem Grund hat er nun beschlossen, mich auf diese Liste zu setzen, wahrscheinlich, weil ich die einzige Frau in London bin, die länger als zehn Minuten in einem Raum mit ihm war und ihn nicht rangelassen hat.«

»Und das ist ein Problem? Weil es dich … nervt?«

»Ja. Und weil er er ist und weil ich … und weil ich anfange, zu viel an ihn zu denken. Ich will es nicht, dass es kribbelt. Ich weiß, dass er mir nur wehtun würde.«

»Und wenn er es ernst meint?«

»Nein. Ich weiß es. Er tut auch nicht so, als wäre ich seine große Liebe. Er spielt ein Spiel mit mir und ich weiß nicht, wie lange ich noch unbeteiligt am Rand stehen kann. Und ich weiß nicht, wie ich das damit vereinbaren soll, dass ich doch Char … den anderen liebe. Oder ob ich mir etwas vormache und mich an einen Wunschtraum klammere. Ich war mir so sicher, mein ganzes Leben lang. Und nun kommen die beiden und werfen alles durcheinander und ich sitze hier und kann meine Gefühle nicht mehr verstehen.«

»Das ist eine schwierige Situation. Vielleicht ist keiner der beiden der Richtige.«

»Darüber habe ich auch schon nachgedacht.« Ich schniefte und Nathan stellte seine Tasse ab und zog mich an seine warm eingepackte Brust.

»Das wird schon. Irgendwann wirst du es wissen. Du bist ein kluges Mädchen und wirst erkennen, was richtig ist.«

»Oder wer.«

»Oder wer«, bestätigte er.

»Ich habe mich immer auf meine Bücher verlassen. In ihnen habe ich stets Rat und Trost gefunden. Und nun ... wenn ich das verliere, dann habe ich wirklich alles verloren.«

»Das wirst du nicht. Was raten deine Bücher in solchen Situationen?«

»Normalerweise ist solch eine Ausgangslage ein sicheres Zeichen, dass keiner der Richtige ist. Es würde spätestens jetzt ein Dritter auftauchen und sich dann als der einzig Wahre erweisen. Und deshalb«, fuhr ich leiser fort, »deshalb will ich ihren Rat nicht. Weil ich immer noch daran glaube, dass ich den einzig Wahren schon gefunden habe.«

»Dann glaube weiter daran«, sagte er und drückte mich fest an seine Brust. »Glaube daran, bis alle Hoffnung zerstört ist oder aber das Happy End eintritt. Nein, nicht bis zur Zerstörung, nur bis zum glücklichen Ende. Du weißt doch, was man sagt: Am Ende wird alles gut. Und wenn es nicht gut wird ...«

»...ist es noch nicht das Ende«, fiel ich ein und lachte zum ersten Mal wirklich von Herzen. »Danke, Nathan.«

»Nicht dafür.« Er ließ mich los und ich setzte mich aufrecht hin und trank den Tee leer. Dann stand ich auf und er tat es mir nach und nahm mir die leere Tasse ab. Einen Moment ließ er seine Hände auf meinen liegen.

»Du bist nicht zufällig noch frei, Nathan? Und interessiert an der Rolle des Dritten, der die Verwicklungen lösen kann?« Ich zwinkerte ihm zu, um zu signalisieren, dass ich das nicht ganz ernst gemeint hatte.

»Nein, Eliza, das kann ich nicht. Und du solltest dich jetzt von deinen Büchern lösen und deine eigene Geschichte schreiben. Ich weiß, dass sie wundervoll sein wird wie in deinen Büchern und dennoch ganz anders. Weil sie nur dir gehört und nur du sie erzählen kannst.«

Kapitel 47

Es ist ein Segen, wenn man in solchen Zeiten gut beschäftigt ist. Tagsüber hielt mich das *BOOKS OF LOVE* auf Trab, damit ich nicht ständig darüber nachdenken musste, was eigentlich gerade schieflief. Und dennoch hoffte mein Herz jedes Mal, wenn gegen Abend die Ladentür aufging, dass es Charlie sei, und die Enttäuschung wurde mit jedem Kunden ein wenig schlimmer. Nicht, weil ein Kunde kam, sondern weil er es eben nicht tat.

Dafür gab es in einem anderen Bereich eine richtig gute Nachricht. Kate hatte ein Treffen anberaumt und als wir endlich alle zusammen waren, sah sie uns strahlend entgegen.

»Wann warst du das letzte Mal bei Ada?«, fragte sie mich.

»Vor zwei Tagen, nein, vor drei. Weshalb?«

»Weil ich heute in der Mittagspause schnell bei ihr vorbeigegangen bin. Ich hatte so ein Gefühl ... Und wisst ihr was? Sie war auf! Sie saß im Sessel und sie sah wirklich viel besser aus. Ewa hat gesagt, dass sie seit zwei Tagen wieder regelmäßig Gehübungen macht.«

»Das ist ja großartig«, freute sich Allie.

»Und wie war sie sonst?« Ich sah Kate an. »Du weißt, diese Sache ... das Weinen und so. Die trüben Gedanken?«

»Besser. Ich glaube, es ist wirklich besser. Sie war wieder mehr unsere Ada.«

»Und hast du etwas herausbekommen, woran es liegt? Weshalb es besser ist?«

»Du kennst doch Ewa. Nein, sie sagt nichts. Und Ada selbst wollte ich nicht fragen. Noch nicht.«

»Keine von euch hat Cara dort getroffen, oder?«

»Nein.« Kate schüttelte den Kopf. »Obwohl ich so darauf gehofft hatte.«

»Wenn ich das richtig mitbekommen habe, dann ist sie früher dran als wir. Bis wir unsere Läden zumachen, ist sie schon wieder weg.«

»Dann muss ich eben mal früher verschwinden. Ich habe gute Mitarbeiterinnen, die können die letzte Stunde auch einmal alleine den Betrieb aufrechterhalten.« Kate war wieder in ihrem rebellischen Modus. »Obwohl ich bezweifle, dass sie uns viel sagen würde. Ich denke ja immer noch, dass sie da etwas gedreht haben könnte und nur, weil wir sie im Auge behielten …«

»Hauptsache ist doch jetzt erst einmal, dass es Ada besser geht«, warf Allie ein. »Und wir bleiben dabei, oder? Wir werden vorerst nichts sagen wegen der Miete?« Sie sah uns an.

Kate und ich nickten. Wir hatten beschlossen, dass wir unsere Freundin da erst einmal raushalten würden und ihr nicht zusätzlichen Anlass zu Tränen oder Sorgen geben würden. Der Einspruch lief und die ganze Prozedur war ins Stocken geraten, was uns etwas Zeit verschaffte. Jake hatte erklärt, dass solche Verfahren sowieso nicht in wenigen Tagen abgehandelt wären und man immer die Fristen nicht nur ausreizte, sondern dazu noch die Verlängerungen in Anspruch nahm, was bedeutete, dass es bis in den Sommer gehen könnte, bis tatsächlich ein Urteil gefällt wurde. Aber auch wenn das alles schneller gegangen wäre, hätten wir Ada erst einmal nichts gesagt. Ihre Gesundheit hatte jetzt Vorrang.

Charlie ließ sich die ganze Woche nicht blicken. Dafür tauchte am Freitag Jake wieder auf.

»Gibt es etwas Neues?«

Er schüttelte nachsichtig den Kopf, als würde er mit einem ungeduldigen Kind sprechen. »Das habe ich doch schon gesagt. Im Moment können wir nur warten. Das geht alles nicht so schnell.«

»Leider. Für euch ist das auch nur ein Fall, oder? Für uns hängt da die Existenz dran.«

»Das weiß ich, aber so ist das nun mal.«

»Weshalb bist du dann hier?«

»Wir könnten …«

»Nein.«

»Du weißt gar nicht, was ich sagen wollte.«

»Essen gehen, hab ich recht? Danke, kein Bedarf.«

»Du hast aufgehört zu essen?« Er grinste.

»Wie man sieht, nicht. Ich höre nur auf, mit dir zu essen, wenn es nichts gibt, über das wir sprechen sollten.«

»Es gibt eine ganze Menge, über das wir sprechen sollten.«

»Ach ja?« Ich begann, hinter der Theke aufzuräumen. Er sollte nicht den Eindruck bekommen, dass ich zu gefesselt war von dem, was er sagte.

»Ja.« Betont lässig begann er, an den Regalen entlangzuschlendern. »Ich sehe mich ein wenig um, solange du zu tun hast.«

Eine halbe Stunde später schloss ich die Ladentür hinter der letzten Kundin des Tages ab. Ich machte mich an den Kassenabschluss und gab die letzten Bestellungen auf, die sich heute angesammelt hatten. Und wusste die ganze Zeit, dass er noch hier war. Jake hatte sich nach oben verdrückt und schien es nicht eilig zu haben, wieder zu verschwinden. Als ich wirklich nichts anderes mehr zu tun hatte und die Hoffnung aufgeben musste, dass es ihm langweilig wurde und er einfach wieder verschwand, stieg ich die Stufen zur Galerie hoch.

Er saß in Charlies Sessel, wie ich mit einem kleinen Stich feststellte. Ein Buch in der Hand, die Beine elegant überschlagen, sah er fast aus wie jemand, der las. Ich argwöhnte allerdings, dass er nur so tat, denn er blätterte nicht um, sondern starrte immer auf die gleiche Seite.

»Ist es ein guter Satz?«

»Was?«

»Du scheinst ihn immer wieder zu lesen. Andere Menschen blättern regelmäßig um.«

Er lachte. »Erwischt.«

»Also, ich mache jetzt zu.«

»Dann können wir los?«

»Nein. Ich meinte, du musst jetzt auch gehen.«

»Wieso können wir nicht etwas essen?«

»Weil ich es nicht will.«

»Weil ich wie Heathcliff bin?«

»Oh, du hast dir den Namen gemerkt. Gut gemacht.«

»Ich habe noch viel mehr getan. Ich habe mir diesen Kerl mal angesehen.«

»Heathcliff?«

»Genau den. Auf so was stehst du?«

»Wie bitte?«

»Ernsthaft, ich habe selten eine deprimierendere Geschichte gesehen.«

»Das ist Weltliteratur.«

»Na und? Es ist dennoch deprimierend und ziemlich abartig.«

»Abartig?« Ohne es zu bemerken, verließ ich meinen Posten am Geländer und trat zu ihm. »Dieses Werk hat zu seiner Zeit wie der Blitz eingeschlagen, weil es das echte Leben zeigte.«

»Das echte Leben? Da bin ich aber froh, dass mein Leben nicht echt ist.«

»Weil du es nicht verstehst.«

»Was kann man denn da falsch verstehen? Diese Geschichte ist von vorne bis hinten schräg und verstörend und deprimierend. Und ich, das muss ich klar sagen, könnte dich verklagen, weil du mich mit ihm auf eine Stufe stellst. Der Kerl ist wahnsinnig.«

»Er ist speziell«, gab ich zu. »Aber er nimmt auch keine Rücksicht. Er nimmt sich ebenfalls, was immer er will, und er schert sich nicht um die Gefühle anderer.«

»Auch?«

»Und er bringt nur Unheil über alle, die er liebt.« Ich beschloss, seinen Einwand elegant zu überhören.

»Wirklich? Oder bringen alle Menschen, die er liebt, Unheil über ihn?«

»Wie meinst du das?« Gegen meinen Willen war ich fasziniert. Da saß er, in Charlies Sessel, und ich sprach mit ihm über Bücher. Über Literatur. Und was ihn bewegte, als er die Geschichte las.

»Ich meine, dass er keine Schuld hatte. Die Umstände haben ihn zu dem gemacht, was er war. Und dass die Schuld in Wahrheit bei ihr lag«, sagte Jake und sah mich triumphierend an.

Kapitel 48

»Bei ihr?« Ich schnappte nach Luft. »Bei ihr? Er hat sie am Ende in den Wahnsinn getrieben.«

»Sie war doch selbst schuld.« Er zuckte die Achseln.

»Wie bitte?«

»Meiner Meinung nach ist sie selbst schuld. Sie liebte Heathcliff, aber sie hat aus Angst vor dem gesellschaftlichen Abstieg den Langweiler Edgar geheiratet.«

»Sie hatte auch für Edgar Gefühle. Und sie wusste, dass es nicht gut gehen würde.«

»Gefühle? Sie mochte ihn vielleicht, doch Heathcliff war ihre Leidenschaft. Was hätten die beiden für ein Leben haben können.«

»Ja, was für eins? Damals war die gesellschaftliche Stellung weitaus wichtiger. Sie hätten gar nichts gehabt, nur sich selbst. Wie lange wäre das gut gegangen?«

»Ich dachte, gerade ein romantisches Mädchen wie du würde das verstehen. Und die Liebe über alles stellen.«

»Aber sie hat es doch auch aus Liebe zu ihm getan. Sie hat Edgar geheiratet, weil sie dachte, Heathcliff damit helfen zu können. Ihn ins Haus zu nehmen, ihn vor der Straße zu bewahren. Ihm ein Heim zu geben.«

»Ein Heim, in dem er jeden Tag mit ansieht, wie seine große Liebe mit einem anderen ins Bett geht? Wie naiv.«

»Es war weitherzig.«

»Nein.« Er lachte. »Es war dämlich. Welcher Mann würde dabei zusehen, wie ein anderer die Frau besitzt, die er haben will? Sie hat sich an einen Mann verschleudert, der sie langweilte und ihr keine Erfüllung schenken konnte. Sie hat sich an biedere Wertvorstellungen geklammert, an den Kleinmädchentraum vom perfekten Mann. Sie ist eine Frau geworden, aber nicht erwachsen. Sie hatte nicht den Mut, ihre Träume zu hinterfragen, etwas zu wagen.«

»Mit einem Mann, der wahnsinnig war?«

»War er das? Er war stolz und er wusste, was er wollte. Aber wahnsinnig? Vielleicht wurde er es nur, weil sie ihn dahin trieb.«

»Er hat doch am Ende ihre Familie ruiniert. Er hat seine Fehde mit Edgar so lange vorangetrieben, bis sie daran zerbrach und starb.«

»Sie hätte ihn verlassen können und mit Heathcliff gehen.«

»Nein. Weil es nicht funktioniert hätte.«

»Woher weißt du das? Ein Mann wie er hätte alles getan, damit es ihr gut geht. Und er hätte ihr ein aufregendes Leben schenken können und eine völlig andere Welt zeigen. Eine, in der es nicht wichtig ist, ob man elegante, teure Roben trägt, weil man in dieser Welt nichts am Leib hat. Er hätte ihrer Leidenschaft alles entgegenstellen und sie befriedigen können, auf jeder Ebene.«

»Sex alleine ist nicht alles. Davon kann man nicht leben.«

»Nein, aber er kann ungeahnte Kräfte mobilisieren.«

»Es war so klar, dass wir genau hier enden.«

»Weil es eine der Hauptantriebsfedern der Menschen ist.«

»Klar. Nicht der Hunger, nicht die Angst um das eigene Überleben …«

»Kriege wurden deshalb begonnen, Familien entzweiten sich. Oder in unserem Fall wurden zwei nahezu komplett ausgelöscht. Weil Heathcliff nichts anderes wollte, als Cathy ins Bett zu bekommen und sie so richtig zu beglücken.«

»Er liebte sie, auf seine Art.« Ich schnappte schon wieder nach Luft. In Jakes Interpretation klang diese Geschichte so falsch und ich wurde, ohne es zu wollen, nicht nur plötzlich Heathcliffs Fürsprecherin, sondern vermutlich auch noch ziemlich belehrend. »Er ist der typische Byron'sche Held. Ein Antiheld, einer, der sich durch Intelligenz auszeichnet und dadurch, dass er seine eigenen Ziele gnadenlos verfolgt.«

»Ach ja?«

»Ja. Und dieser Liebe hat er alles unterworfen, auch wenn es uns falsch erscheint.«

»Aber das war es nicht? Dann war es also doch sie, die falsch handelte?«

»Nein.« Ich bemerkte, dass er mich in eine Ecke manövriert hatte. »Ich meine, ich weiß es nicht. Aber es ist nicht so einfach. Ich denke, es wäre auch nicht gut ausgegangen, wenn sie ihn genommen hätte. Sie hätten sich aufgerieben und zerfleischt.«

»Ich glaube, sie hatte Angst. Angst, sich zu stellen und zu ihren Gefühlen zu stehen. Sie hat ihr Heil bei dem gesucht, der ihr nie eine Gefahr werden konnte. Bei einem langweiligen Mann, dem man höchstens Mitleid entgegenbringt. Aber er weckt keine Gefühle. Heathcliff dagegen schon. Und ich denke, dass du das eigentlich weißt. Dass er die bessere Wahl wäre. Nicht die sichere, bestimmt jedoch die aufregendere.«

Ich starrte einen Moment auf den Boden. Wie schaffte er es, dass das alles so klang, als wäre es logisch? Ich las diese Geschichte immer dann, wenn ich das Bedürfnis hatte, mich wieder zu erden. Wenn ich mir selbst versichern wollte, dass ich richtiglag mit meinen Gefühlen. Echt jetzt, Heathcliff war der Bad Boy der ersten Stunde, aber er war viel ehrlicher gezeichnet, als man das heutzutage machte. Er war und blieb einer, und dieses Buch zeigte auf, wie es wirklich mit ihnen lief. Am Ende gab es keine Hoffnung und keine Lösung hätte funktioniert. Nicht für mich zumindest.

»Wie kommt es, dass du dieses Buch gelesen hast?«, wechselte ich abrupt das Thema. »Es ist nicht gerade leichte Kost, zumindest wenn man normalerweise nicht liest.«

»Ich musste doch wissen, was du mir vorwirfst. Und ich habe es nicht gelesen, ich habe mir eine Verfilmung angesehen. Habe ich erwähnt, dass es ein deprimierender Abend war?«

»Du hast es gar nicht gelesen?«

»Ich weiß, worum es geht.«

»Nein. Das weiß man erst, wenn man es liest. Man muss die Sprache erleben, den Ton, der vorherrscht. Die kleinen Nebensätze und eben einfach alles.«

»Nun, mir genügt das. Ernsthaft, der Kerl ist total schräg drauf und sie nicht minder. Sie hätten sich bekommen müssen und meinetwegen gegenseitig kaputt machen. Dann hätten sie wenigstens die anderen nicht ins Unglück gestürzt. Wie viele Leben wurden ruiniert, weil sie letztendlich zu feige war.«

»Sie war nicht feige. Sie wollte einfach nur in Sicherheit sein.«

»Manchmal muss man etwas wagen, Eliza. Ansonsten wirst du irgendwann feststellen, dass das Leben an dir vorbeigezogen ist, langweilig und sicher und ohne ... Höhepunkte.« Die kleine Pause vor dem letzten Wort, die Betonung und sein Gesichtsausdruck machten klar, was er dachte.

»Meine Höhepunkte gehen dich gar nichts an.«

»Leider.« Er grinste.

»Ich hätte mich gar nicht auf diese Diskussion einlassen sollen. Du bist und bleibst Jake.«

»Wirklich? Gib zu, es hat dir gefallen. Du hast dieses Gespräch genossen. Deine Wangen glühen und dein Eifer ist ziemlich sexy.«

Ich sprang auf. »Dreht sich bei dir alles nur um das Eine? Und hast du sie alle schon durch da draußen? Weshalb verschwendest du deine Zeit mit mir?«

»Weil ich mir nun einmal in den Kopf gesetzt habe, dass ich und du ...«

»Nein. Und Edward würde ...«

»Er würde sagen, sie ist alt genug, um selbst zu entscheiden.«

»Wirklich?« Ich schluckte kurz. Ja, heute war heute und alle stiegen immerzu mit jedem in die Kiste, aber er war mein großer Bruder und er musste doch so Sachen sagen wie *»Wenn du ihr wehtust, bringe ich dich um«*. Und nicht *»Klar, nimm sie dir und hab Spaß«*.

»Er kennt mich besser als du. Er weiß, dass ich dir nicht wehtun würde.«

»Aber das würdest du tun.« Ich hob die Hand, als sein Grinsen wieder so *privat* wurde. »Ich meine das ernst. Was würdest du tun? Mich lieben und auf Händen tragen, ein Leben lang? Keine andere Frau mehr ansehen? Oder mich einfach zu deiner Liste hinzufügen und dich ein paar Wochen mit mir amüsieren, bis die Nächste kommt?«

»Was würde Heathcliff tun?«, fragte er zurück.

»Eben«, sagte ich und legte meine Hand auf das Treppengeländer. »Es ist spät, Jake. Du solltest jetzt gehen.«

Kapitel 49

Eine weitere Woche verging, in der sich Charlie nicht meldete, und ich begann, ernsthaft zu zweifeln, dass das, was ich gefühlt hatte, wirklich da gewesen war. Nicht, was meine Empfindungen betraf. Aber hatte ich seine richtig interpretiert?

Meine Mutter versetzte mir einen zusätzlichen Schlag, wenn auch, ohne es zu wollen. Wir telefonierten wegen Weihnachten und ich lud sie ein, die Tage, die sie hier in London sein würde, bei mir zu verbringen.

»Bei dir? Deine Wohnung ist so klein, Liebes.«

»Wir rücken einfach zusammen, das macht doch nichts. Ich will nicht, dass du in einem Hotel wohnst.«

»Das will ich auch nicht.«

»Dann ist ja alles klar. Du bekommst das Schlafzimmer und ich mache mir ein Lager auf dem Sofa zurecht. Das wird bestimmt gemütlich und …«

»Eliza, das ist wirklich nett von dir, aber ich habe andere Pläne.«

»Andere Pläne?« Ich war verwirrt. »Falls du zu Edward willst, nun, der hat wohl auch andere Pläne.«

»Ich weiß. Edward hat kein Interesse daran, wieder unter die mütterliche Fuchtel zu geraten.« Sie lachte.

»Aber dann … ich meine, was willst du dann tun?«

»Ich werde bei deinem Vater wohnen.«

»Bei … ihm? Ist das ein Witz?«

»Nein.«

»Oh.«

Wieder lachte sie. »Du weißt, dass Bart und ich uns noch immer gut verstehen. Er würde sich übrigens freuen, wenn du ihn auch einladen könntest.«

»Was? Ja klar, mache ich.«

»Schön. Dann wird es ein echtes Familienfest.« Sie legte auf und ließ mich in tiefster Verwirrung zurück.

»Hast du gehört, dass Mum bei Dad wohnen will, wenn sie hier ist?« Ich platzte direkt mal wieder mit allem heraus, kaum dass Edward meinen Anruf angenommen hatte.

»Nein. Das ist ja interessant. Und du musst dein Bett nicht hergeben.«

»Und er will Weihnachten mit uns feiern.«

»Ernsthaft? Das wird ja immer besser.«

Ich schwieg.

»Das war es doch, was du immer wolltest, oder?«, fragte mein Bruder schließlich.

»Schon.«

»Aber?«

»Was, wenn er ihr wieder wehtut?«

»Sie sind beide alt genug, um das selbst zu entscheiden.«

Sofort dachte ich an Jake. »Hm, ja. Vielleicht.«

»Es geht uns nichts an, was die beiden treiben und ob sie überhaupt was treiben.«

»Edward! Echt jetzt. Das will ich nicht wissen.«

»Siehst du, so geht es mir auch. Es geht nur die zwei etwas an.«

»Und wenn er sie wieder verletzt ... Würde dir das nichts ausmachen?«

»Es ist ihr Leben. Natürlich will ich es nicht, aber es ist nicht unsere Entscheidung.«

»Und wenn sie wieder zusammenkommen? Dann wären wir wieder eine echte Familie. Vielleicht würde sie hierbleiben ...«

»Eliza, bitte. Verrenne dich nicht wieder in irgendwelche romantischen Vorstellungen. Lass es einfach passieren. Vielleicht bedeutet das alles gar nichts und Dad hat Mum einfach sein Gästezimmer angeboten. Menschen ändern sich nicht immer. Ich glaube sogar, die wenigsten tun es. Du kennst Dad. Er ist kein Familienmensch. Und Mum ist schlau genug, das auch nicht mehr zu erwarten.«

»Aber manche ändern sich doch. Von denen man es nie dachte. Jake zum Beispiel.«

»Was ist mit Jake?«

»Nun, er scheint sich verändert zu haben.«

Edward lachte. »Ich sage doch schon immer, dass er kein übler Kerl ist und du ihm eine Chance geben sollst. Er ist ein fabelhafter Anwalt und ein guter Freund.«

»Bisher unterschreibe ich beides nicht, ehe er mir nicht ein Urteil oder was auch immer unter die Nase hält, dass diese ganze Geschichte vorbei ist und alles gut endet. Aber er ist vielleicht nicht mehr ganz so blöd, wie ich dachte.«

»Das wird ihn freuen zu hören.«

»Als ob ihn das interessiert.« Ich tat gelangweilter, als ich war.

»Warum nicht? Er mag dich. Er mochte dich schon immer. Auf seine Weise eben. Und nur weil er nach wie vor kein Interesse hat, sich in Fesseln zu begeben, ist er doch kein schlechter Kerl, sonst wäre ich das auch.«

Ich hatte das zweite, äußerst interessante Gespräch heute mit einem Schnauben beendet und mich dann auf meinem Lesesessel eingerollt und nachgedacht. Stoff hatte ich ja leider genug.

»Was ist los mit Ihnen, Eliza?« Ada sah mich mit nachdenklichem Blick an.

»Was? Alles gut. Es tut mir leid, ich bin in Gedanken gewesen.«

Wir saßen in ihrem Wohnzimmer und eigentlich hätte ich glücklich sein sollen. Ada sah beinahe aus wie früher, wenn man davon absah, dass sie recht mühsam mit einem Rollator ging und schmaler geworden war. Aber ihr Gesicht, ihre Augen waren wieder fast sie selbst. Diese unheimliche, düstere Aura war verschwunden, was mich unendlich dankbar machte.

»Wie geht die Geschichte weiter?«

»Bitte?«

»Die Geschichte, die Sie mir vorgelesen haben.«

»Oh. Ich war mir nicht sicher, ob Sie es überhaupt mitbekommen haben.«

»Das habe ich. Vielleicht nicht alles, aber vieles.«

»Sie geht gar nicht weiter, denke ich. Ich habe es aufgegeben. Sind wir ehrlich, sie war keine literarische Glanzleistung und ziemlich unrealistisch. Ich bin keine Autorin und ich sollte es denen überlassen, die das Talent dazu haben.«

»Ich denke nicht, dass Sie das einfach so stoppen können. Die beiden Männer ... Sie waren keine Fantasie, oder?«

Ich wollte entrüstet protestieren, dann schüttelte ich jedoch den Kopf.

»Und welcher wird am Ende der Held sein?«

»Keiner vermutlich.«

»Nein. So ist es nie in den Geschichten.«

»Aber im Leben. Ich war dumm und naiv.«

»Sie sind nichts davon, meine Liebe.« Ada tätschelte meine Hand. »Nur ein wenig zu ungeduldig.«

»Ach, Ada.« Ich seufzte und zwang mich dann, sie anzulächeln. »Ich fürchte, ich muss noch viel Geduld haben.«

»Das müssen wir alle.« Sie zeigte auf den Rollator. »Aber wir beide sind stark. Und wenn wir es nicht sind, dann müssen wir Hilfe annehmen. Und darauf bauen, dass etwas Gutes dabei herauskommt. So wie bei mir. Ich habe endlich wieder Kontakt zu meiner Nichte und ich bin ihr sehr dankbar für alles, das sie für mich getan hat.«

»Ja.« Ich überlegte, ob jetzt der Moment sein könnte, ihr zu erzählen, was Cara noch so alles trieb.

»Sie hat mich gerettet, letztendlich. Sie war es, die einen Arzt nach dem anderen bestellte, bis endlich einer etwas änderte. Wäre sie nicht so hartnäckig gewesen, dann würde ich immer noch in meinem Bett liegen und gegen all diese Dinge ankämpfen.«

»Welche Dinge? Was ist passiert, Ada?«

»Es waren die Tabletten, Liebes. Man hat mir Opiate verschrieben, als ich aus dem Krankenhaus kam, gegen die Schmerzen. In der Klinik hatte ich auch welche, allerdings ein anderes Mittel. Nun, diese jedoch, das war Teufelszeug.« Sie bekam einen sehr ernsten Ausdruck. »Es hat etwas mit mir gemacht. Etwas wirklich Schlimmes. Ich habe Sachen gesehen, die ich längst überwunden glaubte. Sie haben mich betäubt und mir war ständig so übel und sie haben eine Welt erschaffen, die entsetzlicher war als jede reale.«

»Dann waren es wirklich die Medikamente, die Sie in diesen Zustand brachten?«

»Ja, aber kein Arzt wollte es glauben. Die haben immer nur die Vitalfunktionen geprüft und fanden nichts und sagten, das wären nun mal Nebenwirkungen, die man in Kauf nehmen müsse. Wäre Cara nicht so hartnäckig gewesen, ich weiß es nicht, wo ich jetzt wäre. Aber sie hat recherchiert und sich schlaugemacht und darauf bestanden, dass sie abgesetzt werden. Meine Schmerzen sind jetzt wieder ärger, doch das ist ein geringer Preis. Herkömmliche Mittel können sie nicht so gut bekämpfen, deshalb haben sie an ihnen festgehalten. Mir aber sind die Schmerzen fast willkommen, weil sie besser zu ertragen sind als das andere.«

»Und kein Arzt hat bemerkt, was es mit Ihnen gemacht hat?«

»Sie haben den Nutzen und die Nebenwirkungen abgewogen und waren bereit, es hinzunehmen.«

»Das ist erschütternd.«

Sie sagte nichts. Und ich beschloss, ebenfalls zu schweigen. Ich wusste, wie sehr sie sich nach einer Familie gesehnt hatte. Und Cara hatte nicht alles falsch gemacht. Erst als ich schon wieder zu Hause war, fiel mir auf, dass Ada mich mit dieser so unerwartet unspektakulären Auflösung um ihren Zustand ganz elegant davon abgelenkt hatte, was der Grund gewesen war, dass sie so extrem auf die Tabletten reagierte.

Kapitel 50

»Charlie!« Ich ließ das Blatt fallen, auf dem ich eben die vorbestellten Bücher mit der Lieferung abgleichen wollte.

»Eliza. Wie geht es dir?«

»Himmel, Charlie, wo warst du denn die ganze Zeit? Ich habe dich vermisst.« Ich biss mir auf die Lippen und senkte den Blick.

»Ja? Das freut mich.«

»Das freut dich? Ich dachte, du hättest mich vergessen. Du bist plötzlich verschwunden und ich habe nicht einmal deine Nummer, weil dein Telefon sie unterdrückt. Weißt du, dass du nicht im Telefonbuch stehst?«

»Ja. Es tut mir leid, ich war beschäftigt.«

»Klar. Natürlich.« Ich versuchte, mir meine Enttäuschung nicht anmerken zu lassen. Jetzt spätestens hätte er sie mir geben müssen, dachte ich.

»Wir beide waren vermutlich beschäftigt, oder nicht?«

»Klar. So kurz vor Weihnachten und so.« Ich bückte mich nach der Liste und überlegte krampfhaft, was ich sagen und vor allem nicht sagen sollte.

»Genau.«

»Und heute? Bist du nicht beschäftigt?« Ich schob jetzt ein paar Dinge auf einen anderen Platz, um meine Hände zu beschäftigen und um ihn nicht nur anzustarren und zu hoffen, dass er wusste, was gesagt werden sollte.

»Ich wollte dir nur frohe Weihnachten wünschen.«

»Oh. Das wünsche ich dir auch.« Offensichtlich wusste er es ebenso wenig.

»Ich fahre morgen nach Kent. Und ich werde ein paar Tage dortbleiben.«

»Schön.« Himmel, wie steif das alles war. Wie steif er war und wie steif ich war. Mutlos, dachte ich. Das trifft es.

»Nun ja, auf alle Fälle ... Ich wollte dich noch einmal sehen. Und hören, was es Neues gibt. Mit Ada und dem Ganzen.«

»Ada geht es deutlich besser. Weißt du, dass es an den Tabletten lag? Die haben sie so ausgeknockt. Wie es scheint, hat Cara das letzten Endes bemerkt und dafür gesorgt, dass sie andere bekommt.«

»Das ist schlimm. Und die Sache mit der Kündigung? Ist dann jetzt ebenfalls vom Tisch?«

»Nein.« Ich seufzte. »Wir wollten abwarten, bis sie wieder stabil ist.«

»Und dann?«

»Ich habe keine Ahnung. Sie freut sich so, dass ihre Nichte jetzt Teil ihres Lebens ist. Soll ich diejenige sein, die es ihr sagt? Jemand muss es tun, aber ich schrecke davor zurück. Andererseits muss sie es wissen.« Ich ließ das Aufräumen jetzt bleiben und sah ihn an. Weitersprechen, ein Gespräch aufbauen. Hoffnung nähren, bis zum Schluss.

»Manchmal ist das so. Das Leben hat eigene Regeln. Alles sieht ganz anders aus, als es dann ist.«

Ja, dachte ich. *Wie bei uns.*

»Nun«, er sah sich um, »ich muss auch wieder los.«

»Schon?« Erneut biss ich mir auf die Lippen.

»Es ist ... leider so. Pass auf dich auf.«

»Charlie!«

Er war schon an der Tür. »Ja?«

»Sind wir ... keine Freunde mehr?«

»Was?« Ich sah etwas in seinem Gesicht, das ich nicht sehen wollte. War es Unbehagen? »Natürlich sind wir das.«

»Wirklich?« Ich kam mir vor wie ein Kind, das bettelte, aber wenn er jetzt ging, würde mein Herz brechen.

»Wirklich.« Er schien einen Moment nachzudenken. »Wirklich«, sagte er dann noch einmal sanft und ich ließ alle Vorsicht fahren. Ich eilte ihm nach und umarmte ihn und nach kurzem Zögern schlossen sich seine Arme um mich.

»Ich werde immer dein Freund bleiben, Eliza. Wenn du das willst.«

Ich nickte an seinem Hals und er strich mir über den Rücken.

»Dann ist es so. Freunde. Ich ... mag dich sehr, Eliza. Du bist das Beste, was mir dieses Jahr geschenkt hat. Ich wünsche dir von Herzen alles Gute und fröhliche Weihnachten.«

Dann machte er sich los und verschwand, ehe ich etwas sagen, ihn aufhalten konnte. Was ich vermutlich nicht gemacht hätte. Ich kämpfte plötzlich mit den Tränen und dem Wissen, dass er in Zukunft einfach mein Freund sein würde.

Natürlich schickte das Leben genau in diesem Moment wieder Jake vorbei. Manchmal könnte ich fast zornig werden und ich habe den starken Verdacht, dass es sich köstlich darüber amüsiert, mit uns zu spielen. Und uns zwar das zu geben, was wir wollen, aber nicht so, wie wir es wollen.
Im Gegensatz zu Charlie legte Jake keinen Wert darauf, mein Freund zu sein. Ich begrüßte ihn mit dem Satz, der inzwischen zu einer Art Ritual geworden war.

»Und? Gibt es etwas Neues?«

»Nein, und dieses Jahr wird es auch nichts mehr geben.«

»Und was willst du dann? Ein Buch?«

»Natürlich nicht, das weißt du.«

Ich sah ihn an und wartete.

»Gehen wir essen?«

»Nein.«

»Komm schon. Du vermittelst mir langsam den Eindruck, dass du mich benutzt.«

»Benutzt?«

»Meine Kenntnisse und Fähigkeiten.«

»Ich bezahle dich, ich benutze dich nicht.«

»Leider.«

»Was jetzt? Willst du benutzt werden?«

Er lachte sein absolut freimütiges Lachen. »Kommt drauf an, in welchem Sinne.«

»Jake, ich habe zu tun. Und du weißt, dass ich nicht mit dir essen gehen werde, also spar dir in Zukunft den Weg.«

»Ich sollte es dir nicht sagen, aber du machst es genau falsch. Das war schon immer so. Dinge, die man leicht bekommt, interessieren mich nicht. Die anderen allerdings, für die man sich ins Zeug legen muss ... Die Belohnung, wenn man sie dann hat, ist ungleich größer. Und ich habe bisher alles bekommen, was ich wollte. Das macht mich zu einem hervorragenden Anwalt und das macht mich zu einem Menschen, der mit sich selbst glücklich und zufrieden ist.«

»Wie schön für dich.«

»Und für alle Menschen in meinem Umfeld. Ich sage, was ich denke, mache, was mir gefällt, und gebe immer mein Bestes, privat wie beruflich. Ich verspreche nichts, das ich nicht einhalten kann.«

Elizabeth befestigte die letzte Kugel an dem kleinen Weihnachtsbaum und trat einen Schritt zurück. Alles war bereit. Beinahe alles. Sie war sich so sicher gewesen, dieses Jahr nicht alleine das Fest der Liebe feiern zu müssen. Charles hatte Hoffnungen geweckt und Versprechungen gemacht, die einen gänzlich anderen Weg aufgezeigt hatten. Aber Charles war in Kent und sie war hier. Weihnachten, hatte er gesagt, dieses Fest hat eine besondere Stellung in meiner Familie. In jeder Familie vermutlich, hatte er lachend hinzugefügt. Aber was er eigentlich sagen wollte, war, dass er hinfuhr und sie nicht. Bella hingegen würde dort sein und sie würde sich nicht darum kümmern, ob die Familie alleine sein wollte. Und er würde sie nicht wegschicken, weil es unhöflich wäre oder was auch immer. Elizabeth seufzte frustriert. Sie sollte den Tatsachen ins Auge sehen. Sie könnte die Zeit nutzen, um sich die Augen auszuheulen und sich von allem zu befreien. Denn bald begann ein neues Jahr und sie sollte es als das sehen: einen Neuanfang.

Die Türklingel riss sie aus ihren trüben Überlegungen. Er hat es sich anders überlegt, war der erste, elektrisierende Gedanke. Doch in der Gegensprechanlage hörte sie nicht Charles‘ sanfte, warme Stimme, sondern Justins herausforderndes Lachen.

»Warum sitzt eine attraktive junge Frau alleine zu Hause?«

»Weil es niemanden gibt, der neben mir sitzen will.« Sie rieb sich müde die Stirn. »Und weil ich erledigt bin und schlicht meine Ruhe haben will.«

»Du musst den Blickwinkel ändern, Elizabeth«, sagte er und sie konnte fast sehen, wie seine Augen blitzten bei diesen Worten. »Männer haben ein geringes Interesse daran, neben einer schönen Frau zu sitzen. Verändere ein wenig deine Position und schon sieht es anders aus. Lege dich hin und du wirst nicht lange alleine bleiben. Ich

würde persönlich dafür sorgen. Ich würde für vieles sorgen, wenn du mich lässt.«

»Verschwinde«, gab Elizabeth zurück und legte auf. Ehe ihr Kopf sich ausschalten konnte und dem Bauch nachgab, der nachdrücklich forderte, Charles zu vergessen und einfach die Tür zu öffnen.

Kapitel 51

»Frohe Weihnachten, Liebes.« Meine Mutter wirbelte herein, strahlend und fröhlich und mit einem Leuchten im Gesicht, das dem Weihnachtsbaum Konkurrenz machte.

»Hohoho«, tönte der tiefe Bass meines Vaters und ein wildes Bimmeln untermalte seine Worte. An der Tasche, die er schwenkte, hatte er kleine Glöckchen befestigt, auf seinem Kopf thronte eine pelzbesetzte rote Weihnachtsmannmütze.

»Schön, dass ihr da seid«, antwortete ich und grinste. »Edward ist auch eben eingetroffen.«

»Edward!« Mum stürmte weiter und umarmte ihren Sohn. »Wie schön. Wir haben uns viel zu lange nicht gesehen.«

Es war einer der schönsten Weihnachtsabende, an die ich mich erinnern konnte. Meine Eltern waren bestens gelaunt und scherzten und lachten die ganze Zeit. Selbst Edward ließ sich davon anstecken und fiel schließlich ein, als Dad mit Bing Crosby um die Wette sang. Mum saß da und beobachtete die beiden zufrieden. Es war nicht das erste Mal, dass wir zusammen feierten, doch dieses Jahr war es anders, dachte ich. Die beiden sind anders. Also nicht Edward und Dad, aber Mum und Dad. Sie hatten einen neuen Umgang miteinander gefunden. Die höfliche Freundlichkeit der letzten Jahre war einer aufgekratzten, glücklichen Stimmung gewichen. Sie wirken vertrauter als früher, dachte ich. Als ob sie ein Geheimnis teilten, das sie sehr glücklich machte. Und das machte mich glücklich.

»Wie geht es dir, Eliza?« Mum saß neben mir auf dem Sofa und legte eine ihrer schmalen Hände auf meine.

»Gut, Mum.«

»Du bist immer noch alleine?« Sie sah mich nicht an, sondern hinüber zu Dad, der sich mit Edward am Herd zu schaffen machte und ihm das Familienrezept für den ***besten Eggnog der Welt***, wie er es nannte, weitergeben wollte.

»Hm«, machte ich und sah betont interessiert zu, wie Edward unter den Augen meines Vaters die Eier aufschlug und trennte.

»Ich dachte, du hättest jemanden gefunden«, machte Mum vorsichtig weiter. »Du hast so geklungen.«

Dad gab Zucker zu Eigelb und Eiweiß und begann, die eine Mischung aufzuschlagen, während Edward sich um die andere kümmerte.

»Ja«, sagte ich und seufzte leise. »Es schien so.«

»Aber du hast dich getäuscht?«

»Ich weiß es nicht. Ich kann es nicht sagen. Ich hoffe nicht.«

»Und doch ist er heute nicht hier.«

»Nein, das ist er nicht.«

»Obwohl du es dir wünschst.«

Dad vermischte den Eischnee unter höchster Konzentration, wie es schien, mit der Eiermasse. »Das ist der Batter, Junge. Auf den kommt es an. Er muss die perfekte Konsistenz haben. Pass auf, dass die Milch nicht kocht. Und das gilt auch für die Rum-Brandy-Mischung. Heiß, aber nicht aufkochen, das ist sehr wichtig.«

»Was wünschst du dir?«, fragte ich zurück.

»Ich habe alles, was ich wollte«, war die nicht ganz unerwartete Antwort. Ihr Blick hing immer noch auf den beiden Männern am Herd, die unter großem Getue *den Batter* in Gläser füllten.

»Seit wann haben wir eigentlich ein Familienrezept für Eierpunsch?« Ich wechselte das Thema recht unelegant, aber egal. »Und was ist *der Batter*?«

Mum lachte schon wieder. »Dein Dad hat einen Bartender-Kurs gemacht. Er hält sich jetzt für einen Profi in allen Belangen, die mit alkoholischen Mixgetränken zu tun haben. Lass ihm die Freude.«

»Ich gebe jetzt den Alkohol dazu und du füllst mit der Milch auf. Und rühren, Junge. Immer rühren, wir brauchen einen schönen, festen Schaum.«

Edward goss und rührte und Dad sah zu und gab Tipps und hüpfte wie ein kleines Kind herum. Schließlich übernahm er selbst die finale Krönung, geriebene Muskatnuss, und drehte sich zufrieden um.

»Meine Damen«, sagte er und machte eine leichte Verbeugung. »Gleich erleben Sie eine wunderbare Köstlichkeit.«

»Is gut, das Zeugs«, gab ich nach dem dritten Glas zu und Dad strahlte.

»Das ist es, mein Mädchen. Kein einfacher Eggnog, sondern ein *Tom and Jerrys*, der beste von allen. Irgend ein schlauer Dichter sagte einmal, Weihnachten sei nur erfunden worden, um das zu trinken.« Er nahm einen Schluck und grunzte zufrieden.

»Weihnachten wurde nicht erfunden«, gab ich zurück und spürte, dass mein Kopf nicht mehr ganz sicher war im Denken. »Weihnachten war und ist und bleibt, und zwar nicht wegen deinem Eggnog, sondern wegen der Liebe.«

»Hoho«, gab er zurück. »Dann trinken wir die nächste Runde auf die Liebe.« Er grinste Mum zu und ich stupste Edward verstohlen an und grinste ebenfalls.

»Selbst wenn es traurig ist, dass eure alten Herrschaften mehr davon verstehen als ihr. Ihr seid jung. Wo sind eure Lieben?«, fing jetzt auch mein Vater an, auf diesem Thema herumzureiten.

»Kein Bedarf«, antwortete Edward gewohnt nachlässig und lehnte sich entspannt zurück. »Ich genieße die Zeit und bin sehr glücklich damit, wie es läuft.«

»Immer noch mit dem kleinen Morris auf Schürzenjagd?«, fragte Dad und starrte einen Moment in seinen Punsch. »Wie hieß er noch? Attraktiver Kerl und sehr souverän, schon als Kind.«

»Jake«, half meine Mutter aus. »Und er hat sich kaum verändert. Sieht heute noch besser aus und hat seinen Charme ausgebaut.«

»Jake, jawohl.« Dad war zufrieden. »Mochte ihn immer schon. Hat mich stets ein wenig an mich erinnert.«

»In der Tat«, sagte Mum und strich über sein Gesicht. »Ein genauso gut aussehender, charismatischer Mann wie du, der gerade so lange durchhält, bis das echte Leben beginnt und Verantwortung fordert.«

»Schuldig«, strahlte Dad zurück, griff nach ihrer Hand und drückte einen langen Kuss darauf. »Mit anderen Worten: ein Blödmann.«

»Glaubst du, die beiden sind wieder zusammen?«, fragte ich Edward leise, als Dad dieses Mal mit Mum in der Küche etwas zusammenmixte.

»Die beiden? Himmel, nein.«

»Aber sie wirken so, oder? Und sie *schläft* bei ihm.«

»Bei ihm und vielleicht auch mit ihm. Du kennst Dad. Er ändert sich nicht, und das sollte er auch nicht. Er ist ein feiner Kerl, auf seine Art.«

»Hm«, machte ich wieder und sah hinüber. Sie lachten und kicherten und Dad sah strahlend zu seiner Ex-Frau.

»Eliza, es ist doch gut so, wie es ist. Wie viele Menschen dürfen das erleben? Dass sie eine Familie sind und so entspannt miteinander umgehen, auch wenn die Liebe nicht mehr da ist?«

»Das ist deine Meinung. Ich denke, dass die Liebe durchaus noch nicht weg ist. Warte nur ab.«

Der Abend war lang und fröhlich gewesen und als meine Gäste in zwei Taxen und sehr aufgedreht nach Hause fuhren, war ich äußerst zufrieden. Wenn es schon bei mir nicht so lief wie geplant, dann wenigstens bei anderen. Ich hatte zwar vergeblich gehofft, dass unsere Eltern uns errötend gestanden, dass sie wieder ein Paar waren, aber das war nur noch eine Frage der Zeit. Daran hielt ich mich fest und verdrängte die geheime Botschaft, die mein Gehirn mir penetrant senden wollte: Sie können sich doch ändern. Am Ende siegt die Liebe eben doch über das ganze Harte-Kerl-Theater.

Am nächsten Abend trafen wir uns im *Club Five*, wo Edward einen Tisch bestellt hatte und großzügig die Familie zum Essen einlud. *Mum sieht aus wie ein junges Mädchen*, dachte ich, als sie mit Dad hereinkam, in einem engen Kleid und höheren Schuhen, als ich sie trug. Mein Bruder ließ sich nicht lumpen und bestellte eine Flasche Champagner und bald schon herrschte erneut fröhliches Gelächter und Geschwatze. Ich beobachtete meine Eltern, die sich mit kleinen Gesten und Blicken immer wieder einen Moment aus der Gruppe auszuklinken schienen. Sie teilten ein Geheimnis, das war so sicher wie die Tatsache, dass es nur in Büchern Schnee gab zu Weihnachten.

»Ich soll euch grüßen«, sagte Edward eben. »Von Jake.«

»Danke.« Mein Vater strahlte. »Richte ihm ebenfalls Grüße aus und ein frohes Weihnachtsfest.«

»Das werde ich tun. Von dir auch?« Er grinste mich an.

»Äh, klar. Wieso?«

»Nun, weil er dich explizit erwähnte. *Richte der Familie Grüße aus, ich wünsche ihnen und der zauberhaften Eliza frohe Festtage.*« Er hob süffisant das Glas.

»Wie nett.« Mum richtete sich auf. »Ich dachte, du magst ihn nicht.«

»Das stimmt«, gab ich etwas unsicher zurück. »Aber in letzter Zeit ... Nun ja, wir haben mehr miteinander zu tun, wegen dieser Sache mit dem Laden.«

»Was ist mit dem Laden?«, warf Dad ein.

»Es ist ... nichts. Ich will heute nicht daran denken.«

»Ein kleines juristisches Problem, und Jake war so nett, seine Hilfe anzubieten.« Edward ignorierte meinen Wunsch gekonnt.

»Ich bezahle ihn dafür.«

»Weit unter dem üblichen Stundensatz, wie ich gehört habe. Du würdest umfallen, wenn ich dir sage, was er normalerweise berechnet.«

»Ich habe ihn nicht darum gebeten.«

»Nein, das hast du nicht.«

Ich konnte Mums Gedanken förmlich sehen. Sie sah von Edward zu mir und zurück und ein nachdenklicher Ausdruck machte sich breit.

»Nun, vielleicht ist das nur richtig so. Schließlich hat er mich all die Jahre geärgert und mich immer so klein und dumm ...« Ich brach ab.

»Schätzchen«, sagte Mum und sah mich mit erstaunten Augen an. »Weißt du denn nicht, dass dies sehr oft eine Art ist, jemandem sein Interesse zu bekunden? Wenn er dich wirklich für klein und dumm gehalten hätte, hätte er dich einfach ignoriert. Was bin ich für eine Mutter? Es scheint, ich habe dir die elementaren Weisheiten des Lebens vorenthalten.«

Ich wollte zu einer entrüsteten Antwort anheben, dass ich sehr wohl Bescheid wisse über die elementaren Dinge und dass in meiner Sicht nicht dazugehörte, dass man auf diese Art seine Zuneigung ausdrückte, als meine Mutter ihre Hand hob und abwinkte.

»Das war ein Scherz, Liebes. Aber falls du willst, können wir das in einer ruhigen Stunde weiter besprechen. Ich habe mich nämlich umentschieden und flieg nicht morgen schon zurück.« Sie zwinkerte Dad zu. »Ich bleibe bis Neujahr und wir werden zusammen Silvester feiern, ist das nicht schön? Und wer weiß, vielleicht habe ich noch eine Überraschung für euch.«

Kapitel 52

»Du hast dich verändert.« Ich sah Mum an und lächelte zaghaft. »Wo sind die Geschichten geblieben, die wir immer verschlungen haben?«

»In meinem Herzen, wo sie hingehören.«

»Und der Traum von der großen Liebe?«

»Ebenfalls dort.« Ein warmes Lächeln breitete sich auf ihrem schönen Gesicht aus.

»Aber dennoch träumst du anders, oder?«

»Weil ich mich verändert habe. So ist das im Leben. Wir machen Erfahrungen und wir lernen daraus.« Sie sah sich um. »Eine schöne Party, was?«

Ich nickte. Edward war im Gegensatz zu mir nicht besonders begeistert gewesen, als Mum ihre Ankündigung machte.

»Ich bin kein Kind mehr und ich habe bereits Pläne für Silvester«, hatte er gesagt. »Und die würde ich ungern ändern. Ich meine, toll und alles, aber an Silvester geht es doch darum, das alte Jahr mit reichlich Krawall zu beenden und mit noch mehr Hallo in das neue zu starten.«

»Und das habe ich auch vor«, hatte Mum ungerührt geantwortet. »Wenn du also eine Party in der Hinterhand hast und es keine Privatveranstaltung ist …«

»Nein«, mein Bruder sah vorsichtig aus. »Aber ich weiß nicht, ob ich unter den Augen meiner Mutter feiern will.«

»Keine Sorge. Ich werde dich nicht blamieren und du auch nicht, was, Bart?«

Und so hatte Edward mehr oder weniger freiwillig drei weitere Karten besorgt und uns wissen lassen, dass das ein großes Entgegenkommen seinerseits sei, und uns zu einer edlen Silvesterfeier in einem genauso edlen Hotel eingeladen. Es waren nicht nur junge Leute hier, auch wenn sie die Mehrheit bildeten, und Mum passte in ihrem glitzernden Kleid perfekt in diesen Rahmen, wie ich erstaunt feststellen musste. Sogar mehr als ich in meinem roten Kleid, das bis über die Knie ging und damit länger war als ihres und mit seinem weiten

Rock auch weniger von meiner Figur enthüllte als ihr Modell. Aber es war ein tolles Kleid, das ich an einem meiner Stände auf dem Markt entdeckt hatte, aus knisterndem Satin und mit wunderschönen, stoffbezogenen Knöpfen auf dem Rücken und ich fühlte mich darin wie ein Filmstar.

»Es ist schön, dich mal wieder hier zu haben, Mum«, sagte ich und drückte ihr spontan einen Kuss auf die Wange.

»Ja«, sagte sie und lächelte. »Wer weiß, vielleicht komme ich wieder zurück nach England. Wäre doch nett, oder?«

»Sehr sogar.« Ich sah zu Dad, der bereits ein paar Leute kennengelernt hatte und munter plauderte.

»Ich werde mal eine Runde drehen. Du musst mich nicht begleiten. Ah, Jake, mein Lieber. Wie geht es dir?«

Ich drehte mich um und sah eben noch, wie sie den besten Freund ihres Sohnes kurz in die Arme schloss.

»Bestens. Sie sehen großartig aus, Mrs G.«

»Du warst schon immer ein Charmeur, Jake«, lachte sie und wedelte mit dem Arm. »Und sag nicht Mrs G, da komme ich mir alt vor. Sag Alice.«

»Alice«, wiederholte Jake grinsend. Dann wandte er sich mir zu. »Und Eliza. Du siehst bezaubernd aus.«

»Ich lass euch mal alleine«, flötete meine Mutter und verschwand.

»Eine wunderbare Frau.« Jake blickte ihr einen Moment nach. »Wie ihre Tochter.«

»Ja.«

»Ich habe mich sehr gefreut, als Edward sagte, dass du heute hier sein wirst.«

»Im Gegensatz zu ihm.«

»Nun, er hat auch andere Pläne als ich.« Jake schob sich neben mich und legte seine Hand auf meinen Rücken.

»Wirklich? Ich wette, es sind im Großen und Ganzen dieselben. Spaß haben und am Ende ein Mädchen mit nach Hause nehmen.«

»Und? Ist das so verwerflich?«

»Natürlich nicht.« Ich musste aufhören, immer wie eine alte Jungfer zu klingen. »Jeder, wie er will.«

»Tanzt du mit mir?«

»Ich tanze nicht.«

»Doch. Doch, ich denke, das tust du.«

Jake hatte mich auf die Tanzfläche gezogen und einen Arm um mich gelegt, ehe ich richtig protestieren konnte.

»Entspann dich. Ich will dich nicht fressen.«

Er tanzte nicht übel, das musste ich zugeben. Er tanzte so, wie ich es mir vorgestellt hätte, wenn ich jemals darüber nachdenken würde. Mit festem Griff und sicher in der Führung. Ich musste eigentlich kaum etwas tun, als mich seinen Bewegungen anzupassen, den Rest besorgte er. Er versuchte erst gar nicht, irgendwelche komplizierten Schritte zu machen, und das kam mir entgegen. Langsam ließ ich tatsächlich los und genoss es einfach, hier zu sein, selbst wenn hier in seinen Armen war.

»Du riechst gut.«

»Danke.«

Er lachte schon wieder. »Und du bist so herrlich verklemmt.«

»Ich bin nicht verklemmt.«

»Du bist immer auf der Hut, oder? Hast du nie Spaß?«

»Natürlich. Jede Menge.«

»Tatsächlich?« Er schob mich weg und ließ mich einmal unter seinem ausgestreckten Arm eine Drehung machen, wobei mein Rock sich kokett bauschte, und zog mich dann zurück. »Hast du jetzt gerade Spaß?«

»Nun, ja.«

»Und nun?« Er fasste meine Hand fester und führte sie näher an meinen Körper heran. Mit meinen Fingern fest in seinen berührte er meinen Oberarm und begann, sachte über die Haut zu streifen. Ich sagte nichts.

»Was ist jetzt? Macht das Spaß?« Seine Hand wechselte zu meinem Hals, fuhr den schmalen U-Boot-Ausschnitt entlang, der hoch an meinem Hals endete, aber bis fast zu den Schultern offen war. Immer noch spürte ich dabei auch meine Finger, ein seltsames Gefühl, ganz und gar nicht unangenehm. Er stoppte und spielte kurz mit dem Träger des BHs, den er eben entdeckt hatte.

»Ich wusste es, dass mehr hinter all dem steckt, als du normalerweise zeigst. Ich stehe auf rote Unterwäsche.«

»Man sagt, sie bringt Glück, wenn man sie in der Silvesternacht trägt«, sagte ich und versuchte, so selbstbewusst wie er zu klingen. Zur Sicherheit zuckte ich ein wenig mit meiner Schulter, um lässig genug herüberzukommen. Sein Zeigefinger streckte sich aus und glitt unter den Träger.

»Nun, das könnte sie uns bringen.«

»Nicht, wenn du deine Hand nicht da wegnimmst.«

»Wie schade.« Er grinste, zog aber folgsam seine Hand zurück. »Ich dachte, das mit den Kommandos wäre mein Part.«

»Dann hast du falsch gedacht.«

»Ich wette nicht. Ich wette, ich weiß, was du denkst. Dass du hoffst, ich würde nicht brav reagieren, sondern meine Hand weitergleiten lassen, bis sie deine ungeduldig wartenden Nippel berührt«, flüsterte seine Stimme dicht an meinem Ohr. »Und du dich verzweifelt zu fragen beginnst, ob man in einem vornehmen Hotel die Zimmer auch stundenweise mieten kann.«

»Weshalb musst du immerzu über Sex reden?« Ich versuchte, etwas Abstand zu ihm zu gewinnen, aber seine Arme hielten mich unerbittlich fest.

»Weshalb? Du redest ständig über Bücher. Und warum? Weil du sie liebst. Weil du es genießt, sie zu lesen. Es entspannt dich und gibt dir ein gutes Gefühl. Es macht dich high und es erregt dich, wenn es ein gutes Buch ist. Du willst dich ganz darin verlieren, mit Haut und Haar, und es spüren, tief in dir. Du willst es erleben.« Seine Stimme war leise und warm und erschreckend verführerisch.

»Das ist etwas völlig anderes.«

»Ist es das?«

Der plötzlich einsetzende laute Countdown enthob mich einer Antwort. Ich versuchte erneut, seinem Griff zu entkommen, aus Angst, dort zu bleiben. Was er sagte, war falsch und es war eine Frechheit, diese Vergleiche zu ziehen, aber seine Stimme hatte mich in einen fatalen Bann gezogen. Wie in Zeitlupe hörte ich die anderen laut von zehn abwärts zählen und versuchte, Ordnung in meine Gedanken zu bringen.

»Acht!«

Schnell Ordnung in meine Gedanken zu bringen. Und diesem Blick auszuweichen.

»Fünf!«

Jakes Blick, mahnte ich mich. Diesem oft geübten, perfektionierten Blick, der nicht nur für mich bestimmt war, sondern für jede Frau, die ihm über den Weg lief.

»Drei!«

Es war gar nicht so einfach, wegzublicken, stellte ich entsetzt fest. Und es war nicht einfach, sich zu erinnern, wer er war. Mein Kopf war seltsam leer und gleichzeitig viel zu voll. Ich wollte das nicht und gleichzeitig wollte ich gerade nirgendwo anders sein. Trotz war normalerweise keine meiner herausragenden Eigenschaften, aber jetzt gerade fühlte ich ihn in mir aufsteigen. Trotz, weil das Leben den braven Mädchen nicht half und weil es ihnen die Menschen, die sie wollten, nicht zugedachte. Und weil es den ganzen Abend in mir geschlummert hatte, dieses Wissen, dass ich hier war und Charlie wo auch immer. Das Unwissen, was er heute tat, wen er gerade im Arm hielt.

»Zwei!«

Und der Zorn. Der Zorn auf die Bücher, die mich belogen hatten. Charlie hätte spätestens jetzt auftauchen müssen. Wenn er schon nicht an Weihnachten plötzlich vor der Tür stand und mir seine Liebe gestand, ob mit einem romantischen Plakat oder ohne, so hätte er spätestens jetzt hier sein müssen. Doch er war es nicht und er würde auch nicht kommen.

»Eins!«

Und dann setzte gewaltiger Radau ein, Tröten und Grölen und Klatschen. Wo hatten die alle bloß diese Tröten her, dachte ich, als Jakes Gesicht langsam näher kam.

»Ein frohes neues Jahr, Eliza.«

Und ehe ich erwidern konnte, war sein Mund auf meinem und seine Lippen waren warm und fest und hatten noch nie etwas davon gehört, wie ein Silvesterkuss zu sein hatte. Sie scherten sich nicht darum, dass man sich berührte und dann wieder lösen sollte. Sie nahmen die Sache ernst und holten seine Zunge zu Hilfe. Und ich stand da, fest an ihn gepresst, und ließ es geschehen, dass er sich Sachen herausnahm, die ich nie im Sinn gehabt hatte.

Kapitel 53

»Eliza.« Seine Stimme ließ mich erschaudern. Sie klang rau und männlich, ein wenig atemlos. Und das hatte ich verursacht. Wegen mir klang er so. Ich sah auf und suchte seine Augen. Pure Lust stand darin, wie es in den Büchern immer beschrieben war. In denen, wo all dies in der echten, wahren Liebe endete. Ich zwang mich, den Blick zu lösen, Zeit zu gewinnen, damit mein Herz wieder normal schlagen konnte. Über seine Schulter sah ich meine Mutter, die Dad küsste, und versuchte, mich darauf zu konzentrieren. War es so einfach? Konnten sich die Menschen ändern, wenn wir ihnen eine Chance gaben? War die Liebe am Ende die stärkste aller Kräfte? Dann lösten sich meine Eltern und meine Mutter begann zu glühen. Sie verließ Dads Arme und ich sah zu, wie sie in die eines Mannes sank, der eben neben ihr aufgetaucht war. Ein recht unauffälliger Mann, mit leicht angegrauten Schläfen und einem eleganten Anzug. Er umschloss ihren Körper und dann küsste er sie. Und küsste sie. Und küsste sie noch immer, während sie sich an ihn schmiegte und Dad den beiden zusah und lächelte. Mein eigenes Lächeln erstarb und ich begann, mich energischer aus Jakes Armen zu winden. Er bemerkte es und ließ tatsächlich los, drehte sich um und versuchte, herauszufinden, was mich so offensichtlich von ihm ablenkte.

»Hallo«, sagte er mit einem spöttischen Unterton, dann noch einmal: »Aber hallo, Mrs G.«

»Mum.« Ich konnte es nicht fassen, was ich da sah. Die beiden küssten sich immer noch und ganz offensichtlich genoss meine Mutter jede Sekunde. Sie wand sich ein wenig enger um ihn und ich stammelte erneut. »Mum.«

»Nun, es liegt wohl in der Familie«, gab Jake von sich, und wenn ich nicht fassungslos hätte zusehen müssen, was da passierte, hätte ich ihm eine gescheuert. »Das gibt doch Hoffnung.«

»Hoffnung? Meine Mutter küsst einen Wildfremden, während ihr Mann danebensteht und ... grinst.«

»Ex-Mann. Und so fremd sieht der nicht aus. Wer weiß, vielleicht stehen die drei darauf.«

»Du bist widerlich.«

»Wirklich?« Seine Hand legte sich um meine Schultern. »Das sah eben aber anders aus.«

»Mum!« Ich begann tatsächlich, meine Hände zu ringen. »Sie hört gar nicht auf.«

»Sie weiß anscheinend, was gut ist.« Jakes Finger tasteten nach meinem Schlüsselbein und begannen, kleine Kreise zu ziehen. »Aber wenn dich das erregt ...«

»Aufregt, meinst du wohl.«

»Dann sollte ich dich vielleicht ablenken.« Er versuchte, seine Hand weiter nach unten zu schieben. Endlich konnte ich meinen Blick von diesem verstörenden Bild lösen und tief durchatmen.

»Wage es nicht, Jake Morris.«

»Sonst was?« Er hatte offensichtlich Gefallen an diesem Spiel.

»Sonst wirst du mich kennenlernen. Nimm die Hand da weg, aber ganz schnell.«

Betont langsam zog er sie zurück. »Ich kann es gar nicht erwarten, diese Seite von dir kennenzulernen.«

Endlich schien meine Mutter Luft holen zu müssen und machte sich mit einem überdrehten Lachen frei. Sie strich sich durch die wirren Locken, die ihr den Anschein gaben, eben wie wild ... nun ja, genau das getan zu haben, was sie auch tat. Dann drehte sie sich zu Dad um und sagte etwas. Und Dad lachte und streckte seine Hand aus und schlug dem anderen kameradschaftlich auf die Schulter. Der legte seinen Arm um Mum, die nun erst meinem Vater, dann dem anderen einen Kuss auf die Wange drückte. Mir wurde schlecht. Und wenn Jake recht hatte? Wenn sie wirklich einen Dreier ... übelstes Kopfkino! Dann sah ich, wie Mum den Kopf hob und die Augen durch den Saal schweifen ließ. Ich drehte mich wie der Blitz und überlegte fieberhaft, wie ich ihren suchenden Blicken entkommen konnte.

»Küss mich!« Ich packte Jakes Oberarme und zwang ihn, meiner erneuten Drehung zu folgen, sodass er nun mit dem Rücken zu meinen Eltern stand und mich weitgehend verdecken würde.

»Wie bitte?«

»Schnell, jetzt mach schon. Küss mich und tu so, als wären wir beschäftigt.«

»Wenn du willst. Ich meine, ich stehe ja nicht auf diese ganze Romantiknummer, aber ich dachte, dir ist das wichtig.«

»Ahhh.« Ich griff nach seinem Nacken und zog seinen Kopf zu mir hinab. Entschlossen presste ich meinen Mund auf seinen und schielte dabei an ihm vorbei in die Richtung, in der meine Eltern standen. Mum hatte mich natürlich längst gesehen und machte sich, beide Kerle im Schlepptau, auf den Weg zu mir. Ich schloss die Augen und vergaß komplett, dass ich ein bisschen Leidenschaft vortäuschen sollte. Jake nahm meinen Kopf zwischen beide Hände und zog ihn ein wenig von sich weg.

»Wenn du das tust, solltest du mit mehr Engagement an die Sache gehen. Ich lasse nicht gerne mit mir spielen.«

»Dann haben wir ja etwas gemeinsam.«

»Das haben wir.« Und dann küsste er mich und dieses Mal musste ich mich an gar nichts erinnern. Jakes Kuss war hart und fordernd und ließ mir keine Luft. Eine Hand umspannte meinen Nacken, die andere lag jetzt auf meinem Hintern, wo er fest zupackte und dann noch ein wenig fester, als er begann, seine Zähne einzusetzen. Es war kein Kuss, wie ich ihn mir immer erträumte, der sanft begann und dann eine Leidenschaft entwickelte, die alles mitriss. Es war ein Kuss, der einen Krieg eröffnete, und er schien gewillt, ihn zu gewinnen.

»Das ist Eliza, meine Tochter.«

Einen Moment wusste ich nicht, was ich mir mehr wünschte. Dass Jake mich erneut packte und mich in einen weiteren Kuss zwang, der mich völlig überforderte und so viele widersprüchliche Gefühle weckte, dass ich meinte zu zerbersten, oder dass Mum uns schon viel früher mit ihrem höflich-hartnäckigen Räuspern unterbrochen hätte. Langsam drehte ich mich um.

Was sagte man in dieser Situation? »*Schön, Sie kennenzulernen*«? *»Und wer zur Hölle sind Sie«?* Oder einfach nur *»Bist du denn jetzt total übergeschnappt, Mutter?«* Natürlich mit der Betonung auf dem Wort *Mutter*. Stattdessen sagte ich gar nichts und starrte nur stumm.

»Und das hier«, sie griff nach seinem Arm und zog ihn dichter zu sich heran, »das ist Tom.«

Ich freute mich immer noch nicht, ihn zu sehen, deshalb sagte ich nichts und nickte nur unverbindlich, ehe mein Blick den meines Vaters suchte.

»Wo ist denn Edward? Ah, da hinten ist er ja. Edward!« Unbekümmert gestikulierte sie mit ihrem freien Arm und zog neben der Aufmerksamkeit meines Bruders auch die ganz schön vieler anderer Gäste auf sich. Edward beugte sich zu seiner Begleitung hinab, flüsterte ihr etwas ins Ohr, klatschte jovial seine Hand auf ihren Hintern, was sie albern kichern und nicken ließ, und schlenderte zu uns herüber. Wenn er sich wunderte, dass Mum am Arm des falschen Mannes hing, dann ließ er es sich nicht anmerken.

»Ich hatte euch doch eine Überraschung versprochen«, begann sie, und ganz üble Vorahnungen überkamen mich. »Nun, und hier ist sie. Tom und ich werden heiraten.«

Kapitel 54

Das ist falsch, dachte ich. *Das ist alles komplett falsch.* Ich weiß, ich hätte *Hey! Großartig. Ich freue mich für euch* denken sollen, aber das tat ich nicht. Weil es falsch war. Und Dad strahlte beinahe ebenso wie Mum, und das war noch falscher. Gibt es das Wort? Egal, es war falscher oder am falschesten oder megafalsch.

»Das sind in der Tat Neuigkeiten. Herzlichen Glückwunsch«, sagte Edward und klang ziemlich unbeeindruckt. »Willkommen in der Familie.«

Ich sah zu ihm und dann zurück zu Mum und zu Dad und schüttelte leicht den Kopf. Mum machte sich von ihren Männern los und kam auf mich zu.

»Eliza«, sagte sie.

»Ähm, ja. Toll«, sagte eine Stimme, die aus meinem Mund kam und nicht meine war. »Großartig. Hey!«

»Lass uns mal nach draußen gehen.« Sie nahm meinen Arm und führte mich sanft durch die ausgelassene Menge.

Dad folgte uns und Tom stand ein wenig unsicher herum und grinste Edward verlegen an. Der zeigte sich der Situation gewachsen. Ich hörte, wie er sagte: »Ich denke, ein Whisky wäre jetzt genau das Richtige.«

Draußen gingen wir ein paar Schritte, weg von den großen Standaschenbechern, um die sich eine schnatternde Menge gebildet hatte. Schließlich blieb meine Mutter stehen und sah mich nachdenklich an.

»Ich weiß, dass es ein Schock sein muss, aber ich dachte, es wäre ein guter Schock. Ich war so lange alleine, fast mein ganzes Erwachsenenleben. Und ich fühlte mich oft einsam. Und plötzlich ist das anders und ich habe gehofft, dass du das verstehen würdest und dich für mich freust.«

»Ich freue mich für dich. Es ist nur …«

Dad kam und hatte unsere Mäntel im Arm. Sorgsam legte er mir meinen um die Schultern, dann breitete er Mums aus und ließ sie hineinschlüpfen.

»Ich werde mal eben …« Er deutete vage ins Dunkle. »Bin gleich wieder da.« Seine Hand tätschelte kurz meine Schulter, dann verschwand er.

»Ich habe immer gedacht, dass du und er …« Ich sah sie nicht an, sondern starrte in die Richtung, in der mein Vater verschwunden war.

»Nein«, antwortete sie leise, aber bestimmt. »Weißt du, Bart ist ein toller Mann. Ich mag ihn sehr, heute wieder mehr als noch vor einiger Zeit. Er ist witzig und großartig und alles, aber er ist kein Mann für mich. Das war er leider nie.«

Ich nickte.

»Lange Zeit dachte ich, wenn es mit ihm nicht klappt, dann will ich keinen. Dann merkte ich, dass es mir nicht guttut, und ich habe eine gefühlte Ewigkeit nachgedacht, was ich wirklich will. Jetzt weiß ich es. Ich will gar nicht so viel. Ich möchte nur einen Menschen haben, der mich liebt, wie ich bin. Dem ich nicht zu anstrengend bin, weil ich Sicherheit haben möchte, und der sich nicht die Zunge abbeißt, wenn er mir sagt, dass er mich liebt. Für den Beziehung nicht heißt, in Ketten zu liegen.«

Ich nickte wieder. Diesen Teil konnte ich nur zu gut verstehen.

»Und dann kam Tom. Einfach so. Er hat letztes Jahr«, sie machte eine kurze Pause, als irgendwo ein paar verspätete Böller krachten, »vorletztes Jahr muss ich jetzt wohl sagen, Urlaub auf der Insel gemacht. Wir haben uns zufällig kennengelernt, in einem Café. Wir hatten eine schöne Woche zusammen, dann ist er wieder nach England geflogen. Wir sind in Kontakt geblieben, haben uns geschrieben, uns immer besser kennengelernt. Dann kam er wieder, im Frühling, und es war noch besser als beim ersten Mal. Im Sommer war er dann drei Wochen da und als er abflog, wusste ich, dass dieser Mann der Eine ist. Nach zwei Wochen bin ich einfach zu ihm geflogen und wir haben beschlossen, dass wir nicht mehr ohne den anderen leben wollen.«

»Du warst … Moment. Du warst in London?«

»Nein, nicht in London. Tom wohnt unten in Cornwall.«

»Du warst in England und ich habe nichts davon gewusst?«

»Ich weiß.« Sie seufzte. »Aber was hätte ich sagen sollen? Ich wollte sehen, ob es wirklich klappt. Und es war so aufregend … Ich hatte nie ein Geheimnis vor euch, doch dieses wollte ich auskosten.«

»Aha.« Ich steckte die Hände in die Manteltaschen und sie seufzte wieder.

»Kannst du dich nicht für mich freuen? Er ist ein guter Mann, wirklich. Tom ist ein leiser Mensch und er kann vielleicht nicht einen ganzen Saal unterhalten oder mühelos auf jeden zugehen, aber sein Herz ist groß und weit. Ich weiß, er ist zurückhaltend und wirkt auf den ersten Blick eventuell langweilig …«

»Zurückhaltend? Na, sein Auftritt eben war alles andere als zurückhaltend oder langweilig.«

Mum kicherte. *Kicherte!* »Es war ein wenig solider geplant. Er sollte hierherkommen und ich wollte es euch sagen. Aber dann«, sie kicherte wieder, »ist es mit uns durchgegangen.«

»Und was ist mit Dad? Du hast bei ihm gewohnt. Ihr versteht euch so gut. Wusste er es? Oder hat er sich Hoffnung gemacht?«

»Liebes, dein Vater macht sich keine Hoffnungen in Bezug auf mich, schon lange nicht mehr. Und das meine ich nicht böse oder verbittert. Er und ich, das ging damals nicht gut und es würde auch jetzt nicht gut gehen. Wir sind zu verschieden. Einer von uns müsste ständig Kompromisse eingehen. Denn das haben wir gelernt: verändern klappt nicht. Man kann sich nicht verändern oder den anderen ändern. Das macht unglücklich und unzufrieden. Seit wir das erkannten, seit wir beschlossen haben, es nicht zu tun und eigene Leben zu leben, funktioniert es viel besser.«

»Ich hatte den Eindruck, dass Dad … dass du ihm sehr viel bedeutest.«

»Das tue ich, und er mir auch. Und dennoch oder gerade deshalb freut er sich mit uns. Er war im Herbst bei uns. Wir haben ihn nach Fowey eingeladen, das ist der entzückende Küstenort, in dem Tom ein kleines Häuschen hat.«

»Okay.«

»Tom und ich werden noch eine Woche hier sein, dann hast du Gelegenheit, ihn kennenzulernen. Und zu mögen. Du wirst ihn mögen, da bin ich mir sicher. Und ich verspreche«, wieder begann sie zu kichern, »dass du ihn nicht Dad nennen musst.«

»Nein, das muss sie nicht, denn sie hat einen Dad.« Aus dem Dunkeln tauchte mein Vater wieder auf. Hatten die beiden das abgesprochen? Auf alle Fälle nahm er nun neben mir Aufstellung. Mum drückte meinen Arm, beugte sich vor, küsste meine Wange und verschwand dann, während Dad sich eine Zigarette anzündete.

»Weißt du, ich dachte, du und sie … Ihr wart so vertraut, so harmonisch miteinander.«

»Ich weiß.« Er stieß den Rauch aus und starrte in den dunstigen Himmel. Keine Sterne zu sehen heute Nacht. »Das lag daran, dass sie glücklich war. Ohne dass ich mich verbiegen musste.«

»Du hast dich schon lange nicht mehr für sie verbogen.«

»Weil es nicht geht.« Jetzt sah er mich an und musterte ernst mein Gesicht. »Ich konnte es nicht und niemand kann das. Ich konnte nicht der Mann sein, den sie wollte, und ich konnte nicht der Mann sein, der ich war. Ich habe Alice begehrt und ich dachte, ich liebe sie. Sie war anders als die Mädchen, die ich sonst hatte, und ich fand es heiß, wie sie sich sträubte und dann plötzlich nachgab und ein paar wilde Seiten an sich entdeckte. Bevor wir jedoch klar erkennen konnten, dass es ein Strohfeuer war, hatte sich Edward angekündigt. Und Alice war glücklich. Ich nicht, das gebe ich zu. Ich liebe Edward und dich, Kleines, doch ich habe das Leben verabscheut, das ich plötzlich führte. Ich weiß, das setzt mich in kein gutes Licht, aber es ist die Wahrheit. Ich wollte sonntags keine Kinderwagen durch den Park schieben und ich wollte nicht heimkommen zu einer Frau, die müde und erschöpft war und deren Kleider immerzu Milchflecken aufwiesen. Ich wollte leben und ich wollte Abenteuer. Aber ich hatte mehr Gefühle für Alice, als ich dachte, und deshalb habe ich es versucht. Dann kamst du und es wurde nicht besser. Und eines Tages erkannte ich, dass ich nicht der einzige Unglückliche in dieser Geschichte war. Auch Alice hat gelitten, weil sie nicht bekam, was sie brauchte, und weil sie ständig Angst davor hatte, was ich trieb. Und nicht ganz zu unrecht. Ich war kein guter Mann. Ich habe mich mit anderen Frauen abgelenkt. Ich dachte, weil sie alle nur ein schneller Schatten waren, eine Nacht, in der ich vor dem Familienleben flüchtete, wäre es nicht schlimm, aber das ist natürlich nicht so. Es war schlimm und ich habe Alice betrogen, immer und immer wieder.«

»Dad!«

»Ich bin nicht stolz und ich will es nicht kleinreden. Aber du musst es verstehen. Ich bin so, auch wenn ich mir manchmal wünschte, es nicht zu sein. Und jetzt kann ich so sein. Ich will niemanden, der immer an meiner Seite ist. Ich möchte so leben, alleine und mit meinen kleinen Vergnügungen. Ich bin alt genug, um zu wissen, dass man Menschen nicht ändert, aber auch, dass man nur dann glücklich wird, wenn man zu sich steht. Ich war der falsche Mann für sie. Tom jedoch ist der richtige. Er kann ihr all das bieten, was sie immer haben wollte. Er ist ein Familienmensch, wie sie. Er trägt sie auf Händen und er betet sie an. Und deshalb freue ich mich für sie und du solltest das auch tun. Freue dich für uns beide und gib ihm eine Chance, Kleines.«

Kapitel 55

Edward gab Tom bereits eine Chance. Die zwei schienen sich gut zu verstehen und etwas verlegen trat ich mit Dad zu ihnen. Meine Mum hatte sich wieder besser im Griff und beschränkte sich jetzt, leider zu spät für mich, darauf, ihn verliebt anzusehen und gelegentlich ihre Finger in seine Richtung huschen zu lassen.

Ich versuchte es ebenfalls, ihm eine Chance zu geben, meine ich, aber ich war immer noch zu verwirrt. Als Edward sich schließlich erhob und meinte, wir würden uns ja noch einmal sehen und er sollte sich jetzt wieder um eine gewisse Candice kümmern, ehe es ein anderer tat, und dabei Dad vertraulich zuzwinkerte, erhob ich mich ebenfalls.

»Ich werde mich auch verabschieden. Es war ein langer Tag und ich bin müde.«

Mum nahm mich in den Arm.

»Er scheint ein netter Mann zu sein«, sagte ich und versuchte zu lächeln.

»Das ist er. Wirklich.«

Ich nickte und reichte ihm die Hand, dann ließ ich mich von Dad umarmen.

»Soll ich dich nach Hause bringen?«

»Nein. Ich bin groß, weißt du?«

»Ja, das weiß ich, und dennoch bleibst du immer meine Kleine. Das, was ich vorher sagte … es heißt nicht, dass ich dich nicht liebe. Es heißt lediglich, dass ich es nur auf diese Weise tun kann.«

»Ja.« Ich wusste, was er meinte. Ich hatte es bemerkt, so wie ich es all die Jahre bemerkt hatte. Die Blicke, die er mit einer Frau getauscht hatte, vorher, als wir zurückkamen. Er hatte uns nie eine andere vorgestellt oder auch nur einen Namen fallen lassen. Aber natürlich hatte es sie gegeben. Nicht eine, sondern viele. Er sprach nicht davon, aber dennoch gab es sie. Und nun konnte er vielleicht besser damit leben. Nun musste er nicht mehr so tun, als wäre das nicht auch ein Teil von ihm. Ein Teil, den ich vielleicht nicht mochte, der jedoch dazugehörte, ob ich es wollte oder nicht.

»Ich rufe dir ein Taxi«, sagte er, als eben Jake zu uns trat.

»Nicht nötig«, ließ er Dad wissen. »Ich habe bereits eines bestellt und ich werde Eliza nach Hause bringen.«

»Das musst du nicht.«

»Ich will es aber.«

Ich sah zu Edward, der sich erneut mit Candice beschäftigte. Dann zu Dad, der begann, Zeichen in Richtung dieser anderen Frau zu senden. Mum und Tom streifte mein Blick nur. Wie es schien, war ich die Einzige in dieser Familie, die heute Abend nicht irgendwelchen amourösen Verlockungen nachgab.

»Du solltest hierbleiben. Such dir noch ein wenig Spaß.«

»Komm schon.« Er nahm meinen Mantel vom Stuhl. »Lass uns gehen.«

»Dann bekommst du jetzt also einen Stiefvater?«

»Hm. Ich brauche noch ein wenig Zeit, um diesen Gedanken zuzulassen.«

»Weshalb? Du bist erwachsen. Du müsstest es doch verstehen.«

»Ich versteh es ja auch. Und trotzdem. Der Gedanke …« Ich brach ab.

»Dass deine Mutter verliebt ist? Oder dass sie Sex hat?«

»Jake!«

»Himmel, Eliza. Sex. Das haben Menschen für gewöhnlich.«

»Ich weiß.«

»Und deine Mutter hat es jetzt auch. Und ich wette, ziemlich guten, wenn ich an vorhin denke.«

»Jake! Das ist abscheulich.«

»Das ist es nicht. Es ist großartig und berauschend und elektrisierend. Du solltest es versuchen.«

Ich schwieg und sah aus dem Fenster.

»Es ist eine ziemlich gute Methode, um einfach mal abzuschalten, weißt du? Es ist entspannend und es gibt dir ein gutes Gefühl.«

Das Taxi bog ab und erreichte Notting Hill, als seine Finger auf meinen Knien landeten und ebenfalls abbogen, Richtung Oberschenkel.

»Du würdest sie vielleicht besser verstehen, wenn du es auch ab und zu tätest.«

»Mit dir?«

»Weshalb nicht? Ich bin ziemlich gut darin.«

»Das glaube ich dir sofort.« Ich packte seinen Arm, um die Hand zu stoppen.

»Warum versteckst du es? Vorhin, als du mich geküsst hast …«

»Du hast mich geküsst!«

»Gut, als wir uns küssten. Hast du es nicht gespürt? Das Feuer und das Verlangen? Du willst es doch auch.« In der Dunkelheit des Wagens kam er näher und beugte sich über mich. »Du bist genauso heiß darauf wie ich.« Und wieder küsste er mich und erneut war es ein Kuss, der brannte, vom ersten Moment. Und der meine Hand hinderte, seinen Arm weiter zu kontrollieren, und seine Finger freigab.

»Komm schon«, drängte er. »Ich bin schon ewig scharf auf dich.«

Der Wagen stoppte und mein Gehirn war wieder in Betrieb. *Ich bin schon ewig scharf auf dich.* Ich war es vielleicht eine Sekunde lang gewesen, ehe er es aussprach. Doch dieser Satz hatte mich nicht verrückter gemacht, sondern ernüchtert. Ich stieß die Tür auf und Jake lachte, als ich mich freimachen wollte.

»Du kannst es ja gar nicht erwarten. Ich habe es doch gewusst. In dir steckt es ebenso wie in Edward und in deiner Mutter. Ich bezahle nur rasch den Fahrer.«

Er griff in seine Manteltasche und ich konnte aussteigen. Erst als ich draußen stand, beugte ich mich zu ihm hinab.

»Bezahl ihn nicht. Lass dich zurückbringen und such dir eine andere. Ich kann das nicht und ganz ehrlich, ich will das auch nicht.«

»Warten Sie einen Moment.« Er sprang aus dem Wagen und schlug die Tür zu. Dann packte er meinen Arm und zog mich an sich. »Und nun zu uns beiden.«

»Was? Lass meinen Arm los, das tut mir weh.«

Sein Griff lockerte sich. »Tut mir leid. Was ist jetzt schon wieder los mit dir?«

»Was jetzt schon wieder los ist? Nichts. Ich will einfach nicht mit dir ins Bett.«

»Du machst mich den ganzen Abend scharf und dann lässt du mich stehen?«

»Ich habe dich nicht scharf gemacht.«

»Du machst es schon die ganze Zeit. Und du hast das Spiel gut gemeistert. Immer genau so viel, dass das Interesse nicht abflaut.«

»Du warst das doch.«

»Und du hast mitgemacht.«

»Das ist nicht wahr.«

»Es hat dir gefallen. Wenn du ehrlich bist, dann hat es dir sogar sehr gefallen.«

»Nein, es …«

»Und es hat dich erregt, auch wenn du die Unantastbare spielst.«

»Nein.«

»Doch. Ich kann es sehen. Du fragst dich, wie es ist, mit mir ins Bett zu gehen. Wie es ist, wenn ich dich berühre und dir vielleicht ein wenig deinen süßen Hintern versohle.«

»Nein.« Ich trat einen Schritt zurück.

»So wie ich mich frage, wie es sein wird, wenn ich das tatsächlich tun würde. Nicht dass ich für gewöhnlich darauf stehe, aber ich bin offen für vieles.«

»Für sehr vieles, oder? Und dann?«

»Und dann was? Willst du wissen, was mir noch alles einfällt?« Seine Stimme war immer noch ein dunkles, lockendes Etwas, das allerdings gerade ziemlich viel an Anziehungskraft verlor.

»Nein. Ich glaube, ich weiß genug.«

»Himmel, was willst du hören? Dass ich dich liebe?«

»Vielleicht.«

»Nun, das könnte ich sagen.«

»Nein, das könntest du nicht. Weil du es nicht fühlst.«

»Und wenn? Was uns gerade verbindet, ist viel mehr.«

Und da wusste ich es. Es war immer schon so gewesen. Er war immer schon so gewesen.

»Fahr zurück und such dir eine andere, Jake. Lass es gut sein und lass mich in Frieden. Ich bin definitiv nicht die Richtige dafür.«

Als das Taxi losfuhr, stand ich immer noch auf der Straße. Jake war nicht begeistert und er hatte dem Fahrer recht ruppig eine Adresse genannt, die verdächtig nach einem angesagten Club klang. Nun, das war seine Sache. Müde drehte ich mich um und ging in meine Wohnung. Alleine, wie schon viel zu oft.

Kapitel 56

Elizabeth ging nachdenklich durch die leeren Straßen. Hier und dort zeugten leere Sektflaschen und Knallerverpackungen von einer langen, wilden Nacht. Jetzt jedoch, in den frühen Morgenstunden, waren die Menschen verschwunden. Sie kickte eine Flasche zur Seite und vergrub die Hände in die Taschen ihres Mantels. Ein neues Jahr. Eine neue Chance. Aber eine Chance worauf? Die Vorzeichen waren nicht gerade berauschend. Diese Sache mit ihrem Job stand immer noch im Raum. Sie hatte gedacht, dass das Problem sich schnell und einfach lösen würde, wie es in den Büchern immer geschah, doch langsam beschlichen sie Zweifel. Einfache Lösungen sah das Leben nicht vor. Und dann war da noch die Sache mit Charles. So sehr sie sich bemühte, ihn aus ihren Gedanken zu verbannen, tauchte er immer wieder auf. Dann sah sie sein Gesicht, seine Augen, die ihr so lieb und teuer waren. In ihrem Kopf hörte sie seine Stimme und musste schlucken. In Wahrheit hatte sie seine Stimme schon viel zu lange nicht mehr gehört und seine Augen viel zu lange nicht mehr gesehen. Es war seine Entscheidung, und die musste sie akzeptieren. Sie versuchte es, versuchte es so sehr, dass sie beinahe den falschen Weg beschritten hätte.

Gestern Abend war sie nahe daran gewesen, ihn durch andere Augen zu ersetzen, durch andere Hände auszulöschen. Justin hatte nicht wie er Abstand gesucht. Justin hatte ihr zu verstehen gegeben, dass seine Hände auf sie warteten. Und einen winzigen Moment hatte sie gedacht: »Gut, was soll's. Tu es einfach«. Aber dann wurde ihr klar, dass es eben nicht so funktionierte. Es ging nicht um eine einzige Nacht. Es ging nicht darum, schnell seine Wünsche zu befriedigen. Und vor allem war es nicht möglich, auf diese Art andere Gefühle auszulöschen. Charles hatte sie gezeichnet, tiefer als sie zugegeben hatte. Er war es, der die brennende Sehnsucht löschen konnte, und niemand sonst.

Der Wind frischte auf und sie klappte den Mantelkragen hoch. Ein Papierfetzen wirbelte auf und blieb an ihrem Mantel haften. Zerstreut beugte sie sich hinab und klaubte ihn vom Wollstoff. Sie wollte ihn zusammenknüllen, doch die Buchstaben darauf schienen sie magisch anzuziehen. So wie jeder Buchstabe, jedes Wort gelesen werden wollte, das sich in ihrer Reichweite befand. Sie strich den Zettel glatt und las: »Wenn du mit deinen bisherigen Versuchen keinen Erfolg hattest, ist es an der Zeit, sie zu überdenken. Manchmal haben wir alles, was wir brauchen. Nur nicht den Mut, es umzusetzen.« Nachdenklich starrte sie auf das Papier. Ja, dachte sie, das ist es. Mut und der feste Glauben daran, dass am Ende eben doch noch alles gut wird.

»Es tut mir leid. Ich hätte es anders angehen sollen. Aber ich dachte, es wäre eine gelungene Überraschung.« Meine Mutter hatte gegen Mittag angerufen und klang ein wenig zerknirscht.

»Nein. Es war eine gelungene Überraschung. Ich habe mich wie ein kleines Kind verhalten, es tut mir leid.«

»Du hast dich wie du verhalten. Liebes. Ich hätte es wissen müssen. Dass du immer noch davon träumst, dass Bart und ich zusammenpassen könnten.«

»Du hast oft genug gesagt, dass es nicht so ist, aber ich wollte es nicht hören.«

»Wir wollen vieles nicht hören.«

Eine Pause trat ein. Dann sprach sie weiter.

»Und wie geht es dir?«

»Gut. Ja, gut. Alles in Ordnung, ich komme damit schon klar.«

»Das meine ich nicht. Ich meine, wie geht es dir?«

»Gut, wie gesagt.«

»Jake ... ich war etwas überrascht gestern ...«

»Was ist mit ihm?«

»Nun, ich dachte immer, du magst ihn nicht besonders, und unter uns, ich konnte dich verstehen. Er ist ... anders als du.«

»Ich weiß.«

»Er hat viel von deinem Dad.«

»Auch das weiß ich.«

»Nun, man sagt, dass Väter ihre Töchter prägen. Es geht mich nichts an, aber ich fürchte, dass er vielleicht nicht das will, was du möchtest.«

»Das will er mit ziemlicher Sicherheit nicht. Ich habe ihn nach Hause geschickt.«

»Du musst nicht darüber sprechen.«

»Ich weiß. Und ich weiß auch, dass du recht hast. Ich dachte, wenn Dad sich geändert hat und ihr wieder zusammen seid, dann könnte er sich vielleicht ebenfalls ändern. Aber das wird nie passieren.«

»Nein, das wird es nicht. Und es ist auch gut so.«

»Es war ein Traum, ein Gedankenspiel. Für eine kurze Zeit sehr aufregend, aber dann …«

»Du bist klüger als ich. Du erkennst es, bevor es zu spät ist.«

»Bereust du es? Dass du es nicht eher erkannt hast?«

»Nein.« Sie seufzte. »Nicht mehr. Wir hatten unsere guten Zeiten. Bart konnte mich auch glücklich machen. Er konnte mir das Gefühl geben, schön und begehrenswert zu sein. Er war ziemlich gut im Bett.«

»Mum! Zu viele Informationen!«

Sie lachte. »Das hört nicht auf, nur weil man Kinder hat, weißt du? Wir sind immer noch Menschen, die Gefühle haben. Lachen, leiden, lieben. Das Bedürfnis nach Nähe ist kein Privileg der Jugend.«

»Das ist mir bewusst.«

»Und ich bin noch nicht alt, Eliza. Ich bin Anfang fünfzig. Ich habe noch immer Wünsche.«

»Das sollst du auch.«

»Und Tom hat sie wieder alle geweckt. Und unter uns, er ist ebenfalls ganz gut …«

»Mum«, unterbrach ich sie verzweifelt. »Du tust es schon wieder.«

Sie lachte, so frei und glücklich, wie ich sie seit Jahren nicht mehr lachen hörte. »Es tut mir leid. Aber ich bin so glücklich, dass ich es am liebsten jedem erzählen würde.«

»Tu das. Lass nur die Sache mit dem Sex weg.«

»Ich werde zumindest nicht mehr darüber reden«, sagte sie und legte auf.

Das Gute, wenn man ein eigenes Geschäft hat, ist, dass man keinen Urlaub nehmen kann. Am zweiten Tag des neuen Jahres stand ich wieder im *BOOKS OF LOVE* und war sehr froh darüber. Dieser Ort gab mir so viel mehr als nur Geld zum Leben. Er war meine Kraftquelle, mein Glück, mein Alles. Egal wie es mir ging, hier, umgeben von all den Geschichten, der Hoffnung und der Liebe, war es stets weniger schlimm. Und es lenkte mich ab. Nun ja, fast, denn heute war mir sehr bewusst, dass ich immer noch nicht wusste, wie es mit diesem Ort weitergehen würde. Und ich erkannte, dass ich langsam mutig werden musste. Bisher hatte ich Adas Gesundheit vorgeschoben. Nein, nicht vorgeschoben, es war das Wichtigste gewesen, doch seit sie andere Medikamente bekam, ging es ihr jeden Tag besser, zumindest mental. Und irgendwann würde ich mit ihr sprechen müssen.

Auch Kate und Allie vertraten diese Meinung. Wir hatten gestern kurz telefoniert und uns gegenseitig ein gutes neues Jahr gewünscht. Dann war Kate in ihrer direkten Art auf das Thema gekommen.

»Was sagt unser Anwalt? Gibt es immer noch nichts Neues?«

»Es sagt, so etwas dauert immer.«

»Womit er leider recht hat. Ich meine, wenn unsereins sich so viel Zeit lassen würde ...« Sie seufzte.

»Hat eine von euch Cara getroffen?«

»Nein«, kam es von beiden, doch das überraschte mich nicht. Diese Neuigkeit hätte schnell die Runde gemacht.

»Denkt ihr, dass wir mit Ada sprechen sollten?«

»Meiner Meinung nach Ja. Es bringt nichts, Unangenehmes zu verschieben. Dadurch wird es nur größer.«

»Also dann ...« Ich brach ab.

»Vielleicht sollten wir sie gemeinsam besuchen und es ansprechen?«, schlug Allie zaghaft vor.

»Es wird nicht anders gehen«, bestimmte Kate resolut. »Und dann entscheidet Ada. Und egal was sie entscheidet, es wird sich nichts daran ändern, wer sie ist und was sie ist, oder?«

»Nein«, sagte ich und dachte nach. »Kate? Darf ich dich was fragen?«

»Klar.«

»Du hast erzählt, dass du ihr immer die Blumen zu einem Sonderpreis verkauft hast.«

»Und?«

»Allie hat ihr Kuchen geschenkt, ich Bücher ... Kann es sein, dass sie uns meint, wenn sie sagt, dass sie ein schlechter Mensch war? Weil sie wusste, dass wir dachten ...«

»Nein.« Die Antwort kam schnell und überzeugt. »Ich habe das aus freien Stücken getan und hatte immer ein gutes Gefühl dabei. Und ich glaube, sie auch, sonst hätte sie es gestoppt. Manchmal denke ich, ich habe es nicht für sie getan, sondern für mich. Sie hat mir die Gelegenheit gegeben, ein besserer Mensch zu sein. Sie hat mir eine Lehrstunde erteilt. Hört sich blöd an, oder?«

»Ich weiß, was du meinst.« Allie mischte sich ein. »Mir geht es genauso. Sie hat mir das Gefühl gegeben, ein guter Mensch zu sein. Nicht besser, weil ich ihr ein Törtchen schenkte, oder überlegen, weil ich es konnte. Sie hat meinen Blick geschärft für die Menschen um mich herum und dass es manchmal nur eines kleinen Gesprächs bedarf, fünf Minuten meiner Zeit, die einen anderen glücklich machen können. Es gibt so viele Möglichkeiten, jemandem zu helfen. Und ich meine damit nicht nur Geld. So viele sehnen sich einfach nur danach, gesehen zu werden, ein Lächeln zu bekommen, ein wenig Aufmerksamkeit. Für einen kurzen Augenblick der Einsamkeit zu entfliehen. Ich kann das schlecht erklären, aber sie hat mir gezeigt, wie einfach es ist, menschlich zu handeln, und dass kleine Gesten viel bedeuten können.«

»Du hast das gut erklärt. Mir geht es nämlich genauso. Ich wollte nicht großherzig erscheinen oder als Gutmensch, wenn ich ihr Bücher auslieh, anstatt sie zu verkaufen, oder ihr welche überließ, die ich aus zweiter Hand für sie besorgte. Aber es hat mir gutgetan und es hat mir vor allem gezeigt, dass ich ein wenig Glück in die Welt bringen kann, mit ganz einfachen Mitteln. Und mich nebenbei selbst beschenke, wenn ich das tue.«

»Sie hat uns alle ziemlich an der Nase herumgeführt, oder?« Kate lachte trocken. »Und sie hat genau gewusst, was sie tat. Sie hat uns einen Gefallen getan, nicht wir ihr.«

»Das hat sie. Und trotzdem weiß ich, dass es ihr sehr viel bedeutet hat. Eben weil wir es taten, ohne dass sie darum bat.« Allie seufzte.

»Ich muss raus aus der Leitung, Mädels. Ich habe einen Biskuit im Ofen.« Sie legte auf und Kate und ich blieben alleine in der Gruppenschaltung zurück.

»Dann werden wir es also tun?«

»Ja.«

»Und was werden wir sagen?«

»Einfach die Wahrheit. Dass Cara die Verträge prüfen ließ und für zu niedrig hält. Die Sache mit der fristlosen Kündigung und den krassen Anschuldigungen ist ja wohl vom Tisch.«

»Zumindest scheint es so.«

Kate seufzte. »Das würde ich ihr nur ungern sagen. Aber wenn es sein muss, dann mache ich es. Oder du machst es. Du findest vermutlich die besseren Worte dafür.«

Ich nickte und sagte dann schnell Ja, auch wenn ich Nein meinte. Für solche Sachen fand wohl niemand einfach die passenden Worte.

Kapitel 57

Wie es schien, fanden andere die passenden Worte. Noch bevor wir unseren Plan umsetzen konnten, rief zu unserer Überraschung Ada an. Sie bat uns alle drei, am nächsten Abend bei ihr vorbeizukommen. Das war ein Novum und es musste ihr wichtig sein, denn wir alle besuchten sie immer noch, wenn auch nicht mehr täglich. Über die bewährte Konferenzschaltung hatten wir uns gegenseitig bestätigt, dass jede einen Anruf erhalten hatte. Wir beschlossen, an diesem Abend keinen Besuch zu machen, und wussten, dass den anderen die Zeit bis dahin ebenfalls wie eine Ewigkeit vorkommen würde.

Meine Ewigkeit wurde überraschend von Tom abgekürzt. Er kam an diesem Abend kurz vor Ladenschluss ins *BOOKS OF LOVE* spaziert und sah ein wenig verlegen drein.

»Ich habe so viel von diesem Laden gehört. Ich musste einfach vorbeikommen.«

Ich nickte, genauso verlegen, und zeigte vage in den Raum. »Bitte.«

Er ging zu den Regalen und begann, die Buchrücken zu studieren. Hin und wieder zog er eines heraus und las den Klappentext. Ich war froh, dass eine späte Kundin hereinkam und ich mich auf anderes konzentrieren konnte.

»Du machst das mit deinem ganzen Herzblut, oder?« Tom hatte sich wie vor gar nicht langer Zeit ein anderer Mann mit einem Buch in einen Sessel zurückgezogen und geduldig gewartet, bis ich mit allem fertig war. Nun saß ich ihm gegenüber und nickte.

»Ja. Es ist mein Traum.«

»Seltsame Sache mit diesen Träumen, oder? Wenn sie sich erfüllen, dann macht uns das sehr glücklich und wir sind bereit, alles für sie zu opfern.«

»Ja.«

»Weißt du, auch ich hatte einen Traum. Eine Familie, Kinder, ein Häuschen am Meer. Ich schien auf dem richtigen Weg. Ich hatte eine Frau und ich habe ein Häuschen am Meer. Leider haben wir keine Kinder bekommen.«

»Wo ist deine Frau jetzt?«

»Sie hat mich verlassen, vor vielen Jahren.«

»Das tut mir leid.«

»Mir tat es auch leid. Vor allem, weil sie sagte, ich wäre zu langweilig, um mit mir glücklich zu werden. Ich habe ihr das lange geglaubt. Tatsächlich weiß ich jetzt, dass wir einfach zu unterschiedliche Interessen hatten. Dazu kam, dass unser einziger gemeinsamer Wunsch sich nicht erfüllte. Wir bekamen kein Kind. Das hätte uns vielleicht gerettet, zumindest für eine Weile. Aber es klappte nicht und sie ging, ehe es zu spät war, um es mit einem anderen zu versuchen.«

»Und hatte sie Erfolg?«

»Nein. Leider nicht.«

»Und du hast dir keine andere gesucht?«

»Ich habe die Augen nicht verschlossen, das gebe ich zu. Aber noch einmal wollte ich nicht vorschnell handeln. Ich wollte sicher sein, dass es wirklich richtig ist. Lange Jahre sah es so aus, als würde ich deshalb alleine bleiben. Und dann habe ich Alice getroffen. Ich liebe deine Mutter«, er beugte sich vor und sah mich an. »Ich liebe sie sehr und sie macht mich unsagbar glücklich. Ich weiß jetzt, dass man es in der Hand hat. Man muss nicht alles hinnehmen. Dass manche Wege wichtig sind, um an andere Ziele zu kommen. Mit deiner Mutter fühle ich mich lebendiger als je zuvor.«

»Tut es dir nicht leid, dass du nie mehr Kinder bekommen hast?«

»Doch. Manchmal schon.« Er zuckte kurz die Achseln. »Aber Kinder nur um der Kinder willen? Das wäre unfair gewesen. So viel hatte ich in der Ehe mit Moira gelernt.«

»Dann warst du ganz schön lange allein, oder?«

»Zehn Jahre.«

Ich rechnete schnell nach. Anscheinend war Tom jünger, als ich aufgrund seiner grauen Schläfen automatisch angenommen hatte. Er schien meine Gedanken lesen zu können und grinste.

»Nun, ich bin ein paar Jahre jünger als Alice. Aber das ist nichts, was zählt.«

»Du könntest immer noch eigene Kinder haben.«

»Möglich. Aber verstehst du, es ist nicht vorrangig. Ich bin glücklich, so wie es ist. Und Alice hat zwei großartige Kinder. Sie erzählt viel von euch und sie ist sehr stolz auf euch. Und wer weiß«, wieder trat dieser schüchterne Ausdruck auf sein Gesicht, der unglaublich anziehend war. »Vielleicht darf ich eines Tages Großvater sein.«

Ich konnte verstehen, was meine Mutter so an diesem Mann faszinierte. Er hatte eine sehr wohltuende, ansprechende Art und war erstaunlich offen und direkt im Umgang mit seinen Gefühlen. Hinter seinem vorsichtigen Auftreten versteckte sich ein Mann, der wusste, was er wollte, und der wusste, dass man dafür kämpfen musste.

»Würde dir das reichen? Enkelkinder?«

»Ich denke ja.«

»Und wenn du die nie bekommen wirst? Ich meine, nicht dass du dich deshalb ...«

Er lachte. »Mache ich wirklich den Eindruck, dass ich mich an deine Mutter herangemacht habe, um an Enkelkinder zu kommen?«

»Nein.« Ich errötete. »Aber trotzdem. Edward ist nicht gewillt, eine Familie zu gründen, und wenn ihn nicht eine seine Damen böse hereinlegt ...«

»Und was ist mit dir?«

»Ich? Gerne, aber mir fehlt der passende Mann. Und ich bin da wie du, fürchte ich. Mit dem Falschen möchte ich keine haben.«

»Der Richtige wird kommen. Wie könnte er nicht, du bist eine wunderbare junge Frau. Vermutlich stehen sie Schlange.«

»Schön wär's. Wobei, nein, eigentlich nicht. Sie müssten gar nicht Schlange stehen, wenn nur der eine ...«

»Es gibt ihn bereits, oder?«

»Hat Mum das ...«

»Nein. Ich sehe es dir an.«

»Er will mich nicht. Er hat den Kontakt abreißen lassen.«

»Und weshalb hast du ihn nicht aufrechterhalten?«

»Ich habe gar nichts von ihm. Nur seinen Namen.«

»Und das ist ein Hindernis?«

»Natürlich. Und außerdem sollte er es sein, von dem es ausgeht.«

»Tatsächlich? Soll ich dir etwas verraten? Wenn Alice mich nicht angesprochen hätte, dort in dem Café …«

»Aber du hast gesagt, es wäre Schicksal.«

»Das Schicksal ist kein Alleinunterhalter. Wir neigen dazu, es so zu sehen und zu sagen, dass wir es nicht ändern können. Nun, manchmal können wir das. Wenn wir uns trauen und nicht zu dumm sind, die Chance zu ergreifen. Vielleicht ist er es auch. Zu dumm, um es zu erkennen. Oder zu feige, um es zu wagen. Ich bin auf alle Fälle sehr dankbar, dass Alice es einfach in die Hand nahm.«

Mut. In den letzten Tagen schien mich dieses Wort regelrecht zu verfolgen. Was wollten mir alle damit sagen? Dass ich feige war? Und wie sollte man in dieser Situation Mut zeigen? Nun, ich könnte Molly anrufen. Ihre Nummer hatte ich und sie hatte gewiss die von Charlie. Ich konnte aufhören zu träumen und anfangen zu handeln. Ich konnte einen letzten Versuch wagen, der zumindest Gewissheit bringen würde.

In dieser Nacht machte ich die größte Verrücktheit meines Lebens. Und ich tat es einfach so. Ich betrank mich nicht, wie ich das immer in meinen geliebten Büchern las, um nachher jammern zu können, dass ich ja betrunken gewesen wäre und alles ganz anders war. Ich tat es mit klarem Kopf und wild pochendem Herzen. Morgen würden wir uns mit Ada treffen und dieses Problem angehen. Und danach … Nun, danach würde ich das andere angehen. So oder so würde ich es angehen müssen nach dieser Nacht. Aber vielleicht gehörte das dazu zum Erwachsensein und zur Liebe und zum Leben. Ich hatte gründlich darüber nachgedacht und beschlossen, dass meine Geschichte meinen Regeln folgen musste. Nicht denen, die andere sich für ihre Geschichten ausdachten. Vielleicht ist es das, was wir aus den Büchern lernen mussten. Dass alles möglich sein konnte, aber nur, wenn einer sich traut und Mut hat. Und dann war es ganz egal, ob er oder sie. Es kam nur darauf an, dass man seinen Gefühlen folgte und alles wagte.

Kapitel 58

Als wir am nächsten Abend bei Ada eintrafen, erwartete uns eine Überraschung, denn Cara saß mit verschränkten Armen am Tisch, neben einem nachdenklich dreinblickenden Mr Barnby und einem jüngeren Mann, den ich nicht kannte. Ewa hatte uns hereingelassen und stumm in das Wohnzimmer geführt, ehe sie die Tür leise hinter sich schloss.

Ada sah uns mit einem seltsamen Ausdruck in den Augen entgegen. Ich wusste nicht genau zu sagen, was es war. Angst? Die Bitte um Verständnis? Oder etwas ganz anderes? Der unbekannte Herr räusperte sich und begann.

»Nun, wie Sie alle wissen, hat Mrs Briggman um dieses Zusammentreffen gebeten. Es geht, wie sich alle Beteiligten denken können, um …«

Ada hob die Hand. »Danke, Mr Chester. Ich glaube, dass ich mich selbst darum kümmern muss. Ich habe mich immer selbst um alles gekümmert und auch wenn ich es nicht immer richtig gemacht habe, so war es wenigstens das, was ich für das Richtige hielt.«

Mr Chester neigte den Kopf und hob die Hände in einer Geste, die zustimmend und abwartend war.

»Mr Chester ist Anwalt und er kümmert sich um meine«, sie machte eine kleine, fast schon verlegen wirkende Pause, »Angelegenheiten. Bisher war sein Vater unser Ansprechpartner. Er hat sich nun in den wohlverdienten Ruhestand verabschiedet und sein Sohn hat die Geschäfte übernommen. Ich bin mir sicher, dass wir weiterhin vertrauensvoll zusammenarbeiten werden, auch wenn der Wechsel«, wieder eine Pause, begleitet dieses Mal von einer entschuldigenden Geste, »zu einer ungünstigen Zeit kam.«

Der Anwalt zuckte mit keiner Miene. Cara jedoch kniff kurz die Lippen zusammen.

»Ich weiß«, Ada sah jeden am Tisch nacheinander an, »dass es in den letzten Wochen zu einigen Verwirrungen kam. Ich bin mir sicher, dass alles, was passierte, mit den besten Absichten geschah, doch selbst die besten Absichten können manchmal falsch sein.

Natürlich weiß ich das.« Ihr Blick schweifte zum Fenster und einen Moment schien sie den Raum in Gedanken verlassen zu haben. »Doch jetzt ist es an der Zeit, das alles aufzuklären und neu zu regeln.«

Keiner am Tisch sagte etwas, auch wenn es Cara sichtlich schwerfiel. Ada seufzte und machte weiter.

»Wie inzwischen bekannt ist, sind vier Immobilien in meinem Besitz. Diese Wohnung hier, das Haus, in dem Ihr Blumenladen ist«, sie nickte zu Kate, »das Haus mit Ihrem Café«, ein Lächeln zu Allie, »und das mit Ihrer Buchhandlung.« Sie tätschelte meine Hand. Cara kniff die Augen zusammen.

»Als diese Objekte in unseren Besitz kamen, war Walt noch bei mir. Wir haben sie mit Bedacht gekauft und hatten uns gründlich überlegt, was wir damit tun wollten. Wir wollten sie nicht einfach höchstbietend vermieten. Das war uns von Anfang an klar und wir hatten unsere Gründe. Gründe, die sich bis heute nicht geändert haben.« Sie warf Cara einen Blick zu, in dem kein Vorwurf lag, eher die Bitte um Verständnis. »Walt und ich hatten viel Glück. Uns wurden Dinge ermöglicht, die wir uns nicht hätten träumen lassen. Aber wir mussten auch lernen, dass die Erfüllung eines Wunsches die Wege verändert und andere Wünsche dadurch zerstört werden. Wir haben unseren Preis bezahlt.« Sie holte tief Luft. »Ich zahle ihn heute noch. Und deshalb wollten wir etwas zurückgeben. Wir haben erkannt, was wichtig für uns war und was nicht. Deshalb wurden die Läden zu unseren Bedingungen vermietet. Mr Barnby bekam genaue Anweisungen und er hielt sich exakt daran.«

Mr Barnby, der bisher schweigend dagesessen hatte, nickte. »Da war zuerst die Nutzung der Objekte. Ein Café, ein Blumenladen, ein Buchladen. Orte, die wichtig sind für eine Gemeinschaft und Freude spenden, im Gegensatz zu einem weiteren Souvenirshop. Die Immobilien wurden sorgsam für diese Nutzung ausgesucht. Der Mietpreis war niedriger als in der Gegend üblich, doch die Anforderungen an die Mieter dafür spezieller.« Er lächelte, was ihn sofort ein paar Jahre jünger aussehen ließ. »Es mussten Existenzgründungen sein. Starthilfe sozusagen. Und jeder musste eine Bewerbung schreiben, weshalb er als Mieter der richtige wäre. Das war ein wichtiger Punkt, um meinen Auftraggebern einen Eindruck des Bewerbers zu vermitteln und sie davon zu überzeugen, dass der Kandidat mit Herz und Seele diesen Laden wollte. Es gab keinen Kontakt zwischen den Mietern und der Familie Briggman. Alles lief über mich und Mr Chester senior.«

»Keine Kette, in der mehr als zwei Menschen sind, ist auf Dauer dicht. Es kommt doch immer etwas heraus«, platzte es aus Cara.

»Nun, es besteht kein Grund, das anzunehmen. Die Wege waren absolut zuverlässig und wenn Ada oder Walt nicht selbst etwas sagten, dann würde nur ich oder Mr Chester infrage kommen.« Er hob leicht eine Augenbraue, aber Cara starrte trotzig zurück. So leicht ließ sie sich nicht einschüchtern. Das imponierte mir.

»Die ersten Mietverträge wurden bereits in den späten Siebzigerjahren abgeschlossen und als die Mieter vor wenigen Jahren nach und nach ihre Geschäftstätigkeiten einstellten, haben wir neue Vereinbarungen getroffen. Die Konditionen waren gleich geblieben.«

»Und das meine ich«, rief Cara. Sie sah den Anwalt an, deutete aber auf Mr Barnby. »Dieselben Konditionen wie in den Siebzigern! Sie stimmen mir hoffentlich zu, dass so etwas Wahnsinn ist.«

»Nun, im ersten Moment ist es vielleicht mangelnder Geschäftssinn, aber es ist eine freie Entscheidung. Und ich habe vor dem heutigen Treffen mit meinem Vater gesprochen, der nachdrücklich bestätigte, dass die beiden diese Entscheidung nach reiflichem Überlegen gefällt hatten.«

»Das hatten wir.«

»Aber Tante Ada, das ist verrückt. Hast du eine Ahnung, was die Objekte mittlerweile wert sind? Und hast du eine Ahnung ...«

Ada hob die Hand. »Wie bereits gesagt, wir hatten uns das gut überlegt. Es war unser Wunsch, und das ist es noch heute.«

»Auf alle Fälle«, Mr Barnby griff wieder nach dem Wort. »Auf alle Fälle wurde alles über mich abgewickelt. Keine der Damen«, er sah in unsere Richtung, »hatte zu irgendeinem Zeitpunkt eine Ahnung, dass Ada und Walt die Besitzer waren.« Er nickte, als würde das seine Aussage noch zusätzlich bekräftigen.

»Als mir der Fall übertragen wurde, stellten sich verschiedene Ansätze dar, die eine Prüfung der Verträge als dringlich auswiesen.« Mr Chester ergriff nach einer kurzen Pause das Wort und sein Tonfall war deutlich geschäftiger und weniger warm als der des Vermittlers.

»Mrs Goodfellow trat an mich heran«, er nickte kurz zu Cara, »und bat um Rat. Die Situation hatte sich verändert, wie alle wissen. Mrs Briggman war durch einen Unfall und die daraus resultierenden Folgen nicht mehr geschäftsfähig. Sie legte mir eine einstweilige Verfügung vor, dass sie die gesetzliche Betreuung beantragt hatte und durch die gegebene Situation kurzfristig als vorläufige Betreuung eingesetzt worden war. Das ist durchaus üblich unter diesen Umständen und es lag kein Grund vor, dies anzuzweifeln. Sie berichtete mir, dass ihre Tante, mittlerweile ohne ihren Mann, diese Häuser vermietete, zu einem sehr geringen Preis, und sie hat mir sehr glaubhafte Beweise vorgelegt, dass dabei gewisse Einflussnahmen ihre Urteilskraft trüben könnten.« Er hob die Hand, als Kate protestierend Einwand erheben wollte. »Sie hatte bis vor Kurzem nahezu keinen Kontakt zu Onkel und Tante. Und nun traf sie auf eine reizende alte Dame, die ihr ein wenig zu vertrauensselig schien. Und auf drei Geschäftspartner, die sich mit kleinen Gefälligkeiten die Gunst der Dame sicherten. Ihre Angst, dass es dabei nicht um Menschlichkeit, sondern um persönliche Vorteilnahme ging, war nicht von der Hand zu weisen und musste ernst genommen werden. Zumal sie Beweise vorlegen konnte, dass sich Mrs Briggman diese Großzügigkeit eigentlich nicht leisten konnte.«

Alle Blicke wanderten zu Ada, die interessiert die Tischplatte betrachtete.

»Die Umstände hatten sich geändert und wir mussten reagieren.«

»Und weil ich einer alten Frau, die ich sehr gerne mag, ab und an meine Blumen ein wenig billiger gegeben habe, bin ich eine hinterlistige Person, die nur auf ihr eigenes Wohl bedacht ist?« Kate schnaufte. »In was für einer traurigen Welt leben Sie denn bitte?«

»Wie viele Menschen können sich nicht leisten, was sie gerne hätten? Bekommen sie alle die Blumen bei Ihnen billiger?«, antwortete der Anwalt ungerührt. »Können Sie all diesen Menschen die Törtchen einfach schenken oder Bücher kostenlos überlassen?« Er sah uns an, ohne eine Miene zu verziehen. »Warum gerade dieser Frau? Weshalb wurde sie ausgewählt, gänzlich ohne Hintergedanken?«

»Weil Sie eine unglaubliche nette Frau ist«, konnte ich jetzt nicht mehr an mich halten. »Sie war vom ersten Moment an meine Kundin. Und nein, sie hat nie um etwas gebeten. Sie hat nie auch nur erwähnt, dass sie etwas günstiger wollte. Es war meine Entscheidung. Ja, ich habe sie angesehen und gedacht, dass sie es sich nicht leisten kann.« Ich sah zu Ada. »Es tut mir leid. Aber Ihre Erscheinung, Ihr Auftreten, das alles wirkte, als wären Sie und Walt nicht besonders gut aufgestellt, finanziell, meine ich. Aber da war etwas, das viel wichtiger war. Sie haben mir so viel Kraft gegeben und Mut gemacht, als es anfangs schleppend lief. Sie haben mich empfohlen und Sie haben mich mit Ihren Mitteln unterstützt.« Ich schluckte. »Es gibt noch eine andere Ebene als die des Geldes.« Nun sah ich zu Cara. »Es gibt die Empathie und es gibt Zuneigung und Liebe. Und all das habe ich zuhauf bekommen. Ich bekam Rat und Trost und ich bekam so etwas wie eine zweite Mutter.« Ich verstummte und betrachtete meine Hände. Ich kam mir dumm vor, weil ich all das, was ich fühlte, nicht in die richtigen Worte fassen konnte. Es klang so nichtssagend. Wie konnte man so etwas erklären? Dieses Gefühl, das Ada und Walt vermittelt hatten?

»Mir ging es ähnlich«, kam mir Allie mit leiser Stimme zu Hilfe. »Es ist eine Sache, die mir noch nie passiert ist, aber da war vom ersten Moment etwas, das ganz einmalig war. Weil Ada und Walt besondere Menschen sind. Wenn sie zuhören, dann spürt man, dass sie das wirklich tun, mit ihrem Herzen. Das ist heutzutage nicht mehr oft der Fall.«

»Nun, die Sorgen von Mrs Goodfellow waren berechtigt und ich riet ihr dazu, dies alles prüfen zu lassen und die Verträge anzupassen. Ich versuchte, mit Mr Barnby Kontakt aufzunehmen, doch leider war er nicht erreichbar.«

»Aber jetzt ist doch diese Geschichte mit der Vormundschaft vom Tisch, oder?«

»Wir sprechen heute nicht mehr von Vormundschaft, sondern gesetzlicher Betreuung«, warf der Anwalt ein.

»Was auf das Gleiche hinausläuft. Ein Mensch wird bevormundet.«

»Die Überprüfung steht noch aus, solche Verfahren brauchen Zeit. Allerdings denke ich, dass meine Mandantin es gestoppt hat, nun, da es Mrs Briggman wieder besser geht.«

Cara nickt kaum merklich.

»Und da es von der Gegenseite einen Einwand gibt, ist auch die fristlose Kündigung ausgesetzt.«

»Jawohl«, kommentierte Kate grimmig.

»Aufgeschoben.« Cara war nicht minder erregt wie Kate. »Aber nicht vom Tisch.« Sie wandte sich ihrer Tante zu. »Tante Ada, ich habe es dir bereits mehrfach erklärt: Du kannst dir diese Großzügigkeit nicht leisten. Nächste Woche beginnt deine Reha und in der Zeit müssen wir deine Wohnung umbauen lassen. Sie ist absolut nicht rollstuhlgerecht. Du wirst nicht jünger und wenn du auch nach der Kur auf den Rollator angewiesen bist …« Sie deutete in den Raum. »Das Badezimmer ist kaum nutzbar in deinem Zustand. Wir müssen die Toilette und die Dusche ändern lassen und vielleicht die Wand zur Abstellkammer herausbrechen, um mehr Bewegungsfreiheit zu bekommen. Der Zugang zu dieser Wohnung ist über Treppen, die du nicht benutzen kannst. Es gäbe die Möglichkeit, einen zweiten Weg über die Terrasse zu bauen, doch dazu müsste im Garten und im Zugang zum Hauptweg einiges geändert werden. Die Terrassentür muss ausgetauscht werden. Wir müssten einen festen Weg um das Haus herum anlegen lassen und uns darum kümmern, dass eine Rampe installiert wird. Das Bett sollte ausgetauscht werden, weil es zu niedrig ist …« Sie verstummte und sah ihre Tante an. »Und Ewa kostet ebenfalls viel Geld. Ich wäre wirklich beruhigt, wenn sie auch weiterhin bei dir bleibt. Einfach als Unterstützung. Sie ist eine gute Kraft und sie verdient ihr Gehalt.«

Ada nickte langsam.

»Und du wärst weit besser bedient, dir deinen Kuchen zu kaufen und dafür eine angemessene Miete zu erhalten.«

Kate schnaufte schon wieder, doch Ada kam ihr zuvor.

»Es geht nicht darum, meine Kuchen billiger zu erhalten. Und es steht dir nicht zu, darüber zu urteilen, Cara.« Dann wurde ihr Ton milder. »Ich danke dir, dass du dich um mich gekümmert hast. Ich weiß das sehr zu schätzen. Ohne dich«, sie sah wieder einen Moment aus dem Fenster, »ohne dich wäre ich wohl immer noch in den schwarzen Nebeln gefangen. Du hast dich mit viel Engagement um alles gekümmert. Das hättest du nicht tun müssen. Und du hast gehandelt, wie es dir richtig erschien. Nun aber musst du auch meine Seite anhören. Es ging nie um geschenkte Blumen oder kostenlose Bücher. Was ich wirklich bekam, war viel mehr wert und es ist nicht zu bezahlen. Es war Menschlichkeit, Anteilnahme und Zuneigung. Es war das Gefühl, wichtig zu sein, einfach weil ich da war. Es war das Gefühl, dass ich ein guter Mensch bin, nur ich, nicht mein Geld. Wir waren sehr alleine. Das ist kein Vorwurf, du hast deine Gründe, weshalb wir wenig Kontakt hatten. Aber es war so. Walt und ich waren alleine mit unseren Dämonen, und das war unsere Therapie.«

Kapitel 59

»Walt und ich, wir waren füreinander bestimmt.« Ada begann wieder zu sprechen und erneut hatte sich ihre Stimme verändert. Sie klang nun leise, zart und wehmütig. »Es war die ganz große Liebe, wie sie nur wenige erleben dürfen. Aber wir waren jung und ehrgeizig.« Sie seufzte leise. »Wir hatten uns und eigentlich hätte uns das reichen müssen. Doch wie alle jungen Menschen hatten wir natürlich Träume. Beide kamen wir aus einfachen Verhältnissen und wir waren anfällig für Erfolg und Geld. Wir waren etwas Besonderes, dachten wir, und wir verdienten etwas Besonderes. Und das Schicksal schien uns gewogen. Zwei Jahre nach unserer Hochzeit starb ein Onkel von Walt. Er hatte keine Familie und so wurden wir zu seinen Erben erkoren. Weshalb, weiß ich nicht. Er hätte sein Geld auch an deine Mutter vererben können, doch sie bekam nur einen kleinen Teil, ebenso wie William, der andere Bruder, während uns der Löwenanteil zufiel. Sie hat das nie überwunden und so kam es, dass die Familie sich entzweite. Und dass du und deine Schwester Elaine ohne Kontakt zu uns aufwuchsen. Wir haben, das muss ich zu meiner Schande gestehen, wenig getan, um das zu ändern. Denn so wie deine Mutter neidisch war auf das Geld, das wir bekamen, waren wir auf etwas anderes neidisch: auf dich und deine Schwester. Sie hatte euch und uns wurde unser eigenes Kind genommen.«

Die Stille im Raum war fast greifbar. Alle saßen mit bangem Herzen da und warteten darauf, dass Ada weitermachte. Und keiner schien zu hoffen, dass die Geschichte uns nicht berühren würde.

»Geld, sagt man, verdirbt den Charakter. Das ist sicherlich übertrieben, doch in unserem Fall war es leider so. Walt und ich fühlten uns wie die Könige der Welt. Wir wollten leben, die Welt sehen, und wir hatten nun die Mittel dazu. Und die nutzten wir schamlos aus. Wir brauchten nicht mehr zu arbeiten und wir taten es auch nicht. Stattdessen reisten wir, besuchten alle Orte, die wir immer schon sehen wollten. Wir lebten auf der Überholspur und nichts schien uns zu bremsen. Und dann erfuhren wir, dass wir ein Kind bekommen sollten, und das Glück war vollkommen.« Wieder verstummte sie.

Cara, die auf ihrer anderen Seite saß, legte vorsichtig eine Hand auf die ihrer Tante.

»Was ist passiert?«

»Ich war im fünften Monat.« Adas Stimme klang nun erschreckend kalt. »Und wir waren in Italien. Mit unserem schicken kleinen Sportwagen reisten wir durch die Toskana und waren in Häusern zu Gast, zu denen wir früher nie Zutritt erhalten hätten. Es ist eine elitäre Gemeinschaft, diese wohlhabenden Menschen, aber uns hatten sie Zutritt gewährt. Und wir liebten es, die Partys, die rauschenden Feste. Freunde hatten uns in ihre italienische Villa eingeladen und wir hatten viel zu lange gefeiert. Walt war angetrunken und ich steuerte den Wagen auf dem Heimweg. Ich war nüchtern, doch das bezieht sich nur auf den Alkohol. Tatsächlich fühlte ich mich wie beschwipst vom Glück, von der Liebe, von unserem vermeintlich erfolgreichen Leben. Ich fuhr die dunklen Serpentinen viel zu leichtsinnig hinab und ich ließ mich von Walt ablenken, der mich küsste und wieder küsste und mir versicherte, dass wir beide außergewöhnlich wären. Das Baby strampelte in meinem Bauch und ich griff nach Walts Hand und legte sie auf meinen Bauch. Und er küsste mich erneut und sagte, wie sehr er sich auf das Kind freue. Ich lachte und bemerkte zu spät, dass ich viel zu schnell geworden war. Es gelang mir nicht mehr, zu bremsen, als ich in die nächste Kurve fuhr. Der Wagen brach aus und ich konnte ihn nicht unter Kontrolle bekommen. Wir endeten an einem Baum.«

»Tante Ada.« Zum ersten Mal hatte Caras Stimme echte Wärme.

»Als ich aufwachte, lag ich im Krankenhaus. Man sagte mir, dass ich das Kind verloren habe. Sie konnten nichts mehr für sie tun. Ich hatte das Leben unserer Tochter für ein paar Küsse verspielt.«

»Das tut mir so leid.« Ich hörte Allies Stimme und wunderte mich, wie sie sprechen konnte. Ich hatte einen Kloß im Hals, so gewaltig, dass ich keinen Ton herausbekommen hätte, selbst wenn mein Leben davon abhing.

»Das war nicht alles. Man teilte uns auch mit, dass ich Verletzungen davongetragen hatte, die eine neuerliche Schwangerschaft unmöglich machten. Meine Welt stürzte ein in dieser Nacht. Ich dachte, dass ich das Schlimmste erlebt hatte, was man erleben kann. Bis ich den Rest erfuhr.« Ihre Hand legte sich auf ihre Augen und sie brauchte einen Moment, ehe sie weitersprechen konnte. »Das Schicksal, dieser untreue Freund, hatte dafür gesorgt, dass ich ausgerechnet dort die Kontrolle über den Wagen verlor, wo sich zwei andere Menschen aufhielten. Ein junges Paar, wie wir. Voller Hoffnungen und Träume, die in dieser Nacht endeten.«

Ich hörte, wie Kate scharf die Luft einzog.

»Der junge Mann war mit seinem Fahrrad von meinem Wagen erfasst worden. Vor den Augen seiner Freundin wurde er über die Straße geschleudert. Seit diesem Tag sitzt er im Rollstuhl.« Tränen rannen nun über ihr Gesicht. »Ich wurde der fahrlässigen Körperverletzung für schuldig befunden. Doch das Gericht stellte fest, dass die beiden ohne Licht unterwegs waren, ich zuvor unbelastet war und nicht unter dem Einfluss von Drogen stand und in der Kurve, in der sich der Unfall ereignete, eine Ölspur war. Das führte dazu, dass ich nicht zu einer Freiheitsstrafe, sondern nur zu einer Bußgeldzahlung verurteilt wurde. Ich wäre lieber ins Gefängnis gegangen, denn ich hatte das Gefühl, dass das meine Strafe hätte sein sollen. Ich hatte nicht nur unser Leben ruiniert, sondern auch das zweier Unschuldiger. Der Mann, Antonio, konnte danach ebenfalls keine Kinder mehr zeugen. Und kein Geld, das er von uns bekam, konnte ihm seine Gesundheit wiedergeben. Und das haben uns die beiden spüren lassen. Völlig zu Recht. Sie haben jeglichen Kontakt verweigert und sie haben eine Entschuldigung ausgeschlagen. Ich konnte sie verstehen. Ich verstehe sie heute noch.«

»Aber du hast gesagt, dass sie ohne Licht fuhren. Dann sind sie ebenfalls …«

»Nein! Hätte ich mich nicht ablenken lassen, wäre ich vernünftig gefahren, dann würden die beiden heute ein anderes Leben haben. Und ich auch. Ich hätte mindestens eine Tochter gehabt und wäre nicht vom Neid zerfressen gewesen, als deine Mutter ihre in den Arm nehmen durfte. Am allerschlimmsten aber war es, Walt in die Augen zu sehen. Er hatte seither Probleme mit dem rechten Bein, das durch den komplizierten Bruch verkürzt war und ihn letztendlich zwang, mit einem Stock zu gehen. Aber damit wären wir zurechtgekommen. Dass ich allerdings unser Kind verlor, das habe ich nie verwunden und er auch nicht. Er hat mir nie Vorwürfe gemacht und er hat es geschafft, mich weiterhin zu lieben, aber es hat etwas in unserem

Leben verändert. Es hat uns verändert. Wir waren erwacht aus unseren kindischen Träumen und mussten feststellen, dass wir uns vom Geld hatten korrumpieren lassen.« Sie brach ab und niemand sagte ein Wort. Nicht nur Ada liefen mittlerweile stumme Tränen die Wangen hinab, auch mir und selbst Kate liefen sie über das Gesicht.

»Nach diesem Vorfall«, ein letztes Mal setzte Ada an zu erzählen, »nach diesem Tag war alles anders. Das Geld war plötzlich schmutzig und meine Prioritäten andere. Ich hätte Antonio und Marcella ohne Zögern alles gegeben, doch sie wollten keinen Penny mehr, als das Gericht ihnen zugesprochen hatte. Sie wollten sich nicht kaufen lassen und uns nicht freikaufen. Ich war lange Zeit in Behandlung nach dem Unfall. Körperlich war ich schnell wieder hergestellt, aber ich verfiel in Depressionen, die mich fest umklammerten und die Tage zu dunklen Nächten machten. Es war ein langer Kampf und kein anderer Mann als Walt hätte ihn neben mir durchstehen können. Ich fühlte mich so schuldig, was ich auch war. Aber plötzlich fühlte ich mich an jedem Unheil schuldig, das es in der Welt gab. Nur sehr langsam konnte ich mich aus diesem Sumpf befreien und ich wusste immer, dass er nur einen winzigen Schritt entfernt ist. Jede kleine Bewegung konnte dazu führen, dass ich wieder dort landete.«

»Das war es«, entfuhr es mir. »Das waren die Schatten, die Sie so gequält haben.«

»Ja. Antonio und Marcella kamen zurück, auch wenn sie nie ganz gegangen waren. Und Joy. So nannten wir sie, unsere Tochter, die man weggebracht hatte, ehe ich auch nur einen Blick auf sie werfen konnte. Man sammelte die zu früh geborenen Kinder und verbrannte sie, zusammen mit anderen Klinikabfällen. Das war das Wort, das sie benutzten. Abfälle. Sie galten noch nicht als Menschen und wurden nicht wie heute in Würde verabschiedet. Was hatte ich ihr angetan? Was hatte ich uns angetan?«

Kate, unsere toughe Kate, schluchzte auf. Dieser Laut traf mein Herz wie ein Messer und ich sah, dass es den anderen genauso erging. Selbst der Anwalt hatte glasige Augen.

»Aber wir mussten weiterleben, irgendwie. Ich musste weiterleben, für Walt, dem ich schon genug genommen hatte.« Als Ada weitersprach, klang sie, als hätte es die letzten Worte nicht gegeben. »Und wir haben uns entschieden, dass wir versuchen wollten, es wiedergutzumachen, soweit das möglich wäre. Wir haben die Häuser gekauft und an junge Menschen vermietet, die eine Chance verdient hatten. Nach so vielen zerstörten Leben sollte jemand anderer die Möglichkeit haben, seine Träume zu erfüllen. Jemand, der gut war, besser als wir, und weniger hinter dem Geld her. Jemand, der ein bisschen Glück in diese Welt bringen sollte. Und wir haben eine Hilfsorganisation gefunden, die sich um traumatisierte Unfallopfer kümmerte und um solche, die nach einem Unfall vor dem Nichts standen und dringend finanzielle Unterstützung brauchten. Dafür haben wir gespendet, immer wieder. Für uns selbst brauchten wir nicht mehr viel. Wir haben das Reisen aufgegeben. Ich habe seit diesem Tag nie mehr ein Auto gesteuert und all die feinen Kleider hatten ihren Reiz verloren. Und so haben wir uns unseren Frieden wieder erkämpft, sehr mühsam. Aber das Geld hatte für alle Zeit seinen Reiz verloren und wenn ich zurückblicke, dann waren die Jahre, in denen wir es nicht mehr für uns nutzten, die reichsten.«

Kapitel 60

»Das habe ich alles nicht gewusst.« Caras Stimme unterbrach endlich das Schweigen. »Meine Mutter hat uns immer wieder gesagt, dass du und Onkel Walt exzentrische Menschen wärt, die nicht mit Geld umgehen könnten. Sie hat nie etwas davon erwähnt …«

»Sie wusste vieles nicht. Und wahrscheinlich hat sie recht, wir wurden exzentrisch, um nicht zugrunde zu gehen.«

»Nein. Du wurdest zu einer Frau, die aus ihrem Unglück versuchte, Glück für andere Menschen zu schaffen. Du bist ein wunderbarer Mensch, Tante Ada. Ich bin sehr froh, dass ich die Chance bekommen habe, das zu erfahren.«

Ich bewunderte Cara in diesem Moment wirklich. Ich hatte sie vom ersten Moment an als kühl empfunden und zwischendurch hatte ich noch weit weniger schmeichelhafte Attribute für sie gefunden. Doch in diesem Augenblick überwand sie das alles, und das schaffte nicht jeder.

»Und ich bin sehr froh, dass ich dich habe.« Ada war sichtlich erschöpft. »Ich danke euch allen. Es heute noch einmal auszusprechen war schmerzhaft und heilsam zugleich.«

Der Anwalt räusperte sich, doch Ada war noch nicht fertig.

»Ihr denkt jetzt vielleicht, ich habe euch alle hintergangen. Ich habe eure Güte in Anspruch genommen und eure Liebe und Zuneigung, obwohl ein anderer sie nötiger gehabt hätte. Doch so war es nie. Diese kleinen Gesten, die ich empfangen durfte, waren das Kostbarste, was ich hatte. Das Gefühl, dass es alles einen Sinn hatte und dass mir vergeben wurde.«

»Sie haben uns nicht hintergangen. So hat es sich nie angefühlt.« Ich sah zu Allie und Kate, die beide nickten.

»Ich habe gesagt, dass ich jungen Menschen eine Chance ermöglichen wollte. Das war die Wahrheit, aber nicht die ganze. Ich habe mir diese Menschen sehr genau ausgesucht. Und ich habe die gewählt, die etwas ganz Besonderes hatten: Menschlichkeit. Den Wunsch, mit ihrem Traum auch andere glücklich zu machen. Bessere Menschen als Walt und dich das waren in eurem Alter.«

»Und als ich das war, oder?« Cara sah Ada in die Augen.

»Nein. Du wurdest erzogen mit dem Wissen, dass ich eine schrullige reiche Frau bin, die nicht mit Geld umgehen kann und auch sonst sehr weltfremd ist. Ich weiß, wie wir gewirkt haben müssen mit unserem Auftreten und unseren Kleidern. Dennoch, als es erforderlich war, hast du dich gekümmert und eingemischt. Ich weiß, dass du aus Gründen gehandelt hast, die dir richtig erschienen.«

»Und ich weiß nun, dass ich falschlag mit meinem Misstrauen. Ich habe ein Gespräch gehört zwischen euch beiden.« Sie nickte leicht in meine Richtung. »Du warst endlich auf dem Weg der Besserung und ihr wusstet bereits Bescheid, dass Ada alles gehörte und ich in ihren Belangen handelte.«

Ich versuchte, mich zu erinnern, hatte aber gerade zu viel anderes im Kopf.

»Ich gebe zu, dass ich wirklich dachte, ihr würdet meine Tante ausnutzen. Ich meine, wer verschenkt einfach seine Sachen? Wenn es sich jemand nicht leisten kann, ist das schade, aber das passiert jeden Tag. So ist das Leben, wie ich es kenne und wie nahezu jeder es kennt. Und ich konnte es mir nicht vorstellen, dass jemand einfach aus Güte so handelt. Als ihr dann immer zu Besuch kamt, war ich natürlich in Alarmbereitschaft. Es wäre ein Leichtes, eine alte Frau in ihrem Zustand zu beeinflussen. Und es ist genauso leicht, einen Keil zwischen zwei Menschen zu treiben. Und dann hörte ich das Gespräch. Ada hat von mir gesprochen und Sie, Eliza, haben ihr gesagt, sie solle sich freuen, dass ich wieder in ihrem Leben wäre. Andere Menschen hätten die Gelegenheit genutzt und von der Kündigung oder zumindest den Anschuldigungen erzählt. Sie hätten ganz einfach dafür sorgen können, dass meine Tante mich hinauswirft und alles beim Alten bleibt. Das haben Sie aber nicht getan.«

»Weil ich sie nicht aufregen wollte. Es war wichtig, dass Ada erst wieder zu Kräften kommt«, gab ich leise zurück. »Wir alle hatten dasselbe Ziel.«

»Ich habe das lange angezweifelt. Aber ich glaube Ihnen jetzt. Ich glaube Ihnen, dass Sie das alles nicht aus eigennützigen Gründen taten. Und ich möchte mich entschuldigen, dass ich Ihnen misstraut habe.«

Kate schnaubte. Man sah, wie es in ihr arbeitete. Schließlich straffte sie den Rücken und ihre Stimme klang fest. »Ich kann es tatsächlich ein bisschen verstehen. Ich hätte vermutlich ähnlich reagiert.«

Cara hob ruckartig den Kopf, dann schlich sich ein Lächeln auf ihr Gesicht, ganz kurz und sehr überrascht. »Danke.«

»Nun«, meldete sich der Anwalt wieder zu Wort. »Also«, er räusperte sich, um dann geschäftsmäßig zu werden. »Wir müssen jetzt überlegen, was wir in dieser Sache weiterhin tun.« Er raschelte mit seinen Papieren, welche die ganze Zeit unbeachtet vor ihm gelegen hatten.

»Das ist die Entscheidung meiner Tante. Ich ziehe alles zurück und möchte Sie bitten, diese Angelegenheit als erledigt zu betrachten und mir Ihre Rechnung zukommen zu lassen.«

»Die Rechnung geht an mich.« Ada sah den Anwalt an. »Und ansonsten bleibt alles, wie es war.«

Hätten wir jubeln sollen? Endlich war das geklärt und eine Sorge weniger in unserem Leben. Doch ich fühlte keine Erleichterung. Es war ein seltsames Gefühl, das sich in mir breitmachte, und ein Blick zu Allie und Kate zeigte mir, dass es ihnen ähnlich ging. Schließlich hob Kate wieder an zu sprechen.

»Was Sie vorher sagten, Cara. Dass das Geld knapp ist …«

»Es ist genug.« Ada wischte ärgerlich mit der Hand. »Es war immer genug.«

»Nun, ich denke«, Kate hatte Cara nicht aus dem Blick gelassen und wie ich ihr leichtes Nicken registriert. »Ich denke, Sie haben uns etwas ganz Großartiges geschenkt, Ada. Einen Start, den wir uns besser nicht hätten erträumen können. Und Sie haben recht, ohne das wäre wohl keine von uns heute hier. Nur durch Ihren Vertrag konnten wir es schaffen und uns das aufbauen, was wir heute haben. Dafür bin ich sehr dankbar und ich weiß, dass es Eliza und Allie ebenso geht. Aber ich habe auch verstanden, dass man nicht zu habgierig werden darf. Wir alle konnten uns eine Existenz aufbauen und wir sind alle aus dem Gröbsten heraus. Und deshalb«, sie sah uns an und wir nickten, »und deshalb denke ich, dass es nun an der Zeit ist, die Miete zu erhöhen. Auf ein verträgliches Maß.« Sie grinste Cara zu, die mit erstauntem Blick dasaß und lauschte. »Können damit die Probleme, die Sie angesprochen haben, gelöst werden?«

Cara nickte langsam. »Das ist, denke ich, möglich. Sie überraschen und beschämen mich.« Sie senkte den Kopf.

»Nein, mein Liebes.« Ada griff nach der Hand ihrer Nichte und lächelte. »Dich beschämt heute niemand. Ich bin sehr stolz auf dich.«

Wir nahmen es gleich in Angriff und besprachen, wie der neue Vertrag aussehen sollte. Ich weiß, ich habe immer gesagt, dass ich die horrenden Forderungen irgendwie stemmen könnte, doch ich muss zugeben, dass es sehr schwer geworden wäre. Nun jedoch einigten wir uns auf eine Erhöhung, die ich gut aufbringen konnte und die sehr angemessen war für alles. Mr Chester versprach, uns die neuen Kontrakte zukommen zu lassen, und erhob sich dann.

»Solche Momente erlebt man nicht oft. Ich habe heute viel gelernt, das man auf keiner Universität beigebracht bekommt. Ich danke Ihnen, Mrs Briggman.« Er verschwand mit Mr Barnby im Schlepptau und wir standen noch einen Moment da, plötzlich verlegen.

»Vielen Dank für alles«, sagte ich zu Ada, auch wenn es komisch klang. »Vielen Dank.«

Ada lächelte, doch man sah ihr an, dass der Abend sie mehr Kraft gekostet hatte, als sie zugeben wollte.

»Ich bringe dich jetzt zu Bett, Tante Ada. Ewa wird uns helfen. Und dann ruhst du dich aus.«

»Ja«, sagte sie und nickt langsam. »Ich denke, ich werde heute Abend endlich einmal gut schlafen können.«

»Was haltet ihr von der Geschichte?« Nachdenklich war ich an der Ecke, an der sich unsere Wege trennten, stehen geblieben und sah zu den beiden anderen.

»Sie ist unheimlich traurig«, sagte Allie leise. »Und irgendwie ziemlich verrückt.«

»Wisst ihr, ich dachte, wenn ich diese Cara einmal sehe, dann sage ich ihr meine Meinung, und die wäre nicht sehr schön ausgefallen. Aber nachdem ich nun alles weiß, und wenn ich ehrlich bin«, Kate straffte ihre Schultern, »dann verstehe ich sie. Wirklich, ich kann verstehen, was sie sich zusammenreimte, weil ich selbst auch oft genug so dachte. Dass andere etwas nur zu einem eigenen Zweck tun.«

Allie nickte langsam. »Das war eine Lehrstunde, oder?«

»Allerdings.« Kate wirkte immer noch sehr nachdenklich.

»Und es war so unnötig«, platzte ich jetzt heraus. »Das alles. Wenn wir nur miteinander gesprochen hätten …«

»Das ist doch immer das Problem.« Wieder war Kate es, die das Wort ergriff. »Die Menschen reden nicht und dann kommt es zu Missverständnissen. Weil man *denkt* zu wissen, was der andere meint und fühlt. Oder weil man nicht nachfragt, was er wirklich empfindet. Ich weiß es nicht, aber darum geht es doch, oder?«

»Ja«, gab ich ihr recht und dachte an Charlie und mich und daran, dass ich keine Ahnung hatte, was schiefgelaufen war.

»Und keiner traut sich, den ersten Schritt zu machen. Das bewundere ich an Cara. Sie hat es gewagt, auch wenn es unbequem war. Und sie hat eingesehen, dass sie unrecht hatte, und es zugegeben, was noch viel schwerer fällt. Aber sie ist ihrem Herzen gefolgt. Ich mag solche Menschen, denn ich bin auch so.«

»Das bist du. Und du bist ein toller Mensch.« Spontan nahm ich sie in den Arm. »Ihr beide seid wundervolle Menschen. Und das ist das Gute daran. Ohne Cara hätte ich euch nie kennengelernt. Ich hätte weiterhin meine Blumen bei dir gekauft und ab und zu bei dir eine deiner großartigen Torten gegessen, aber wir hätten uns nie wirklich kennengelernt.«

»Das habe ich auch gerade gedacht. Wie schön es ist, euch getroffen zu haben. Und jetzt, wo es vorbei ist, werden wir Freunde bleiben, oder?«

Ich nickte begeistert und auch Kate nickte und lächelte. »Das werden wir. Und ich werde Ada weiterhin die schönsten Blumen verkaufen, die ich habe, und ihr weiterhin zu wenig berechnen. Weil ich es will.«

Kapitel 61

Adas Geschichte beschäftigte mich den ganzen Abend. Wieder einmal hatte ich etwas gelernt. Neben der offensichtlichen Botschaft, die Kate so treffend formuliert hatte, zog ich noch eine ganz persönliche aus allem. Das Leben funktionierte nicht wie im Roman. Es gab nicht immer spektakuläre Auflösungen, die am Ende Erklärungen boten. Alles hatte darauf hingedeutet, dass Cara selbst an Adas Zustand schuld war oder dass sie sonstwie in ihrem Interesse handelte, aber so war es nicht gewesen. Es war einfach nur passiert und hatte sich zu einer schlimmen Sache entwickelt. Und Jake hatte keinen bombastischen Anwaltstrick aus dem Ärmel ziehen müssen, um uns zu retten, sondern einfach nur getan, was getan werden musste, bis gar nichts mehr getan werden musste. Und sonst? Welchen Sinn hatte es, dass er in mein Leben getreten war? Nun, ich denke, auch das wusste ich nun.

»Es ist also erledigt?« Am nächsten Tag stand eben dieser Jake wieder in meinem Laden und hielt ein Schreiben in der Hand.

»Du hast es schon? Ich wollte dich heute Abend anrufen.«

»Kam eben per Fax herein. Und, ihr unterschreibt das?«

»Ja, das werden wir. Es ist ein sehr fairer Vertrag, oder nicht?«

»Das ist es. Ich habe ihn gelesen und würde keine Änderung vorschlagen. Darf ich fragen, wie es dazu kam?« Er schwenkte ein zweites Blatt und ich warf einen Blick drauf. In Anwaltssprache wurde dort mitgeteilt, dass die vorher zugestellten Verträge und alle damit verbundenen Ansprüche und Vorwürfe zurückgezogen waren.

»Wir haben geredet und die Sache geklärt.«

»Zum Glück machen das die wenigsten.«

»Für dich. Aber die Welt wäre besser, wenn es mehr täten.«

»Nun, jeder rettet die Welt auf seine Weise. Wie sieht es aus? Du könntest versuchen, meine zu retten.«

»Nein.«

»Eliza …«

»Nein, Jake. Du würdest gar nicht gerettet werden wollen.«

»Ich weiß es nicht. Wir könnten es immer noch testen.«

»Jake. Wir haben eine wunderbare Chance, merkst du das nicht? Wir könnten tatsächlich so etwas wie Freunde werden.«

»Freunde mit gewissen Vorzügen?«

»Nein. Das würde nicht klappen.«

»Du hast es nie probiert. Ich schon.«

»Ich weiß.« Ich lachte. »Du hast vermutlich ziemlich viele Freunde mit gewissen Vorzügen gehabt.«

»Und einige sind immer noch meine Freunde.«

»Es würde nicht funktionieren. Weil ich nicht so bin. Ich könnte mein Herz nicht heraushalten, selbst wenn ich es wollte. Auch wenn ich wüsste, dass ich es sollte, und selbst wenn ich es spüre, dass es eigentlich nicht richtig ist, würde mein Herz Schaden nehmen. Weil das ich bin, verstehst du?«

»Ja, ich glaube, ich verstehe es. Und das macht dich einzigartig und wertvoll, und das ist es, was mich zu dir hinzieht. Vielleicht könnte mein Herz etwas von deinem lernen.«

»Tu das nicht, Jake. Wir wissen beide, dass es nicht funktionieren würde.«

»Und dennoch hat es bereits etwas von dir gelernt. Es ist der Langweiler, oder?«

»Ja. Immer noch.«

»Ist er es wert?«

»Das ist er.«

»Also seid ihr beide zusammen?«

»Nein.«

Er lachte überrascht auf. »Nein? Und trotzdem ist er es wert?«

»Weil mein Herz so fühlt. Ich will keinen anderen. Ich will wirklich keinen Bad Boy. Ich fand es spannend, ja, und eine Weile hat es mich auch in Versuchung geführt, das gebe ich zu. Ich hätte beinahe herausfinden wollen, wie es ist, mit einem zusammen zu sein. Ob es sich lohnt und ob es mir gefällt, den Hintern versohlt zu bekommen.« Ich lachte ein wenig verlegen. »Aber die Wahrheit ist, dass ich genauso langweilig bin wie er oder genauso wenig langweilig, auf unsere Art.«

»Ich habe noch nie so empfunden wie für dich.«

Diese Worte ließen mich überrascht aufblicken. Jakes Stimme war warm und sanft, aber ohne diesen Unterton, der immer nur auf Sex hinzielte. Ich spürte, dass ich die seltene Gelegenheit bekam, den echten Jake kennenzulernen.

»Am Anfang war es in der Tat einfach nur der Reiz, die unnahbare kleine Schwester meines besten Freundes zu knacken. Du hast mich herausgefordert und Edward im Übrigen auch, weil er meinte, ich würde mir an dir die Zähne ausbeißen und sogar einen Fünfziger darauf zu wetten bereit war.«

Ich schnaubte empört. Wenn ich den zu fassen bekam! Wie konnte er Jake auf mich hetzen. Letzterer sprach schon weiter.

»Ich wollte mir beweisen, dass ich auch dich um den Finger wickeln kann. Dann kam die Lust dazu. Ich spürte, dass ich wirklich Lust hatte, dich zu bekommen, und ja, ich wollte mit dir ins Bett. Ich will es immer noch, also, wenn du es dir anders überlegst …« Der alte Jake blitzte auf und ich versetzte ihm einen Hieb auf den Oberarm.

»Du siehst, ich bin jämmerlich, was diese Dinge betrifft. Du hast recht, wenn du dich von mir fernhältst. Was ich sagen will, ist, dass ich mehr Gefühle für dich habe, als gut für mich ist. Und weil ich das jetzt weiß, werde ich mich zurückziehen und dir alles Glück wünschen.«

»Jake!«

»Nein, du musst kein Mitleid mit mir haben. Du hast recht, ich könnte dich nicht so lieben, wie du es dir wünschst oder verdienst. Ich bin kein Mann, der nur eine Frau liebt. Aber ich mag dich genug, um dich nicht mit aller Macht in mein Bett zu zerren, wenn ich weiß, dass es dich unglücklich machen wird. Wenn du allerdings merkst, dass es dich nicht unglücklich machen würde, wie gesagt …«

»Jake!«, wiederholte ich und lachte. Ich wusste, dass ihm das nicht leichtgefallen war und dass er mir gerade eine Brücke bauen wollte, um die Situation nicht in einer Peinlichkeit untergehen zu lassen, die unpassend wäre. Und dass er nebenbei ehrlich war. Jake war immer ehrlich gewesen, er hatte nie von Liebe gesprochen. Nur von dem, was er davon hielt.

»Dann sind wir jetzt Freunde?«

Er verzog das Gesicht. »Lass das bloß nicht öffentlich werden. Mein Ruf würde entsetzlich leiden.«

»Keine Sorge, ich behalte es für mich. Aber ich wünsche dir, dass du es eines Tages dennoch lernst. Wie es ist, wirklich zu lieben.«

»Nun, ich weiß es nicht, ob ich das will.« Er grinste, dann zog er mich in seine Arme. Zum ersten Mal genoss ich es wirklich, dort zu sein, und zum ersten Mal fühlte es sich richtig an.

»Danke für alles, Jake. Besonders für diesen Moment und auch für den Rest. Und vergiss nicht, die Rechnung zu stellen.«

»Nun, ich denke, ich werde es dagegen aufrechnen, was ich dir schulde. Für diese Lehren, die du mir erteilt hast. Ja, das kommt in etwa hin. Es bleibt nur ein kleiner Rest, wenn ich das richtig sehe.«

»Was denn für ein Rest?«, fragte ich und beugte mich nach hinten, um sein Gesicht sehen zu können.

»Ein letzter Kuss. Unter Freunden.«

»Niemals. Das wäre Nötigung und könnte dich deine Zulassung kosten.«

»Nur wenn es jemand mitbekommt.« Er beugte sich vor und seine Augen blitzten. »Zum Abschluss meiner heißen Träume und als Beginn meiner keuschen Gedanken an dich.«

»Du spinnst«, lachte ich, dann überkam es mich. Spontan näherte ich mich ihm wieder und gab ihm einen schnellen Kuss. »Und nun geh und komm erst wieder, wenn du alles andere aus deinem Kopf hast.«

Er gab mich frei und ich lachte noch immer, als er sich zur Tür wandte. Und erstarrte. Davor, fast nicht zu sehen im Dunkeln, stand eine einsame Gestalt, die in den erleuchteten Laden hineinsah. Und ich wusste sofort, wer das war.

Kapitel 62

Langsam ging ich hinüber, um Charlie die Tür zu öffnen. Jake sah dem Neuankömmling einen Moment ins Gesicht.

»Pass gut auf, mein Freund«, sagte er und lächelte kaum merklich, »dass du ihr nicht das Herz brichst. Sie hat einen Bruder, der dir dafür die Nase zertrümmern würde.« Dann suchten seine Augen meine und er fuhr fort: »Und einen Freund, der dasselbe täte.«

Charlie sah stumm hinter Jake her, der leise die Tür hinter sich schloss.

»Der schon wieder.«

»Er ist egal. Du bist hier, das ist wichtig.«

»Ich hatte mir eine andere Szene vorgestellt, muss ich gestehen. Er hat es vermasselt.«

»Dann beginnen wir noch einmal von vorne. Geh wieder hinaus und ...«

»Nein. Eliza, was soll das? Was soll ich von alldem halten?« Er machte eine Geste, die vielsagender war als Worte. Seine Hand wies durch den Laden und ich wusste, er meinte Jake und mich in seinen Armen und den Kuss, den er beobachtet hatte. Dann, in einer eleganten Bewegung, endete der Schlenker in seiner Manteltasche und er zog das kleine Buch hervor, das ich ihm geschickt hatte. Nachts und völlig nüchtern und doch trunken vor Sehnsucht und Liebe. Das Buch, mit dem ich alles offenbarte und nichts mehr zurücknehmen konnte. Mit dem ich mich völlig auslieferte, weil ich erkannt hatte, dass er es lesen musste, dass nur er das Ende schreiben konnte. Die kleine Kladde mit den Worten *DREAM BIG* und den ganzen Buchstaben in königsblauer Tinte.

Ich hatte es mir auch anders vorgestellt, als ich in jener Nacht den Mut meines Lebens zusammennahm und dieses Büchlein, ohne einen weiteren Kommentar, in einen Umschlag steckte und an die Adresse schickte, die Molly mir genannt hatte. In meiner Fantasie waren keine weiteren Worte mehr nötig gewesen. Wenn er kam, dann, weil er wusste, wie es um mich stand und was ich für ihn empfand. Und wenn er nicht kam, es einfach zurückschickte, dann, weil er meine Gefühle nicht teilte. In keiner Variante, die ich mir ausgemalt hatte, war er jedoch gekommen und hatte dabei den Eindruck erweckt, nicht hier sein zu wollen.

»Ich dachte, du weißt es. Hast du es nicht gelesen?« Ich biss mir auf die Lippen.

»Doch, das habe ich.«

»Und?« Ich spürte, wie sich schon wieder Tränen hinter meinen Lidern ansammelten. Das lief ziemlich falsch hier.

»Ich weiß es nicht. Ich weiß gerade nicht, ob ich mich schon wieder den falschen Hoffnungen hingegeben habe.«

Nein, keine falschen Hoffnungen. Neue, echte Hoffnung machte sich breit, zumindest in mir. »Das hast du nicht.«

»Ich bin nicht wie er.« Er ruckte leicht mit dem Kopf zur Tür.

»Das weiß ich. Und es ist gut so.«

»Ich bin auch nicht wie er.« Jetzt wanderte sein Blick zu dem Buch, das er hielt. »Ich bin einfach nur ich.«

»Genau das liebe ich an dir, Charlie.«

»Wirklich? Und weshalb habe ich Angst, dass es nicht genügt?«

»Das weiß ich nicht.« Meine Stimme klang dünn. Ein Wechselbad der Gefühle machte mich fertig. Die neue Hoffnung schien sich schon wieder vom Acker machen zu wollen.

»Ich habe es versucht. So zu sein wie er.« Wieder nickte er zu dem vermaledeiten Buch. »Es ist kläglich gescheitert.«

»Nein.«

»Doch. Du warst nicht gerade begeistert von meinen Versuchen, romantisch zu sein.«

»Wie? Wann denn nicht? Charlie, jedes Mal, wenn du den Laden betreten hast, ist mein Herz gehüpft. Hast du das nicht bemerkt?«

»Doch. Ich dachte zumindest, es zu bemerken. Aber dann ...«

»Was? Was dann?«, fragte ich drängend.

»Die Karten?«

»Welche Karten?«

»Die Karten. Deine Karten. Bücher und Liebe und so.«

»Himmel, Charlie! Du hast das doch nicht ernst genommen.«

»Doch. Im Gegensatz zu dir schon.«

Ich spürte, dass ich ihn verlor, und Verzweiflung und Wut packten mich. »Das war Bullshit. So wie alles Bullshit war.«

»Bullshit.«

»Blöd, okay. Es war blöd und unnötig, aber dennoch nötig, um zu erkennen, wer ich bin.«

»Wer du bist.«

Einen Moment hatte ich große Lust, ihn zu packen und zu schütteln. »So ist er eben, okay? Das ist Jake, und ja, ich mag ihn mittlerweile sogar. Ich mag ihn, hörst du? Trotz seiner blöden Sprüche und seinem ewigen Anbaggern und trotz der Karten. Ich mag ihn. Aber dich ...« Ich schluckte. »Dich liebe ich, Charlie.« Ich spürte, dass ich die Tränen nicht mehr lange würde zurückhalten können und dass ich das alles nicht mehr aushalten konnte. »Ich habe dich vom ersten Augenblick an geliebt. Dich, so, wie du warst. Auch wenn es unvernünftig ist oder nicht zu verstehen, doch ich war mir sofort sicher, dass du der eine bist, der zu mir gehört. Wie in den blöden Büchern. Ich bin so, Charlie, und auch wenn du es anders empfindest, solltest du das wissen.«

»Du liebst mich?« Er schien an etwas zu knabbern und die Frage klang viel zu nebensächlich.

Ich nickte. Genug gesagt.

»Aber die Karten ...«

»Himmel, vergiss die blöden Dinger doch.«

»Wie könnte ich das? Du hast darüber gelacht. Du hast es als peinlichen Müll bezeichnet.«

»Weil es das war. Jake hat sich damit einen Spaß erlaubt.«

»Eliza.« Seine Stimme klang vorsichtig. »Eliza, du weißt, von wem diese Karten stammen?«

»Von Jake, das habe ich doch bereits ...« Ich brach ab, als mir etwas dämmerte. »Nicht von Jake?«

Charlie machte ein seltsames kleines Geräusch, irgendwo zwischen Lachen und Stöhnen. »Nein.«

»Aber er ... war immer da, wenn sie auftauchten.«

Charlie sagte nichts.

»Und du ebenfalls.«

Er nickte.

»Du hast sie geschrieben?«

Wieder Nicken.

»Und du hast nicht bemerkt, dass ich dachte, sie wären von ihm?«

»Wie hätte ich das denn bemerken sollen?«

Ich dachte nach. Nun, gar nicht, weil ich es tunlichst vermieden hatte, Jake zu erwähnen, wenn er da war.

»Oh mein Gott. Es tut mir leid.«

»Nein.« Er drehte sich um und ging ein paar unruhige Schritte. »Mir tut es leid. Ich war ziemlich blöd, was?«

»Wir waren beide ziemlich blöd, wie es scheint. Weshalb hast du nichts gesagt?«

»Aus unterschiedlichsten Gründen.«

»Dann sag es mir jetzt.« Ich war nahe daran, zu schreien. »Was habe ich falsch gemacht?«

»Nichts. Ich war es, der einen Fehler nach dem anderen beging.«

»Dann mach sie jetzt wieder gut.«

Er nickte langsam und dann endlich breitete sich ein Lächeln auf seinem Gesicht aus, das mich wärmte und die Tränen in Schach hielt.

Kapitel 63

»Als ich zum ersten Mal das *BOOKS OF LOVE* betrat«, begann er, und ich hing an seinen Lippen. Noch lieber wäre ich in seinen Armen gehangen, aber er hatte sich entschieden, ein paar Meter von mir entfernt an der Theke stehen zu bleiben und mit den Flyern herumzuspielen, und ich ahnte, dass ich ihm das zugestehen musste. »Als ich zum ersten Mal das *BOOKS OF LOVE* betrat, ging es mir wie dir. Ich habe mich am ersten Abend in dich verliebt. Aber ich bin kein Mann, der solche Dinge zeigen kann. Ich bin übervorsichtig, das sagen alle, und sie haben recht. Ich brauche mein Tempo, auch wenn das dumm ist. Doch in unserem Fall ... Ich spürte es ebenfalls, diese ganz außergewöhnliche Anziehungskraft. Und mit jedem neuen Treffen war es deutlicher. Aber ich bemerkte auch etwas anderes. Ich lernte dich kennen und du hast mir so vieles offenbart. Du hast keine Schwierigkeiten damit, deine Gefühle zu zeigen, im Gegensatz zu mir. Du bist unglaublich romantisch und du hast immerzu davon geschwärmt, von all diesen Geschichten und ihren Helden.« Wieder ließ er eine Hand schweifen. »Das hat mich nachdenklich werden lassen. Wie sollte ein Mann wie ich da mithalten? Mit deiner Lebendigkeit, mit deiner Offenheit und mit all den Kerlen in den Büchern, die es immer richtig machen und die passenden Worte finden? Das bin ich nicht. Aber ich dachte, nun gut, sie ist es wert. Sie soll ihre Geschichte bekommen, eine Geschichte, die ihr zeigt, was ich für sie empfinde, und die ihre Augen noch mehr strahlen lässt. So kam ich auf die Idee mit den Karten. Ich dachte, dass du es lieben würdest. Doch als ich dir die erste geschrieben hatte, hast du nicht reagiert. Also habe ich die zweite geschrieben und wieder hast du nichts gesagt. Ich wurde unsicher, ob du genauso fühlst wie ich. Aber ich war schon so verloren, dass ich dachte, ich muss es jetzt wagen. Also habe ich eine letzte geschrieben. Und alles ging schief. Dieser Kerl tauchte auf, als ich sie eben zwischen deine Papiere schieben konnte. Er war so selbstsicher und da war etwas zwischen euch ...«

»Nein«, warf ich ein, doch Charlie hob wieder die Hand.

»Natürlich, ich war eifersüchtig, weil er all das war, was ich nicht bin. Selbstsicher, gut aussehend, erfolgreich. Und ich war mir immer noch unsicher, ob du es ernst meinst, denn immerhin hattest du mir mit keinem Wort, keiner Geste gezeigt, dass meine kläglichen Versuche dich irgendwie beeindruckt hatten. Und dann hast du die Karte gefunden, während ich zusah. Das war ganz sicher nicht der Plan, aber das hätte ich überlebt.«

»Doch ich habe die Karte in den Papierkorb geworfen«, sagte ich leise.

»Und sie als peinlichen Müll bezeichnet. Ich hatte doch keine Ahnung, dass du ihn im Verdacht hattest. Ich wäre nie auf den Gedanken gekommen, dass du einem Kerl wie ihm so was zutraust. Ich war mir sicher, dass man es mir an der Nasenspitze ansah, dass das mein Werk war.«

»Du hast aber nicht nachgefragt.«

»Hast du ihn danach gefragt?«, gab er zurück.

»Nein.«

»Nun, wir hätten es tun sollen, was? Doch was tat ich?« Er nahm wieder seine Wanderung auf. »Ich habe mir eingeredet, es falsch eingeschätzt zu haben. Dass du wie jede andere am Ende doch den Kerl willst, der aufregend ist, und nicht den langweiligen aus der zweiten Reihe. Dass du einfach nett zu mir bist, so wie du zu jedem nett bist. Deshalb habe ich mich zurückgezogen. Um mich zu schützen.«

»Dafür gab es nie einen Grund.«

»Ich glaube, ich wusste es. Ich wusste immer, dass es keinen Grund gab, und doch …« Er zuckte leicht mit dem Kopf. »Deshalb bin ich an Weihnachten noch einmal gekommen. Wenn nicht an Weihnachten, wann dann, dachte ich. Ich wollte noch eine Chance. Und du hast mich gefragt, ob wir Freunde sein könnten.«

»Und mein Herz ist dabei fast gebrochen.« Ich flüsterte, aber Charlie verstand es dennoch.

»Wie das meine. Als dein Brief kam, habe ich gezögert, das gebe ich zu. Wollte ich noch mehr Schmerzen? Oder darauf hoffen, dich irgendwann vergessen zu können, wenn ich mich nur lange genug von dir fernhielt? Natürlich konnte ich nicht widerstehen. Und dann fand ich das hier.« Wieder wedelte er, dieses Mal mit dem Buch.

»Ich konnte es nicht glauben, was ich da las. Ich konnte nicht glauben, was es bedeutet.«

»Glaubst du es jetzt?«

»Weshalb hast du ihn geküsst? Eliza, ich bin kein Mann, der sich leichtfertig verliebt. Wenn ich es allerdings tue, dann mit allen Konsequenzen. Ich möchte alles oder nichts.«

»Du hast alles, Charlie, wie oft soll ich das noch sagen?« Jetzt perlten die Tränen doch aus meinen Augen. »Du hast alles.«

»Warum hast du ihn geküsst?«, wiederholte er, kam aber langsam näher.

»Weil wir endlich Freunde sind.« Ich zwang mich, stehen zu bleiben und ihm nicht entgegenzugehen. Ich war ihm so oft entgegengegangen und nun musste er die letzten Schritte tun. Ich wartete mit klopfendem Herzen, bis er endlich bei mir war, so nahe, dass ich seine schönen Augen verschwommen sah und seinen Atem auf meinem Gesicht spürte.

»Kannst du das nicht erkennen, du dummer Kerl? Dass das ein Kuss unter Freunden war? Wenn ich jemanden liebe, dann küsse ich ihn so.«

Ich glaube, ich konnte Charlie den Unterschied recht gut deutlich machen. Dieser Kuss war ein Kuss und alles zuvor nur eine Ahnung dessen, wie es sein könnte. Ich vergaß, wo wir waren und welche Schwierigkeiten er mir gemacht hatte. Der Schmerz löste sich auf und verschwand und zurück blieb nur eine unglaubliche Liebe und Dankbarkeit, dass ich nun endlich auf mein eigenes Happy End zusteuerte. Ich ließ meine Hände durch sein Haar gleiten und dann hinab zu seinem Rücken. Ich gab ihm gar nicht erst die Chance, diesen Kuss anzuzweifeln, und er begriff recht schnell. Nun ja, als Lehrer konnte man bei ihm auch eine gewisse Intelligenz voraussetzen, selbst wenn er diese lange nicht gezeigt hatte.

»Ich sehe den Unterschied«, sagte er dann auch brav, als wir für einen kurzen Moment innehielten. »Aber ich denke, ich hätte nichts dagegen, wenn du es mir zur Sicherheit noch einmal demonstrierst.«

Ich hatte es all die Jahre geahnt, dass die Bücher in diesem einem, nicht ganz unerheblichen Punkt gelogen hatten. Es ist nicht so, wie sie es immer behaupten, dass die braven Jungs automatisch die langweiligen sind. Nicht, dass ich jetzt allzu viele Vergleiche hatte, aber das, was nun kam, war auf alle Fälle besser als alles, was ich jemals gelesen hatte.

Ich hatte noch nie so schnell das *BOOKS OF LOVE* abgeschlossen und verlassen wie heute. Normalerweise bleibe ich an der Tür noch einen Moment stehen und sage meinen Büchern gute Nacht. Albern, ich weiß, aber trotzdem. Mein letzter Blick gilt meinen Lieblingen und ich sagte ihnen, dass ich morgen wiederkomme. Ich habe einmal etwas Ähnliches in einer Geschichte gelesen, ich glaube, es war von Irving. Da ruft die Hauptfigur jeden Abend Waisenkindern einen Gute-Nacht-Gruß zu und sagt ihnen, dass sie wundervoll und einzigartig und Könige sind, und ich habe das übernommen, weil ich es so anrührend fand. *Gute Nacht, ihr Lieben. Gute Nacht, Mr Bingley, gute Nacht, Liam, gute Nacht, Marc.* Kate spricht mit Pflanzen und ich eben mit meinen Büchern. Heute jedoch flüsterte ich ihnen nur rasch zu: *Ihr wisst, was jetzt passiert. Drückt mir die Daumen.*

Dann hatte ich Charlie mit nach oben genommen und den kleinen peinlichen Moment, der dadurch entstand, weil man sich gerade so nahe war und nun plötzlich wieder Abstand hat, beherzt überbrückt, indem ich Charlie noch einmal den Unterschied zwischen einem Freundekuss und einem echten Kuss zeigte. Und dieses Mal hat er es so richtig verinnerlicht. Und mir gezeigt, was er unter einem Kuss versteht. Und als er dann aufhörte und mich ansah, brannten seine sanften Augen.

»Ich weiß, ich sollte jetzt gehen. Aber verdammt, Eliza, ich will dich, und zwar jetzt.«

Ich schwöre, ich habe noch nie etwas gehört, das mich mehr angemacht hat. Keiner der blöden Machosprüche von Jake war so heiß wie dieser Satz, weil er von Charlie kam und eine ganz besondere Bedeutung hatte. Ich wusste einfach, dass er ihn nicht so inflationär benutzte wie andere Kerle. Als Jake mich berührt hatte, wurden meine Knie im Idealfall kurz ein wenig wabbelig. Als Charlie jetzt aber seine Hand in meinen Nacken gleiten ließ, ich schwöre, es war, als hätte man mich an eines dieser Fitnessgeräte angeschlossen, auf denen es so wackelt, dass alles an dir vibriert. Nur besser. Und ich begann zu ahnen, was passieren würde, wenn seine Hände wirklich relevante Stellen meines Körpers erreichen würden. Nur so viel: Es war besser als alles, was meine Fantasie je produziert hatte, und vermutlich auch besser als das, was jede andere Fantasie jemals hervorbrachte. Weil es einfach nichts geben konnte, das besser war. Es war so gut, dass ich verbal zu einem Jake wurde und Sachen sagte, die mir normalerweise die Schamesröte ins Gesicht getrieben hätten. Aber heute wurde ich nicht einmal rot, als Charlie konterte und mich endgültig davon überzeugte, dass er nicht nur Jane Austens sittsame Romane studiert hatte.

Kapitel 64

»So siehst du mich also?«

»Hm?« Charlies Hand lag auf meiner Brust, was meiner Konzentration nicht förderlich war.

»So siehst du mich? Wie Charles?«

»In etwa.«

»Okay.«

»Nicht gut?«

»Doch. Aber anders als ich bin. Aufregender.«

»Du bist aufregend. Ganz besonders deine Hände sind aufregend«, gab ich zurück und wand mich ein wenig unter seinen Fingern.

»Ich möchte das erst klären«, sagte er ruhig und verstärkte leicht den Druck seiner Hand.

»Ja, so sehe ich dich. Als den wunderbarsten Mann der Welt. Der ganz wunderbare Sachen mit mir anstellt.« Ich schloss die Augen und hoffte, dass er den Hinweis verstand.

»Und doch hat dieser Justin Elizabeth nicht kaltgelassen.«

»Weil es so sein muss. Du kennst doch die Geschichten. Es muss immer einen geben, der die Fäden entknotet.« Ich seufzte wohlig unter seinen Fingerspitzen, die kleine Kreise zogen.

»Nun, ich war zwischenzeitlich nicht wirklich sicher, ob er die Fäden entwirrt oder erst recht den Knoten knüpft.«

»Ich wusste es immer. Tief in meinem Herzen wusste ich es immer, dass er keine Gefahr war. Und hättest du dich nicht so verdammt steif verhalten, hätten wir beide es früher gewusst.«

»Steif? Ich war nicht steif, ich war distinguiert und vielleicht ein wenig oldschool.«

»Aber jetzt weißt du es, nicht wahr? Also können wir das Thema beenden und …« Ich zog die Unterlippe zwischen die Zähne, als er langsam den Kopf schüttelte. Seine Hände jedoch zogen weiter ihre Kreise auf meiner nackten Brust und brachten mich dazu, ein wenig direkter zu werden.

»Charlie, was du da tust, das nennt man unter anderen Umständen Folter.«

»Ach ja?«

Ich keuchte auf, als er seinen Mund mit ins Spiel brachte.

»Ich erinnere mich an eine Szene. Ein Pferd kam darin vor. Du weißt nicht zufällig, was ich meine?«

»Charlie …«

»Ich meinte, sie so zu interpretieren, dass das hier genau die Art Folter sein könnte, für die du nicht ganz unempfänglich bist.«

»Ich hätte noch eine Frage zu deinem Buch.«

»Ja?« Ich überlegte rasch, ob ich irgendwann von Hieben auf den Hintern geschrieben hatte. Zum Glück nicht, denn ich bin mir immer noch ziemlich sicher, dass ich die nicht einmal mit Charlie mögen würde. Wenn ich allerdings an die letzte Stunde dachte, bereute ich ein wenig, nicht das eine oder andere kleine Detail, das mir jetzt gerade im Kopf herumschwirrte, darin untergebracht zu haben. Man sagt ja gemeinhin, Lehrer können in Texten Sachen interpretieren, an die nicht einmal der Autor dachte. Nun, ich hätte ihm da einiges anbieten können und wäre sehr gespannt auf seine Auslegung gewesen, aber nun war es zu spät.

»Wer ist Bella?«

»Bella?«

»Komm schon. Wer ist sie?«

»Hm«, wand ich mich und versuchte, mich mit kleinen Küssen, die ich auf seinem Oberkörper platzierte, aus der Affäre zu ziehen.

»Eliza.« Er nahm meinen Kopf in beide Hände und grinste mich an. »Wer?«

»Crnne«, nuschelte ich und starrte über seinen Kopf hinweg.

»Bitte?«

»Corinne«, wiederholte ich und sah ihn trotzig an.

»Corinne? Ernsthaft?«

»Nun, ja.« Ich entwand mich seinen Händen und rutschte neben ihn. Zum Kopfkissen sagte ich: »Du hast so von ihr geschwärmt. Und sie ist noch jung, das hast du auch gesagt. Alle wollen mit Corinne verreisen und sie hat dich ausgewählt. Und es ist doch so, dass es nur verständlich wäre, wenn sie dich ebenfalls lieben würde. Welche Frau würde das nicht tun?«

»Eliza.« Das Kopfkissen verschwand und Charlies Gesicht tauchte auf. »Corinne ist eine tolle Frau und eine noch bessere Kollegin. Wir verstehen uns gut und ich arbeite sehr gerne mit ihr zusammen. Und ja, sie ist jung und sieht gut aus, aber du bist viel schöner als sie. Du bist es, die mich dazu bringt, dass ich mich wie ein dummer Teenager verhalte und mein Herz schon am Morgen vor Aufregung klopft, weil es weiß, dass ich dich am Abend besuchen werde. Du bist es, an die ich dachte in diesem Hotel in Edinburgh, und du bist es, die schuld war, dass ich zum ersten Mal in meinem Leben unvorbereitet in den Unterricht gegangen bin, weil ich den ganzen Abend über dich nachgrübelte. Es ist dein Mund, dein Körper, deine Haare, die mich um den Verstand bringen und mich, während ich in deinem wunderschönen Laden ein Buch von Jane Austen lese, Sachen denken lassen wie: ***Mein Gott! Ich will diese Frau, gleich hier und jetzt, und es ist mir scheißegal, ob eine Kundin hereinkommt oder nicht!*** Und vor allem ist es das, was du sagst und was du bist. Ich liebe dich, Eliza. Ich liebe alles an dir.« Er unterstrich das Wort ***alles***, indem er seine Hände wieder ausschickte. Doch dieses Mal war ich es, die noch ein paar Fragen hatte.

»Halt. Ehe du dort unten irgendetwas anstellst, möchte ich dich etwas fragen.«

»Die Antwort ist Ja«, sagte er prompt und machte weiter.

»Es ist keine Frage, auf die man mit Ja oder Nein antworten kann.« Ich rutschte ein wenig zur Seite.

»Verdammt«, knurrte er und sah mich an. »Du meinst das ernst, oder?«

»Genauso ernst wie du vorher.«

»Dann frag.«

»Diese Karten …«

Charlie machte erneut ein Geräusch, das mich beinahe genug abgelenkt hätte, um meine Fragen zu vergessen und ihn stattdessen dort weitermachen zu lassen, wo er offensichtlich weitermachen wollte.

»Da stand: ***Was, wenn der falsche Mann dich liebt?***«

»Müssen wir darüber reden? Es war peinlicher Müll, wie wir bereits festgestellt haben. Eine absolut dämliche Idee …«

»Nein. Es war eine zauberhafte Idee. Die Ausführung war vielleicht … hey.« Ich lachte, als er nach mir griff. »Nein. Erst meine Frage, so sind die Regeln.«

»Nun, ich dachte, ich wäre der Falsche. Weil du … so zauberhaft bist und etwas Einzigartiges und ich nur ein Durchschnittsmann.«

»Das bist du nicht.«

»Nein, vielleicht nicht. Aber ich bin keiner dieser romantischen Helden, die ihre Liebsten vor Unbill retten dürfen. Ich habe keine Bibliothek und kein Landhaus und ich habe noch nie in meinem Leben auf einem Pferd gesessen. Nun ja, ich erwäge die Anschaffung einer Peitsche …« Er grinste und ich kniff ein Auge zu.

»Lenk nicht ab, das klappt nicht.«

»Du verdienst einen Mann, der dich nach allen Regeln der Kunst umwirbt, der sich in einer Karaoke-Bar auf die Bühne stellt und für dich singt, auch wenn er das gar nicht kann und alle anderen über seine Bemühungen lachen. Der Plakatwände anmietet, auf denen er dir jeden Morgen eine andere Liebesbotschaft zukommen lässt, und der ein Hoch kauft und es auf deinen Namen tauft …«

»Ach, Charlie.«

»Doch was mache ich Trottel? Schreibe Karten, die so plump sind, dass du sie einem anderen zuordnest.«

»Nun ja, die letzte, die klang tatsächlich mehr nach Jake als nach dir.«

»Weil ich ein anderer sein wollte als ich bin. Doch damit ist jetzt Schluss. Ich bin, wie ich bin, und ich hoffe, dass das ausreicht.«

Ernsthaft, wie hatte dieser Mann es geschafft, Lehrer zu werden? Ich meine, man verlangt doch ein gewisses Mindestmaß an Intellekt, wenn jemand diesen Beruf ergreifen will. Ob es ausreichte, wollte er wissen? Als hätte ich das nicht schon klar genug gezeigt. Nun ja, dann würde ich in nächster Zeit eben ein paar Nachhilfestunden geben müssen.

Kapitel 65

»Du strahlst so, Eliza Grey, und das bei diesem Wetter. Was ist passiert?« Nathan sah mich mit seinem sanften Lächeln an.

»Ich glaube, ich habe das Ende erreicht«, gab ich zurück und konnte nicht verhindern, dass ich grinste bis über beide Ohren.

»Das sind wahrlich gute Neuigkeiten. Hast du Zeit für eine Tasse Tee?«

»Klar.«

Er winkte mich zu sich unter die Plane und holte seine Thermoskanne hervor.

»Nicht viel los, oder?« Ich sah mich um.

»Es geht. Aber bei diesem Wetter beeilen sich die Leute und haben wenig Lust auf ein Schwätzchen.«

»Ich schon.«

Er lachte. »Du schon, ja. Es muss schon orangengroße Hagelkörner vom Himmel werfen, um dir die Lust darauf zu nehmen, was?«

Ich zog mir den Schal enger um den Hals, ehe ich die dampfende Tasse entgegennahm und mich auf dem kleinen Stoffhocker niederließ. »Na ja, ich lass mir meine Laune auf alle Fälle nicht vom guten alten englischen Regen verderben.«

»Erzähl. Was gibt es Neues?«

»Also«, ich überlegte. »Erstens die Sache mit meinem Laden. Die ist nämlich geklärt, alle sind glücklich mit der Lösung und Ada geht es gut genug, dass sie die Reha beginnen kann.«

»Ach was? Das musst du mir genauer erzählen.«

Ich ließ mich nicht zweimal bitten und berichtete von unserem Treffen, Caras Überlegungen und unserer Einigung. Adas Geschichte ließ ich aus. Das war zu persönlich gewesen.

»Aber die Sache ist die, dass es manchmal ganz anders ist, als wir denken, oder? Ich habe viel über Ada erfahren und ich glaube, ich mag sie jetzt noch mehr als früher. Sie wirkt so sanft, so in sich ruhend, und trug dabei die ganze Zeit ihre eigenen Dämonen mit sich herum. Ich will das nicht vertiefen, aber was mich wirklich bewegt hat, ist, wie sie mit dem umging. Welche Konsequenzen sie für sich daraus zog und dass sie nicht zerbrach, sondern am Ende anderen half, ihr Glück zu finden.«

»Nun, viele Menschen tragen ihre eigenen Dämonen mit sich herum«, sagte Nathan nachdenklich.

Und du, dachte ich spontan. *Welche Dämonen quälen dich?*

»Ja.« Ich sah auf die dampfende braune Flüssigkeit. »Aber man kann sie bezwingen.«

»Man kann zumindest lernen, sie zu beherrschen.«

»Reicht das denn?«

»Es ist manchmal alles, was man tun kann. Zumindest für den Anfang.«

»Nathan ...«

Er lachte. »Ich weiß, was du jetzt denkst. Nein, Eliza.«

»Ich frage mich nun mal ... Nathan, würdest du sagen, wir sind Freunde?«

»Ich denke, wir sind so etwas Ähnliches, ja.«

»Und du weißt, dass Freunde immer füreinander da sind?«

»Das ist sehr nett, Eliza.«

»Und wenn du jemals ...«

»Eliza, ich weiß nicht, was du dir alles zusammenreimst, aber mir geht es gut. Ich führe ein gutes Leben. Es gefällt mir, hier meine Waren zu verkaufen.«

»Aber du hast das nicht immer gemacht.«

»Nein, das habe ich nicht.«

»Und was hast du vorher gemacht?«

Er schüttelte den Kopf. »Das ist meine Sache.« Seine Stimme hatte einen warnenden Unterton. Einen Moment schwiegen wir, dann knuffte er mich leicht in den Arm.

»Du hast doch sicherlich noch mehr Neuigkeiten, oder? Also raus damit.«

»Nun, wenn du es wirklich wissen willst ...«

»Ich kann es kaum erwarten.«

»Ich bin mit Charlie zusammen«, platzte ich heraus und kam mir vor wie ein verliebter Teenager. Ich klang sogar so, dachte ich. »Wir haben geredet und geredet und endlich alles geklärt. Und weißt du was? Dasselbe in Grün! Wir hätten nur besser zuhören müssen und mal richtig nachfragen, dann wäre mir der ganze Schlamassel erspart geblieben.«

»Soso, Charlie also. Das ist der Nette, vermute ich.«

»Ja.« Ich grinste immer noch wie bescheuert.

»Das freut mich sehr. Und was ist mit dem Falschen?«

»Der? Nun, der ist und bleibt der Falsche, zumindest für mich. Aber ich verstehe ihn jetzt besser und ich mag ihn sogar. Also war es doch zu etwas gut, oder?«

»Alles ist zu etwas gut. Wir brauchen nur manchmal länger, um es zu entdecken.«

»Vielleicht wurdest du hierhergeschickt, um mir zu helfen. Das ist jetzt vermutlich eine ziemlich egoistische Sicht der Dinge, was?« Ich sah ihn an.

»Nein. Und ich wurde nicht geschickt, ich bin aus freien Stücken da. Aber ich freue mich, wenn ich dir helfen konnte. Und auch weiterhin kann.«

»Ich brauche keine Hilfe mehr. Ist das nicht ein toller Satz? Ich denke, ich bin in den letzten Monaten auch ein Stückchen gewachsen. Ich war manchmal vielleicht zu verträumt und zu fantasiebegabt.«

»Nein, sag das nicht. Man kann nie zu viel Fantasie haben. Sie ist das größte Geschenk, das du bekommen kannst. Du hast sie immer bei dir und sie kann dich in schlechten Zeiten retten. Es ist, als hättest du immer ein Buch in der Tasche. Wobei, du hast vermutlich tatsächlich immer eines dabei. Aber was ich meine: Bewahre sie dir. Sie macht dich zu dem, was du bist.«

»Nur wenn sie dann ausufert ...« Ich dachte an die Peitschen, meinen persönlichen Schreckmoment. Und was sich daraus entwickelte. Keine Peitschen, aber eine Seite an Charlie, die ich sehr ansprechend gefunden hatte.

»Nun, deinem Gesichtsausdruck nach sind selbst die ausufernden Seiten nicht ganz so schlimm.«

Wir unterbrachen das Gespräch, weil eine junge Frau an den Stand trat. Ich beobachtete Nathan, wie er mit ihr sprach.

»Ich will zum ersten Mal eine Kürbissuppe kochen«, sagte die junge Frau eben und lachte verlegen.

»Kürbissuppe ist eine gute Idee. Brauchen Sie dann auch Möhren? Die passen perfekt dazu.«

Sie nickte langsam.

»Wissen Sie was? Ich packe Ihnen noch ein Stückchen Ingwer mit ein. Probieren Sie es aus, das schmeckt wirklich hervorragend. Und die Schärfe des Ingwers gibt noch einmal zusätzliche Wärme.«

»Danke. Die kann ich gut brauchen.« Sie nahm die Tüte und lächelte schüchtern.

»Sagen Sie mir, wie es Ihnen geschmeckt hat.« Nathan lächelte sein sanftes Lächeln und kam dann zu mir zurück.

»Sie mag dich«, sagte ich.

»Ja.«

»Sie sieht sehr nett aus.«

»Ja.«

»Und sie kocht gerne.«

Er schien sich zu amüsieren. »Vergiss es, Eliza.«

»Nathan, jetzt, wo ich keine Hilfe mehr brauche ... Vielleicht bin ich ja dazu geschickt worden, dir zu helfen.«

»Ich brauche keine Hilfe.«

»Jeder braucht mal Hilfe. Und wenn es so weit ist, dann werde ich da sein.«

»Das ist sehr nett. Ich werde es im Hinterkopf behalten.«

»Und ich könnte dir auch jemanden vorstellen. Eine richtig nette Frau und sie ...«

»Nein, Eliza.«

»Herrje, Nathan. Ich kenne keinen Menschen, der sanfter und gleichzeitig dickköpfiger ist als du.«

»Und ich kenne niemanden, der hartnäckiger ist als du. Zumindest wenn es darum geht, im Privatleben anderer Menschen herumzustochern.«

»Ich bin einfach nur so glücklich und ich will, dass alle anderen auch glücklich sind.« Ich zog kurz die Unterlippe zwischen die Zähne. Natürlich hatte er recht, aber er war doch selbst schuld. Zu geheimnisvoll ist auch nichts, zumindest nicht bei mir. Das forderte meine Fantasie heraus und damit auch mich.

»Ich freue mich, dass du glücklich bist, du hast es verdient. Und ich bin es auch. Im Moment ist es gut so, wie es ist.«

»Und wenn es nicht mehr so ist …«

»Dann werde ich dich um Hilfe bitten, Eliza Grey.«

»Versprochen?«

»Versprochen.«

»Ich muss los.« Ich sah auf die Uhr und sprang auf. »Ich habe heute Abend eine Lesung in meinem Laden und sollte ein wenig Gas geben.«

»Dann bis bald. Vergiss deine Mandarinen nicht.«

»Danke. Und nicht nur für die Mandarinen. Danke für alles, Nathan. Ich mag dich wirklich sehr.« Spontan beugte ich mich vor und küsste seine Wange.

»Ich dich auch, Eliza Grey.«

Sein Lachen begleitete mich auf den ersten Metern und ich blieb noch einmal kurz stehen und drehte mich zu ihm um. Er winkte und ich tat es ihm nach. Sein Gesicht sah aus wie immer, sanft und klug und anziehend und geheimnisvoll. Irgendwann werde ich es wissen, dachte ich. Irgendwann, wenn er bereit ist, wird er es mir erzählen. Ich wusste es einfach und es machte mich glücklich. Er war eben anders, brauchte mehr Zeit, und die musste ich ihm geben. Aber irgendwann würde er mir eine Tasse Tee reichen und dann erzählen, was er war und was ihn auf den Portobello-Market geführt hatte. Und wahrscheinlich war es genauso wie bei mir eine weit weniger spektakuläre Geschichte, die es dennoch lohnte, erzählt zu werden. Und die dennoch mein Herz berühren würde, weil ich ihn mochte und weil es eben seine persönliche Geschichte war. Das macht sie doch aus, die wirklich guten Geschichten, oder? Dass sie unser Herz berühren, uns mitfiebern, mitleiden und mitlachen lassen. Egal ob sie dramatisch waren oder eher alltäglich. Wenn wir die Menschen, die sie erlebten, mochten, dann waren es alle großartige Geschichten.

Kapitel 66

Die Lesung war ein voller Erfolg. Es war die erste, die ich mit dieser Autorin hatte, aber ganz sicher nicht die letzte. Anna hatte den Kontakt hergestellt und sie war auch dabei und sprach ihrer Kollegin, die sichtlich nervös war, Mut zu.

Der Laden hatte sich zu meiner Freude gut gefüllt und kurz bevor es losging, schlüpfte Charlie herein.

Im Anschluss unterhielt ich mich ein wenig mit Anna, während die Kunden Schlange standen, um sich ein signiertes Exemplar des Buches zu sichern.

»Wann bekommen wir von dir etwas Neues?«

»Oh weh.« Sie lachte. »Das wird noch dauern. Ich kämpfe gerade mit meinen Protagonisten.«

»Also schaffst du es auch nicht, sie unter Kontrolle zu halten?«, fragte ich, ohne nachzudenken.

»Auch nicht? Heißt das etwas, du hast Erfahrung damit?«

»Nicht wirklich. Aber das liest man doch immer in Interviews und so.«

»Und es stimmt leider. Sie lassen sich nicht kontrollieren und mittlerweile denke ich, dass es auch gut ist. Auf diese Weise entstehen die besten Geschichten, zumindest bei mir.«

»Weil es spontaner ist?«

»Und echter. Ich erlebe sie selbst irgendwie und ich bin manchmal wirklich überrascht, was ich da geschrieben habe.«

Ich nickte nachdenklich. Das verstand ich nur zu gut.

»Denkst du manchmal darüber nach? Selbst zu schreiben, meine ich? Du hättest auf alle Fälle genug Fantasie, würde ich meinen«, fragte sie mit einem leichten Zwinkern.

»Ich habe einmal darüber nachgedacht.« Ich grinste verlegen. »Aber ich glaube, es ist nichts für mich. Fantasie alleine reicht nicht. Man muss die richtigen Worte finden, und das ist gar nicht so leicht. Und mit den falschen Worten wird aus Romantik ganz schnell Kitsch.« Ich dachte an Charlie, der meine Versuche so nett *pathetisch* genannt hatte. »Nein, ich bleibe lieber auf der anderen Seite und erfreue mich daran, dass es Menschen gibt, die es wirklich beherrschen.«

»Also schwörst du deinen Büchern doch nicht ab?« Charlie hatte den letzten Teil unseres Gesprächs mitbekommen und sah mich nun grinsend an, nachdem Anna sich verabschiedet hatte,

»Wo denkst du hin? Nie im Leben. Ich glaube, ohne Bücher würde ich kaputtgehen wie eine Primel ohne Wasser.«

»Ja, das würdest du. Und es wäre doch sehr schade, wenn du das machst. Außerdem sagt man, glaube ich, *eingehen* wie eine Primel ohne Wasser.«

»Oh. Weißt du, ich mag es, wenn du den Lehrer heraushängst. Habe ich schon mal erwähnt, dass ich in der Berufsschule unsterblich in meinen Literaturlehrer verliebt war?«

»Warst du? Interessant.«

»Ja. Er hatte so traurige Augen und trug immer zerknitterte Hemden und ich habe mir eine wahnsinnig dramatische Geschichte um ihn herum ausgedacht, wieso er so war und …«

»Und du hast dir vorgestellt, wie du ihn glücklich machst und seine Hemden bügelst?« Er prustete.

»Nun, ja. Ich war eben ein Spätzünder.«

»Was das angeht, kann ich dir bescheinigen, dass du einiges aufgeholt hast.«

»Tatsächlich? Dann muss ich mich nicht um zusätzliche Stunden bemühen?«

»Es schadet nie, wenn man immer weiter übt.« Er zog mich heran und küsste mich. »Das sage ich meinen Schülern jeden Tag.«

»Dann hoffe ich schwer, dass du bei ihnen nur die Rechtschreibung meinst.«

»Bei ihnen schon. In deinem Fall jedoch nicht. Aber eines ist sicher: Meine Hemden wirst du dabei nicht bügeln müssen.«

»Und das ist Charlie. Charlie, meine Mutter, Alice, und ihr Verlobter, Tom.« Es gelang mir, nur kurz zu zögern bei den letzten Worten.

»Freut mich.«

»Und mich erst.« Meine Mum strahlte.

»Und das ist mein Dad, Bart.«

»Schön, dich kennenzulernen, Junge.«

»Und zu guter Letzt Edward, mein Bruder.«

Edward begnügte sich mit einem Handschlag und einem Grinsen.

»Ich kann es immer noch nicht glauben, dass du nicht mehr nach Mallorca zurückkehren wirst.«

»Nun, einmal noch werde ich es tun. Um meine Zelte abzubrechen.« Mum grinste.

»Und dann beginnt dein neues Leben.«

»Ein neues Kapitel, ja. Und ich freue mich sehr darauf.«

»Das kann man nicht übersehen.«

»Denkst du, dass du dich mit der Zeit an ihn gewöhnen kannst?« Sie sah zu Tom hinüber, der angeregt mit Charlie plauderte.

»Ich glaube, ich habe bereits damit begonnen. Er ist wirklich nett.«

»Ja, das ist er.«

»Und er tut dir gut. Du siehst großartig aus.«

»Nun, das Kompliment muss ich zurückgeben. Auch dir tut dein junger Mann gut.«

»Sehr sogar.« Ich grinste.

»Wie ist er?«, fragte sie plötzlich und sah mich mit gefährlich blitzenden Augen an. »Er wirkt wie ein braver Junge. Aber wenn ich dich so ansehe, dann denke ich, dass er das nicht wirklich ist.«

»Vergiss es, Mum.« Ich sah sie streng an. »Ich werde ganz bestimmt nicht mit dir darüber reden, wie er ...« Ich brach ab und Mum lachte wie verrückt.

»Das genügt mir schon, Liebes. Das und die Art, wie er dich ansieht.«

»Glaubst du an die große Liebe? Ich meine, du hattest erst Dad und nun Tom ...«

»Nun, das stimmt. Und auch wenn ich Bart liebte und ganz verrückt nach ihm war, war es nie die echte Liebe. Das weiß ich, seit ich Tom kenne. Aber es macht die Zeit mit deinem Vater nicht weniger wertvoll, denn er hat mir euch geschenkt.«

»Danke für alles, Mum.« Ich nahm sie in den Arm und drückte sie einmal fest an mich. »Ich glaube, ich habe dir nie wirklich dafür gedankt, dass du mich zu dem gemacht hast, was ich bin. Du hast mir die Liebe zu meinen Büchern geschenkt und immer den Glauben daran, dass es den einen Menschen gibt. Obwohl dein eigener Weg ziemlich anders verlief.«

»Weißt du, eigentlich müsste ich mich bei dir bedanken. Du hast viel Freude und Glück in mein Leben gebracht. Und ich bin so stolz auf dich. Ich meine, sieh dir deinen Laden an. Du hast es gewagt in einer Zeit, als alle sagten, das gedruckte Buch ist tot. Und du hast ihnen gezeigt, dass es nicht so ist. Dass man neue Wege finden kann und dass man sich anstrengen muss, aber dass die Geschichten nie sterben werden.«

»Und das werde ich auch weiterhin tun. Und ich weiß, dass ich damit nicht alleine bin. So viele Menschen finden zwischen diesen Seiten Glück, Mut, Hoffnung, Trost und Freude. Und das wird auch immer so bleiben, daran glaube ich ganz fest.«

Kapitel 67

Noch etwas ist anders im echten Leben als in den Büchern. In den Büchern verlässt man die geliebten Personen meist dann, wenn sie ihr Glück gefunden haben. Eigentlich schade, denn die echte Geschichte geht dann doch erst los, oder? Und sie wird vielleicht ruhiger oder weniger dramatisch und wenn man ganz viel Glück hat, dann nehmen auch die Schlamassel, in die man gerät, ab, aber sie werden nicht weniger schön.

Meine eigene Geschichte läuft nun seit sechs Monaten in der Dauer-Happy-End-Schleife und ich könnte nicht glücklicher sein. Auch wenn es Tage gibt, die es eigentlich nicht sind, doch die gibt es immer. Ich revidiere übrigens noch eine Aussage von früher: Es ist durchaus auch nett, an einem heißen Sommertag in die Arme eines Mannes gezogen zu werden. Sehr nett sogar. Es gibt weniger Stoff, der dich daran stört, zu hören, wie sein Herz schlägt. Und wenn du weißt, dass dieses Schlagen dir gilt, dann darfst du der glücklichste Mensch unter der Sonne sein.

Charlie und ich sind das. Er hat endlich gelernt, dass er mir genau die Art von Romantik schenkt, die mich erfreut. Nein, er hat nie in einer Karaoke-Bar für mich gesungen und ehrlich gesagt bin darüber froh, seit ich ihn zum ersten Mal unter der Dusche schmettern hörte. Er muss auch gar nicht zu so einem Mann werden, denn dann wäre er nicht mehr er. Und da ich immer nur ihn wollte, ist es perfekt.

Genauso perfekt, wie es meine Mutter und Tom sind. Die beiden geben mächtig Gas und haben zu ihrer Hochzeit eingeladen. Ich freue mich für sie und hoffe nur, dass Mum die unselige Angewohnheit ablegen wird, mir immer wieder erzählen zu wollen, wie glücklich sie ist. Es ist dann doch noch einmal anders, darüber zu lesen oder deine Mutter davon reden zu hören. Vielleicht hat Jake recht, ich bin ein wenig verklemmt, was das angeht. Aber im Ernst, wer von uns würde das wirklich wollen?

Jake hat sich im Übrigen nicht verändert. Das ganze Gerede von Ändern und so war letztendlich genau das: Gerede. Ich denke, ihm macht das am wenigsten aus. Bisher sind auf alle Fälle weder er noch mein Bruder der Meinung, dass sie ihr Leben umgestalten sollten. Und wenn das so ist, dann ist es eben so. Ich weiß nun, dass es auch diese Menschen geben muss. Dad ist da ein hervorragendes Beispiel. Er führt ebenfalls ein ziemlich turbulentes Leben, vermute ich schwer, auch wenn er versucht, es aus unserem Familienleben herauszuhalten. Er taucht nicht ständig mit einer anderen Frau am Arm auf, worüber ich froh bin. Aber es gibt sie und ich habe gelernt, das zu akzeptieren. Und so kommt Edward nach ihm und ich nach Mum. In den meisten Belangen zumindest. Denn im Gegensatz zu ihr genieße ich mein Glück mit Charlie lieber, ohne es in allen Details auszubreiten. Es reicht doch auch, anderes zu erzählen, man muss nicht ständig über die Größe bestimmter Körperteile und die Raffinesse, mit der diese eingesetzt werden, berichten. Und auch wenn ich mich in dieser Hinsicht nicht beschweren könnte, werde ich nicht wie meine Mutter jedem erzählen, welche Wonnen mir Charlie zu bereiten versteht. Er hat sich übrigens natürlich keine Peitsche angeschafft. Aber er ist auch bestimmt kein Langweiler, weder im Bett noch sonst wo. Und ja, manchmal sitzen wir einfach da, jeder ein Buch in der Hand, und dann sehe ich ihn an und könnte platzen, weil ich so dankbar bin, dass er in mein Leben gefunden hat. Und was dann passiert, wenn er gerade keine Klassiker liest, sondern, nun ja, andere Literatur und mir dann mit seiner sanften, wunderschönen Stimme eine Passage vorliest und sich daran ergötzt, wie ich langsam zappelig werde und es nicht erwarten kann, dass er endlich das Buch zuklappt und seine Augen auf mich richtet ... Nun, das überlasse ich der Fantasie, der größten und wunderbarsten aller Mächte.

Aber auch abseits meines persönlichen Glückes geht das Leben weiter. Seit wir unsere neuen Verträge haben und dieses Kapitel geschlossen wurde, haben Kate, Allie und ich eigentlich keinen Grund mehr, uns zu treffen. Zum Glück sehen die beiden das wie ich ein wenig anders. Die Umstände mögen uns zusammengeführt haben, aber was daraus entstand, war Schicksal. Und so manche gute Lehrstunde. Kate, diese zauberhafte, oft ruppig wirkende kleine Person, hat mich neulich fast zum Heulen gebracht. Wir hatten uns auf ein Bier verabredet und dabei auch unsere Partner mitgebracht. Und als ich sie da so sah, mit Ethan an ihrer Seite, das war ein unglaublich schöner Moment. Ihr Gesicht strahlte vor Glück und obwohl sie sich mit ihm über irgendetwas kabbelte, war es nicht zu übersehen, wie sehr sie ihn liebt. Und er ist natürlich ihr Meister. Ich glaube, kein Mann genießt es mehr, sich in Diskussionen zu stürzen, wie er, wenn er sich mit Kate anlegt. Und dabei sprechen seine Augen von einer so tiefen Liebe und Verehrung, dass ich schlucken musste. Egal was Kate sagt, sie liebt genauso leidenschaftlich und unverbrüchlich wie ich und sie wird genauso zurückgeliebt.

Auch Allie hatte ihren neuen Freund dabei. Allerdings muss ich zugeben, dass ich ihn nicht hundertprozentig ins Herz schließen konnte. Allie macht mir in der Tat ein wenig Sorgen. Sie ist eine so liebenswerte Person, der ich wirklich alles Glück wünsche. Aber ich bin mir nicht sicher, ob sie eben das bei diesem Damian findet. Ich kann es nicht einmal genauer sagen, woran das liegen mag, es ist einfach nur ein dummes Gefühl, das mich beschleicht, wann immer ich die beiden sehe. Ich werde ein Auge darauf haben und wenn es sein muss, dann werde ich an ihrer Seite sein.

Auch Nathan ist nach wie vor an meiner Seite oder eher ich an seiner. Als er vor ein paar Wochen für kurze Zeit seinen Stand nicht selbst betreute, habe ich erst richtig gemerkt, wie sehr er mir fehlt, wenn er nicht zuverlässig bei Regen und Sonnenschein auf mich wartet. Ich denke, wir beide werden mit jedem Tag ein weniger vertrauter. Allerdings braucht es wohl trotzdem noch sehr viele weitere Tage, bis wir endlich an einem Punkt sind, an dem er meine Neugierde befriedigt und sich wirklich öffnet. Vielleicht macht er es nie. Ich fange an, mich mit dieser Möglichkeit vertraut zu machen. Vielleicht ist Nathan deshalb in mein Leben getreten, um mich zu lehren, dass es eben auch Geschichten gibt, die einem für immer verschlossen bleiben, ganz egal, wie sehr uns das in den Wahnsinn treibt. Er ist auf alle Fälle wohl ein zufriedener Mensch, und das ist die Hauptsache.

Und das Schönste muss ich auch noch eben loswerden. Ada ist zurück aus der Reha und sie kann wieder am Leben teilnehmen. Sie geht nach wie vor am Rollator, der Vorfall hat sie mehr gekostet, als wir erhofften, aber immer noch bringt sie jedem in ihrer Nähe Liebe und Güte entgegen. Sie hat viele gute Tage, an denen sie beinahe wie früher ist, und manche schlechte, weil dieser Schwindel sie dann überfällt, dessen Ursache niemand genau erklären kann. Das Alter, hat man ihr mitgeteilt. Für manches gäbe es eben keine Pillen und sie solle es ein wenig ruhiger angehen lassen. Das beunruhigt mich manchmal, denn dieser Schwindel und die brüchigen Knochen sind keine ideale Kombination. Ada allerdings sieht es gelassener.

»So ist das Leben. Wenn wir jung sind, wollen wir Abenteuer und Nervenkitzel. Wenn wir alt sind, bekommen wir es. Aber wenn wir Glück haben, durften wir bis dahin lernen zu vertrauen, dass alles schon irgendwie gut ausgehen wird und seinen Sinn hat. Und dass es doch Mächte gibt, die ihre Hände über uns halten. Das ist meine Lehre aus diesem Vorfall, und das macht mich glücklich.«

Sie hat ihre Geschichte nie mehr erwähnt und ich tat es auch nicht. Aber wir wissen beide, dass wir diese Episode ihres Lebens teilen, und allein das scheint ihr gutzutun. Und was mich ganz besonders freut, ist, dass sie nach wie vor von Cara umsorgt wird. Die beiden haben das geschafft, was Caras Mutter nicht gelang. Die hat Ada bis heute nicht verziehen, dass sie und Walt damals dieses Geld bekamen. Cara jedoch, auch in dieser Hinsicht ganz sie selbst und ziemlich tough, kümmert das wenig. Sie hat Ada ins Herz geschlossen und lässt sich nicht länger auf die eine oder andere Seite ziehen. Und Ada genießt das, ohne Zweifel. Nicht den Triumph, ihre Nichte auf ihre Seite gezogen zu haben oder so. Sie genießt es, eine Familie zu haben. Ada hat mir, was das angeht, eine sehr wichtige Lektion erteilt, von der ich immer schon ahnte, dass ich sie eigentlich verstanden habe: Geld ist wichtig, es sollte allerdings nicht zum Drehpunkt deines Lebens werden. Kein Geld zu haben ist schlimm, aber man sollte auch mal realistisch sehen, wie viel man wirklich braucht. Und dabei nie vergessen, auch alles andere wahrzunehmen, was dein Leben bereichert. Es sind nicht die reichsten Menschen, die am glücklichsten sind. Es sind die, die sich selbst lieben können. Auch eine von Adas Lehren und sie selbst ist auf dem besten Weg, es ebenfalls zu tun. Ich wünsche es ihr sehr, dass es klappt und dass sie, wenn sie eines Tages wirklich zu Walt geht, es in Frieden tun darf und nicht gepeinigt von alten Geschichten. Caras Nähe, ihre Liebe und Fürsorge, helfen dabei sehr. Überhaupt hat sich diese Dame, mit der ich den denkbar schlechtesten Start hatte, langsam in mein Leben geschlichen. Sie kam anfangs mit Ada in das *BOOKS OF LOVE* und als sie sicher war, dass ihre Tante den Weg ohne Hilfe bewältigen kann und nicht immerzu begleitet werden musste, kam sie eines Tages alleine. Und dann haben wir über Bücher geredet und zu meiner Überraschung war Cara in ihrem Herzen eine verwandte Seele. Gut, sie hat keinen wirklichen Hang zu den allzu kitschigen Werken und mag es lieber ein wenig realistisch. Sie treibt sich besonders gerne an den Regalen mit den Crime-Romanzen herum, was irgendwie passt. Aber so langsam wagt sie sich auch, auf besonders leidenschaftliche Empfehlungen meinerseits, an andere Geschichten heran. Doch was sie liest, ist letztendlich egal. Das Wichtige ist, dass sie sich selbst treu blieb und sich dennoch veränderte. Das muss ihr erst einmal einer nachmachen.

Das Schreiben habe ich doch nicht ganz aufgegeben. Allerdings tue ich es nur für mich. Nicht einmal Charlie zeige ich alles, was auch besser ist. Er würde wahrscheinlich wieder nach netten Synonymen für *pathetisch* suchen müssen, wenn er meine kleinen Geschichten läse. Aber mittlerweile stehe ich dazu. Romantisch durch und durch, das war ich und das will und darf ich auch bleiben. Im Moment ist er gerade wieder auf Klassenfahrt, mit Corinne, wie so oft. Ich habe sie inzwischen kennengelernt und meine Befürchtung, eine zweite Bella Hadid zu treffen, war gar nicht mal von der Hand zu weisen. Sie ist eine sehr schöne Frau und dazu noch sehr nett und herzlich. Ein echtes Traumpaket. Doch Charlie hat mich gewählt und ein schöneres Kompliment kann ich mir gar nicht vorstellen.

Corinne hat mir übrigens erzählt, dass sie vermutlich schuld war an den verunglückten Karten. Anscheinend hat Charlie damals in Edinburgh recht unbeholfen und seiner Meinung nach ganz nebenbei gefragt, was sich Frauen wünschen, wenn sie umworben werden. Und Corinne gab ihm den durchaus klugen Rat, er selbst zu bleiben.

»Du hast so schöne Worte in dir und du liest täglich schöne Worte. Das ist dein Weg. Teile sie mit ihr«, sagte sie zu ihm. Und Charlie tat es, aber leider kam es dann zu diesen Verwicklungen. Die ich ganz leicht hätte aufklären können, wenn ich nicht gedacht hätte, ihn schützen zu müssen. Ich dachte, Charlie würde sich zurückziehen, wenn er wüsste, dass Jake mit ins Rennen eingestiegen war.

Heute weiß ich, dass er das nicht getan hätte und dass es erst gar nicht zu einem Rennen gekommen wäre.

Ich erinnere mich, dass ich ganz zu Beginn einmal zu ihm sagte, ich wolle einen Mr Bingley, keinen Mr Darcy. Neulich kam übrigens die Sprache genau darauf und ich gestand ihm, dass dies ein mehrdeutiger Hinweis gewesen war, von dem ich dachte, dass er ihn verstehen müsse. Denn Mr Bingley ist nicht nur vom Wesen her wie Charlie, er heißt sogar Charles, also in der Literaturvorlage. Nach einem kurzen Moment des Schweigens ist mein Charlie in lautes Lachen ausgebrochen. Er meinte, er müsse mir wohl irgendwann einmal erklären, dass Männer nicht in der Lage wären, einen so komplizierten Wink mit dem Zaunpfahl zu entschlüsseln. Oder doch nicht, hat er dann hinzugefügt und mich an sich gezogen, denn er sei überzeugt, dass ich nie wieder in meinem Leben einem anderen Mann als ihm so komplizierte Hinweise geben müsse. Und er sei ja nun vorgewarnt und wisse, wie ich ticke. Dann hat er mich geküsst und … Ja, und mich erneut überzeugt, dass ich nun eine sehr nette Mischung aus den beiden oben erwähnten Herren habe. Einen wirklich netten Mann, der Bücher liebt und mich mit seiner sanften Art jeden Tag aufs Neue dazu bringt, mich zu verlieben. Der aber auch eine andere Seite hat. Nicht Dr. Jekyll und Mr Hyde-mäßig, sondern mit zwei Facetten, die mich beide zum Erbeben bringen. Und ich würde keine davon missen wollen.

Und so wird meine eigene Geschichte nicht hier enden, sondern weitergehen. Mit all den alten Bekannten und mit neuen Freunden. Manchmal wird auch weiterhin meine Fantasie das Ruder übernehmen und ich werde ganz bestimmt noch den einen oder anderen Schlamassel überstehen müssen. Aber ich werde in guter Gesellschaft sein, die mich dabei unterstützt und mir hilft und mich vor allem liebt, mit all meinen Eigenheiten. Und ich werde immer meine Bücher haben, die besten aller Freunde und die treusten.

Weitere Bücher der Autorin:

Vorlaute Blumen und andere Eskalationen
Flamingo-Sommer
Kolibri-Sommer
Alles nur Ansichtssache ?!
Alles nur Familiensache ?!
Alles nur Vertrauenssache ?!
Diese Sache mit Paris
Von Muthasen, Fellnasen und dem ganz normalen
Wahnsinn mit der Liebe
99 Tage mit Julie
Verwünscht - Manchmal ist das Falsche richtig
Drei Väter sind dann doch zu viel
Maxi - Wer will schon einen Mann mit Porsche?
Das Christkind wohnt in Hütte 7
Das Glück wohnt in der Hütte 7
Die Liebe wohnt in Hütte 7
Believe - Mit dir kamen die Wunder (Sammelband)

Impressum

1. Auflage Dezember 2019

Cover-/Umschlaggestaltung: Buchgewand | www.buch-gewand.de

HorenkO – depositphotos.com
mim.girl – shutterstock.com
Kolerova – shutterstock.com
Phatthanit – shutterstock.com
Jane_Mori – shutterstock.com
Nebula Cordata – shutterstock.com
IRStone – stock.adobe.com

Korrektorat: Doris Eichhorn-Zeller | www.perfekte-texte-coburg.de

Franziska Erhard
Rosenstr. 21
76337 Waldbronn

franziska.erhard@gmx.de

ISBN: 9781673492187
Imprint: Independently published